# NOVÝ ŽIVOT COCO PINCHARDOVEJ

## COCO PINCHARDOVÁ
### ČASŤ 3

ROBERT BRYNDZA

PRELOŽIL
JÁN BRYNDZA

*Jánovi, ktorý mi zmenil život*

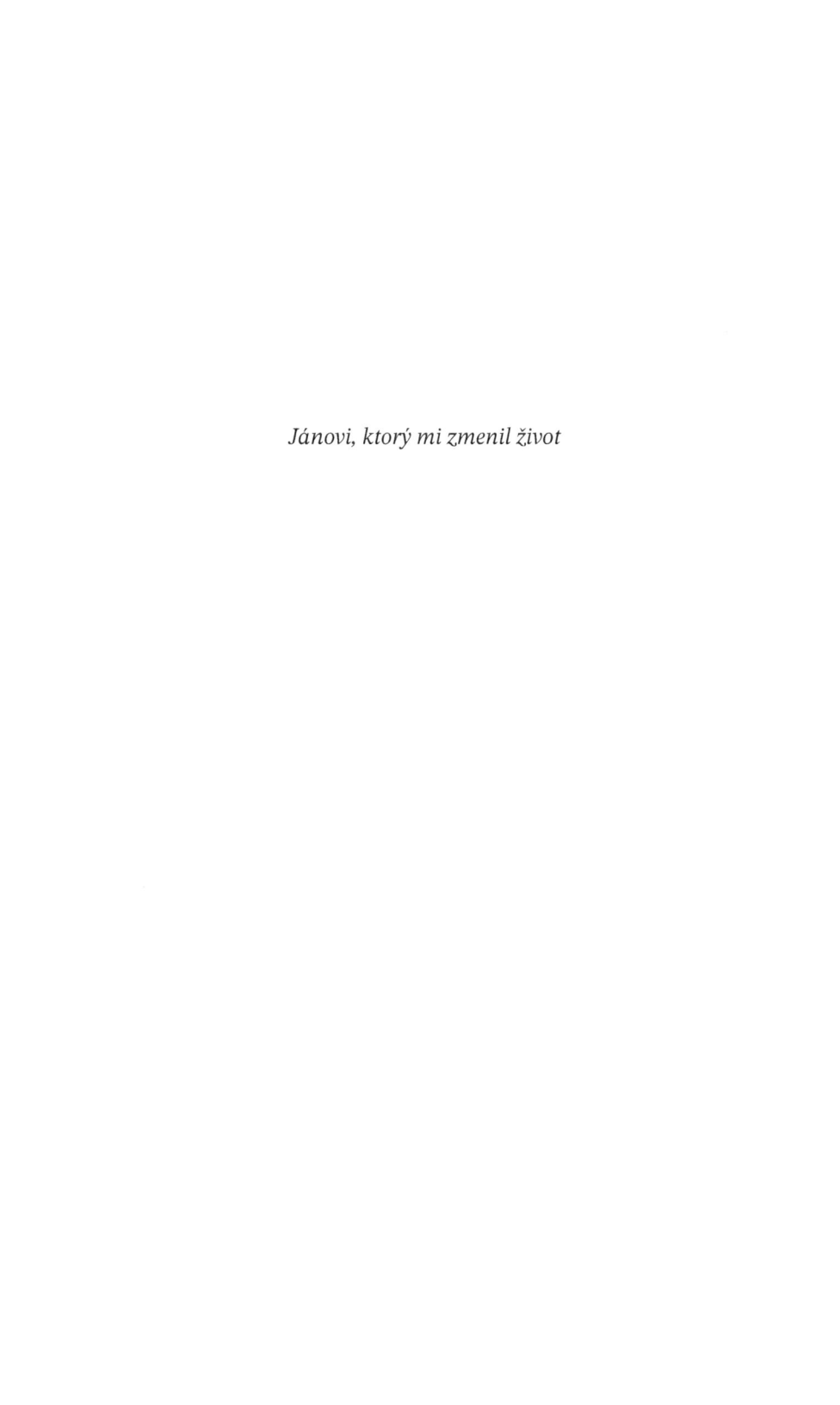

# JANUÁR 2012

Nedeľa 1. januára

Rozhodla som sa začať si písať diár. V posledných rokoch sa toľko toho udialo a cítim potrebu to nejakou formou zdokumentovať. Áno, je to tak, rada bľabocem cez e-maily, ale kde sú teraz všetky tie e-maily? Kde sú všetky sms-ky a príležitostné twitíky?

Adam mi práve nakukol cez rameno a povedal: „Všetky sú na tvojom notebooku a mobile, ty šišina."

„Čo ak niekto odpojí/zablokuje internet? Čo ak prepukne jadrová vojna? Čo bude s nimi potom?" opýtala som sa zúfalo.

„Coco, ak by prepukla jadrová vojna, tak pochybujem, že by prežila nejaká písanka z papiernictva," rukou ukázal na môj diár a pokračoval v hľadaní svojho pedometra. Práve sme sa presťahovali naspäť do môjho domu a sťahováci našľahali všetky škatule do prázdnej obývačky. Všetky naše veci ktoré sme mali v predchádzajúcom bývaničku a aj množstvo škatúľ z úložného skladu teraz pozerá na nás až od stropu nadol. Nejako sa nevieme namotivovať, aby sme sa vybalili. Urobili sme si posteľ z dvoch gaučov a škatule používame ako stolík, knižnicu a všeobecne ako odkladací priestor.

Sledovala som Adama zo svojej polovici gauča ako svižne presúva/organizuje škatule. Na sebe mal vyšúchané sexi rifle a napasované biele tričko, pod ktorým mu "vyskakovali" svaly ako na majstrovstvách sveta v kulturistike.Adam je jedným z tých iritujúcich ľudí, ktorí sú prirodzene chudí, atletickí, ale napriek tomu chodia do fitka.

Na ľavej polovici jeho sexi zadku som si všimla malú dierku na džínsoch (Adam má boxerky v niektorej zo škatúľ). Ten kúsok jeho tela, ktorý na mňa tak civí, ma veľmi vzrušuje. Pripomína mi to scénu z filmu Piano, keď mala Holly Hunter dierku v pančuškách a Harvey Keitela to veľmi vzrušilo. Nuž ale, je to úplne iné. Nie som nesluchá zo Škótska a žijem v Londýne. A nemám ani Hunterovej kostnatú postavu. A kde sa hrabe Harvey Keitel? Adamovi príroda nadelila oveľa viac tam dole... v jeho...rozkroku.

Šťastne som si povzdychla pri pohľade na svojho sexi novomanželíka.Jeho zadok je taký pevný/svalnatý, že by sa na ňom dali lúskať vlašské orechy.

„Ánooo, mám ho," potešil sa Adam, keď konečne našiel pedometer. „Takže zajtra začneme behať. Áno?"

„...dobre, jasnačka," zaklamala som a rukou som šmátrala v pixli čokoládok. Lovila som po niečom, čo nebolo kokosové.

To však nie je podstatné. O čom som hovorila? Áno, mám to... o zaznamenávanísvojho života. Niekde som čítala, že v budúcnosti po nás zostane minimum podstatných informácií, a záznamov. „Vďaka" sociálnym médiám je pre nás zaujímavejšie deliť sa s virtuálnymi priateľmi s videami tučných ženušiek tancujúcich pri tyči.

Takže, tu je môj denník. Len dúfam, že neprestanem niekde v polovici januára, ako skončili všetky moje predošlé „denníkové" pokusy.

## Pondelok 2. januára

Som smutná. Je po Vianociach a celkovo po sviatkoch. Boli to naše prvé novomanželské Vianoce a boli skvelé. Jednoduché a romantické. Žiaden stres, žiadna panika, žiadna televízia, žiadne nekonečné večierky s ľuďmi, ktorých dokopy ani nepoznáme a hlavne žiadni svokrovci. Viem, že asi zniem veľmi nespoločensky, ale to vôbec nie je pravda, mám ďaleko od toho. V hlave som si vypočítala, že za štyridsaťštyri rokov mojej existencie na tejto krásnej planéte, som zorganizovala v tomto dome dvadsaťdva vianočných obedov! Každulinký rok sa k nám nahrnula exmanželova rodina a to na celých (veľmi dlhých) desať dní. Moja svokra Etela skritizovala všetkých dvadsaťdva moriek, ktoré som krvopotne upiekla. Za tie roky prebehlo minimálne dvadsaťdva bitiek a vadení sa o televízny ovládač a dvadsaťdva neskutočne agresívne odohratých hier Monopoly.

Chýbal mi však môj synáčik, Rosencrantz. Dovolenkoval s kamarátmi na Ibize. Ani mi nezavolal, ale bol veľmi aktívny na Instagrame. Dával tam jednu fotku po druhej. Slnkom zaliate fotky boli plné zabávajúcich sa a striedmo odetých mladých ľudí. Za pár dní bol na toľkých večierkoch ako v Londýne za jeden rok.

No u nás v Londýne je riadna kosa. Mrzne. Cencúle sa stali už takmer permanentnou výzdobou našej hrušky v záhrade. My sme však pekne vyhriatí vo vnútri. S Adamom sa navzájom zohrievame na gauči a náš havkáč Rocco sa na nám túli pri nohách. Vďaka svojej krásnej bielej chlpatej hrive je neskutočne skvelým ohrievačom nôh.

Adam navláčil dnu drevo spoza šopy a nachystal v krbe veľa ohníkov, pri ktorých sme si užili veľkú romantiku. Večeriavali sme pri sviečkach a cez francúzske dvere sme sledovali ako sneh nádherne dopadá na terasu. Totálne blaho!

Dom sme opustili iba kvôli venčeniu Rocca. Marylebone je

prekrásne, je pod snehovou prikrývkou. Z okien nádherných domov blikajú vyzdobené vianočné stromčeky, na elegantných čiernych vchodových dverách visia vianočné vence a malé nezávislé obchodíky sú vyzdobené ako v rozprávke.

Dnes ráno bol Adam kúpiť čerstvé raňajky v kaviarničke na Baker Street.

„Chceš ma takto potešiť, keď už sú tie Vianoce za nami?" opýtala som sa keď sa vrátil s kopou slaninových sendvičov.

„Áno, musíme sa vystužiť karbohydrátmi. Ideme behať. Spomínaš si?"

Potom ako sme sa napchali sendvičmi, som zalovila v nerozbalených škatuliach po niečom, v čom by sa dalo behať. Nemala som veľmi na výber. Rozbehli sme sa smerom k Regent ´s parku. Adam vyzeral v adidasovom outfite ako boh a ja som utekala za ním navlečená v nejakej starej vlnenej handre, ktorú som mala vyhodiť už veľmi dávno (nemala som na výber, buď vlnená handra, alebo šušťáky z roku 1987).

Nedobehli sme ani tak ďaleko, keď my zostalo nevoľno. Zastala som pred domom svojho kamaráta Chrisa. Sadla som si na múrik.

„Vyzerá tak prázdny," povedala som počas lapania dychu.

„To asi preto, že je prázdny," povedal Adam hopkajúci na jednom mieste. Veľké predné okná na mňa pozerali ako dve prázdne očné jamky. Pozrela som sa na hodinky.

„V Los Angeles sú tri hodiny ráno... Určite spí," povzdychla som si.

„Nie, určite si užíva na nejakej hollywoodskej party," povedal Adam. „Napi sa, potrebuješ si dopĺňať tekutiny." Podával mi svoj športový nápoj, ale v tom momente ma naplo a bolo mi na vracanie. Vyskočila som a prehla sa cez múrik do záhradky. Vtom ma naplo druhýkrát, no tentoraz to nebolo varovanie, ale len to tak zo mňa lialo (na Chrisove snežienky). Musela som si znovu sadnúť na múrik. Sledovala som ako okolo mňa beží rodinka s päťročným deckom, nahodená v značkových športových handrách. Vyzerali ako z reklamy na zdravý životný štýl. Znovu sa mi urobilo nevoľno.

„Mamááá, pozeraj, tá teta grcá!" zastavil pri mne malý chlapec a kričal na rodičov.

„Eustanace, nepribližuj sa k nej, môže byť nákazlivá," zajačala na neho mama. Naplo ma a celý proces zvracania som si zopakovala po tretí krát, tento krát aj pred „kulisou".

„Je to žena? Možno to je bezdomovec, hneď poď sem Eustance!" kričal na nehootec pozerajúc smerom na môj vo vzduchu visiaci zadok. S hlavou dolu som šmátrala po vreckovke, utrela si ústa a pomaly sa otáčala smerom k nim, aby som im niečo povedala. Nemala som v pláne nechať sa urážať. Predsa... mám nejakú česť. Bohužiaľ, kým sa mi to podarilo, boli už ďaleko.

„Si v poriadku?" opýtal sa Adam.

„Áno. Mohol si im povedať, že som žena!" bola som napálená.

„Nemyslel som, že to bolo dôležité... Bolo ti zle."

„Bolo to veľmi dôležité! Nechcem, aby si ma ľudia mýlili s nejakýhm bezdomovcom s veľkou riťou! Vravela som ti, že tieto šušťáky sú nechutné." Uhladila som si vlasy a upravila mikinu.

„Nevyzeráš ako bezdomovec, alebo ako chlap... a vôbec nemáš veľký zadok," rýchlo dodal. „Si v poriadku, láska? Veľa sme toho včera nevypili. Či?"

„Nie, nevypili, celkom sme sa včera držali... Asi to bude z jedla."

„Myslíš, že to bolo z tých slaninových sendvičov? Myslíš, že aj na mňa to dôjde?" opýtal sa Adam, hypochondricky.

„Je ti zle?"

„Nie."

„Tak asi nie."

Keď som sa cítila trochu lepšie, išli sme domov a osprchovala som sa. Kým som sa sprchovala, on nachystal kozub. V župane som zišla dolu za ním. Adam stál pred krbom. Na sebe mal iba sexi biele vypasované slipy. Plamene za ním hrali neskutočné divadlo, zvýrazňovali mu každý sval na celom tele. Vyzeral ako BOH! Podišla som k nemu a pomaly ho objala okolo pása.

„Hej, zlato. Je ti lepšie?" opýtal sa.

„Hmm. Tak ako to na mňa prišlo, tak to aj odišlo..." Otočil sa ku mne a začali sme sa bozkávať. Prsty mi prešli po jeho tvrdých tehličkách. Jeho ruky si našli cestu pod môj župan.

„Auč!" zapišťala som.

„Čo?" Adam sa zľakol a odtiahol ruky.

„Z ničoho nič mám hrozne precitlivené bradavky... To ešte nemôže byť... „môj čas" v mesiaci?!"

„Určite nie. Zatiaľ si celkom normálna..." Zháčil sa, keď to vyslovil uvedomujúc si, že sa dostal na veľmi tenký ľad.

„Čo tým myslíš, normálna?" opýtala som sa a opatrne si zaväzovala župan.

„Nemyslel som tým, že nie si vždy normálna, ale veď vieš aká dokážeš byť...vystresovaná, emotívna...keď máš tie svoje dni v mesiaci."

Začal mi vyzváňať mobil.

„Máš veľké šťastie. Tentoraz ťa niekto zachránil," schmatla som mobil, vibrujúci na škatuli. „Áááá, Marika... volá zo Slovenska, musím to zdvihnúť."

Adam si povzdychol, napravil si slipy a odišiel do kuchyne.

„Hello?" kričala Marika zo „Slovenska". „Hello, Coco?"

„Kde si zlato?" opýtala som sa jej.

„Som vonku na balkóne, je to jediné miesto kde mám aký-taký signál v tomto prekliatom maminom byte. Je tu velikánska metelica! Čo porábaš?"

„Práve som sa chystala sexovať s Adamom."

„Jéžiško a Mária, prepáč, zavolám ti neskôr."

„Nie! Nie, neskladaj. Od svadby nás všetci slušne nechávajú na pokoji. Len pokračuj, rozprávaj sa so mnou, prosím ťa. Aké boli Vianoce u mamy?"

„Hrôza a strach. Ségra so švagrom išli k jeho rodičom, môj

nevlastný otec bol v krčme, takže som Vianoce „prežila" sama s mamou. No, nie tak celkom sama, v byte má asi dvanásť sošiek Ježiša," vzdychla Marika.

„Povedala si jej o Milanovi?"

„Áno."

„Čo ti povedala?"

„Nič. Išla ku kuchynskej linke, vytiahla z nej zdrap papiera a napísala naň Milanove meno."

„To je milé, nie? Asi aby nezabudla jeho meno."

„Nie. Chcela ma zahanbiť, Coco. Na tom zdrape papiera bolo meno každého frajera, ktorého som jej predstavila. Pätnásť mien."

„Skutočne?"

„Je to veľa, pravda? Počujem to v tvojom hlase," povedala zahanbene Marika.

„Nie! Nie! Nie je to veľa. Vychádza to jeden na rok... Na babu, ktorá žije v Londýne, to vôbec nie je veľa. Skôr by som povedala, že máš šťastie v láske!"

„Ďakujem, Coco. To ma pobavilo."

„Marika, Milan vyzerá byť milý, je veľmi sexi a láskavý. Je Slovák, tak ako ty..."

„Potom ma mama ešte obalamutila a dostala na spoveď," prerušila ma Marika.

„Ako?"

„Keď sme išli na polnočnú omšu, mala som už v sebe zopár pohárikov, len aby som to s mamou prežila. Všetko som videla tak rozmazane. Z omši ma navigovala smerom ku vchodovým dverám, až na to, že to boli dvere do spovednice."

„A z čoho si sa vyspovedala?"

„Z ničoho. Cez mriežku som spoznala farárika. Chodili sme spolu do školy. Cez obednú prestávku som ho často videla za jedálňou, ako sa olizuje s iným chalanom. Povedala som mu, že práve on nemá žiadne právo spovedať a posudzovať ma, keďže má toho dosť na rováši.

„Čo na to tvoja mama?"

„Mama so svojou kamoškou Hedvigou načúvali pri spovedelnici. Keď počuli, ako som farárovi vyčistila žalúdok, vytiahli ma von za vlasy a vynadali mi, aká som nehorázna. Odvtedy sa so mnou nebavila... Pokašlala som si celý život, Coco."

(Minulý rok dala Marika výpoveď v škole, kde mala skvele platenú prácu učiteľky a stala sa „venčiteľkou" psov.)

Adam vyšiel z kuchyne a v rukách mával fľaškami vodky a džinu. Palec som dala hore džinu.

„Marika, nepokašlala si si celý život," snažila som sa ju upokojiť.

„Ale, hej. Stále robím tie isté chyby a som v jednom kuse v tom istom uzavretom, nešťastnom kruhu. Chcela by som byť ako ty a Adam. Usadená. Šťastná."

Marike zapípal mobil.

„Aha, Milan mi volá. Sľúbila som mu trochu vianočného sexu cez telefón."

„No, dávaj si pozor na balkóne, nechceš mať omrzliny na nesprávnych miestach."

„Ha, ha. O pár dní budem späť v Londýne. Chýbaš mi Coco. Pozdravuj Adama."

Keď som sa rozlúčila s Marikou, do obývačky vošiel Adam. V rukách mal dva poháriky džinu s tonikom a na sebe mal natiahnutú zásteru.

„Čo ty na to?" opýtal sa ma a otočil sa, aby mi ukázal svoj holý zadok a sexi nohy, ktoré má vymakané ako futbalista z Premiership.

„Noóóó, je to..." začala som som hovoriť, ale ďalej som sa nedostala. Naplo ma a musela som utekať na záchod.

„Zlato, si v poriadku?" pýtal sa ma Adam spoza dverí. „Niečo som pokašlal?"

„Nie. Asi som zjedla niečo pokazené."

Uvedomila som si však, že sme s Adamom jedli to isté a jemu nič nebolo.

## Utorok 3. januára

Aj dnes ráno mi bolo zle, tak sa Adam ponúkol, že vyvenčí Rocca. Veľmi dobre som sa nevyspala, vstala som nafúknutá a s pocitom, akoby som zostarla o sto rokov. Včera sme pozerali Podivuhodný prípad Benjamína Buttona a keď prišla scéna kde stará Cate Blanchett uvidí mladučkého Brada Pitta, Adam zavtipkoval: „takto to bude čoskoro u nás!" Veľmi ma to rozladilo, ale Adam nevedel pochopiť prečo. „Coco, bol to len žart," zopakoval niekoľko krát.

Naozaj o nás ženách chlapi nič nevedia? Adam je odo mňa mladší iba o šesť rokov, ale chlapi nestarnú tak ako ženy. Pohľad na Seana Conneryho je stále taký istý s vedomím, že je to sexi chlap, a aký je pohľad na jeho Bond girls? Zostarnuté chuderky... asi to nebudem radšej rozvádzať.

Keď Adam odišiel, postavila som sa na gauč, vyzliekla si vyťahané staré tričko, v ktorom spávam a vo veľkom zrkadle nad kozubom som si dobre prezrela svoje nahé telo.

Brucho bolo celkom v pohode, ploché, zadok trošku väčší, ale vo fajn kondičke. Prsia boli... no... dosť úžasné... Trochu precitlivené, ale krásne pevné (žiadne lajdajky). Dosť nezvyčajné. V hlave som si začala vyratúvať, kedy som mala naposledy svoje dni, keď som zrazu započula, ako sa jemne zavreli vchodové dvere. Z chodby som počula šuchotanie. Najprv som si myslela, že to bol Adam, ale keď sa Rocco vráti z prechádzky, tak po dome behá ako blázon. Potom som začula vrzgot... ako sa niekto blíži ku kuchyni a hneď ma napadlo, že to musí byť zlodej, ktorý si prišiel pre vianočnú nádielku! Rýchlo som si natiahla tričko

a spoza gauča sa potichu približovala k dverám. Z jednej zo škatúľ som vytiahla valček na cesto. Spoza dverí som vystrčila hlavu do chodby. Dvere do kuchyne boli zatvorené, ale bola som si istá, že do nich niekto vošiel. Pomaly som sa k nim priblížila, zhlboka sa nadýchla a vrazila do nich. V ruke som mávala valčekom a zakričala: „Sme jehovisti, darčeky nedávame!"
Ponad dvierka na kuchynskej linke sa vynorila Etelina hlava „zabalená" v priesvitnom pršiplášti. Obe sme sa tak naplašili, že sme začali jačať ako v opere.
„Kurnik," prichytila mi pršiplášť. „Skoro sem z teba zinfarktúvala."
„Čo tu robíš?" opýtala som sa s ešte trasúcim sa hlasom.
„Od kedy ste jéhovisté? Nečo sem premeškala?"
„Nie sme. Myslela som si, že si zlodej. Chcela som ho tým vystrašiť..."
Etela prekrútila očami: „já by sem kričala, že mám vzduchovku."
„Ako si sa dostala dnu?"
„S mojím klúčem, néé?!"
„Akým kľúčom?" zostala som prekvapená.
„No, s mojím!" v ruke držala staré zaprášené filtre na kávu, ktoré vyhrabala z linky. „Coco, nekukaj tak na mna, ty si mi dala ten klúč!"
„Kedy?"
„Nóóó, to bylo už dávno, tak daleko do minulosti si nepamatám...v devadesátych rokoch? V devadesátomprvom? Kedy vykopli tú našu bronzovú lady, Thatcherovú?"
„Etela, po prvé, Tchatcherová bola železná lady, a po druhé, nemôžeš sa sem len tak kedy chceš prikradnúť. Ešte sme sa len nasťahovali..."
„Tis mi dala kľúč!"
„Nuž, odvtedy sa toho stalo veľmi, preveľmi veľa. Mala si

kľúč, lebo som bola vydatá za tvojho syna. To však už neplatí, pravda?!"

„A keho je to chyba, ééh?"

„Veď práve. Jeho chyba, Etela. Jeho..." Urazená sa zaksychtila. „A láskavo, túto tému už nevynášaj, nemám na ume sa k nej vracať po stý krát!"

„Fajníčko, mám novú tému. Takto sa ty prezéntuješ novému manželíkovi, Adamovi? Ste svoji necelých päť minút a už vyzeráš jak bezdáčkyna staršá sestra," mávala kávovými filtrami a pozerala na mňa.

„Ešte som sa nestihla obliecť," tričko som si sťahovala pod zadok.

„Toto je tvój spósob jak navnadiť kocúra na tvoju vevericu?" Radšej som to ignorovala.

„Ešte si mi neodpovedala na moju otázku. Čo tu preboha robíš?"

„Biskupské koláčky," zamrmlala Etela.

„Biskupské koláčiky?"

„Organizujem čitateľský klub," povedala s hrdosťou a vážnosťou. „A scela som ponúknuť mojim klubákom sherry a biskupské koláčky, ale nikde ich nevím zehnať. Nikde ich nemajú. Byla sem u Marksa na Oxford Street, ale tý už majú len velkonočné vajcá. Velkonočné vajcá v januári! Sama temu nemóžem uverit.

„Ja ale nemám žiadne biskupské koláčiky," odvetila som jej a položila som ruku na jej, keď išla otvárať ďalšiu kuchynskú skrinku.

„Šecky si spakovala sama, hmm..." uškrnula sa Etela.

„Áno," tričko som si stiahla ešte nižšie pod zadok.

„A nemáš aspom nejaké fajnové kafíčko?"

Pošmátrala som sa v kuchynskej linke a našla som kávu. Keď si Etela všimla značku kávy, tak sa čudne zaksychtila.

„Šukanela"?

„Chris mi na Vianoce poslal darčekový kôš z West Hollywoodu," vysvetlila som jej odkiaľ mám kávu.

„To néé zlatíčko! Nemóžem dat mojim dámam gay kávu..."

„Etela, na akej planéte žiješ? Len kvôli tomu, že Chris je gay neznamená, že aj káva od neho je homosexuálna," zazrela som na ňu.

„No, nevím, nevím... Šukanela mi zní dosť homo. Ten talán kerému si prenajímala dom, mal fajnové kapučínko."

„To už len ako vieš, že mal „fajnové" kapučínko?"

Etela sa zastavila a na chvíľku zmĺkla...

„No ved víš, taláni nepijú barzjakú čúračku. Neni tak?"

„Etela? Vlámala si sa sem, keď tu býval?"

„Ved to není vlámamí, keď máš klúč. Né?!" uškrnula sa.

„Poď, poď... Von," navigovala som Etelu ku kuchynským dverám.

„Víš on bol velikánsky playboy, vždy tu byla na koberci iná podprda. A né vždy na koberci v spálni!"

„Von!"

„Vyzeráš dost bledo zlatino," pozrela sa na mňa pri vchodových dverách.

„Posledných pár rán mi býva nejako nevoľno," myslela som si, že mám svoje dni, ale...no... nevadí."

„Byt tebou, idem k doktúrkovi, zlatino." Otvorila som jej dvere. „Zní to tak, že si asi v prechode."

„Nie som v žiadnom hormonálnom prechode!" odvrkla som jej s hororom v očiach.

„Kdy naposledy si mala své dni?" opýtala sa Etela a vykročila z domu.

„S tebou to nemá nič spoločné."

V tom som si uvedomila, že svoje dni som mala naposledy... v novembri?!"

„Menopauza, zlatino," múdro zavrtela hlavou. „Nemáš sa začo hanbit, moja. Nakonec nássecky raz dolapí."

„Prosím ťa, mohla by si mi vrátiť kľúč." S odporom mi ho

položila na dlaň mojej vystretej ruky a nahnevaná vyrazila ku bránke. „A menopauzu teda určite nemám," kričala som na ňu. „Nuž, gratulírujem zlatino," prevrátila očami. „Musíš byt teda tehotná!" tresla bránkou a vyparila sa na ulici.

Vrátila som sa do obývačky a snažila sa vybaliť pár škatúľ, ale nevedela som sa sústrediť. Stále som počula Etelin hlas: „Nuž gratulírujem zlatino, musíš byt tehotná."

Totálne vyplašená som schmatla kabát, rýchlou chôdzou išla do lekárne pri stanici Marylebone a kúpila si tehotenský test. Cítila som sa hrozne trápne. Ja si kupujem tehotenský test?! Mám štyridsaťštyri rokov a syna, ktorý ma dva a pol krížika na krku.

Musí to byť menopauza, premýšľala som v rade na platenie, ale kúsok pýchy vo mne tajne dúfal, že som v mojom veku stále plodná – aspoň natoľko plodná, že skoro plodná.

Pozorovala som predavačku pri pokladni, ako mi blokovala modrú škatuľku tehotenského testu a ako mi zobrala kreditku na zaplatenie. Čo si tak o mne asi myslí? Kupuje to pre seba, alebo svoju dcéru tínedžerku? Došlo mi, že v každom prípade som pre ňu matka v stredných rokoch, alebo babička.

„Pracujem v polepšovni. Starám sa o nezbedné tínedžerky," snažila som sa ju zmiasť. Nič to s ňou nespravilo. Ledva sa na mňa unudene pozrela a šmarila škatuľku do malej igelitovej tašky.

Keď som dorazila domov celá zadychčaná, rýchlo som rozdriapala škatuľku, v ktorej bol tehotenský test, vbehla do kúpeľne na poschodí a nešikovne som sa naštelovala nad paličku, na ktorú som sa vycikala. Od mojich tehotenských čias technológia tak veľmi napredovala, že som sa skoro „vykydala" zo záchoda. Namiesto modrej čiarky začalo na mňa z paličky blikať: TEHOTNÁ 9 TÝŽDŇOV

V tom momente mnou preskočila smrtka. Sama od seba sa mi začala krútiť hlava. Rýchlo som zo škatuľky vybrala aj druhý test, zubami ho otvorila ako divožienka a išla naň cikať, ale nešlo to. Začala som hľadať pohár na kefky, ale ešte nebol vybalený. Šomrajúc si zopár vulgárnych slov som si rýchlo natiahla rifle, utekala dole do kuchyne a naliala vodu do pollitrového pohára. Stiahla som ho tak rýchlo, že mi voda tiekla z kútikov úst na tričko.

Vchodové dvere sa zabuchli a rozkokošený Rocco sa za mnou hnal rýchlosťou padajúcej hviezdy. Hneď za nim vošiel Adam.

„Ahoj, sexica," žmurkol na mňa Adam. Z nákupnej tašky vybral noviny a položil ich na kuchynský ostrovček. Rocco pribehol k miske s vodou, napil sa a vybehol von z kuchyne.

„Miláčik, mala si plodné ráno?" spýtal sa ma Adam.

„Čoooo...?!" zostala som zaskočená.

„Vravela si, že možno budeš trochu vybaľovať, " dodal a obhliadal sa po izbe plnej nevybalených škatúľ.

„Áno, áno vravela som, zlato..." prikývla som. Upravila som si strapaté vlasy a snažila sa vyzerať normálne, akože sa nič nedeje.

„Wauví...niekto bude mať dnes Vianoce," usmial sa Adam. V ruke mal noviny otvorené na tretej strane s dievčaťom dňa. Vyzerala veľmi sexi. Ústa mala našpúlené, jej tvrdé bradavky vykúkali cez priesvitné, mokré tričko. Pozrela som sa dolu na seba, a zistila, že aj moje tričko je teraz premočené a priesvitné.

„To je nechutné, Adam!" škaredo som zazrela na noviny a prekrížila si ruky cez prsia.

„Si oveľa viac sexi ako ona," usmial sa na mňa. „Máš chuť na sex? Mohol by som ťa prehnúť cez kuchynský ostrovček a..."

„Možno neskôr..."

Adam otvoril chladničku a do dverí odložil mlieko. Trochu sa v nej pošmátral.

„Vieš zlato, možno, že ti je nevoľno z tejto chladničky. Nie je veľmi chladná... Možno sa v nej niečo pokazilo, čo si potom zjedla. Ja nejedávam hummus, ty áno. Ten je veľmi náchylný na správnu teplotu. Asi si zjedla pokazený hummus?!"

„Možno..." V tom sa vo dverách objavil vytešený Rocco. Krútil chvostíkom a v zuboch mal môj použitý tehotenský test. Vzrušene zaštekal, bol so sebou veľmi spokojný. Myslel si, že sa s ním budeme hrať na naháňačku. Rozbehol sa a ušiel do obývačky. Vystrelila som za nim ako strela. Vyskočil na sedačku a provokatívne sa postavil na zadné labky.

„Rocco, poď sem. Už aj!" zasyčala som ako vyprovokovaná kobra.

„Alebo by som ťa mohol prehnúť cez sedačku, zlato?!" ozval sa Adam z dverí. Pomaly si odopínal gombíky na košeli. „Čo to má Rocco v ústach?" opýtal sa celý zvedavý. Rocco vypľul na vankúš tehotenský test.

„Áááh, to je len môj MP3-prehrávač," rýchlo som ho schmatla.

„Nie je tvoja MP-trojka zelená?"

Test som schovala za chrbát. Začala som si hrýzť pery.

„Coco, čo to je?" nedal sa obalamutiť. Zhlboka som sa nadýchla a ukázala mu, čo schovávam. Na jeho tvári som videla veľkú zmenu. Oči mu behali z tehotenského testu na mňa a späť. Rocco zaštekal.

„Nie...Nie..." krútil hlavou. „Robili sme to len... s kondómami."

Zvalil sa na sedačku. Sadla som si vedľa neho.

„Pamätáš si, raz sme kondóm nepoužili. Cez priamy prenos X-Factoru," povedala som. Adam si zobral do ruky tehotenský test a nechápavo naň pozeral.

„Boha tam. Budeme rodičmi!" zasmial sa. Ľahkosť, akou to povedal, ma šokovala.

„Počkaj, počkaj môj zlatý... Budeme rodičmi?" stále som bola zo všetkého v šoku.

„A nebudeme?" vyzeral zaskočený. „Kedy si to zistila?"

„Dnes ráno, keď si bol s Roccom vonku."

„Má moje slovo v konečnom rozhodnutí nejakú váhu?"

„Nemala som čas na žiadne rozhodovanie, mala som čas jedine na cikanie na paličku a spanikárenie!"

„Ty si to nechceš nechať?"

„Neviem... Mám štyridsaťštyri rokov, mám syna a ty máš takisto už dcéru."

„Coco, mať dieťa je jedinečný, úžasný zážitok!"

„Aha, tak ty si teraz expert, či čo?" sarkasticky som sa opýtala. „Ty si odviedol svoju prácu – desať minút cez X-Factor a tým to pre teba skončilo."

„Tak to teda nie... počkaj!"

„Nie. Adam. Zbláznil si sa? Aby som mala v mojom veku dieťa?"

„Prečo nie?"

„Prečo nie? Priberiem, pribudnú mi strie na vrch tých ktoré už mám. A keď už nejako prejdem bolestivým pôrodom, tým to vonkoncom neskončí, práve naopak. Ešte to len začne – čakajú ma roky prebaľovania posratých plienok a hlavne veľká zodpovednosť za nový život. A keď ho potom... alebo ju vystrojíme konečne na univerzitu – ak sa ešte dovtedy nedá na drogy, alebo sa z neho/nej nestane porno hviezda – tak ja budem mať..."

„Budeš mať šesťdesiatdva rokov," nápomocne dodal Adam.

„ŠESŤDESIATDVA!! Ty ako chlap budeš starnúť do krásy, každým dňom budeš viac a viac sexi, a keď nás budú ľudia vidieť spolu na ulici, tak si budú myslieť, že som tvoja mama. Mám kariéru, v ktorej sa mi začalo dariť a chcem ísť na nejaké pekné dovolenky."

Zavzlykala som a slzy sa zo mňa začali liať ako voda z Niagarského vodopádu. Adam ma pritiahol k sebe a objal ma.

„Neboj, miláčik," hladkal ma po vlasoch. Rocco zaštekal a labku mi položil na nohu.

„Vyskúšaj ešte jeden tehotenský test, miláčik. Nie sú na 100 % presné."

„Dobre," dúfajúc v zázrak som súhlasila.

Vybehli sme hore a vycikala som sa na novú paličku. Znovu mi to ukázalo: TEHOTNÁ 9 TÝŽDŇOV.

„Ako presné sú tieto testy?" krútila som hlavou.

„Tehotenské testy sú presné na 97 až 99 %," prečítal Adam z letáku pribaleného k testu. Tak som lipla na tých dvoch percentách, že som Adama poslala do lekárne, nech mi kúpi ďalšie testy.

Po niekoľkých litroch vody sme boli späť v kúpeľni. Opierali sme sa o vaňu a čumeli na osem tehotenských testov položených v rade na radiátore pod oknom.

Na všetkých displejoch bolo napísané: TEHOTNÁ 9 TÝŽDŇOV.

„Mala by si sa objednať u doktora," povedal Adam. Už aj naňho doľahlo, o čo ide. Bol veľmi tichý.

„Myslíš, že niečo nie je v poriadku?"

„Jasné, že nie, ale mala by si ísť na prehliadku a na ultrazvuk. Nemyslíš? Keď si bola tehotná s Rosencrantzom, existoval vtedy ultrazvuk?"

Otočila som sa k nemu.

„Povedal som niečo?" nechápavo sa ma opýtal.

„Samozrejme, že existoval! Ide o rok 1989 a nie o osemnáste storočie!"

Rozhodla som sa zajtra navštíviť doktora. Nie je predsa v súlade s prírodou, aby som na nájdenie telefónneho čísla doktora kvôli tehotenskej konzultácii potrebovala okuliare?!

Streda 4. januára

Ani si nepamätám, kedy som bola naposledy u doktora. Ale s určitosťou viem, že som nebola na tehotenskej prehliadke u gynekológa odvtedy, čo bola Madonna ešte mladá, plodná a dookola otĺkala Papa Don't Preach. Teraz už nemám ani otca, ktorý ma bude odsudzovať, ale „iba" celý svet. V dnešnej dobe nikoho ani len netrkne pri neplánovanom tehotenstve, tak ako za starých čias (čo je pozitívna zmena). Zmienka o tehotnej žene po štyridsiatke však dokáže ľudí pohoršiť, aj keď neviem prečo. Aký je pohľad na staršie tehotné ženy? Že sú zúfalé? Chtivé? Karieristky? Nemalo by to byť jedno, pokiaľ je dieťatko zdravé a matka šťastná? Pre istotu som mala nachystaný krycí manéver, ak sa ma niekto opýta, prečo som u doktora.

„Výrastky na nohe," samej mi to bolo smiešne. „Roky nosenia vysokých značkových lodičiek a dlhé noci na diskotékach sa odzrkadlili na mojich nohách!" Potom nenápadne kopnem Adama na znamenie, aby povedal, že si chcem dať výrastky odstrániť, aby som mohla pokračovať v diskotékach a v nočnom hýrení. Aj keď neviem, prečo by som išla ku gynekológovi s výrastkami na nohe. Plán nie je dokonalý, ale čo je dokonalé? Však?

Ráno o trištvrte na osem to v čakárni u doktora vyzeralo ako v ZOO. Nepamätám si, že by deti za mojich čias bývali takéto bláznivé. A určite si nepamätám, že by mali toľko stimulácie. Mamy so sebou nikdy nezvykli nosiť celé detské ihriská plus prenosné DVD prehrávače. Väčšina mám v čakárni kŕmila svoje rozmaznané decká, ktoré nemali ani ten najmenší záujem, nakrájaným ovocím z nóbl tanierikov, s nóbl príboríkmi. A decká boli nahodené v tých najtrendovejších outfitoch!

„Pozri na tenisky hentoho krpatého, sú strašne coolové," povedal Adam a ukazoval na päťročného zasrana, ktorého mama kŕmila papajou, kým si on vyberal, epizódu Poštára Pata na iPade.

„Tie tenisky nekupujte v meste. Našla som ich on-line. Sú tak lacnejšie. Synova veľkosť by vám asi nepadla," usmiala sa trochu vystresovaná matka, ktorá sedela dve stoličky od nás. Na sebe mala kožuch, legínyteniskly. Vyzerala, že sa obliekala potme. Pri sebe mala zaparkované dva kočíky a na zemi rozloženú kopu hračiek, ktoré vydávali tie najirritujúcejšie zvuky. Trúbenie, pískanie, vŕzganie...hrozné melódie a pesničky. Ledva som počula vlastné myšlienky. Dve deti sedeli pri jej nohách na zemi a na tablete alebo mobile – proste na niečom s veľkou obrazovkou – pozerali Kapitána Nema. Obložené boli asi šiestimi alebo aj siedmimi nákupnými taškami. Ženská vyzerala neskutočne vyčerpane. Napriek tomu som si vedela za jej unavenými očami predstaviť, ako kedysi vyzerala. Krásna biznisžienka, za ktorou sa otočil každý chlap a nejedna žena.

„Som tu kvôli svojim výrastkom na nohách," pousmiala som sa na ňu. „Veľmi ma bolia."

„Nechceš trochu mama-pohonu?" opýtal sa malý krpec, ktorý sa otočil ku mnesledujúc Kapitána Nema. „Utlmuje bolesť..."

„Len pekne pozeraj Nema. Ako dobrý chlapec," snažila sa ho jeho matka umlčať a kŕčovito sa na nás usmiala. Krpec ju ignoroval, natiahol sa k jednej z nákupných tašiek a vytiahol z nej fľašku bieleho vína.

„Maminka hovorieva, že mama-pohon jej vždy pomôže utlmiť bolesť," chlapček sa natočil ku mne a s obidvomi rukami mi podával fľašu vína.

„Buď už ticho a pozeraj ten posratý film," zvýšila na neho hlas a vytrhla mu fľašu z jeho malinkých ručičiek. Krpec sa hneď rozplakal. Vzlykal, vydával také zvuky, ako keď sa lietadlo nekontrolovateľne rúti k zemi.

„Prestaň zlatinko, maminka to tak nemyslela..." prosila ho ženská.

Vďaka Bohu som v tom započula, ako volajú moje meno.

Doktor ma zavolal do malej miestnosti, ktorú mal vyhradenú len na konzultácie. Bol to taký deduško a keď som mu oznámila, že som tehotná, tak to ním ani nehlo a neunúval sa na mňa ani pozrieť. Stavím sa, že ak by mu Adam povedal, že je tehotný, tak by si doktorko ani nevšimol, že mu to hovorí chlap. Niečo na počítači poklikal na a potom povedal: „Dal som vás na zoznam stretnutí s pôrodnou asistentkou, prosím vás choďte do čakárne a čakajte."

Vytrepali sme sa naspäť do čakárne. Hneď po mne zavolali

do vnútra mama-pohon paničku. Dnu sa odpratala tak „rýchlo", ako to len ženská s dvomi deťmi a s celým hračkárstvom dokáže.

Onedlho ma zavolala do svojej ordinácie pôrodná asistentka. „Ty tu zostaň," nakázala som Adamovi. „Nie sme zobratí ešte dlho. Nechcem ti pokaziť ilúzie, ak budem musieť do strmeňov..."

„To nerobia pri prvej návšteve lekára. Či áno?" Adam zostal zaskočený.

„Ale určite budem musieť do niečoho cikať..." odhovárala som ho.

„Okej, miláčik," pobozkal ma. „Počkám ťa tu. Všetko bude určite v poriadku."

Pôrodná asistentka bola ako malý vrabčiak. Vytešená z každého dúšku vzduchu a nemohla byť oveľa staršia ako Rosencrantz. Čo to je s touto generáciou? Rozprávajú, akože o nič nejde a hlas majú taký melodický, akoby boli na castingu do X-factoru. Sú múdri, ale povýšenecki a bezdôvodne prízvukujú „múdre" slovíčka. Keď sa s nimi rozprávam, mám pocit, akoby so mnou rozprával niekto z Bangladéšu. Priezvisko pôrodnej asistentky je Day, ale prízvukovala, aby som ju volala Justine a potom urobila veľké hú-há, že môj postarší vek nie je také veľké hú-há a uisťovala ma, že ma bude oslovovať „staršia mamička" a nie „geriatrická matka".

Ešte som sa dostávala z frázy „geriatrická matka", keď mi podala pohárik: „Mohli by ste mi sem urobiť ciky-caky?"

Prešla som za záves, kde som naplnila pohárik až takmer po okraj.

„Výborne!" povedala pôrodná asistentka Justine, keď som jej vrátila pohárik. Dala z neho dolu plastový vrchnák a ponorila doň malú paličku.

„Dobrá správa je: ste tehotná," pozrela na mňa, odhodila do smetí paličku a umyla si ruky.

„Dobre, poďme nato. Mohli by ste mi odpovedať na pár

otázok?" spýtala sa, usušila si ruky a usadila sa za stôl. Pohrabala sa v zásuvke a vytiahla z nej malý zelený notes.

„Noste túto knižku vždy so sebou," pozrela na mňa. „Budete si v nej zaznamenávať všetko počas tehotenstva až do dňa, keď pôjdete do nemocnice dať život vášmu dieťatku."

„Počkajte, počkajte, neviem či..." vtom som stratila hlas.

„Neviete či, čo?" Justine má velikánsky neprirodzený úškrn, ktorým ma práve obdarovala.Také niečo, ako Joker v Batmanovi.

„Neviem či si dieťatko nechám," povedala som s priškrteným hláskom. Keďže Justine Dayová je v svojej práci mladá a neskúsená, nedokázala zamaskovať svoje sklamanie.

„V poriadku," ruku s vyčačkaným perom mala vo vzduchu.

„Nuž viete, vždy hovorievam..."

„Čo tým myslíte, že vždy hovorievate? Mala ste už aspoň dvadsaťdva rokov?"

„Mám takmer dvadsaťtri," povedala, akoby bola veľkou kôpkou múdrosti.

„Môj syn má dvadsaťdva! Nemôžem mať ďalšie dieťa. Nechcem mať ďalšie dieťa!"

Justine Dayová zostala šokovaná a do očí sa jej tlačili slzy, že som na ňu zvýšila hlas.

„Musím vám pripomenúť, že máme nulovú toleranciu voči násiliu," perom ukazovala na leták, ktorý mala prilepený za sebou na stene. Na konci pera mala fialového mini škriatka, ktorý sa nekontrolovateľne kymácal ako loďka na rozbúrenom mori.

„Prepáčte," ospravedlnila som sa. „O pár rokov ma určite pochopíte. Máte deti, staráte sa o ne, dáte im všetko na svete... Keď odrastú, znovuobjavíte čas pre seba, ktorý ste pred dávnymi rokmi z celého srdca venovali len a len svojim deťom. Začnete opäť žiť, budovať si kariéru. Vy kariéru máte, ste pôrodná asistentka. Ja som spisovateľka, k čomu je oveľa ťažšie prepracovať sa a „udržať si"... Máte priateľa?"

„Áno, mám."

„Dám vám radu. Vždy používajte antikoncepciu. Nikdy nepoľavte, ani na malinký moment. Žiadne také, že raz sa nič nestane. A hlavne si dávajte pozor pred začiatkom živých prenosov z X-Factoru, tie sú veľmi nebezpečné. Zostanete veľmi uvoľnená a galiba je na svete. A nepoľavte len preto, že je hrozne sexi, že sa neviete dočkať a musíte ho mať v tom momente...medzi nerozbalenými škatuľami..." Justine na mňa pozerala a nervôzne si hrýzla pery.

„Myslím si, že niektorý z mojich kolegov bude vhodnejší... na váš prípad," zodvihla telefón a začala vytáčať číslo.

Rozmýšľala som, či náhodou nemá veľký červený gombík-alarm, ktorý môže stlačiť v prípade, že sa z pacienta vykľuje blázon.

„Počkajte. Prepáčte. Som len nesmierne šokovaná...z môjho tehotenstva."

Sympaticky mi prikývla, položila slúchadlo a pokračovala vo vypĺňaní zelenej knižky.

„Fajčíte?"

„Áno."

„Pijete?"

„Áno."

„Prestali ste s tým po zistení, že ste tehotná?"

Došlo mi, že nie. Vtom som si spomenula, koľko som pila a fajčila cez vianočné sviatky.

„Pokiaľ s tým skončíte teraz, tak by malo byť všetko v poriadku," pozrela sa mi do očí.

„Mohla by ste byť trochu presnejšia?" dúfala som, že mi povie, že pár cigariet a pohárik vínka nikomu neuškodí.

„Nie, nemohla by som byť presnejšia." Potom sa ma opýtala na moje zdravie, Adamove zdravie a objednala ma na sono.

„Mohla by som ísť na sono skôr?" poprosila som ju. „Bojím sa, že som to malinké zdeformovala."

„Najskôr môžete mať svoje prvé sono o dva týždne a potom uvidíme, či je všetko v poriadku."

„Ale pred chvíľou ste mi povedali, že všetko bude v poriadku!"

„Do prvého sona si nemôžeme byť ničím istí."

„Ja to nechcem!" oznámila som. „Nechcem mať v sebe túto vec!"

„Pani Pinchardová. Chcete ísť na potrat?"

„Ja neviem... Chcem, aby bolo všetko normálne, tak ako predtým," povedala som potichu. Keď som vyšla z ordinácie, v čakárni bolo ešte viac bláznivých, rozlietaných malých prackov. Adam sedel, opretý o stenu a chránil sa pred deckami otvoreným časopisom.

„Zlato, aké to bolo?" opýtal sa ma.

„Pôrodná asistentka má na pere fialového strapatého škriatka," celou ťarchou som sa "uložila" na stoličku vedľa neho.

„Prosím?"

„Ale nič... potvrdila, že som tehotná."

„A?"

„A čo? Som tehotná, Adam. Boli sme takmer pri našom novom štarte, s odrastenými deťmi a s chuťou do novej kapitoly života. Chcela som ísť do Talianska, prenajať si krásnu romantickú vilku, nič nerobiť a iba pochlipkávať vínko, fajčiť, jesť pravý taliansky nepasterizovaný syr a písať svoju ďalšiu knihu. Ale teraz nemôžem," Adam sa ma snažil upokojiť. Pozrela som naňho a v jeho krásnych dobráckych očiach som videla, ako veľmi chce byť znovu otcom.

„Čo s tým chceš urobiť, Coco?" jemne mi vložil ruku do svojej dlane. Hlavou mi behala ženská z čakárne, ktorá fičala na mama-pohone menom Chardonnay.

„Chcela by som svoj posledný pohárik mama-pohonu," stisla som mu ruku. Musím vyzdvihnúť Adamovu trpezlivosť a aj to, že ma nesúdil pre neexistujúci materinský pud. Prepletli sme sa pomedzi lietajúce decká a vyšli sme na ulicu, kde nás vítala veľká zima. Chystala som sa vykročiť vľavo smer Irish Pub, keď ma Adam chytil za ruku a pritiahol k sebe.

„Ak má byť toto tvoj posledný drink, dovoľ mi ťa vziať niekam, kde neservírujú arašidové oriešky na barovom pulte. Zaslúžiš si to." Potom zakýval na prechádzajúci taxík, ktorý nás vozil sem a tam, kým Adam nezbadal to správne miesto. Bol to nádherne vyzerajúci bar. Taký moderný, ktorý má svoju stránku na Facebooku a Twitteri, a kde podávajú misy pre dvoch. Bolo to novootvorené miesto a boli sme v ňom jediní zákazníci. Drevená podlaha bola nablýskaná. Mali tam krásne pohodlné fotelky.

„Je to tu krásne. Si zlatý, Adam."

„Chcel som ťa sem zobrať v apríli, keď ti vydajú novú knihu. Ale aj teraz máme dôvod na oslavu."

Kŕčovito som si poškriabala hlavu. Prešli sme k baru a Adam vypýtal dva poháre červeného vína.

„Červené?" opýtala som sa prekvapene.

„Áno, čítal som, že obsahuje menej toxínov."

Sadli sme si k mega oknu, ktoré „krásne rámovalo" stromovú alej pri hlavnej ceste. Sedeli sme v tichosti. Jediné zvuky v miestnosti boli, klik-klak-klok...od upratovačky, ktorá vysávala a vysávačom narážala do všetkého, čo jej stálo v ceste. Spoza baru nás sledovalo zopár barmanov. Snažili sa vylúštiť, v akom sme vzťahu a čo sa deje. Aj ich trochu chápem. Ktorý normálny človek ide ráno o 10.30 do baru a objedná si pohárik vína? Jedine niekto, kto práve dostal zlú správu...

„Čo budeme robiť?" pošepkala som Adamovi.

Netrvalo nám dlho, kým sme „vyprázdnili" poháre a odišli. V bruchu som mala príjemný teplý pocit: bolo to víno alebo bábätko?

Nedeľa 8. januára

Celý týždeň som vyvolávala hádky s Adamom. Strašne som podráždená. Nikomu nechcem o dieťatku povedať, tak sme sa všetkým vyhýbali a radšej sme zostali zalezení doma. Marika je už naspäť v Londýne. Snažila sa mi dovolať, ale radšej som sa ani jej neozvala. Stále nie sme vybalení. Zo škatúľ sme si urobili organizované bludisko ako v lunaparku, aby sa nám lepšie obchádzali. Každé ráno som strávila v kúpeľni asi tri hodiny a vracala som. Je to strašné. Čudujem sa, že som nevyvrátila vlastné vnútornosti. Adam sa snaží byť veľmi nápomocný. Až tak, že mi pri vracaní chce držať vlasy. Začala som si ich vypínať do drdolu, čo som naposledy robila, keď som mala jedenásť. Dnes ráno som nevedela nájsť gumičku, takže keď sa Adam ponúkol, že mi podrží vlasy, poslala som ho do riti. On mi na to odpovedal, že v takýchto ťažkých časoch je hrešenie v poriadku a išiel mi ich aj tak podržať. Schmatla som malé nechtové nožničky a išla si odstrihnúť vlasy, aby mi ich nemohol držať. Našťastie ma v pokuse zastavilo ďalšie nekontrolovateľné vracanie.

Som zúfalá a mám obavy, že sa zo mňa stane čistý blázon. Mojou tehotenskou chuťou sú cigarety. Celé moje telo si ich nonstop pýta a dnes poobede som tomu volaniu neodolala. Hore v kúpeľni som si zapálila červenú Malborku a vyklonila sa z okna von, aby to Adam nezacítil. Nuž, ale Adam to zacítil a takmer vyvalil dvere, keďže som ho nechcela pustiť. Bol riadne nasratý a ja som sa tak rozrevala, ako nikdy predtým, lebo ma veľmi naľakal... Zostal z toho úplne mimo.

Achhhhh, toľko emócií s nami lomcuje. Je to pre nás totálne netypické. Adam chce svoje dieťa a ja nie.

Sobota 14. januára

Celý týždeň som strávila na gauči, ktorý sa nachádza dosť blízko toalety na prízemí, kvôli mojej rannej, poobednej a večernej nevoľnosti. Dnes ráno nastavil Adam prímerie.

„Coco. Nechcem sa rozprávať o ničom, čo má niečo spoločné... veď vieš s čím. Poďme sa poprechádzať. Ty, ja a... ty a ja spolu. Slniečko a čerstvý vzduch nám prospeje. Celý svet sa nám bude zdať lepší," usmial sa na mňa. „Takže sa teraz snažíme ignorovať ružového slona, ktorý nám lieta ponad hlavy?!" štekla som. „Ešte nič na tebe nevidieť, stále si chudá." Adam si hneď uvedomil, čo povedal, tak sa rýchlo pobral preč a išiel obliecť Roccovi kabátik. Slovíčko „prechádzka" vie Rocca veľmi vzrušiť a potešiť. Želám si, aby aj na mňa malo rovnaký efekt.

Regent's Park bol zaliaty slnkom, ale veľmi chladný. Na jazere sa pomaly rozmrazoval ľad. Chodníkmi sa hýrilo množstvo Londýnčanov, ktorí pohľadmi ignorovali okoloidúcich.Prešli sme okolo kaviarničky. Na zimu bola obtlčená veľkými latami, aby ju ochránili pred zlým počasím. V ruke som držala vodítko s Roccom. Pochodoval vedľa nás v novom kabátiku s tartanovým vzorom, ktorý sme mu kúpili na Vianoce. Je v ňom veľký fešák.

„Ako sa cítiš, Coco?" opýtal sa ma Adam. Uvedomila som si, že mám silnejšie materinské city k svojmu psovi ako k svojmu bábätku.

„Vzduch je veľmi chladný," z úst mi vyšla para.

„Ale čerstvý! Dobre ti prečistí pľúca. Som rád, že si prestala fajčiť."

Neďaleko pri trávniku som potom uvidela lavičku. Nasmerovala som nás k nej a sadla som si. Oproti bolo nejaký športový klub. Z jeho okien sa na nás odrážali slnečné lúče.

„Coco poď, nemôžeš teraz prestať chodiť! Musíš chodiť v pravidelnom tempe, aby ti dobre prúdila krv... Čo ti je zlato?"

„Neprosila som ťa, aby si nespomínal fajčenie? Teraz mám chuť na cigaretu aj napriek tomu, že ma nadúva."

„Nemal by zaúradovať nejaký materinský cit, ktorý ťa zbaví chuti po cigaretách?" spýtal sa Adam praktizujúc rýchlu chôdzu na tom istom mieste. Štekajúci Rocco behal okolo lavičky ako posadnutý Satanom.

„Takže vravíš, že nie som normálna?"

„To som nepovedal. Ale myslel som si, že vďaka biológii ťa to bude viac ťahať k starostlivosti o dieťatko, ktoré v sebe nosíš..."

Išla som protestovať, ale všimla som si dvoch nezastaviteľných bežcov rútiacich sa našim smerom. Tá nezastaviteľná raketa bola Marika so svojim novým frajerom Milanom. V legínach vynikli jej dlhé štíhle nohy. Zababušená bola v športovej ružovej vetrovke a vlasy mala vypnuté do vrkoča. Milanov športový „ohoz" bol celý červený a lesklý. Je veľký fešák s božským atletickým telom. Marika si nás všimla a dobehla k nám. Adam s Milanom si podali ruky. Marika sa ku mne nahla, pobozkala ma na líce a čudne na mňa pozrela.

„Si v poriadku? Volala som ti asi päťkrát..."

„Prepáč, mobil mi padol do záchodu..." taká kravina mohla napadnúť iba mne.

Opäť na mňa hodila ten čudný pohľad.

„Odkedy beháš?" opýtala som sa jej.

„Odjakživa behám, moja. Dokonca premýšľam aj nad londýnskym maratónom!"

Očividne sme si jedna druhej klamali.

„Paráda," pripojil sa Adam. „Vždy som chcel zabehnúť maratón."

„Mal by si sa k nám pridať," ponúkol Milan. „Všetci chlapi, čo pre mňa pracujú, idú behať londýnsky maratón." Milan má krásnu olivovú pleť, nádherné rysy a malú sexi medzierku medzi prednými zubami. Usmial sa a pritisol si k sebe Mariku. Myslela si, že ju ide pobozkať. Namiesto toho jej priložil na krk dva prsty a pomocou svojich hodiniek jej meral tep. Keď sa spamätala, rýchlo to zahrala tak, že vedela presne, čo išiel robiť.

„Momentálne si v procese spaľovania tukov," povedal Milan. „Nemala by si teraz prestať. Mala by si pokračovať."

Pozrela som na Milana, potom na Adama... Až ich triaslo, ako veľmi chceli behať a nie stáť a kecať.

„Nemohla by Marika zostať so mnou a vy dvaja si choďte zasúťažiť, kto je rýchlejší," navrhla som ako matka, ktorá chce aby ju deti poslúchli a išli sa hrať na hojdačky.

„Máš chuť?" opýtal sa Milan.

„Jasné!" potešil sa Adam. Obidvaja si nastavili na hodinkách stopky a začali utekať. Za nimi utekala aj naša malá guľka, Rocco. Marika sa posadila vedľa mňa.

„Takže ti padol mobil do záchodu?" opýtala sa ma ironicky.

„Áno."

„A pevná linka?"

„No, tá mi tam nepadla... Prepáč, nemala som sa ti kedy ozvať."

„A čo si toho toľko robila, že si vôbec nemala čas mi ani zavolať späť?" vhodne sa opýtala. Až to vo mne vrelo, ako veľmi som jej chcela o všetkom povedať. Ale po prvý krát som cítila, že nemôžem. Poznám ju dvadsať rokov, vyše devätnásť rokov mi bola bútľavou vŕbou. Keď sme sa spoznali, bola som vydatá za Daniela. Bolo to niečo úplne iné ako s Adamom. S Danielom to bolo väčšinou ako rozbúrené more, len málokedy vyšlo po búrke slnko. Asi aj preto som vtedy nemala problém rozoberať moje manželstvo. Ale s Adamom je to väčšinou prechádzka rajom. Aj preto ho nechcem rozoberať za jeho chrbtom. A napokon je to aj jeho tajomstvo, nielen moje.

„Všeličo možné," cítila som sa neskutočne previnilo. Marika na mňa pozerala, lepšie povedané cezo mňa a keď zbadala, že naši chlapi s Roccom sú ďaleko na opačnej strane parku, vytiahla škatuľku cigariet – slimky a žltú gumenú rukavicu na umývanie riadu (aby Milan necítil, že fajčila). Natiahla si rukavicu, zapálila dve cigarety a jednu mi strčila do úst.

„To je lepšie," povedala a vydýchla cigaretový dym. „Neznášam behanie."

„Prečo si Milanovi povedala, že ľúbiš behať?"

„Aj si potiahneš, moja?" zamračila sa na mňa. Nadýchla som sa a potiahla som si. Keď sa do mňa dostal ten odporný dym, prebehlo mi hlavou, že aj bábätko ho vdychuje. Vydýchla som s neuveriteľne hrozným pocitom a musela som si zahryznúť do pery, aby som sa nerozplakala. V diaľke sme videli ako sa súťaživosť dostala Adamovi a Milanovi až pod kožu. Úplne im to prerástlo cez hlavu. Bežali ako na olympiáde.

„O čo im ide?" opýtala sa Marika. „Riadna debilina. Pozri na nich...utekajú ako nadržaní býci. Jeden chce poraziť toho druhého. Chcú vyhrať."

„Takí sú chlapi, moja."

„Ale je to sprostosť. My nikdy medzi sebou nepretekáme."

„To teda, nie."

„My vieme spracovať vlastné emócie ako inteligentní ľudia. Vieme byť úprimné, keď ide o to, čo cítime."

Nastalo trápne ticho.

„Ako vám to s Milanom ide?" opýtala som sa.

„Skvelo. Úžasne. Aj keď si myslí, že milujem behanie, pozeranie futbalu a autičkárske programy v telke, a že som spala len s pár chlapmi... A nevie, že fajčím."

„Aha, už mi dáva zmysel, prečo máš so sebou tú gumenú rukavicu. Povedala si mu, že rada umývaš riad?" zasmiala som sa.

„Náhodou, on má umývačku riadu...vo svojom veľkom dome...ktorý vlastní."

„Takže je finančne zabezpečený?"

„Áno, ale dôležitejšie je, že je veľmi dobrý, zábavný a strašne sexi chlap. Je taký zlatý, vyhradil mi na moje veci zásuvku, polku skrine a poličku v kúpeľni. Coco, strašne sa bojím, že to hrozne poseriem."

„Možno mu nebude vôbec vadiť, že neľúbiš behať, pozerať futbal, auťáky...a že fajčíš. Len mu to povedz."

„Coco, zobuď sa. Život nie je taký jednoduchý. Nebolo by

krásne, keby bol? Nie, klamala som mu a teraz s tým budem musieť žiť."

„Takže budeš chodiť pravidelne behávať a nosiť jednu o číslo väčšiu gumenú rukavicu?"

Marika si celá zamyslená odklepla popol.

„Prečo je na univerzite toľko odborov študujúcich správanie žien?" premýšľala nahlas. „Ženy chápem. Viem, ako to s nami chodí. Aké sú pravidlá. Mali by otvoriť viac odborov na študovanie chlapov. Tých je strašne málo."

„Vieš čo, Marika? Na také štúdium by som sa aj ja dala a neodradili by ma ani veľké poplatky."

„Coco, si si istá, že je všetko okej?" Otvorila som si ústa, nachystaná, že jej to poviem, keď sme vtom zbadali našich chlapov rútiacich sa k nám. Marika rýchlo zahodila cigaretu, strhla zo seba rukavicu, schovala ju do vrecka a z malej škatuľky si vybrala silný mentolový cukrík.

„Nesmrdím od cigy?" cucala cukrík ako blázon. Prikývla som, že nie.

Milan s Adamom spomalili a krokom prišli k nám. Boli hrozne zadýchaní a spotení. Rocco k nám dobehol, celý vytešený. Pár krát štekol a vrtel chvostíkom ako o život.

„Adam ma porazil. O chlp," usmial sa Milan. „Aký máš tep, kámo?"

„Neviem," vydychoval Adam.

„Tak ja ti poviem aký máš tep. Mám pri sebe malý bežecký monitor," Milan vybral z vrecka bundy malú škatuľku. S Adamom strávili asi desať minút meraním tepu a vzrušovaním sa nad bežeckým monitorom. Milan nás potom pozval k sebe na večeru (nadchádzajúci týždeň). Vytešený Adam hneď pozvanie za nás prijal.

„Tešíme sa," usmial sa Milan. „Mali by sme ísť Marika, máme ešte pred sebou sedem míľ."

„Coco, prosím ťa, zavolaj mi." Marika bola stále presvedčená, že mi niečo je. Keď som jej sľúbila, že sa ozvem, tak sa trochu uspokojila a s Milanom sa vytratili. Samozrejme behom :)

My sme sa začali pomaly vracať domov. Rocco pri nás hopkal, vyzeral byť pokojný sám so sebou. Aj ja by som bola, keby že dokážem dodržať bežecké tempo s týmito raketami.

„Milan je pre Mariku obrovským pokrokom, nemyslíš? Po tých jej párpredchádzajúcich nepodarkoch, som za ňu veľmi šťastná.

„Je fakt trieda," povedal Adam. „Má svoju vlastnú lodiarsku firmu. Stavia lode, riadi svoj biznis, marketing..."

Zostala som ticho.

„Povedala si niečo Marike?"

„Nie."

„Dozviem sa, ak si jej niečo povedala."

„A čo keby som jej aj povedala! Čo som jej však nepovedala. Žijem s touto mizériou sam... tak ako si to chcel."

Adam na mňa pozrel. Všetko to šťastie a pohoda, ktorou sa pri Milanovi nabil, sa mu zrazu vytratila z tváre. Celú cestu späť sme mlčali.

Pondelok 16. januára

Zvyšok víkendu sme sa s Adamom len hádali. Boli to hrozné hádky a argumenty o tom, či si dieťatko necháme, alebo nenecháme.

„Si strašne sebecká ženská. Sebecká, sebecká ženská!" kričal na mňa.

„Adam, ty si tehotný? Nie. Tak nemáš ani len tušenia, o čo ide."

„Kravina. Zato, že si v živote podpísala pár petícií na potrat, aby mala každá žena právo rozhodnúť sama za seba, či si decko nechá, alebo pôjde na potrat a ešte si za to dostala nálepku "ďakujeme", z teba expertku nerobí," Adamovi vyskočila na čele žila, ktorá sa ukáže len vtedy, keď je fakt naštvaný.

„Právo na rozhodovanie funguje obojsmerne!"

„Áno. To znamená, že aj otec dieťaťa by mal mať v celej záležitosti slovo! Roztiahla si nohy, dovolila si mi ísť dnu a teraz musíš znášať následky lásky a sexu. Ale to ti veľmi nejde. Si sebec."

„Prečo by som mala chcieť dieťa s tebou? Si taký istý stroskotanec, ako môj predošlý manžel."

„Radšej budem stroskotancom ako vražednou sukou..."

Zostali sme na seba pozerať so strachom v očiach. Bola som v šoku z toho, čo vyletelo Adamovi z úst. Myslím, že aj on bol zo svojej reakcie totálne zaskočený. Otočil sa a nasmeroval si to von z izby. Potom som len počula, ako tresli vchodové dvere.

Nasledujúcich pár hodín som strávila v slzách, s hlavou dole a nad toaletou. Len sa to tak zo mňa lialo. Pri poslednom zvracaní som počula buchot vchodových dverí. Poskladala som sa na zem pri vani. Bála som sa, že sa vrátil Adam. No nakoniec som zostala v šoku. V kúpeľňových dverách sa zjavila hlava Etely.

„Božínku, si v poriadku moja?" opýtala sa ma.

„Áno, som. Som len trochu prechladnutá."

„Navyzerá to na prechladnutí," Etela prešla k umývadlu a naliala mi do pohárika vodu.

„Na, moja," podala mi pohár. Trochu som si odpila. Etela si ma premeriavala, ako orol zameraný na svoju korisť. Snažila sa zistiť, čo so mnou je. Ešte raz som si odpila.

„Fúúúj, ešte aj voda mi chutí nechutne," až sa mi zošúverila tvár.

„Páči sa ti môj nový parfúúúm?" pod nos mi strčila zápästie nastriekané voňavkou. „Je to fajnovučká značka: Ma Griffe."

Voňala hrozne silno, až tak, že ma napínalo. Rýchlo som sa odtiahla.

„V koľkom mesáci si?"

„Prosím? Nevymýšľaj Etela, nie som...v žiadnom mesiaci."
„No, v kolkém?" Etela sa oprela o bidet. Nechtiac som zakrochkala, vysiakala som si nos a nakoniec som jej povedala, že som v jedenástom týždni.
„Adam to ví?"
„Áno."
„A je to jeho bambulátko?"
„Samozrejme, že je jeho!"
„A ty si to nesceš nehat. Že?"
Chvíľu som na ňu nepríjemne pozerala a potom zo mňa niečo vyšlo: „Ty ma vôbec nepoznáš."
„Ja ta nepoznám? Asi sa rozpučím. Nemáš v rukáve nejaký iný trik, moja? Poznám ta odkdy ti bilo osumnást. Velmo, ale velmo dobre si pamatám na ten rozruch, ked si otehotnela s Rosencrantzom."
„Teraz je to niečo úplne iné, veľmi komplikované."
„Né, myslím, že prvý raz je to ždicky vác komplikovanejše, zlato."
Zahryzla som si do pery. Z vystrašených očí sa my začali valiť slzy. „Hrozne sa bojím," priznala som.
„Mój nebohučký tatko ždicky vravíval, že ked sa néčoho nebojíš, tak to bude na prd."
„Týmto ma chceš utešiť?" vyštekla som na Etelu.
„Néčo ti povím, Coco a povím ti to z lásky. Si rozmaznaný pracek. Máš úchvatného manželíka, parádnu kariéru, velikánsky domisko, kerý si nemusíš prenajímat, lebo ti patrí. Nemyslíš, že bambulátko by bolo višničkou na torte?"
„Myslíš čerešničkou?!"
„To je jenno. Bolo by vyvrcholením tvého krásneho úspešného života."
„Ale ja chcem ísť na dobrú dovolenku," hneď čo som to dopovedala, uvedomila som si, aký som sebec.
„Dovolénočku? Nuž, tak já sa vrátim za deset rokú, ked ty s Adamom ste predovolenkúvali šecky rohy sveta. Dovolenky

plné lúzerov v stredných a starších rokech, popíjajúcich činzánko a ukájajúcich sa v tých ordžiách... V ordžiách de šeci už musá nosit dioptrie. Luďá robá velikánske chyby, ked sa na nich néčo rúti a nevedá, čo s tým robit. Dójde im to až na poslennú chvílu, ked už je vačšinou neskoro."

Dúfala som, že to Etela trochu viac rozoberie.

"Coco, aspom na minútenku nad tým dumaj... Víš mój Danny... Milujem ho, jak len matka móže milúvat svého syna, ale ból to rádny drbo, ked si to rozdal s tóu štetkou v tvé postely... Potom sa s tebu rozvédol, v tvých rokech súmraku, ked tvá krása chabla každým dnem... Nechal ta na smetisku človečiny... Potem ti do života došel Adam. Mladý, úžasný, rozvedený. Mohel si vyberat z tólkych krásných žén, šecky ponem slintali, jak hladné supy a on si vybrau teba."

"Kam týmto smeruješ? Snažíš sa mi povedať, že si mám dieťa nechať?"

"Nič ty nehovorím moja... Ale myslím, že ta náš pán miluje. Požehnau ti. Predstau si jaký by ból tvúj život bez Rosencrantza?"

Poťapkala ma po hlave a odšuchtala sa dolu schodmi.

"Ééééj, dúfam, že ty nevadí, ukralla sem si krabicu keksíkov do mójho knižného klubu. Té džemové," zakričala mi hore. "Budeme rozeberat Hry o život. Určite pri nich vyhlanneme, tak nám poslúža k čajíku. Náš pán Hospodin ti to šecko vráti."

O malú chvíľku tresla vchodovými dverami a nastalo ticho.


Nedeľa 22. januára

Som si istá, že preto, aby sme mi ženy mali viac ako jedno dieťa, je v nás geneticky naprogramované zabudnutie tehotenských symptómov. Keď si spomeniem, na tehotenstvo s Rozencrantzom, tak jediné, čo mi napadne je, že som sa nevedela doslova dožrať vyprážaných rybacích prstov a milovala som kvetované tehotenské šaty. Celkom romantické :) A teraz? Nonstop sa potím.Brucho a žalúdok mám nafučané ako balón a tvrdé ako basketbalovú loptu. Ich kapacita je maximálne plná a na obzore žiadna šanca, že by sa mi uľavilo a zbavila by som sa bolesti. Mojou neustálou spoločníčkou je nevoľnosť. Zvracanie mi nejako extra nevadí, ale to, že neviem, kedy príde to ďalšie, ma frustruje a unavuje. Jediné, čo môj žalúdok prijíma bez toho, že by som to vyvrátila, sú zázvorové kekse. A aj to musia byť najprv naukladané na malom tanieriku. Keď vidím celý balík s názvom zázvorové gule, tak ma strašne napne. Hneď sa mi vyjavia anatomické veci a z toho ma napne ešte viac. Bolí ma každý korienok vlasov, ktoré si vypínam hore, aby mi neboli v ceste. Ale aj to vypínanie hore bolí, akoby mi tie korienky ťahali malé ručičky z vnútra mojej hlavy.

Ani jeden z nás sa nevrátil k našej nepríjemnej hádke. Ani jeden z nás sa však neospravedlnil za tie hrozné veci, čo sme na seba nakričali. Momentálne sa správame jeden k druhému iba civilizovane. Slovami na seba veľmi nemíňane, väčšinou je všetko áno/nie.

A tá matka príroda je riadna KRAVA! Moje prsia vyzerajú neskutočne. Ešte aj v mojom momentálnom "psychopatickom" stave musím uznať, že vyzerajú báječne. Mám prsia dvadsaťročnej. Nie, ešte úžasnejšie. Také prsia, že by samé vedeli otvoriť všetky dvere, aj tie nedostupné, a z každého chlapa si urobiť otroka: ale strašitánsky ma bolia... pália. Len keď sa o ne obšuchne hocijaká látka, privádza mi to nesmiernu bolesť. O chvíľu sa mi zväčšia ešte na väčšie balóny s velikánskymi žilami. To bude pohľad. Moje žilnaté prsia budú vyzerať ako satelitný pohľad na Amazonku, ktorá sa prediera kopcami. Potom sa na ne budú nacuciavať malinkaté ústočká, až kým ich nedostanú do štádiapopraskania a ešte väčšej precitlivenosti. A keď ma tie ústočká po niekoľkých rokoch úplne vycicajú, prsia mi zostanú vyschnuté a vyťahané, že si ich budem môcť prehodiť cez plecia ako stará Afričanka.

Celkom som zabudla, že máme ísť na večeru k Marike a Milanovi. Adam stále hovoril, že to zrušíme a nepôjdeme, ale aby som ho nasrala, tak som si stála za tým, že ideme. Adam sa ponúkol zavolať taxík, ale dala som prednosť metru. Zvracanie v metre mi prišlo menej nechutné, akoby sa mi to malo stať v taxíku. Našťastie k tomu ani nedošlo, ale nadrapovalo ma teda riadne, až teatrálne. Niektorých spolucestujúcich som dosť vyplašila, ale nakoniec prežili. Vozeň metra bol mixom tisícky zmiešaných aróm. Všetko to jedlo, parfumy a vody po holení ma napádali ako rozhnevaný roj ôs. A to ani nehovorím o očúraných výťahoch.

Milan býva v londýnskej štvrti Stockwell. Vlastní nádherný, vysoký, úzky dom v prekrásnom prostredí viktoriánskeho námestia. Adam stlačil zvonec a Marika nám prišla otvoriť. Mala na sebe zásteru (na ňu veľmi čudné) a celá sršala šťastím. Za ňou sa objavil Milan s velikánskym úsmevom a sexi medzierkou medzi zubami. Za nimi sa tiahla, horiacimi sviečkami osvetlená, dlhá, prekrásna chodba. Od vyleštenej dubovej podlahy sa odrážal zlatý ligot sviečok. Chystali sme prejsť prahom dverí, ale v tom ma "trafila" vôňa/smrad: akoby som narazila v plnej rýchlosti do tehlovej steny. Zvyčajne milujem, keď Marika varí bryndzové halušky s ovčím syrom a s opečenou slaninkou, ale v tento večer vôňa bryndzových halušiek zareagovala hystericky na moje tehotenské chúťky, city a vôbec všetko. Až tak, že sa mi "zdvihol" žalúdok a na prah dverí som vyvracala malé kúsky zázvorových keksov. Rýchlo som sa zmobilizovala. Vytiahla som papierové vreckovky, ktoré my z rúk odfúkol nemilosrdný vetrisko a odfúkol ich až na trávnik v strede námestia. Našťastie mi v ruke jeden zostal, s ktorým som si utrela ústa. Zahanbená a psychicky zničená som ušla preč. Za sebou som nechala chudáka Adama, aby vysvetlil, zmätenej Marike a Milanovi, čo sa stalo.

O pár minút ma dobehol. Našiel ma v slzách pred večierkou pri telefónnej búdke, prehnutú cez prašák ako koberec. Snažila som sa z nosa dostať arómu syra a slaniny. Adam vbehol do večierky a vrátil sa s fľaškou minerálky, papierovými vreckovkami a balením zázvorových keksov.

S veľkou vďačnosťou som si dala dúšok vody.

„Nemala by si byť v zime, aj keď ti je teplo a potíš sa." Adam otvoril dvere na búdke, ale vo vnútri to bolo dosť nechutné a strašne tam smrdelo. „Môžeš prejsť pár krokov?"

„O chvíľu..."z hlboka som sa nadýchla. Pomaly sme sa prešli k veľkému múru, ktorý ohradzoval špinavé, tehlové paneláky a sadli sme si na lavičku.

„Coco. Môžeme mať...môžeš mať... Nemusíš si nechať to bábätko," objal ma Adam. „Akokoľvek sa rozhodneš, budem stáť pri tebe."

Sedeli sme ticho na lavičke hodnú chvíľu. Bezhlavo sme sledovali svetlá fičiacich áut.

„Čo si povedal Marike a Milanovi?"

„Povedal som im, že si sa priotrávila jedlom."

„A verili ti?"

„Prečo by mi neverili?" V tom momente sa nám pohľady stretli a "nekonečne" sme sa pozerali jeden na druhého.

„Chcel by som sa ťa niečo opýtať," povedal Adam so šteniatkovskými očami.

„Čo?"

„Mohol by som sa na mobil odfotiť tvoje... prsia? Vyzerajú bombasticky..."

Prvýkrát po veľmi dlhej dobe sme sa obidvaja rehotali ako malé deti.

Keď som sa predýchala a trochu sa mi uľavilo, zavolali sme taxík. Chvalabohu cestou domov sa neodohralo nič dobrodružné.

Doma som si umyla zuby, zohriala sa v dlhej horúcej sprche a potom som sa navliekla do Adamovho pyžama a pritúlila k nemu na roztiahnutej pohovke, ktorú ešte stále používame namiesto postele.

„Chceš, aby som zajtra zavolal doktorovi na kliniku?" opýtal sa ma Adam. „Koho si mám vypýtať? Mám sa opýtať na..."

„Potraty. Objednám sa na potrat," povedala som mu. Rocco vyskočil na posteľ a ľahol si medzi nás. Hlavičku si položil na moju nohu a spokojný vydýchol.

Po dlhej dobe som hneď zaspala a prespala celú noc.

## Pondelok 23. januára

Cez okno sa začali predierať prvé slnečné lúče. V tom mi zapípal mobil. Prišla sms-ka. „Odlepila" som od seba Adamovu ruku, ktorá ma obopínala okolo pása a načiahla sa za mobilom položeným na operadle gauča. Sms-ka prišla z nemocnice University College Hospital. Pripomínali mi, že som dnes o 9.30 objednaná na ultrazvuk. Všimla som si, že Rocco je hore. Sedel a intenzívne sa na mňa pozeral. Adam spal ako zarezaný. Rocco sa ozval malým tichým, ale líškavým šteknutím, tak som potichu vstala a vzala ho na prechádzku.

Regent's Park bol takmer prázdny a veľmi sivý až depresívny, ale ja som na prekvapenie bola veľmi pokojná. Urobila som rozhodnutie a nevedela som, či to je správne rozhodnutie, ale aspoň som sa už rozhodla. Vybrala som z vrecka mobil, išla som zrušiť ultrazvuk, keď mi v tom začal zvoniť. Bol to Chris.

„Ahoj, Coco. Zobudil som ťa?" opýtal sa ma.

„Nie, už som hore. Je všetko okej?"

„Áno...Nie," povedal Chris nerozhodne. „Ležím v posteli môjho úžasného apartmánu, cez masívnu sklenú stenu sa pozerám na nekonečný, krásny Los Angeles. Všetko je v noci prekrásne osvetlené. Kariéru v šoubiznise mám rozbehnutú lepšie ako som dúfal, ale nemám nikoho s kým by som mohol toto všetko zdielať."

„Myslela som si, že si tam šťastný?!"

„Coco, som hrozne osamelý. Som zazobaný, ale ani všetky moje peniaze ma nedokážu dostať z tejto osamelosti."

„Nevravel si, že tam máš veľa priateľov," chytala som sa každej možnej slamky, aby sa môj skvelý priateľ necítil, že sa topí.

„Vravel, vravel, aj som mal veľa priateľov, ale už nemám. Zrušili ma."

„Prosím?" nechápala som.

„Nevedel som, že sú scientológovia. Robil som si pred nimi srandičky z celej scientologickej viery. Smial som sa na tom, aká je to kravina. Aký oblb na ľudí."

„To mi je veľmi ľúto, Chris. Videl si nejakých známych ľudí?"

„Jééj, to áno. Videl som niekoho, koho obidvaja milujeme," povedal vzrušene.

„Koho, koho? Jennifer Lawrence?"

„Nie."

„Cameron Diaz?"

„Nie."

„Kirstie Alley?"

„Nie. Nie. Videl som tú babu, čo bola na dne studne v Mlčaní jahniat."

„Koho?"

„Veď vieš, Mlčanie jahniat... Dcéra senátora, Buffalo Bill ju chytil... Nasilu k sebe do studne kosťou zlákala malé bieleho psíka. Myslím, že to bol bišónik. Pamätáš? Videl som ju v supermarkete. Kupovala kel."

„Odkedy ju já obdivujem?"

„Miluješ Mlčanie jahniat... Či nie?"

Vtom som si spomenula, že musím zrušiť ultrazvuk. Najprv som však musela zrušiť náš hovor.

„Coco, si v poriadku? Viem, viem, až taká hviezda to nie je."

„To som nepovedala."

„To si ani nemusela," vydýchol si. „Odvtedy ako som sa sem presťahoval, som mal veľmi veľa času na premýšľanie. Čo už len po mne zostane na tomto svete? Ako režisér to musím dotiahnuť v tejto filmovej brandži veľmi ďaleko, lebo je to jediné, čo naozaj mám. Jediné k čomu som sa v živote dopracoval vlastnými silami. Som hrozne starý."

„Máš iba štyridsaťpäť, zlato."

„Presne o tom hovorím. V gay rokoch toje veľká staroba, geriatria... A ty Coco, taktiež už nemladneš."

„Veľmi pekne ďakujem."

„Nie, nie... vieš ako to myslím. Vždy si bola mojím záložným plánom, plánom B. Plánom B, s ktorým som v núdzi mohol mať dieťa. A teraz? Bez urážky, ale v tvojich rokoch by to bol veľký zázrak, ako keď Ježiš chodil po hladine vody. Onedlho budeš mať štyridsaťpäť."

Celá konverzácia sa odvíjala štýlom, ako ma Chris, prichytil na hruškách. Nasilu som sa zasmiala. Len tak trošku. Chris sa nezastavil a pokračoval ďalej: „A Marikina maternica je zadaná. S Milanom je vtom až po uši."

Už som bola takmer na kraji parku.

„Chris, prepáč ale musím ísť. Venčím Rocca."

„Dobre, choď... Možno si kúpim psa. Pes mi dá dôvod na život, niečo o čo by som sa mohol starať... ale mám biele koberce..."

„Zavolám ti o pár dní. Ľúbim ťa Chris," rozlúčila som sa. V tej chvíli vyšlo spoza mrakov slnko a celý park sa zmenil na nepoznanie. Slnečné lúče sa odrážali od hladiny jazera, ktoré vďaka ním ožilo. Rocco sa ku mne rozbehol a olízal my ruku. Bol celý bez seba. Z hlavy som nevedela dostať Chrisov hlas, ktorý vravel: „Zázrak."

Keď som prišla domov, Adam práve postielal gauč.

„Si v poriadku?" opýtal sa ma, keď ma zbadal.

„O 9.30 mám ultrazvuk."

Zostali sme sa na seba pozerať.

„Chceš, aby som ti hu zrušil?" ponúkol sa. Videla som, že sám so sebou zápasí. Mobil som silno zvierala v ruke.

„Nie, mala by som tam ísť osobne," rýchlo som odpovedala a utiekla do kúpeľne. Hlavu som strčila pod vodovodný kohútik. Úplne som zabudla na čas, až kým Adam nezačal klopať na dvere, že už objednal taxík.

Cesta do nemocnice netrvala dlho. Celú sme ju premlčali. V aute sme sa držali za ruky. Do ordinácie na treťom poschodí nás vyviezol výťah. Hneď ako sme prišli, zaviedli nás do miestnosti so sonom. Sonografka bola chudá, nahodená do bieleho. Dlhé šedivé vlasy mala vypnuté do drdolu.

„Nech sa páči, dajte sa na posteľ," ešte predtým mi podala kus veľkého papiera, na ktorý som si mala ľahnúť. Vyskočila som na lekársku posteľ a vyhrnula si pulóver. V tom momente sa mi vrátili spomienky na smrad z dezinfekčného spreja a drsného papiera, na ktorom som ležala aj pri tehotenstve s Rosencrantzom. Sonografka k posteli pritiahla stolík s prístrojom. Z monitoru visel kábel, trubka alebo niečo podobné.

„Gél vás bude možno trošku chladiť," doktorkin hlas bol veľmi jemný a ukludňujúci. Ako keď sa započúvam do zvuku vĺn. Potom stlačila tubu, z ktorej sa mi na brucho „vypľul" gél. Capol mi na jazvy zo strií, ktoré mi zostali po Rosencrantzovi.

Adam sedel vedľa mňa. Keď mi začala rozotierať gél so sondou, chytil ma za ruku.

„Je to ohromujúce... tehotenstvo," povedala láskavo. „Stretávam sa s tým každý deň, ale nikdy ma to neprestáva ohromovať."

Z reproduktora vyhŕkol hlasný buchot aj ozvena, ako keď sa od zeme v tuneli odráža tenisová loptička.

„A máme tu tlkot srdca," doktorka sa usmiala a po bruchu mi pomaličky chodila so sondou. Adam aj ja sme onemeli. Ten tlkot bol taký rýchly, silný a vitálny.

„Teraz skontrolujem, či je všetko tak, ako má byť." Keď sa doktorka zamerala na monitor, tŕpli sme, či bude všetko v poriadku. Tých pár minút trvalo večnosť.

„Všetko vyzerá... v normále," povedala doktorka a natočila monitor k nám. Celá obrazovka bola ako čierna pohyblivá hmota, v ktorej akoby bol osvetlený profil bábätka. Ležalo na chrbátiku. Malo veľkú guľatú hlavičku a vo vzduchu malilinkaté nožičky. Nechcelo sa mi veriť aké to bolo detailné.

„To je všetko vo mne?" otočila som sa od obrazovky a nechápavo som pozerala na svoje brucho. Doktorka sa usmiala a prikývla.

„Vidieť aj noštek a ústočká..." Adamovi sa urobila v hrdle guča. „Hlava! A telo! Pozri Coco, tie ústa sa hýbu." V tom telíčko na monitore zodvihlo malilinkatú ručičku.

„Zodvihlo ruku! Má ruku a prsty!" zakričal neskutočne vzrušený Adam. „Môžete ich spočítať, nevidím všetky prsty. Má ich desať?"

„Nie," povedala doktorka.

„Nemá desať prstov? Je mu niečo?" Adam zostal poriadne zaskočený.

„Má osem prstov a dva palce," zasmiala sa sonografka.

„Pane Bože, dieťatko, naše dieťatko," vyletelo zo mňa.

„To bábätko je skutočne v nej? Je v nej teraz?" Adamova hlava pendlovala od môjho brucha k monitoru. Obaja sme boli v takom stave vzrušenia, že sme museli vyzerať ako dvaja debilovia s IQ pod desať. Našťastie, doktorka bola veľmi milá a chápavá a Adamovi prikývla.

„Ahoj, maličké," Adam sa dotýkal ručičky na monitore. „Je taký malinký, aký je veľký?" Doktorka prešla sondou po bruchu.

„Nevidím, čije bábätko on alebo ona, ale je veľké asi ako tyčinka Mars."

„Aká veľkosť tyčinky?" opýtala som sa vážne.

„Ako tyčinka Mars," zopakovala doktorka.

„Je to normálne, že je malé ako Marska?"

„Áno."

„Veľká Marska? Klasická Marska, alebo mini Marska? Ktorá veľkosť je normálna?"

„Klasická Marska," usmiala sa doktorka.

„Viete pila som, veľa som pila," povedala som ustráchaná. „Tak by mohlo mať aj nejakú diagnózu."

„Akú diagnózu máte na mysli?"

„Nebola som u doktora. Ale na internetovej stránke BBC sme si spočítali poháriky alkoholu, ktoré priemerne vypijeme za týždeň a vyšlo nám, že sme pijani."

„A to pijeme naozaj málo," dodal Adam. „A pritom si prestala úplne piť, keď si pred mesiacom zistila, že si tehotná."

„Vaše dieťatko je zdravé, nemusíte sa báť," povedala sonografka s veľkým úsmevom. S Adamom nám zostali oči prilepené na monitore. Niekoľko nekonečných minút sme s otvorenými ústami nedokázali prestať sledovať naše bábätko. Prerušil nás až zvuk tlačiarne z rohu ordinácie. Doktorka nám vytlačila snímky bábätka a oznámila, že som v dvanástom týždni a rodiť by som mala ôsmeho augusta.

„Ôsmy august? Máme na ten deň niečo naplánované, Coco?" opýtal sa Adam úplne vážne.

„Nie, myslím, že to môže byť," stále som bola v úžase. „Ste si istá, že ten monitor nie je náhodou napojený na inú ženu?"

„Nie. Je to definitívne vaše dieťatko." Bola som prekvapená, že na nás ešte nezavolala sociálku. Určite sa sama seba pýtala, „Ako môžu títo tĺci vychovať dieťa?"

Obom nám po lícach stekali slzy. Adam sa ku mne nahol a bozkal ma. Vtedy som si uvedomila, že si bábätko necháme.

Doktorka mi jemne očistila brucho papierovými obrúskami.

„Ste teraz za prvým trimestrom... teda už mimo najnebezpečnejšej časti tehotenstva. Môžete sa so svojim šťastím podeliť so známymi, ak si želáte," doktorka mi podala vytlačené snímky z ultrazvuku.

Keď sme vyšli z nemocnice, svet mi pripadal úplne iný. Slnko svietilo krajšie, jasnejšie. Obaja sme boli vysmiati od ucha k uchu a prvýkrát som cítila príjemný, hrejivý, materinský cit. Som tehotná: budem mať bábätko. Naše bábätko.

„Mali by sme to každému povedať!" zahlásila som.

„Zajtra," povedal Adam. „Nechajme si to na jednu noc len pre seba. Naše malé, veľké tajomstvo."

Zvyšok dňa smestrávili doma. Debatovali sme o tom, či chceme dievčatko alebo chlapca. Aj o tom, ako asi budú vyzerať a z ktorej izby urobíme detskú. Adam potom vytiahol snímku z ultrazvuku, nahol sa mi k bruchu a pobozkal ho.

„Nechce sa mi veriť, že tam dnu je bábätko!" oči mu zaliali slzy.

„Keď som prvýkrát uvidela na monitore bábätko, všetko sa vo mne zmenilo," pohladila som Adama po vlasoch. Cítili sme spoločné, hrejivé a neskutočné puto lásky a vzrušenia.

„No, ale vieš, že teraz si už musím naozaj všetko vybaliť," Adam pohľadom preletel „kopce" nevybalených škatúľ.

„Pustíme sa do toho ráno!" prikývla som s velikánskym úsmevom.

Štvrtok 26. januára

Na večer sme k nám pozvali Rosencrantza. Chcela som mu oznámiť z očí do očí, že vo veku dvadsiatich dvoch rokoch bude mať sestričku alebo bračeka. Na ňhosom sa tešila najviac, že mu o tom to poviem. Celý deň som bola vytešená a aj trochu nervózna.

Adam objednal pizzu, z tretej stoličky sme stiahli igelit, aby mal na čom sedieť a zakúrili sme v krbe. Keď dorazil Rosencrantz, vyzeral skvelo. Veľký fešák, ale trochu pochudnutý. Na nohách mal kanady, rifle a "dofešákoval" sa károvanou košeľou. Trochu zmenil účes. Bol vystrihaný takmer až na temeno.

„Zlato, dúfam, že zase nediétuješ?!"

„Nie. To len na Ibize bolo neskutočné bláznovstvo a tak nejako som zabudol jesť... pravidelne," usmial sa. „Videli ste moje fotky na Instagrame?"

„Hej, videli. Všetkých päťsto, či koľko si ich tam mal," všetci sme sa chichotali. Potom nás Rosencrantz riadne vyobjímal a zohol sa k Roccovi, aby objal aj toho malého vytešeného blázna.

„Máš chuť na drink?" opýtal sa Adam.

„Dal by som si pivo, prosím ťa. Díky."

Adam išiel po drinky do kuchyne a my sme zatiaľ prešli do obývačky. Rosencrantz niesol na rukách Rocca.

„Asi si si všimol, že sme sa ešte celkom nevybalili," usmiala som sa.

„Ste tu už mesiac," smial sa na škatuliach. „To je typická mama!" Adam sa vrátil s drinkami. V rukách zvieral pivo pre chlapov a mne priniesol pomarančový džús.

„Sadnime si," povedala som nervózne. Usadili sme sa pri krbe. Rosencrantz stiahol pol fľaške a skoro ju jedným dúškom vypil. Pozrela som na Adama a chystala som sa Rosencrantzovi niečo povedať. Otvorila som ústa, keď v tom Rosencrantz povedal: „Mám veľkú novinu!"

„Čo zlato? Akú?" bola som zvedavá.

„Viete, Oscar, môj spolubývajúci... Nuž, on už nie je spolubývajúcim..." pozrel na nás s veľkým úsmevom.

„Sťahuje sa preč?" opýtal sa Adam.

„Nie. Nie je už mojim spolubývajúcim, lebo je už mojim oficiálnym frajerom, ale vlastne stále je spolubývajúcim," zakoktal sa Rosencrantz.

„To je skvelé, zlato," žmurkla som na neho. Potom pokračoval: „Myslíte si, že to nedopadne dobre? Ja si myslím, že to bude okej, keďže sme už spolu bývali a stále bývame v prenajatom dome už vyše roka, aj spolu s Waynom a strašne ho milujem a on miluje mňa. Hovorím o Oscarovi. Povedal mi to pred pár dňami na večeri v pizzerii."

Pozerali sme na neho s Adamom so zamrznutými úsmevmi. Náš plán nevychádzal. Chcela som to o bábätku „vypľuť" zo seba čím skôr, nech to mám za sebou. Jediné čo zo mňa vyšlo bolo: „Aha... v pizzerii?"

„Viem, čo si asi myslíte. Aká romantika... v pizzerii? Že? Ale bolo to naozaj veľmi romantické, aj preto, že to bolo také jednoduché. Žiadna snobáreň ako v tej blbej americkej reality show „Nezadaný", kde sa napchávajú homárom pod ligotajúcimi sa hviezdami na nebi a popíjajú pravé šampanské. Ale to je všetko zorganizované produkčnými a veľkými štábmi. Tí ľudia sa určite ani neľúbia. A stavím sa, že anitie hviezdy nie sú pravé."

Stále sme s Adamom nevedeli, čo máme na to povedať. Jediné čo mi vyšlo z úst tentoraz bolo: „Nevidela som ten program." Aká som len chudera. Ale bola som fakt nervózna.

„Je to naozaj dobrášou," Rosencrantz povedal vážne. „Vieš, nikomu predtým som ešte nepovedal, že ho milujem. Ale nechcem, aby si sa o mňa bála. Berieme to s Oscarom veľmi vážne a určite to nebudeme robiť bez kondómu."

„Rosencrantz, som tvoja matka!" povedala som pobúrene.

„Ale hádam chceš, aby sme boli k sebe úprimní. Však? Až keď to bude super, super vážne, nasleduje ďalší veľký krok v gej vzťahu."

„A to je?" krútila som hlavou.

„HIV-test a nechránený sex. Vždy si mi vravela, že mám používať kondóm, a to presne aj robím. Aj keď rady si mi dávala, keď si si myslela, že to robím s babami a nechcela si, aby som nejakú nabúchal. Ale vieš, kondóm je veľmi dôležitý aj v gej vzťahu."

Išla som na to zareagovať, ale Rosencrantz sa hneď začal rehotať a vravel:

„Mami, mala by si byť šťastná, že ti jedného pekného dňa

neprivediem domov malé mimino. Vy dvaja ste sa len nedávno vzali, tak by ste teraz asinechceli opatrovať nejaké upišťané decko!"

„Rosencrantz, chceli by sme ti niečo povedať..." Rosencrantz ma opäť prerušil.

„Možno sa aj vezmeme. Myslím na registrované partnerstvo. Máme tú výhodu, že Anglicko je vyspelá krajina, ako veľa iných na svete, kde sú si všetci rovní. Nie ako v tých východoeurópskych krajinách, kde gejovia nemajú žiadne práva a správajú sa k nim ako kedysi ku čarodejniciam. Bolo by to super, myslím to registrované partnerstvo. Nemyslíš?" dopil svoje pivo.

„Mami, čo sa ti stalo? Ty nepiješ?" Rosencrantz pozrel na môj džús.

„Nie, Nepijem..."

„Čóóó? Ale, mami, veď vy ste konečne presťahovaní do svojho domu a ja mám úžasného muža. Mali by sme to osláviť! Idem ti zobrať pivo!" zobral sa do kuchyne a vrátil sa s dvomi pivami. Polovicu z jedného opäť stiahol na jeden dúšok. Takého som ho nepoznala.

„Nie, ďakujem, zlato."

„Ale mami, len si daj. Hádam nie si na nejakej sprostej januárovej detoxikačnej diéte."

„Nie."

„Tak si len daj, mamula zlatá," zasmial sa a do ruky mi pchal pivo.

„Nemôžem. Pozri... sadni si, musím ti niečo povedať."
V momente, keď sa usadil som zostala v rozpakoch. Adam ma chytil za ruku.

„Rosencrantz, zlato... Celé to začalo pred pár týždňami. Nedokázala som v sebe udržať žiadnu stravu. Musela som ísť k doktorovi..."

„Preboha," zareagoval Rosencrantz. Jeho prekrásne smaragdové oči sa zaliali slzami.

„Nechala si ma tu bľabotať a tebe zistili, že máš..."

„Nie," usmiala som sa. „Nie som chorá, nezistili mi nič. No zistili, ale nie chorobu... Diagnóza: tehotná! Rosencrantz, zlato, som tehotná."

Rosencrantz celý zamrzol, ústa mu zostali pootvorené.

„Prosím ťa, povedz niečo. Vyzeral si šťastnejšie, keď si si myslel, že umieram." Rosencrantz dopil svoje druhé pivo a pustil sa aj do tretieho.

„Ty budeš mať decko?"

„Ôsmeho augusta," prikývla som. „A trochu spomaľ s tým pivom." Ignoroval ma a na truc si odpil z piva.

„A to je ako možné?"

„Už je neskoro na debatu o tom, ako sa robia deti. Myslím, že ti nemusím vysvetľovať, že ich nenosia bociany," snažila som sa odľahčiť situáciu. „Pamätáš si, keď si ťa otec posadil na veľkú debatu o tom, ako to funguje? Naozaj sa snažil, ale bohužiaľ nevie veľmi dobre kresliť."

„Mama, nesnaž sa byť humorná... Vy ste nepoužívali ochranu?"

Pozrela som na Adama.

„Stalo sa to iba raz."

„Iba raz? Obaja ste momentálne nezamestnaní. Kto sa bude o toto decko finančne starať?"

Ani ja a ani Adam sme takúto reakciu neočakávali.

„Som veľmi aktívny... v hľadaní práce. Rozposlal som veľa životopisov," povedal Adam so sklopenými ušami.

„A mne v apríli vychádza nová kniha," dodala som. Rosencrantz vstal a znechutený podišiel k oknu.

„Mama a čo bude s tvojou kariérou? Mala si veľké ambície stať sa veľkou spisovateľkou."

„Ja som spisovateľka!"

„Kedy budeš mať čas na písanie? Bude z teba kočíkový ksicht stredného veku."

„Hej! Takto sa so svojou mamou nerozprávaj," postavil sa Adam a zastal si ma.

„Adam, bol si mi veľkým vzorom. Myslel som si, že keď niekto v tejto rodine nabúcha nejakú cicku, tak to bude foter."

„Dávaj si pozor na to, čo ti vychádza z úst," vystrelila som z gauča. „Nie som nabúchaná! Ak si náhodou zabudol, tak s Adamom sme sa vzali. Aj keď máš už dvadsaťdva rokov, vôbec sa mi nepáči, akým tónom sa s nami bavíš."

„Onedlho budete v dôchodkovom veku, toto ste určite nemohli plánovať."

„Nebolo to plánované, ale určite som na tom oveľa lepšie ako, keď som mala teba. A ver mi, ty si takisto už vôbec nebol plánovaný!" V tej sekunde, ako mi to vyletelo z úst, som to oľutovala. Rosencrantz tresol pivo na stôl, schmatol svoj kabát a vyletel z domu. Potom, ako tresol dverami sme zostali sedieť ako prikovaní.

„A ja som myslel, že Etela bude mať najväčší problém s našou novinkou," povedal prekvapený Adam.

„Nuž... Etela... tak nejak už vie..." vyšla som s pravdou von.

„Ako?"

„Dovtípila sa."

„Kedy?"

„Pred pár týždňami."

„A ty si sa mi to neunúvala povedať? Myslel som, že to je naše tajomstvo. Moje a tvoje. Kto to ešte vie?"

„Už nikto."

„Myslel som, že ti môžem dôverovať!" povedal Adam smutne a odišiel z obývačky. A tak ako Rosencrantz aj on tresol dverami. V jeho prípade si to odniesli obývačkové dvere. Rocco pribehol ku mne, položil si hlavičku do môjho lona a múdro na mňa pozeral tými svojimi velikánskymi orieškovými očičkami.

„Dúfam, že to bude dievčatko," povedala som mu. „Všetci chlapi vždy zostanú deťmi a potom to takto dopadne." Rocco mi olízal ruku. „Samozrejme, okrem teba," pobozkala som mu noštek.

# FEBRUÁR

Streda 1. februára

Nevoľnosti sa pominuli, ale cez noc sa mi scvrkol mechúr na veľkosť arašidového orieška. Nejako extra dobre som sa nevyspala, budila som sa každú pol hodinu. Musela som behať na záchod. Aby som sa tam vôbec dostala, musela som zakaždým preliezť cez Adama a Rocca. Keď som okolo šiestej ráno spláchla záchod, zazvonil zvonec od vchodových dverí. Vonku bola ešte tma. Dvere somotvorila, so zaháknutou bezpečnostnou retiazkou. Pred dverami stála suseda, pani Cohenová. Gomníky na nočnej košeli mala zapnuté pomaly až pod nos a vo vlasoch mala nátačky. Cez medzeru v dverách na mňa hodila nepríjemný výraz.

„Dobré ráno, pani Pinchardová. Prepáčte mi, že som vás nestihla ešte privítať naspäť v našom susedstve... Mala som toho veľa."

„Tak ste ma prišli privítať o trištvrte na šesť ráno?" opýtala som sa ironicky.

„Nie," usmiala sa kŕčovito. „Prišla som sa opýtať, kto neustále splachuje záchod?!"

„Ja. Spokojná?"

„Mohli by ste s tým prestať? Môj manžel, pán Cohen (akoby som nevedela jeho priezvisko) má veľké problémy s bedrovými kĺbmi. Musíme dočasne spávať na prízemí a naša posteľ je oproti vašim trúbkam vychádzajúcimi zo záchoda. Tak si asi viete predstaviť... Niekedy mám pocit, že spíme pri Niagarských vodopádoch."

Ospravedlnila som sa jej.

„Prečo nechodíte na toaletu vo vašej spálni? Horu, dolu schodmi vám nemôže veľmi prospievať. Kĺby..."

„Aj my zatiaľ spíme dole. Ešte nie sme poriadne vybalení," vysvetlila som jej. Snažila si natiahnuť krk ako žirafa, aby mohla cez moje plece vidieť, v akom stave je chodba."

„Tak prosím vás prestanete s tým splachovaním? Budeme spávať na prízemí, kým sa pán Cohen nedostane na vrch zoznamu."

„Zoznamu?"

„Je na čakacom zozname na bedrový kĺb. Takže? Žiadne ďalšie splachovanie?"

„Dôvod, prečo tak často splachujem, je veľmi jednoduchý. Som tehotná."

Cohenovej padla sánka dole. Mala ju otvorenú tak dlho, že som mala čas spočítať všetky plomby. Má ich šesť.

„Óhhh, úuuuhm, gratulujem," vrátila sa jej kontrola nad vlastnou tvárou Pozrela sa na mňa s nesmiernou zvedavosťou. „Bolo to drahé? To... umelé oplodnenie?"

„Nebolo to umelé oplodnenie."

„Ale, veď vy ste..." išla povedať stará, ale zastavila sa.

„Mám štyridsaťštyri a otehotnela som prirodzeným spôsobom."

„Nemala by ste byť v posteli?"

„Nie som chorá. Som tehotná."

„Nuž, mala by ste sa možno vybaliť a potom si dávať na seba pozor. Pani Pinchardová, mali by ste oddychovať."

Otočila sa aj s tými svojimi natáčkami, zišla dolu po schodíkoch, ešte raz sa na mňa pozrela s rozčarovaným úsmevom a odišla domov. Zavrela som dvere a vrátila sa na gaučoposteľ k Adamovi a Roccovi.

„Kto to bol?" opýtal sa Adam.

„Cohenová... Myslís, že som strašne stará na to, aby som mala dieťa?"

„Prosím ťa, nepýtaj sa ma hneď z rána také nebezpečné otázky," zamrmlal Adam do vankúša.

„To nie je nebezpečná otázka, hovorím vážne. Myslím to skôr z medicínskeho hľadiska."

„Čo povedal doktor?"

„Bol si u neho so mnou, tak vieš, čo povedal „počkajte v čakárni,"

„A pôrodná sestra?"

„Veľa toho nepovedala, je dosť mladá. Nemá veľa skúseností."

„Nemala aj Jane Saymourová dvojčatá v neskorom veku? A to bolo ešte niekedy v pätnástom storočí," uškrnul sa Adam.

„Nie. To bola tá druhá Jane Saymourová, doktorka Quinnová."

„Máš pravdu, zlato," povedal Adam a o pár sekúnd začal chrápať."

Nechcelo sa mi už spať. Zapla som notebook a vystrašila sa ešte viac. Behala som po internete, zháňala všakovakéinformácie o tehotenstve v strednom veku, ale boli hrozne protichodné. Na niektorých stránkach písali, že väčšina žien okolo štyridsaťpäťky porodí zdravé dieťatko. Na iných stránkach bolo, že ženy v mojom veku často potratia. Hlavne v prvých mesiacoch tehotenstva. Typický internet. Odpovie ti na všetko, ale zároveň na nič.

Vlakom som sa odviezla k Marike na juh Londýna. Stále som ignorovala jej hovory a sms-ky, ale v poslednej dobe boli už aj dosť vystrašené, či som v poriadku, tak som to chcela napraviť.

Dohodli sme sa na stretnutí v One Tree Hill parku, neďaleko

jej bytu v Honor Oak parku. Prišla som tam trochu skôr a sadla si na lavičku s nádherným výhľadom na celý Londýn. Na oblohe nebolo ani mráčka. Dovidela som až na London Eye. Z takej diaľky bolo ťažké vidieť či sa točí alebo nie, ale myslím, že som zachytila nejaký pohyb veľkého kolesa. O malú chvíľu som si na spodku kopca všimla dvoch veľkých, energických vlčiakov. Ťahali za sebou Mariku. Skákali jeden na druhého. Chudera, mala čo robiť, aby ich ako tak udržala pod kontrolou. Z papúľ im tiekli sliny a pena. Skoro som sa posrala, keď ich pri lavičke pustila z vodítok. Vyskočila som na lavičku ako odpálená raketa zo základne NASA. V ruke som zvierala sukňu, nech ma nemajú za čo potiahnúť.

„Neboj, nič ti neurobia. Pravda Steve a Bobby?" škrabkala ich pod bradou. Potom prednými labami vyskočili na lavičku a začali mi oblizovať nohy. Zhora som videla len dve otvorené papule s vycerenými hlodákmi.

„Neboj. Len milujú telové krémy, krémy na ruky, telové maslá atď, atď..." vysvetľovala mi Marika a podala mi ruku, aby som zišla dolu.

„A krém na tvár? Dnes som si dala extra vrstvu," hlavou my prebehla vízia dvoch besných vlčiakov, pre ktorých je denný krém L´oreal delikatesou.

„Niečo som im priniesla na hranie," ukludňovala ma Marika. „Keď sa trochu unavia, budú v pohode." Z chrbta si zvliekla ruksak a vybrala z neho dve mega kosti, z ktorých ešte viselo mäso. „Nech sa páči, chalani," zavolala na nich a keď na ňu pozreli, hodila im kosti. Vlčiaci pribehli k nám a ľahli si k lavičke, kde si k našej veľkej spokojnosti užívali svoje kosti.

Nastalo ticho.

„Marika, musím ti niečo povedať."

„Počkaj, počkaj," stopla ma. Z ruksaku vybrala mobil a vyťukala nejaké číslo.

„Marika, snažím sa ti niečo povedať." Nastavila mobil na speaker, aby som aj ja počula a držala ho v strede medzi nami, tak ako to robia v amerických reality šou. Z mobilu sa ozval Chrisov hlas.

„Marika, je s tebou?" Chrisov hlas sa ozýval ako v tuneli.

„Áno."

„Ahoj, Coco. Ľúbim ťa."

„Aj ja ťa ľúbim, Chris," povedala som dosť zmätená.

„A aj ja ťa ľúbim, Coco," Marika sa mi pozrela do očí.

„Okej, tak všetci sa ľúbime, ale teraz vám musím niečo povedať."

„Ale predtým by sme ti chceli ešte raz zdôrazniť, že ťa veľmi ľúbime. Vieš, všimla som si, že posledných pár týždňov si bola dosť čudná," povedala Marika. „S mojimi poznatkami a obavami som sa delila s Chrisom."

„Je to tak, Coco," pripojil sa Chris. V jeho hlase som si všimla nervozitu.

„Okej, okej. Je mi ľúto, že som bola čudná. Chcela som vám obom o všetkom povedať, ale sľúbila som Adamovi, že si to necháme zatiaľ len pre seba. Ale už sme to všetko vyriešili a prešla som dvanástym týždňom."

„Oooch, Coco. Bolo to strašné?" opýtala sa Marika. „Nálady ako na hojdačke, nekontrolovateľné potenie, sopľavý nos a ešte si mi zvracala aj pred domom!" chytila ma za ruku. „Gratulujem!"

„Aj ja sa pripájam ku gratulácii," ozval sa Chris z mobilu. „Dostať sa zo závislosti je to najťažšie, čo si viem predstaviť."

„Počkajte, počkajte. Prosím? Závislosť?" nechápavo som krútila hlavou. Pozrela som sa na Mariku a potom na jej mobil. „Vy si myslíte, že som fičala na drogách?"

„Nie na tvrdých. Nie na kokaíne alebo heroíne... Mysleli sme, že si fičala na niečom... menej invazívnom.Niečo, čo si si mohla zadovážiť v lekárni..." povedala Marika.

„Ibuprofén, paracetamol," povedal Chris. „Vieš, čo sa hovorí, dáš si raz a po chrbte ti bude behať mráz. To sa tuším hovorí na niečo iné. Proste, závislosť je sviňa."

Začala som sa smiať a krútila som hlavou.

„No, tak… čo to je, Coco?" pýtala sa Marika. Na jej tvári som videla, že sa o mňa bojí.

„Som tehotná," obaja zostali v šoku. Musela som to Marike zopakovať ešte raz, keďže vyzerala dosť šokovane a nechápavo. Zrazu vyskočila pol metra nad zemou, jačala a bola celá vytešená. Mobil jej vypadol na zem. Vrhla sa na mňa a začala ma objímať.

„Pane Bože! Gratulujem!" oči sa jej ligotali šťastím. Chris sa domáhal, aby sme ho zodvihli zo zemi. Potom nasledovala lavína otázok: „Čo to bude? Kedy to bude? Vybrali ste už meno? Môžeme byť krstnými rodičmi?"

Povedala som im, že som nad všetkým ešte nepremýšľala.

„Môžem plod zapísať na Eton alebo dievčenskú v Chelthenhame. Vieš aké dlhé čakačky sú na tie školy. Chceš?" ponúkol sa Chris.

„Počkajte, moji," pribrzďovala som ich. „Ešte je priskoro. Prepáčte, že som vám to až doteraz nepovedala. Prechádzala som veľmi ťažkým obdobím. Bol to riadny šok, keď som zistila, že som tehotná a potom som mala nočné mory, či si dieťatko nechať alebo nie. Až po poslednom sone sme sa rozhodli," z kabáta som vytiahla čiernobielu fotku bábätka. Marika mala druhé kolo vytešeného jačania.

„Bože, bože, ako strašne by som chcel byť teraz s vami," znel Chrisov hlas z mobilu. Opísali sme mu fotku bábätka, tak dobre, ako sa len dalo a sľúbila som mu, že mu ju naskenujem a pošlem e-mailom.

„Baby, chýbate mi! Chýba mi Londýn! Takéto úžasné správy a ja tam nie som. Všetko ma obchádza."

„Tak naskoč do lietadla a príď," povedala som Chrisovi, kým ma Marika opäť stískala. „Príď domov."

„Nemôžem. Mal by som tu zostať a snažiť sa presadiť, nech má môj život význam." S Marikou sme zosmutneli a sadli si na lavičku.

„Si okej?" opýtala som sa.

„Som v poriadku. Som rád, že nie si drogovo závislá a teším sa, že budeš znovu maminou. Prepáčte, musím už ísť. Ahojte." Z telefónu zaznel „hluchý" tón.

„Dúfam, že je v poriadku. Možno je on ten, o koho by sme sa mali strachovať?!" vravela som Marike, ale tá bola opäť v inom svete. Jačala, vešala sa po mne. Šťastím bola celá bez seba. „Panebože, Coco! Bábätko...budem ti so všetkým pomáhať. Budem ho strážiť, budem ho kúpať... Bože môj, bábätko!"

Keď som prišla domov, Adam mal v ruke vecheť a čistil kávovar. Celá kuchyňa bola vybalená. „Ako to išlo, zlato?" žmurkol na mňa.

Povedala som mu, že si mysleli, že v štyridsaťštvorke mám väčšiu šancu byť drogovo závislou ako tehotnou. Na kuchynskom ostrovčeku začal na mojom notebooku vyzváňať Skype. Na obrazovke som videla číslo švagrinej Meryl.

„Len nie teraz, preboha!" zamrmlala som.

„Možno by sme to mali povedať aj im. Nech to máme za sebou," navrhol Adam.

Prijala som ich hovor. Na obrazovke sa zjavila Meryl s Tonym. Meryl mala na kolene malého modrookého Wilfreda. Za nimi na obraze prelietali husy. Strácali sa v Meryliných čerstvo natupírovaných vlasoch.

„Ahoj, Coco. Ahoj Adam.Práve sme sa dozvedeli, že si tehotná," usmiala sa Meryl.

„Gratulujeme," pridalTony. Tvár mal červenú ako sovietsku zástavu.

„Ďakujeme," povedali sme synchrónne.

„Wilfred," Meryl pozrela na Wilfreda. „Povedz tete Coco a ujovi Adamovi, že gratulujem."

„Gult...ulu...jem," vyšlo z Wilfreda.

„Wilfred vám posiela svoju najúprimnejšiu gratuláciu," povedala Meryl, ako keby prekladala novoročný prejav severokórejského vodcu.

„Etela práve volala," na obrazovke sa zjavilo Tonyho zväčšené oko. „Vravela, že si bola na ultrazvuku."

„Viete, čo to bude?" opýtala sa Meryl.

„Ešte nie."

„Nie je to vidieť na ultrazvukovom snímku?" spýtal sa Tony.

„Ultrazvuk ukazuje iba rysy a je čierno-biely, takže nevidieť všetko," vysvetľoval Adam.

„No a aké to bude? Biele, alebo čierne?" opýtal sa Tony. Meryl ho šťuchla lakťom: „Tony!"

„Čo? Je to normálna otázka!" nedal sa Tony.

„Áno...ale..."

„Ale čo?"

„Radšej choď a nachystaj zemiaky," zasyčala Meryl. „Len choď!"

„Moja žienka domáca... sa stáva ambasádorkou rás a menšín! Tram-ta-da-dam...znejú bubny. Coco, Adam teším sa s vami a je jedno akákoľvek rasa alebo farba pleti to bude. A čo keď bude zelené alebo žlté?!" povedal podgurážený Tony.

„Choď už," Meryl ho odstrčila zo stoličky. Tony si zapol opasok a odskackal do kuchyne.

„Tony to tak nemyslel, keď povedal žlté. Myslel, tým keby sa narodilo s chorými obličkami, ale keby to aj bol malý Číňanko, bolo by to zlaté. Myslím, že bábätko, či to bude on alebo ona, bude krásnym mixom vašich dvoch kultúr. Však, Adam?"

Hodila som Adamovi pohľad, aby pomohol Meryl dostať sa z jej dobre myslenej, ale zamotanej táraniny.

„Áno, bábätko bude určite zmiešanej rasy," usmial sa Adam.

„Milé," povedala zahanbená, v tvári takmer bordová Meryl. „Pozrite, ešte raz vám gratulujem a dajte nám vedieť, ako sa darí vám aj bábätku. Ak by ste niečo potrebovali, som tu pre vás. Mám veľa oblečenia po malom Wilfredovi, pumpičku na odsávanie mlieka a krásny nočník značky Villeroy Boch, do ktorého môže Wilfred kakať a cikať iba pri veľmi slávnostných príležitostiach," hodila na nás úsmev Margaret Thatcherovej a zmizla z obrazovky.

„Myslíš, že aspoň niekto zareaguje normálne, keď sa dozvie, že si tehotná?" pozrel na mňa Adam.

„Ešte to musím povedať Danielovi... nie som si však istá, akú reakciu môžem očakávať od ex-manžela."

## Štvrtok 2. februára

Adam sa ponúkol, že pôjde so mnou oznámiť novinku Danielovi, ale povedala som mu, že by som to urobila radšej sama. Nevidela som ho už dosť dávno, myslím, že naposledy to bolo v deň našej svadby, čo bude takmer päť mesiacov. Napísala som mu, či by nemal čas skočiť na drink. Odpísal mi, že poobede bude v meste, lebo potrebuje skočiť do hudobnín v Covent Garden.

Išla som na metro smer King´s Cross. Na prestupovej zástavke som na nástupišti natrafila na Daniela. Vyzeral dobre. Trochu schudol a vlasy mal dlhšie ako naposledy. Siahali mu až pod ramená. Na sebe mal ošúchanú koženú bundu vo vintage štýle a rifle. Cez plece mal prehodenú gitaru. Vyzeral ako rocker.

„Ahoj, Coco," pozdravil ma. Za mnou prešiel vlak, z ktorého som práve vystúpila. Objala som ho. Spolu sme sa prebili davom smerom na metro Picadilly Line do Covent Garden. Aj napriek množstvu ľudí sa nám ušli sedačky vo vozni.

„Kde je manžel číslo dva?" opýtal sa, keď vlak prebiehal tmavým tunelom.

„Je doma, v mojom dome. Chcem povedať v našom dome. Adam je v našom dome... proste je proste doma," snažila som sa vykoktať.

Daniel sa smial. „Chudák, je presne tam, kde som bol s tebou aj ja. Pod tvojím palcom. Hmm?"

„Nie! A ty máš kde frajerku?"

„Jennifer nepríde."

„Je zaneprázdnená leštením svojho trombónu?" opýtala som sa zlomyseľne.

„Hrá na fagote, nie na trombóne. A nepríde preto, že jej dnes zostali už len štyri body."

„Prosím? Na čom jej zostali štyri body?"

„Na diéte. Fičí teraz na Weight Watchers. Všetko jedlo a pitie más svoje body a ona si ich musí kontrolovať, aby neprekročila denný limit. Na dnešný drink by musela použiť dva body, a tak ďalej a tak ďalej..."

„Ale veď Jennifer je chudá!" zostala som prekvapená.

„Je takmer veľkosť 14,"povedal Daniel akoby bola Jennifer pripútaná na lôžko kvôli obezite.

„Ja mám veľkosť 14!" povedala som. „No, ale mám dobrý dôvod..." zahryzla som si do jazyka. Nemala som v pláne povedať Danielovi o svojom tehotenstve v špinavom vozni metra na linke Piccadily Line. Zostali sme ticho. Vydržalo nám to, až kým sme si „nevybojovali" miesto v škrípajúcom výťahu z metra v Covent Garden.

„Myslím, že to je preto, lebo na svoju veľkosť máš veľké cecky," Daniel prerušil ticho.

„Prosím?" zháčila som sa a nechápavo sa opýtala.

„Nevyzeráš, že si taká, veď vieš... Veľké baby s veľkými ceckami vyzerajú menšie, ako veľké baby s malými..."

„Ja nie som veľká... tlstá!" nedovolila som mu dokončiť jeho sprostú vetu.

„Nie si, lebo tvoje veľké cecky ťa zjemšujú... zmenšujú."Staršia pani z rohu výťahu na nás hodila zhrozený pohľad.

„Prosím ťa, keď už musíš, tak aspoň prestaň používať slovo „cecky," povedala som po tichu a pokračovala som už o dosť hlasnejšie: „Daniel, pre teba sú ženy len objekt. Jednoducho sme pre teba objekty z ktorých visia prsia rôznych veľkostí."Tá istá staršia pani sa na mňa znechutene pozrela. Prečo nie na Daniela? On začal s „ceckovou" témou. Bola som napálená. „Okej, okej. Prepáč. Zmyselné ženy s krivkami... páčia sa mi zmyselné ženy s krivkami. Preto som sa za teba oženil, zlato."

„To má byť lepšie? Veľmi pekne ti ďakujem," povedala som už rezignovane. Konečne sme sa dostali z preplneného výťahu. Ulica pred metrom sa hemžila ľuďmi. Daniel navrhol, aby sme išli do malého baru pri krytom trhu v centre Covent Garden. Bar bol poloprázdny. Usadili sme sa do útulného rohu. K stolu prišla mladá čašníčka, ktorá chcela veľmi flirtovať. Daniel si objednal dva slané koláčiky plnené steakom a plesnivým syrom a veľký Guinness. Kým som si ja objednávala to isté, mínus pivo, on jej obdivoval zadok. Až mu tiekli sliny. Potom sa pozrel na mňa a povedal: „Coco, ješ za dvoch?" Vtom som pocítila veľkú ľútosť voči Jennifer. Chudera sedí doma, celá nešťastná, šetrí si svoje štyri diétne bodíky, kým si Daniel objednáva mastné jedlo a slintá nad dvadsaťročnou čašníčkou.

„Áno," pozrela som na neho.

„Áno... čo?"

„Áno, jem za dvoch. Som tehotná. Dvanásť týždňov, aby som bola presná." K stolu prišla čašníčka, podala nám drinky a vytratila sa. Daniel sa na ňu ani len nepozrel. Študoval moju tvár.

„Paráda. Nestratila si svoj zmysel pre humor. Celkom dobré... priam vtipné."

„Nesrandujem. Pozri," z vrecka som vybrala snímok z ultrazvuku. Daniel ju v momente schmatol a zostal čumieť. O chvíľu mi ju vrátil, odpil si z piva, potom zmenil názor a dorazil celé pivo. Zostal ako prikovaný sediac na stoličke.

„Ideš na potrat?! Nie?"

„Nie."

„Ale veď si stará! Počkaj, počkaj.... ty si bola na umelom splodnení?"

„Myslím, že si chcel povedať oplodnení, ty blbec. Ani náhodou. Otehotnela som prirodzene."

„Čo je na tom prirodzené?"

„Neopováž sa byť mnou znechutený! Čo je prirodzené na tom, že si myslíš, že by si si to mohol pokojne rozdať s tou mladou čašníčkou? Videla som, ako slintáš. Koľko má asi rokov? Tipujem takých osemnásť a ty? Štyridsaťšesť! Chruňo starý!"

Danielovi zostal na tvári ten istý znechutený výraz.

„U nás chlapov je to iné. Biologicky je normálne, že chlapi idú po mladších ženách. Tým pádom majú šancu splodiť lepšieho potomka."

„Lepšieho potomka? Ty si strašný debil!"

„Hovorí z teba závisť."

„Strašná závisť," povedala som ironicky. „Skutočne vyzeráš ako niekto, kto si zariadil úžasný život..."

Zopár minút sme zostali na seba čumieť.

„Tak, kedy to budeš mať?" Daniel prerušil ticho.

„V auguste."

Zase na mňa len čumel.

„Stačilo povedať, že gratulujem," pozrela som mu hlboko do očí.

„O čom to celé je? Potrebuješ upútať pozornosť?"

„Nie."

„Potrebuješ nejaké trápne promo na novú knihu?"

„Nebolo to plánované a ako som už vravela, otehotnela som prirodzene. Čo je na tom trápne?"

„Takže to celé robíš len preto, aby si ma nasrala?"

„Áno. S Adamom sme sa rozhodli otehotnieť, mať dieťa o ktoré sa budeme starať a obávať oň po zvyšok našich životov, len aby sme ťa mohli nasrať."

„Chceš tým povedať, že s Adamom to je naozaj vážne?"

Začala som sa smiať.

„Nesmej sa na mne. Varujem ťa, robíš veľkú chybu. To decko nebude šťastné."

Zamrzol mi úsmev.

„To si myslíš naozaj?"

Prikývol mi. Strašne ma tým napálil. Určite som od hnevu skoro ozelenela.

„Ten kožák čo máš na sebe, je ten istý, čo si nosil na vysokej?"

„Jasné, stále mi sedí." Daniel si myslel, že mu hádžem kompliment.

„A je to tá istá gitara?"

„Áno, chcel som ísť po stretnutí hrať na námestie pred operou. Tam, kde si chodia zarábať pouliční muzikanti."

„Takže štyridsaťšesťročný žobrák, prepáč pouličný muzikant, mi dáva rady, ako mám žiť?!"

„Čo je zlé na tom, že si chcem ísť trochu privyrobiť? Pred štátnu operu? Dobre to vynáša!"

„S tvojim talentom by si mal byť vo vnútri opery a nie pred ňou. Mal by si tam dirigovať operu, ktorú si sám napísal. Taký si talentovaný!"

„Operu som ešte nenapísal," povedal smutným hlasom.

„Ja viem. Ako si si takto mohol dosrať vlastný život?"

„Ako to myslíš?"

„Zaspal si v čase. Stále si ten istý osemnásťročný Daniel, ktorého som stretla na univerzite."

„To nie je pravda."

„Celý život si striedal jednu ženu za druhou, aby sa mal o teba kto starať. Zo svojej mamy si prešiel na mňa, potom naspäť k svojej mame až cez pár „ľahkých" zastávok, a teraz si sa nalepil na Jennifer. Jennifer s veľkým domom a ešte s väčším účtom. Účtom od tatka."

„Coco, prestaň."

„Nie. Ty mi povieš, že sa nedokážem postarať o toto bábätko a ja mám mlčať? Vychovala som už dve deti, môj zlatý, Rosencrantza a TEBA!"

Zostali sme mlčky sedieť. Potom sa Daniel rozhodol, že si dá ďalšie pivo. Pozerala som na neho, ako si išiel objednať k baru. Prišlo mi na um, ako mi Chris vravieval, že som bola aktivačnou pákou vo vzťahu s Danielom. Nikdy som tomu nerozumela, myslela som si, že machruje múdrymi slovnými spojeniami, ktoré počul od svojej psychologičky. No až teraz mi to kompletne došlo. Nikdy som nenechala Daniela, aby sám riešil veci a problémy vo všeobecnosti. Keď bol v úzkych, vždy som mu robila vankúš, na ktorý môže padnúť, aby sa neudrel. Robila som to z lásky. Teraz chápem, aké to bolo nesprávne a nebezpečné pre náš vzťah.

„Nemáš dve libry?" pri stole sa zjavila Danielova hlava. Zazrela som na neho. Na to on zazrel na mňa. „Čo? Mám pri sebe iba päťdesiatšesť pencií..."

„Daniel, mal by si si niečo uvedomiť. Sme rozvedení. Podvádzal si ma a potom si ma opustil. Veci už nefungujú tak, ako kedysi."

Pozrel na mňa, či mi šibe. „No a máš tie dve libry?" ešte raz sa opýtal. „Ale, no neblbni. Môžeš si to dovoliť," otočil sa a sledoval čašníčku, ako mu „dekoruje" penu Guinnessa. Robila mu na nej štvorlístok. Zvodne na neho žmurkla.

„Máš pravdu, môžem si to dovoliť, ale nedám ti ani pencu."

„No, fakt už neblbni. Veď vieš, že nakoniec mi ich aj tak dáš," usmial sa na mňa.

„Nehodlám už byť tvojou aktivačnou pákou."

„Aktivačnou pákou? Rozumiem, zase ti Chris vyplachoval žalúdok."

„Poviem ti to trochu inak. Celé to tvoje divadielko, ,ja som zlatý, chutnučký ako Peter Pan,' celkom letelo keď si mal dvadsať, možno ešte aj začiatkom tridsiatky." Pozerala som na čašníčku, ktorá čakala na Daniela. Vyzerala, že mu chce dať oveľa viac, ako len pivo. Daniel na ňu žmurkol.

„Možno ti zostáva pár rokov, čo budeš vyzerať ako starší sexi chlapík, ale potom to bude ako na strastiplnom tobogane a keď

z neho nakoniec vyletíš, budeš v teritóriu starého Rogera Moora, bez šance na sexi kosť z Bondovky."
Daniel zostal šokovaný.
„A teraz ti poviem niečo od srdca. Zobuď sa!" Vstala som a nechala ho v bare, kde zostal nadržanej čašníčke dlžný dve libry.

## Piatok 3. februára

Dnes večer sme si objednali domov pizzu. Chceli sme osláviť, že sme všetkým oznámili novinku o našom bábätku. Myslela som na to, aké by to bolo dokonalé, keby s nami bol aj Rosencrantz. V tom zazvonil od dverí zvonec. Vonku v snehu stál Rosencrantz s Oscarom.
„Zmierenie?" povedal Rosencrantz a v rukách pred sebou zvieral zabalený darček.Prešli sme do kuchyne. Adam vybral z kuchynskej linky extra taniere a poháre.
„Chcem sa vám obom ospravedlniť. Bol som len hrozne prekvapený a zaskočený. Budete super rodičia."
Rosencrantz podišiel ku mne a objal ma ako už dávno nie.
„Teším sa, že budem mať malú sestričku...alebo bračeka?"
„Ešte si musíme chvíľu počkať, kým zistím koho ti domov prinesieme," usmial sa Adam a objal Rosencrantza.
„Gratulujem teta P a ujo R," Oscar ma objal a zároveň podal Adamovi ruku. „Alebo ste teraz už teta R?
„Hmmm, na tom sa nevieme s pani P zhodnúť, Oscar," usmial sa Adam a nalial nám všetkým víno.
„No, takto. Moje spisovateľské/umelecké meno je Coco Pinchardová. Kebyže si ho zmením, zmiatlo by to mojich čitateľov."
„Mami, ale veď môžeš mať obe. Keď sa s Oscarom vezmeme,

môžeme sa volať Pinchard-North, alebo North-Pinchard," rehotal sa Rosencrantz.

Oscar zbledol a nervózne si prečistil hrdlo.

„Aj keď mám dojem, že Oscar si chce nechať svoje priezvisko," povedal Rosencrantz sledujúci Oscarove zaváhanie.

„Dostáva oveľa viac hereckých rolí ako ja. Do konca roka bude určite hrozne známy. Jeho tvár bude na všetkých bilbordoch a vo všetkých televíznych programoch."

„Neboj, ľady sa pohnú. Aj tebe sa nahrnú skvelé ponuky z divadla, filmu..." Oscar sa mu snažil pozdvihnúť náladu. Bolo to od neho veľmi milé.

„No, môj agent si myslí, že moje telo nie je v najlepšej forme," Rosencrantz si dolial víno.

„On ti len poradil, aby si šiel do fitka a nabral svaly... a mal správnu váhu."

„Som chudý od prírody," zháčil sa Rosencrantz. „Nemôžeme byť všetci svalnáči, ako ty Oscar."

Nastalo trápne ticho.

„Gratulujem vám...obom," objala som Rosencrantza, „gratulujem vám k tomu, aký ste krásny pár." Oscar sa na mňa usmial.. Má tie najrozkošnejšie lícne jamky.

„Navrhujem prípitok," Oscar zdvihol pohár. „Na krásne a zdravé bábätko!" Všetci sme si štrngli.

„Mami a teraz si otvor darček." Vytešená som roztrhla baliaci papier. Vnútri bola fľaša úžasného šampanského, orígoš francúzskeho a obálka.

„Kúpili sme vám kupón do wellnessu. Je to kupón pre pár. On a ona. Všetko si budete užívať spolu. Je v tom masáž, zábal..." povedal šťastný Oscar.

„A šampanské si otvoríš po pôrode," pridal sa Rosencrantz. „Mysleli sme, že žena si nezaslúži pohárik šampanského nikdy viac ako vtedy, keď privedie na svet nového človiečika," usmievali sa na mňa chalani. Mne sa do očí tlačili slzy. Silno som si ich vystískala. Adam mal tiež na mále.

„Mami, vôbec sa neboj, že budeš staršia mama. Vy dvaja ste v tej najlepšej možnej kondícii mať dieťa. Obaja ste tým už raz prešli, viete čo vás čaká a čo môžete urobiť ešte lepšie. Máte svoj vlastný dom a Adam vlastní za rohom byt. Máte to dokonalo našliapnuté."

„Paráda, tak aj vy podnikáte v nehnuteľnostiach?" opýtal sa Oscar. „Aj moja mama."

„Nepovedal by som, že podnikám s nehnuteľnosťami," odpovedal mu Adam. „Prenajímam môj byt, aby som mohol splácať pôžičku a čo zvýši, to máme na stravu."

„Nemyslíte, že podnájomnícka depozitárna schéma je strašná byrokracia?!" povedal Oscar.

„Podnájomnícka...depo..., čo?" zakoktal sa Adam.

„Podnájomnícka depozitárna schéma. Keď ju uzákonili, musel som mame pomôcť s prevodom peniazí od všetkých jej podnájomníkov na bankový účet. Bola to nočná mora!"

Adam nemal ani poňatia, o čom Oscar rozpráva.

„Adam...haló...Adam, máš tú schému v poriadku?" snažila som sa ho „prebudiť".

„Nie, ešte nie," Adam bol v pomykove.

„Nebojte sa, určite to za vás urobila realitná kancelária, cez ktorú ste prenajali byt," upokojoval ho Oscar.

„Neprenajímam cez realitnú agentúru, stálo byto extra cash. Dal som inzerát do výkladu v novinovom stánku na Baker Street."

„Mali ste radšej použiť realiťáka. Kontrola záujemcov o byt, ich finančného statusu, zázemia, trestného registra... vás muselo stáť veľa času a peňazí," podotkol Oscar.

Adam vyzeral opäť úplne mimo.

„Prosím ťa, povedz mi, že si si nášho podnájomníka preklepol. Ako sa vlastne volá?"

„Ukázala mi vkladnú knižku..." Adam mal strhanú tvár. Nikto nevedel, ako na to reagovať. Nastalo nepríjemné ticho, ktoré neskôr prerušil Oscar: „Kde teraz robíte, ujo R?"

„Momentálne nikde. Hľadám si prácu. V štátnom sektore."
Ďalšia tichá pauza bola ešte dlhšia a nepríjemnejšia. Rosencrantz potom zmenil tému na „bezpečnejšiu". Bavili sa o hereckých castingoch a výlete na Ibizu. Atmosféra šťastia medzi mnou a Adamom úplne pominula.
„Mohol by si mi ukázať zmluvu s podnájomníčkou?" poprosila som Adama, keď odišli chalani.
„Nemám s ňou zmluvu."
„Prosím? To myslíš vážne?" neverila som vlastným ušiam.
„Býva tam už vyše roka a nikdy sme s ňou nemali problém."
„Takže, upresnime si to. Ty mi hovoríš, že hlavný zdroj našich prímov „stojí" na ústnej dohode s bláznivou starou dievkou?"
„Nie je blázon!"
„Kde robí?"
„Myslím, že je na plnom invalidnom dôchodku..."
„Tomu sa mi vôbec nechce veriť. Adam, my nemáme žiadne úspory! Sme v riti," predychávala som situáciu.
„Coco. Prečo ťa to trápi až teraz? Doteraz si sa o to nejako extra nezaujímala."
„Neprišlo mi to nutné. Ale teraz...teraz čakáme bábätko. Najdrahšiu vec na svete! Vieš koľko nás bude stáť?" panikárila som.
„Neboj zlato. Všetko bude v poriadku!" Na tvári som mu videla, že ani on sám tomu neveril.


Sobota 4. februára

Adam ráno telefonoval našej podnájomníčke. Sadla som si na operadlo fotelky a počúvala...
„Dobrý deň, Tabitha. Tu je Adam. Ako sa máte?" Nastala dlhšia pauza. Adam ju počúval v telefóne. Na tvári sa mu objavil priateľský úsmev.

„Veď áno, takéto vlhké počasie vám nemôže pomáhať na kolená... Nie ďakujem, neprosím si váš koláč... Áno, áno je výborný, ale snažím sa byť trochu fit a cvičím... Ďakujem. Snažím sa starať o svoje telo... Nie, nikdy ma to do modelingu neťahalo..." Prekrútila som oči a štuchla ho, aby sa dostal k veci.
„Pozrite, Tabitha. Potrebujem sa s vami porozprávať. Ohľadom bytu..." zvážnel Adam. „Nie, žiaden problém s bytom. Chcel som sa vami porozprávať o podpise nájomnej zmluvy... Áno, mali by ste s nami podpísať zmluvu... Okej...porozmýšľajte o tom... Okej... Dovi," Adam zložil telefón.
„To bolo čo?" zháčene som sa spýtala.
„Povedala, že porozmýšľa."
„Musím ju prinútiť, aby podpísala... je totálne šialenstvo, že s ňou nemáme nič na papieri. To ako keby tam býval bezdomovec."
„To už preháňaš, zlato. Postarám sa, nech je to v poriadku. Vôbec sa ničoho neboj," ubezpečoval ma Adam chlapsky.
„Omotala si ťa okolo malíčka."
„Doteraz ťa Tabitha nezaujímala. Rok a pol platí nájomné... na čas, tak o čo ti ide?"

Nedeľa 5.februára

Poslednú noc som strávila online vyhľadávaním stránok, ako správne narábať s prenajímaním nehnuteľností. Všetky do jedného sa zhodujú na tom, že prenajímať bez zmluvy je totálne šialenstvo. Na stránke BBC som bohužiaľ natrafila na bábätkovskú kalkulačku. Nie na sčítavanie bábätok, ale na vypočítanie sumy, s akou treba počítať pri starostlivosti o miminko. Suma ktorá mi vyšla, bola šokujúca. Skoro my vypadli oči z jamôk.

Moja kalkulácia napokon presvedčila Adama konať. Našli sme stránku, z ktorej sme stiahli dve zmluvy na prenájom bytu a vytlačili sme ich.

Poobede sme ich pozorne vyplnili a vybrali sa do Adamovho bytu na Baker Street. Nebola som tam večnosť. Pri vchode som si všimla zvončeky pre všetkých šesť bytov. Na menovke Adamovho bytu, ktorý je na prízemí, nebolo meno Tabitha, ale tri srdiečka. Ukázala som to Adamovi, ktorý len pokrčil plecami a povedal, že Tabitha je umelecky založená.

Išla som zazvoniť, keď sa v tom otvorili vchodové dvere. Vyšiel z nich postarší, plešatý muž s okuliarmi. Bol nahodený v elegantnom obleku a za sebou ťahal malý kufrík, taký akí majú podnikatelia. Za kufrom stála Tabitha. Aj keď jej ťahá jej na sedemdesiat, má ženské krivky, dlhé šedivé vlasy si češe na stred a pery a oči má nalíčené dosť vyzývavo. Oblečený mala krátky pootvorený hodvábny župan, z ktorého jej vykúkali velikánske prsia. Podprsenku mala asi na dovolenke, lebo na sebe ju teda nemala.

„Do skorého videnia, Dougie," zakývala plešatému pánovi, ktorý bol už takmer pri ceste. Nechty mala nalakované sýtym červeným lakom. Svietil jej ako majákové svetlo. Zahanbený starší pán zrýchlil tempo a vytratil sa za rohom ulice.

„Dobrý deň, Adam," usmiala sa Tabitha a premerala si ho od...myslím, že rozkroku až po oči. Až potom pozrela na mňa: „My sme sa ešte nestretli."

„Nie. Volám sa Coco. Pani Rickardová. Som Adamova žena." Adam sa na mňa pozrel štýlom, že tak teraz ti je moje priezvisko dobré, moja...

Tabithu som nestretla po prvýkrát. Omylom som vletela do bytu, keď jej ho Adam čerstvo prenajal. Akurát sme sa rozišli, bola som nahnevaná, ubolená a zmätená... Pustila som sa do nej vo vchodových dverách... Chvalabohu si ma nepamätala. Vošli sme za ňou dnu.

Keď v ňom býval Adam, byt bol moderne zariadený a čistý.

Tabithin štýl je skôr niečo v štýle starého deduška z Pevnosti Boyard... zaprášené svietniky, prerastené rastliny, vyschnuté kvety, prútené hojdacie kreslo... Zo zárubní jej visia farebné drevené korálky. Byt mala zasmradený horiacimi voňavými tyčinkami, z ktorých popol padal na už aj tak zaprášený nábytok...

„Môžem vám ponúknuť čaj? Oolong? Lapsang Souchong?" opýtala sa Tabitha z kuchynky spojenej s obývačkou. Na obrazovke počítača jej spala mačka. Pod oknom mala malú posteľ. Nie mačka, ale Tabitha. Závesy boli zatiahnuté a periny neupratané, vyzerali akoby z nich len teraz vyšla. Naraz sme jej odpovedali áno a nie.

„Nie," zopakovala som. „Prišli sme len, aby ste nám toto podpísali."

Tabitha zapla šporák, položila naň varnú kanvicu a priblížila sa ku mne. Z ruky mi zobrala nájomnú zmluvu.

„Ale, veď toto nepotrebujeme," listovala v niekoľko stránkovej zmluve. Pozrela som na Adama.

„Prepáčte, ale potrebujeme pani..." Adam sa nevedel poriadne vyjadriť.

„Volám sa Laycocková. A som slečna. Premýšľala som nad tým, či sa stať paňou, ale väčšina slečien ktoré som v živote stretla, boli veľmi úzkoprsé... Do zadku by sa im ani pierko nezmestilo. A napokon čo je na tom, že žena chce byť voľná, neviazaná? Hlavne, keď je vonku toľko skvelých, prírodou obdarených kocúrikov?" očami hypnotizovala Adamov zadok, ktorý bol v napasovaných čiernych džínsoch hrozne sexi.

„Slečna Laycocková," povedala som nasrdene. „Musíme mať váš podnájom zmluvne, teda legálne ošetrený, inak to nepôjde."

Ale ja mám ústnu, záväznú dohodu s Adamom, pani Rickardová. To znamená viac ako nejaký papier."

„Máte ústnu záväznú dohodu," pozrela som na Adama.

„Máme, samozrejme, že máme. On mi oficiálne ponúkol prenájom. Ja som súhlasila. Zaplatila som zálohu, on mi dal potvrdenie o zaplatení. To znamená, že máme dohodu. Asi to nevyzerá až také kóšer, ako kebyže to je na papieri, tak vaša strana, ako aj moja, sme pod tou istou právnou zábezpekou.

Úplne som z nej onemela. Pozrela som na Adama.

„Chcete, aby som sa vysťahovala?" opýtala sa manipulatívne. Jej bradavky sa rozhodli, že sa zapoja do diskusie a cez župan vykúkali ako štuple na kopačkách.

„Nie! Nie Tabitha. Sme radi, že ste tu," povedal Adam jej bradavkám. Chcela som niečo povedať, ale zazvonil vchodový zvonček.

„Obávam sa, že mi na vás už nezvýši čas. To bude môj ďalší zákazník."

„Zákazník?" bola som prekvapená.

„Som liečiteľka." Pozrela som na jej posteľ a potom na ňu. Očividne bola pod županom holá.

„A čo liečite?" opýtala som sa.

„Ale tak trochu všetko," povedala vyhýbavo. Zvonček sa znovu rozozvučal, tak nás odprevadila k dverám.

„Nechám vám tu zmluvu," na stolík v chodbe som položila papiere, „a porozmýšľajte o tom." Otvorila dvere. Vonku čakal mladý chalanisko, starý asi ako Rosencrantz. Tvár sa mu rozžiarila, keď zbadal jej prsia a vykúkajúce bradavky.

„Prejdi ďalej, Dean. Ešte sa rozlúčim s týmto párom."

„Párom?" oči sa mu zaligotali vzrušením. Prešiel okolo nás a vošiel do obývačky.

„Sľubujem vám, že o tom porozmýšľam," zo stolíka vyzdvihla nájomnú zmluvu a násilno- nenásilne nás vypoklonkovala von z dverí. Zišli sme dole po schodíkoch a vyšli sme na chodník pri ceste.

„Zaujímavé. Takže máme po probléme. Nevedel som, že ústna dohoda platí aj legálne," vydýchol si Adam.

„Toto bolo zaujímavé?"

Zastala som pri prechode pre chodcov a pozrela na Adama. Cesta sa hmýrila autami.

„Adam, ona je prostitútka!"

„Ona je liečiteľka."

„Bol si slepý? Videl si toho mladého vytešeného chalana? Pripadal ti chorý? Nič mu nebolo! Jediná vec, ktorú tie jej liečiteľské ručičky teraz robia, je rozopínanie jeho nohavíc..."

„To určite nie. Tabitha nie," povedal Adam na prechode pre chodcov. Čím to je, že muži sú tak strašne vygumovaní, pri hocičom, čo sa týka žien? Neviem, či Adamovi príde Tabitha niečo ako matka/bohyňa... skrátka si nevie predstaviť, že by mohla mať aj temnú stránku. Ja si myslím, že jej temná stránka je tak temná, že človek by na ňu potreboval veľkú jaskynnú baterku.

Keď sme dorazili domov, uvedomila som si, že veľká časť nášho života je financovaná prostitúciou.

„Okej a čo ak je prostitútka?" povedal Adam.

„Čo ak je prostitútka? Jedlo ktoré jeme, účty ktoré platíme...sú financované „vďaka" jej „robote". Nechcem si ani predstavovať, čo a ako to robí."

„Ak by si sa takto pozerala na celý svet, tak by si tým nikam neprišla," prízvukoval Adam. „Naše banky financujú vojny, naše mobily a počítače sú vyrobené ľuďmi, ktorí pracujú v hrozných podmienkach a takmer zadarmo. Ten šampón, ktorý používaš, je testovaný na zvieratách, na našich chlpatých miláčikoch. Keď to všetko zoberieš do úvahy, myslím, že zarábanie sexom je proti tomu oveľa menej škodlivé a nebezpečné."

Išla som do kávovaru vložiť kapsulu... Po Adamovom prehlásení som dostala chuť na kávu.

„Coco, zlato," objal ma,„prečo si zrazu taká prudérna?"

„Neviem. Prinášame na tento svet malé nevinné stvorenie...na svet plný zlých vecí...ja len nechcem, aby bolo až tak blízko všetkého toho zla."

„Okej, poviem to inak. Ak je naozaj prostitútka, čo mimochodom nevieme na isto, nemyslíš, že je to dobrá vec? Prostitúcia je nezlomné povolanie, nezloží ju žiadna recesia!"

„A hlavne je nelegálna!"

„Aj napaľovanie filmov z internetu je nelegálne. Len pre zaujímavosť...povedz mi koľko nelegálne napálených dvdéčok máš v tých nevybalených škatuliach?"

Napriek všetkému som sa začala smiať.

„Coco, nájdem si prácu. Vravel som ti, že v novom roku mi to určite vyjde. Zajtra máš stretnutie so svojou literárnou agentkou. Angie je šikovná, snaživá... Nepochybujem, že tvoja nová kniha bude bestseller. Prostitúcia nás už nebude musieť dlho živiť. Určite nie!"

Pondelok 6. februára

Adam strávil ráno hľadaním práce na internete. Rozposlal množstvo životopisov. Ja som šla metrom k Angie. Konečne doopravovala svoj štvorposchodový dom v Chiswicku. Keď otvorila vchodové dvere, bola ešte v pyžame. V ruke mala šálku kávy a z rohu úst jej visela horiaca cigareta.

„Ahoj, Angie... Nepomýlila som sa? Mala som prísť dnes..." zostala som v pomykove.

„Samozrejme, drahá," povedala cez tú časť kútikov úst, v ktorej nemala cigaretu. „Aj takéto sú výhody práce z vlastného domu. Stačí sa ti obliecť, iba ak ide o niečo dôležité."

O rohož som si očistila topánky a zazrela na ňu.

„Drahá, samozrejme, že aj ty si dôležitá, ale ty si moja kamarátka," Angie si uvedomila, čo povedala. Potom mi urobila prehliadku celého prerobeného domu. Pod domom si dala vykopať veľkú dieru, z ktorej si urobila domáce kino, podzemnú garáž a svoj vlastný domáci wellness s jacuzzi. Prehliadku sme zakončili pri bazéne, do ktorého stekala voda niekde hore z mramorového plafóna. Niečo také extravagantné som naposledy videla v Skutočných paničkách z Beverly Hills. Na spodku bazéna bola vykachličkovaná mozaika celej rodiny.

„Som krava. Nepočítala som s tým, že ma dopadajúca voda až tak rozšíri. Vyzerám ako tehotný nosorožec." Angie sa zapozerala na spodok bazéna do pračudesnej Disneyovskej mozaiky svojich detí a svojho piateho manžela Marka.

„Všetky moje decká chceli mať v mozaike aj svojich otcov, ale hádam nepotrebujem, aby tí bastardi na mňa civeli každé ráno pri plávaní. No nie?" Angie je ako hrdý Land Rover s pohonom 4 krát 4. Štyri deti so štyrmi mužmi. Často som dumala, čím to je, že si vypracovala takýto luxusný životný štýl. Či to je jej talentom literárnej agentky alebo jej šikovnosťou vyjednávania pri rozvodoch?!

Po rozsiahlom schodisku sme vyšli hore do kancelárie. Na stenách mala povešané množstvo fotiek. Fotky detí, fotky všetkých koncertov Madonn,y na ktorých bola a čo mňa osobne veľmi potešilo, visel tam aj plagát môjho životného úspechu – muzikálu „Poľovačka na lady Dianu". Muzikál vytvorený podľa mojej knihy s rovnakým menom a mal veľký úspech na divadelných doskách West Endu.

Poličky v kancelárii sa prehýbali pod knihami autorov, ktorých Angie reprezentuje, alebo reprezentovala. Všimla som si francúzsku edíciu mojej knihy Recherche Lady Di, ktorá bola v krajine galského kohúta veľkým hitom. Pomyslenie na to ma zahrialo pri srdci a zdravo nakoplo do písania po dlhšej pauze. Sadla som si na mäkulinkú stoličku na druhej strane Anginho stola. Angie si zapálila cigaretu a sadla si oproti mne. Za ňou sa otváral neskutočný, nekonečný výhľad na Londýn. V diaľke som videla aj Temžu.

„Čo sa stalo s tvojou starou asistentkou?" opýtala som sa.

„Brenda ma chcela pekne vyžmýkať. Dala ma na súd," Angie prekrútila očami.

„To mi je ľúto. A prečo?"

„Keď mi vykopali podzemie, našli tam ruiny z rímskych čias a masový hrob obetí moru."

„To myslíš vážne?"

„Brenda nosila robošom čajíčky a kávičky, ale nedávala si rúško na ústa. Krava! A či tam nechytila mor? Vieš aká je v dnešnej dobe šanca, že chytíš mor? Asi tak jeden prípad za dva roky."

„Preboha, Angie, to je strašné."

„Chvalabohu sa už na mor v dnešnej dobe neumiera. Doktor jej dal antibiotiká a raz-dva bola z toho vonku. Ale tá krava bola taká chamtivá, že jej nestačilo platené voľno, ale chcela viac. Vieš čo som jej povedala? Brenda, myslíš, že v roku 1665 dostali platené voľno? To určite! Všetci pomreli."

„A čo ona nato?"

„No... ona to len celé do písmenka zopakovala na súde a stálo ma to majland. Momentálne pre mňa pracuje Chloe. V tom sa otvorili dvere a s kávičkami na tácke vstúpila dnu Chloe, Angiina dcéra.

„Ďakujem, zlatino, ak by niekto volal, pre nikoho tu nie som. Iba ak by volala... Regina Battenbergová." Chloe prikývla a nechala nás osamote.

„Regina Battenbergová?" zostala som prekvapená.

„Áno, moja. Minulý týždeň som s ňou podpísala zmluvu o zastupovaní. Coco, zarobí mi pekný balík."

„A čo sa stalo s jej bývalým agentom?"

„Vyrazila ho. Vraj bol odporný k jej psovi Pippinovi. Povedal, že je prašivý."

„A to kvôli tomu ho vyhodila?"

„Coco, drahá, Regina predala niekoľko miliónov kníh. Je to hviezda, môže si robiť čo chce."

„Stále som šokovaná, že si ju k sebe pretiahla."

„Prečo? Lebo ju neznášaš? Lebo je k tebe vždy drzá? Lebo šteká tak isto ako je prašivý pes?"

„Áno."

"Coco, biznis je biznis. A jej biznis vynesie moju agentúru na iný level. Nie je to nič osobné, drahá. Práve mám na stole skvelú ponuku od americkej televízie. Chceli by z Reginy urobiť televíznu hviezdu. FX Network s ňou chce natáčať program o víne. Sú v tom strašne veľké prachy. Skoro som zabudla," Angie stlačila gombík na stole.

"Chloe, mohla by si priniesť knihu pre Coco?"

Chloe vzápätí prišla stískajúc v ruke kópiu najnovšej knihy, a už aj bestselleru Reginy Battenbergovej s názvom „Čas na víno". Na obálke bola Regina sediaca pri stolíku na námestí v Benátkach, popíjala víno a smiala sa v spoločnosti staršieho Taliana. Na hlave mala pre seba typický zlatý turban a tonu mejkapu. Vo vnútri knihy bolo ručne napísané venovanie.

*Svoju milióntu kópiu venujem Tebe, moja drahá, Coco Pinchardová. Možno jedného dňa urobíš to isté aj ty pre mňa. No asi len vo sne! Ha! Ha! (len vtipkujem, miláčik) cmuk*

„To naozaj predala milión výtlačkov?" spýtala som sa.

„Toto napísala pred dvomi týždňami, takže teraz už asi okolo 1,2 miliónov."

„Angie, ale veď ona ani nevie ako sa píše slovo sen!" otočila som knihu k nej a ukázala na venovanie.

„Viem, že píše samé kraviny, ale na to, aby som sa mohla na plno venovať skvelým autorom ako si ty, potrebujem aj takých menej talentovaných, ktorí sa vedia predať." Trochu ma vykoľajila, keď pri zmienke „skvelým autorom" dala vo vzduchu prsty v náznaku úvodzoviek.

„Aj ja som predala veľa kníh, aj ja sa viem predať a predávam sa. Myslím tým knihy."

„Samozrejme, že si tiež predala veľa kníh, zlato. Ale ja potrebujem mega predávaného spisovateľa. Hlavne teraz, keď hocijaký starý prďas Dick, Tom alebo Harry, môže zo svojej "útulnej" garsónky vycapiť na net svoju knihu. E-knihy zmenili celý systém. Až mi z toho vrie krv. Je to boj o prežitie," šmátrala po stole, aby našla cigarety.

„Chloe, kde mám tie prekliate cigarety?!" Chloe vletela do kancelárie a v ruke mala pre mamu nachystanú zapálenú cigaretu.

„Pozri Angie, radšej sa nepúšťajme do e-kníh, dohodnime sa na tom, že každá máme iný názor a že e-knihy majú na trhu svoje miesto. A takisto aj všetci Dickovia a Tomovia," dupla som si.

Nastalo trápne ticho.

„Okej," Angie si upravila župan. „Mám dátum na vydanie Agentky Fergie. Tvoj vydavateľ House of Randoms rozhodol, že to bude šestnásty apríl, takže sa musíme rozhýbať."

„Chcela som ti ešte niečo povedať..." zastavila som Angie. „Som tehotná. V auguste budem mať bábätko."

„Kriste Pane!!" povedala prekvapená Angie. Oprela sa o operadlo stoličky a potiahla si z cigarety. O pár sekúnd jej došlo, že som tehotná a odvievala odo mňa cigaretový dym. „Vieš čo, to by nám mohlo celkom pasovať na promo. Geriatrická rodička. Staršia matka."

„Staršia matka?" zostala som zhrozená.

„Máš snímok z ultrazvuku?" Začala som ho vyberať z vrecka.

„Mne ju nedávaj, daj ju Chloe. Naskenuje ju pre neskoršie potreby, ak by ju chceli novinári. Coco, toto je skvelá správa! Môžeme urobiť veľké promo v časopise OK: téma, čo je v chladničke staršej rodičky. V časopise pre sieť drogérií Boots by si mohla spropagovať krém na strie. Do časopisu Grazia hodíme ďalší článok: téma ženská inkontinencia, vďaka Ulrike Johnsonovej to je trendy téma. Paráda! Tvoji čitatelia sú ženy okolo tridsať a samozrejme teploši. Vidíš, v časopise Gaytimes môžeme urobiť sexi článok: na tému mama so svojim gej synom.

Prihodíme k tomu zopár horúcich fotečiek, Rosencrantz hore bez a ty nahodená v tehotenskom."

„Hej! Angie!" zastavila som ju. Bola ako rozbehnutý vlak.

„Čo moja?"

„Práve som ti oznámila, že som tehotná."

„Počula som, drahá."

„A ako na to zareaguje normálny človek?"

Angie vyzerala zmätená. „Hmm... Koho to je?"

Zakrútila som hlavou.

„Necháš si to?" Nakoniec jej to došlo. „Kurvajs, gratulujem drahá!"

„Ďakujem."

Ukázala som jej snímok bábätka, ktorá z nej urobila opäť človeka z mäsa a kostí. Dokonca mi ponúkla pomoc svojho gynekológa na Harley Street. Chodia tam celebrity a bohaté paničky.

„Je úžasný," povedala Angie. „Vďaka nemu som rodila v súkromnej nemocnici, kde mi dovolili fajčiť. Dovolili mi vybrať presne, kedy chcem cisársky rez a rovno mi urobili aj liposukciu. Fakt, skvelé."

Zaklamala som a povedala, že o tom popremýšľam.

„Drahá, keď za knihu dostaneš ďalšiu časť preddavku, tak si to budeš môcť dovoliť."

Potom čas, ktorý mala Angie vyhradený pre mňa, vypršal. Dostatočne mi to naznačila. Musela sa nachystať na konferenčný hovor s PR ženskou Reginy Battenbergovej.

Smerom von z kancelárie som sa spýtala, ako napredujú veci s Agentkou Fergie.

„Dám ti vedieť, drahá." Nasmerovala som si to pešo k Chiswicku, odkiaľ mi išiel priamy autobus do Marylebone. V autobuse sa mi ušlo miesto hore nad šoférom. Mala som nádherný výhľad. No stále som sa nedokázala otriasť z toho, že Angie k sebe dotiahla Reginu Battenbergovú a už nebudem jej linkou číslo 1! :)

## Streda 8. februára

Práve keď som si ráno robila anglický čaj, všimla som si, že došlo mlieko. Pobozkala som Adama na čelo a vybrala sa do malého Tesca za roh. Vrátila som sa o dvadsať minút a Adama nikde...Vyskúšala som volať na jeho mobil. Po krátkom zazvonení bol hovor zrušený. Zavolala som ešte raz, a stalo sa to isté. Z očí sa mi začali valiť slzy. Ako to tu píšem, vidím, aké bolo moje správanie iracionálne. Nuž ale tehotenské hormóny vám s logickým premýšľaním veľmi nepomôžu. Cítila som Adamovým mobilom nesmierne odvrhnutá. Prečo mi nepoveda,l kam ide? Že vôbec niekam ide? Prečo ma vynechal zo svojich plánov? Hlava mi klesla na Roccovu jemnú srsť, do ktorej som plakala ako malé decko. Trvalo to niekoľko minút a potom som opäť vyskúšala jeho mobil. Tentoraz zodvihol.

„Prosím?"

„Nie si doma!"

„Som u Tabithy."

„Prečo si u nej? Prečo si tam šiel sám? Bezo mňa?"

„Mením jej žiarovku..." V tom som v pozadí započula Tabithu.

„Adam, vychladne ti tvoj Lapsang Souchong."

„Musím ísť. O chvíľu som doma," povedal a zložil.

Keď sa asi o hodinu vrátil domov, všetko som mu spočítala. Bol z toho úplne mimo.

„Aký máš problém? Je to predsa naša podnájomníčka. Potrebovala zaskrutkovať žiarovku," povedal Adam.

„S tými chlapmi tam „skrutkuje" celý deň! Nemyslím si, že môže mať problém zaskrutkovať jednu žiarovku!" povedala som v amoku.

„Nebola to klasická žiarovka, ale jedna z tých, čo sa osádzajú do kuchynského stropu," vysvetľoval Adam. Opýtala som sa ho, či sa s ňou vyspal.

„Ty si sa zbláznila?! Nebudem na to ani odpovedať," Adam schmatol svoj ruksak so športovým oblečením a odišiel do fitka.

Piatok 10. februára

Každé ráno, keď vstanem, si nahováram, že som a budem sexi tehulka. Kým sa však dotrepem do kuchyne, cítim sa ako nechutná tlstá a nepodojená krava. Už nemám len megalomanské výkyvy nálad, ale začala som prdieť ako starý trabant. Ako sa snažím, tak sa snažím, ale nič nezaberá. Už sa nemôžem ani vyhovárať na Rocca. Chudák malý, trochu som to prehnala. Cítim sa neskutočne nechutne, tlsto, nevkusne, špinavo... zatiaľ čo Adam je každým dňom krajší a viac sexi. Keby som tak mohla byť teraz mužom. Takým chutným svalnáčom. Musí to byť skvelý pocit kráčať ulicou, cítiť sa skvelo a vedieť, že odnikiaľ vám nič nevybehne. Žiadne „výlety" tukových vankúšikov. Zadok mi narástol tak, že minule si jedna pani z druhej strany cesty myslela, že mi z neho visí zahryznutý pes. Prsia mi lietajú ako africké lajdajky.

Rozhodnuté, chcem byť chlap!

Dnes ráno mi od Angie prišla veľká škatuľa. Bola plná detských kníh, lepšie povedané detských kníh napísaných celebritnými mamičkami ako Jools Oliver, Myleene Klass... Denise Van Outen. Všetky sú odfotené na obálkach s vykúkajúcimi bruškami a vyzerajú krásne, čarovne... Kniha od Denise Van Outen sa volá Mňami mama. Z nejakého dôvodu ma tento názov veľmi nahneval. Mňami mama? Čo je mňami na mojom veľkom bruchu? Alebo na tehotenstve? Prečo je na ženy v mojom veku vyvíjaný taký obrovitánsky tlak, aby sme boli sexi mňami mamy?

Schmatla som knihu Mňami mama a šmarila ju cez celú

izbu. Doletela až k veľkej juke pri vchodových dverách. Kvetináč sa prevrátil a zemina sa rozsypala po dlážke.

„Čo to nacvičuješ?" vyšiel Adam z kuchyne. Na sebe mal iba obtiahnuté biele slipy a v ruke utierku.

„Pozri sa na seba, ani deko tuku, si neskutočne sexi!" slintala som.

„Ďakujem, zlato," usmial sa Adam a napol brušné svaly.

„To nebol kompliment, dilino!" zakričala som. „Okamžite sa obleč!" Otvoril ústa, chcel niečo povedať, ale očividne si uvedomil, že pre „svetový mier" bude lepšie, ak nebude so mnou diskutovať. Radšej sa zobral hore do izby. Rocco pribehol do kuchyne a k dverám, kde bola juka. Svojimi malými-velkými kukadlami zaregistroval na zemi neporiadok a potom sa vybral hore za Adamom. V tej chvíli som vážne premýšľala nad cigaretou. Snažila som si vsugerovať, že keďže Adam je vysoký a atletický týpek, jedna cigareta bábätku nemôže veľmi uškodiť. Vtom som si všimla v škatuli s knihami odkaz od Angie.

*Drahá Coco,*

*Posielam ti zopár detských vecičiek. Večer pri poháriku som uvažovala nad promo pre Agentku Fergie. Mám skvelý nápad. Čo keby sme na obálku dali odporúčanie od Reginy Battenbergovej? Jedna vetička na obálke Agentka Fergie. Čo ty na to? Takéto celebritné odporúčania vždy predajú množstvo výtlačkov!*

*Chloe kontaktovala Reginu a nechala jej odkaz na záznamníku. Hneď ti dám vedieť, ak bude niečo nové.*

*Angie*

*Cmuk*

Utorok 14. februára

Vôbec som sa v noci nevyspala. Stále som behala na záchod a ráno som si uvedomila, že je dnes Valentína a ja som na to úplne zabudla. Keď mi Adam podal nádhernú valentínsku pohľadnicu, rozplakala som sa. Boli to slzy viny. Hrozne mi bolo ľúto, že som zabudla. Na pohľadnicu mi napísal nasledovné:

*„Ruže sú červené,*
*fialky sú fialové,*
*ty si tehotná ťava*
*ale aj tak ťa milujem! (ešte viac)*
*Adam*
*Cmuk x x*

Síce sa to nerýmovalo, ale prvýkrátpo veľmi dlhej dobe som sa smiala.

„Áno! Dá sa to," povedal Adam triumfálne, „ona sa vie ešte smiať!" Podal mi zabalený darček. Bol dosť mäkký. Rýchlo som roztrhla baliaci papier a našla som si detské dupačky.

„Díky," prezerala som si päť párov malinkých, krásne poskladaných detských dupačiek v pastelových farbách.

„Kúpil som neutrálne farby," povedal Adam.

„Všimla som si..." viem, že sa snažil byť iba milý a teraz budem vyzerať ako sebecká chudera, ale dúfala som, že tam bude aj niečo pre mňa. Rýchlo som zo seba striasla sebecké myšlienky a usmiala som sa.

„Ďakujem. Ja som na Valentína úplne zabudla..." zapla som mozog na plné obrátky,„ale aj tak mám pre teba darček. Chceš si zasexovať, miláčik?" rýchlo som sa postavila, no bohužiaľ to zo mňa opäť vyšlo a pri vstávaní som nahlas prdla.

„Hmm, asi by sme nemali...kvôli bábätku..." Rocco vydal zvuk ako kvíkajúce prasiatko a zoskočil z postele.

„Máriška...to strašne smrdí," povedala som, na čo sme sa obaja začali smiať. „Adam, chcem mať normálny všedný život, nechcem byť tehotná."

„Neboj, zlato, budeš mať normálny život, ale teraz nám „chystáš" naše krásne bábätko, aj keď proces nie je až taký krásny," Adam ma pohladil po vlasoch a išiel mi napustiť vaňu.

Piatok 17. februára

Adam rozposlal tridsaťtri žiadostí o prácu. Neozvali sa mu ani z jednej firmy. Povedala som mu, že bohužiaľ začiatok roka je vždy dosť tichý, čo sa týka priberania nových zamestnancov. Ak sa mám priznať, tak už aj ja mám trochu strach, že si nič nenájde. Kontaktoval aj svoju bývalú šéfku zo štátnej správy, z oddelenia bezpečnosti a ochrany zdravia. Tá mu sľúbila, že ak budú naberať pracovné sily, dá mu vedieť.

Marika mi ponúkla pomoc vo forme venčenia psov. Povedala mi, že ak potrebujem, tak sa zriekne niekoľkých venčení, aby som si finančne pomohla. Bohužiaľ som stále taká unavená, a to som ešte len v pätnástom týždni! Takže momentálne sme odkázaní výlučne na špinavé peniaze za prenájom od Tabithy. Akokoľvek ich zarába, sme pritlačení k múru. Som neskutočne emocionálna. Začala som sa často zamykať do kúpeľne, aby som sa dobre vyplakala.

## Pondelok 20. februára

Ráno volala Angie, veľmi vytešená Angie :) Regina Battenbergová jej sľúbila, že napíše odporúčanie na obálku mojej novej knihy.

„Regina sa chce s tebou stretnúť. Zajtra u mňa v kancelárii o 11.00," povedala Angie.

„Prečo sa potrebujeme stretnúť?" zamračila som sa.

„Chce sa s tebou stretnúť, aby z teba vycítila tvoj vzťah ku knihe, tvoje pocity..."

„Nestačilo by jej knihu len prečítať?" nebola som tým nápadom oslnená.

„Coco, chce sa s tebou stretnúť."

„Prečo?" nastalo ticho.

„Coco, vycítila som z nej, že je to nutné, aby ti dala to odporúčanie."

„Nutné?" zháčila som sa.

„Vieš, dokonca to tak aj povedala, že je to nutné..."

„To je akože konkurz na to, či moju knihu odporučí? Ty s Reginou sa pekne usadíte za stolom a ja mám prísť dnu a mám robiť čo? Mám vám zaspievať anotáciu? Stavím sa, že ťa dokonca požiadala o veľký červený bzučiak ako majú v Talente?!"

„Samozrejme, že nie drahá. Ale to odporúčanie ti môže len a len pomôcť. A nezabudni, že to robí zadarmo."

„Okej. Budem tam," súhlasila som, aj keď mi to bolo proti srsti.

## Utorok 21. februára

Celú noc som bola hore, čo som sa desila dnešného stretnutia. Išla som z domu radšej skôr, nech nemeškám, ale metro na Piccadily line žiaľ meškalo. Takže som k Angie dorazila zarovno s Reginou Battenbergovou. Odkedy sme sa naposledy videli (asi pred dvomi rokmi), vôbec sa nezmenila. Na hlave mala svoj typický lesklý zlatý turban a na sebe dlhokánsky čierno-zlatý plášť. Na tvári mala toľko mejkapu, púdru, tieňov, liniek... že vyzerala, ako herečka minútu pred divadelným predstavením. V rukách držala svojho malého psa Pippina. Snažila sa na domoch hľadať čísla. Očividne hľadala Angiin dom.

„Srdiečko, pomohli by ste mi?" opýtala sa ma Regina.

„Hľadám dom, kde má sídlo literárna agentúra Angely Lansburyovej. Neviete, v ktorom dome to je?"

„Regina... Coco Pinchardová," podala som jej ruku. Regina zostala zaskočená. Pippin zavrčal.

„Nie... Angela Lansburyová."

„Ja som Coco Pinchardová," Regina si ma premerala od topánok až po posledný vlas na hlave.

„Ahoj drahúšik, vôbec som ťa nespoznala. Zabudla som si včera po večeri svoje dioptrie v reštaurácii The Ivy. Bola som tam s Richardom a Judy z televízneho knižného klubu. Richard so mnou flirtoval celý večer. Chudera Judy bola z toho úplne mimo."

Zazvonil jej mobil. Rýchlo mi podala Pippina. Ani neviem čo je za rasu. Vyzerá ako chumáč, ktorý vytiahneš zo zapchatého odtoku vane. Držala som ho trochu nervózne. Regina sa šmátrala v plášti s miliónmi volánikov. Snažila sa vyloviť svoj mobil.

„Našiel si niekde dobré parkovacie miesto?" zavrčala do mobilu. „O päť ulíc odtiaľto? Čo si sa zbláznil?!" chvíľu premýšľala a potom pokračovala, „nechaj ho zatiaľ tam... čakám."

Pippin na mňa zavrčal a vyceril svoje veľké žlté zubiská. Regina dotelefonovala.

„Okej, takže obe hľadáme dom Angely Lansburyovej."

Išla som ju popraviť, ale v tom sa otvorili dvere z ktorých vyšla Angie nahodená v jednom zo svojich oblekov od Chanela.

Na tvári mala ťažký mejkap úspešnej biznismenky a na svojich malinkých nožičkách ihličky Jimmy Choos.

„Angela!" povedala Regina, predrala sa k dverám a objala Angie.

„Aká bola cesta?" opýtala sa Angie. Obe si rozdávali vzdušné pusinky.

„Fantastico!" uškrnula sa Regina. Oproti tomu, keď som ju stretla pred dvomi rokmi, mala neskutočne biele zuby. Keď mi na ne padol zrak, takmer som oslepla. „Juan Jose mi práve parkuje moje Subaru... Áááá... tu ho máme." Po chodníku od bránky k nám išiel papuľnatý modelko. Keď hovorím papuľnatý, tak myslím, že mal napichané pery ako mama Sylvestra Staloneho. Na sebe mal čierny oblek a tmavé slnečné okuliare. Zobral mi vrčiaceho Pippina a potom sme všetci vošli dnu. Angie sa na mňa ledva pozrela, akoby som tam ani nebola.

Schodmi sme vyšli hore do kancelárie, kde Chloe zorganizovala švédske stoly s občerstvením. Na Angiinom stole boli fľaše rôznych druhov drahých vín a tanier s naaranžovanými čudnými keksami. V poličkách okolo Angiinho stola boli čerstvo vystavené výtlačky Regininej knihy vo všetkých možných jazykoch.

Regina sa usadila v Angiinej stoličke a podrobne skúmala fľaše vín. Nakoniec sa rozhodla pre Beaujolais 1994. Juan Jose vybral z vačku otvárač, ladne otvoril víno a nalial Regine do pohára.

„Ďakujem, Juan Jose, to bude všetko," poďakovala sa Regina, „keď tu skončím, zavolám ti." Juan Jose prikývol a vytratil sa z izby.

„Je vtipný, nie?"

Angie sa zasmiala na znak súhlasu a sadla si do kresla oproti Regine. Mne zostalo iba operadlo na Angiinom kresle.

„Okej, Coco. Poďme na to. O čom je tvoja kniha?" opýtala sa Regina a odpila si z vína.

„Angie ti nepovedala?" zostala som zaskočená.

„E-mailom mi poslala anotáciu, ale ako som vravela, zabudla som si v The Ivy okuliare. Nemala som to, ako prečítať. Povedz mi o čom to je, predaj mi tvoju knihu za 30 sekúnd..."

Angie prikývla. Až ma zatriaslo, že čo zo seba dostanem.

„No...je to vlastne neoficiálne pokračovanie Poľovačky na lady Dianu..." vyschlo mi v hrdle. Odkašlala som si. „Myšlienkou knihy je...no je to skôr nadsádzka... no tá myšlienka je, že... Je to o tom, žeFergie – vojvodkyňa z Yorku Fergie, nie tréner z Manchestru United...ani Fergie z kapely Black Eyed Peas, to nie..."

„Vravíš, že to je komédia?" prerušila ma Regina. „Neznie to veľmi vtipne."

„Ešte sa k tomu dostanem," z čela som si utrela pot.

„30 sekúnd ubehlo, dovi dopo..." Regina sa šeredne uškrnula.

Tvár sa mi celá rozpálila a do očí sa mi tlačili slzy. Ale ustála som ich, nechcela som, aby sa tá krava v tom vyžívala. „Okej, okej, špiónka Fergie... Fergie vojvodkyňa...a..." v tom momente som dostala amnéziu a všetko mi vypadlo z hlavy. Regina si odpila z vína a podala mi pohárik.

„Nová kniha od Coco je medzi kritikmi veľmi očakávaná a aj medzi jej čitateľmi, a to po velikánskom úspechu bestselleru Poľovačka na lady Dianu," skočila mi na pomoc Angie. „Hlavná hrdinka, vojvodkyňa Fergie je v skutočnosti tajnou agentkou MI6. Ako James Bond. Je vysoko inteligentnou špiónkou, v tom čase neaktívnou a žijúcou v ústraní, ktorá čaká na svoj ďalší prípad..."

Vydýchla som si, trochu sa upokojila a vzala si zo stola malý hnedý keks, alebo perník, alebo čo to vlastne bolo. Vložila som si ho do úst, ale bol hrozne nechutný. Chloe, ktorá po celý čas stála v rohu miestnosti, vyzerala trochu vystresovane, keď videla, že jem keks.

„Coco," zašepkala mojim smerom Chloe. „Coco!"

Preglgla som a pozrela na ňu. Ukazovákom sa mi snažila niečo naznačiť. Mierila ním na keksy. Krútila hlavou.

„Čo sa deje, miláčik?" opýtala sa jej Regina, keď si všimla jej vystrašenú tvár.

„No... tak ako ste si želali pani Battenbergová, keksy na stole sú pre vášho psa." Reginana mňa zagánila.

„Veď, áno. Ja som ale šišina... To sú keksy pre Pippina!" Regina sa zatvárila, akoby nevedela, že žeriem psie kekse. V tom som zacítila chuť mäsa z prehltnutého keksu a naplo ma. Angie pokračovala ďalej.

„Potom je agentka Fergie nasadená na prípad, v ktorom zistí, že sa niekto pokúsi spáchať atentát na kráľovnú Alžbetu počas jej návštevy v Amerike. Je to veľmi vtipné, satirické... a myslím, že to bude tento rok skvelým hitom hlavne v lete počas dovolenkovej sezóny. Každý bude chcieť mať svoj výtlačok pri sebe na pláži."

Nikoho vôbec nesralo, že som práve zjedla psí keks.

„Bábo!" spomenula som si, že som tehotná. „Zjedla som psí keks. Čo ak sa stane niečo môjmu bábätku?"

„Ty si tehotná?" Regine padla sánka. „Zdáš sa mi dosť stará na to, aby si bola tehotná."

Cítila som, že začínam blednúť v tvári a začala som sa ešte viac potiť. Z tváre mi stekal pot ako niagarské vodopády, zovrelo mi žalúdok... Vybehla som z Angiinej kancelárie a utekala na toaletu na opačnej strane chodby. Už som to nemohla vydržať, strčila som si do hrdla prsty a tlačila som ich dolu tak dlho, kým sa mi pred očami nezjavili hviezdičky, ale aj tak som mňa nevyšlo nič.

Sadla som na zem a naťukala do Googlu na mobile: JE POČAS TEHOTENSTVA BEZPEČNÉ JESŤ PSIE KEKSY? Na internete mi vyskočili samé hovadiny, nič normálne. Mokré vlasy som si prehodila dozadu z tváre. Zrazu niekto zaklopkal.

„Coco?" ozvala sa Angie. „Si v poriadku?"

„Nie!" zakričala som. V tom som počula aj Reginu.

„Angela? Je Coco v poriadku? Prečo jedla psie keksy? Je to dosť čudné žieňa, nemyslíš?"

„Coco, zlato. Si okej? Si v stave, v ktorom by sme mohli dokončiť začaté stretnutie?" opýtala sa Angie. Bola som zo všetkého zhrozená, vystrašená a nikoho to nezaujímalo. Bola som pre ne len idiot, ktorý nedokáže "predať" ani vlastnú knihu. Idiot, ktorý žerie psie keksy.

„Hmmm, prídem o chvíľu." Spoza dverí som počula nejaké mrmlanie a potom ich kroky, keď sa vrátili do kancelárie. Vedela som, že musím k doktorovi a to bleskovo. Rýchlo som si studenou vodou opláchla tvár a keď som nepočula nikoho na chodbe, vyletela som von, preletela dole schodmi a o minútku som bola na chodníku pred domom. Mala som so sebou kabelku, ale kabát som nechala u Angie. Bola som príliš zahanbená, aby som pokračovala v stretnutí s Battenbergáčkou. Mala som šťastie na taxík. Keď sa jeden priblížil, tak som hneď začala vykyvovať, aby zastavil.

„Prosím vás, odvezte ma do najbližšej nemocnice." Šofér prikývol a šliapol na plyn. V taxíku som si spomenula, že som v kontakte s pôrodnou asistentkou Justine a možno by som mala ísť najprv za ňou. Povedala som taxikárovi, nech ma radšej odvezie na Marylebone. Z kabelky som vylovila Justininu vizitku a zavolala som jej. Nikto nedvíhal, ale po chvíli som bola presmerovaná na odkazovač, z ktorého znel oznam o otváracích hodinách ambulancie. Potom som zavolala Adamovi. Jeho mobil bol vypnutý. O pol hodiny som dorazila do ordinácie v Marylebone a hneď som letela k zasklenej uzavretej recepcii. Spoza skla na mňa čumeli dve recepčné. Bola som vyplašená, vystresovaná a po tvári som mala od plaču rozlečený mejkap. No aj tak ma ignorovali a pokračovali v písaní na počítačoch. Prešla minúta, potom ďalšia...

„Som neviditeľná?" opýtala som sa naštvaná. Pokračovali v ťukaní do klávesníc. „Pýtala som sa, či som neviditeľná?!" Mladšia z nich dokončila to, na čom pracovala a pozrela sa na mňa?: „Ako vám môžem pomôcť?"

„Potrebujem ísť súrne k mojej pôrodnej asistentke..."

„Ste objednaná?"

„Nie... je to naliehavé...mimoriadna situácia," vykoktala som sa. Na krajíčku som mala slzy, tak som si zahryzla do pery, aby som sa nerozplakala.

„Pôrodná asistentka vybavuje núdzové prípady iba ráno a večer."

„Prosím? To si mám načasovať pohotovosť, keď sa to hodí vašim ordinačným hodinám?

„Prosím vás, upokojte sa."

„A vy sa prosím vás strčte do..." skôr ako som dokončila vetu, všimla som si, že do čakárne vošlaJustine. V ruke niesla šálku čaju. Hodila som sa na ňu tak, žesa jej zo šálky vylialo väčšie množstvo čaju. Prosíkala som, aby ma vzala so sebou do ordinácie.

„Toto je ale výnimka, ktorá potvrdzuje pravidlo," sadla si za stôl.„Nabudúce sa musíte objednať." Sadla som na "pacientsku" stoličku a vysvetlila jej situáciu so psím keksom. Hľadela som na ňu s veľkým očakávaním.

„Môžem vás uistiť, že jedenie psieho „žrádla" je úplne bezpečné," povedala svojim spevavým hlasom. „Len si na to nezvykajte. A myslím, že granule by vám vôbec nechutili."

„Samozrejme, že si na to nechcem zvykať a ani nemám v pláne začať jesť psiu stravu, vonkoncom už nie granule. Ten keks som zjedla nechtiac. A vôbec... nie som tu len na to, aby som zisťovala, či je bezpečné jesť psie keksy."

V tom ma prerušilo neodbytné klopanie na dverách. Dvere sa otvorili a dnu vletela sestrička v stredných rokoch s mega ofinou.

„Sestra Dayová, mohla by som vám pripomenúť, že pacienti nemajú povolené nosiť moč vo fľaškách z jablkového džúsu?! Pred chvíľou nám priviezli obed a dali ho do nesprávnej chladničky. Teraz nevieme, čo je moč a čo je džús!"

„Ach, ach... prepáčte sestra Brownová. Mohli by ste ich ovoňať?" povedala Justine akoby o nič nešlo.

„Oňuchávanie moču nie je v mojom pracovnom popise,"

Brownová zvýšila hlas, vyletela z ordinácie a tresla dverami.

Sestrička Justine zostala úplne mimo a chvíľu sedela bez slova. Potom sa rozplakala.

„Prepáčte mi..." pred tvárou mávala rukami. „Všetci si tu myslia, že som sprostá, že som o ničom... Nie je moja chyba, že niekto priniesol moč vo fľaške od jablkového džúsu."

„Viete, nie je to také prekvapivé, za rohom sú potraviny. Všetko je možné," ľutovala som ju. Na stene za sebou mala veľký kotúč modrých papierových obrúskov, z ktorých si natrhala veľkú guču a hlasno si vyfúkala nos.

„Mohla by som sa Vás niečo spýtať, pani Pinchardová? Myslíte si, že som dobrá zdravotná sestra?"

„Hej, hej. A ako dobrá sestra, pôrodná asistentka, čo by ste mi poradili, keď som zjedla psí keks?"

„Dala som košom príležitosti rodiť bábätka na vojnovej línii v Afganistane," utierala si slzy. „Bála som sa vojny, ale slúžiť v miestnom zdravotnom stredisku je teda veľa väčší brutál."

„Takže... vráťme sa ku mne a ku keksu... prosím vás. Bojím sa, že som ublížila dieťatku."

„Veľmi o tom pochybujem, pani Pinchardová," povedala trochu upokojená Justine. „Psie keksy musia byť spracované, tak aby boli bezpečné aj pre náhodnú konzumáciu človekom. Koľko ste ich zjedli?"

„Iba jeden...a bol malý. Myslíte si, že by mi mali vypláchnuť žalúdok?"

„Nie, Preboha! Máte vo vašej strave dostatok vlákniny?"

„Myslím, že áno."

„Tak potom keksík vykakáte, ani sa nenazdáte. Akú máte stolicu?"

Nevedela som, ako na tú otázku odpovedať, hlavne keď bola do konverzácie vložená tak narýchlo. Takmer som mala pocit, že zo slušnosti sa musím spýtať aj ja na jej stolicu. Nakoniec som len povedala, že moja stolica je v poriadku.

„Naozaj sa nemáte čoho báť," upokojovala ma Justine „a ďakujem, že si myslíte, že som dobrá zdravotná sestra."

Keď som odišla z ordinácie, uvedomila som si, že v nadchádzajúcich mesiacoch ma čaká množstvo nepríjemných rozhovorov o mojich telesných tekutinách, stolici... a že sa môžem "tešiť" na zopár vyvolených chlapov a žien, ktorí sa budú vo mne kutrať ako v chladničke (samozrejme myslím tým hlavne doktorov). Vonku bolo dosť zima. A hlavne bez kabáta. Cítila som sa zahanbená a hlúpa. Utekala som domov k Adamovi, aby ma trochu pomojkal. Hneď sa budem cítiť lepšie.

Keď som prišla domov, Adam bol na chodbe. Na stenu vešal veľkú zarámovanú čiernobielu fotografiu letného kúpaliska v Brockwelle. Adamova exmanželka Nanette je fotografka a robila aj túto fotografiu, ktorá je mimochodom nádherná. Ale po dnešnom dni som to brala ako ďalšiu nepotrebnú volovinu.

„Ahoj miláčik," privítal ma usmiaty Adam. „Ako to išlo s Reginou Battenbergovou?"

„Prečo to visí na mojej stene?" z uší mi takmer vychádzala para. Kabelku som položila na stolík, z ktorého Adam medzitým odpratal všetok bordel. Konečne sa dom dostával do štádia obývateľnosti.

„Takmer som už všetko vybalil." Prešla som do obývačky, kde visela ďalšia fotografia od Nanette. Na nej bolo kúpalisko v Tooting Bec.

„Čo toto všetko má znamenať?" kričala som.

„Prosím?" Adam bol z mojej reakcie totálne šokovaný. „Toto sú moje obrazy. Myslel som, že sa ti páčili... keď viseli na stenách u mňa v byte."

„Páčili, páčili...keď viseli u teba, ale tu vyzerajú hrozne!"

Obývačka bola komplet vybalená a upratená. Na zemi bol koberec, zo sedačiek boli odpratané plachty, v knižnici poukladané naše knihy, televízor bol zapojený a v kozube praskalo drevo a teplo plameňov príjemne rozohrialo celú izbu.

No aj tak som si nemohla pomôcť a len som mu nakladala, koľko sa dalo.

„Kde je zrkadlo, čo patrí do chodby? Kde je školská fotografia Rosencrantza, čo tam má visieť?" Štekala som na Adama ako rozzúrený teriér. Nasledovala som ho až ku knižnici, keď z neho vyšlo: „Coco, je to aj môj dom..."

Zo steny som strhla Nannetinu fotografiu. Hodila som ju na zem. Sklo sa rozbilo a rozletelo po koberci. Rocco začal štekať a radšej zutekal z obývačky. Adam na mňa pozeral s otvorenými ústami.

„Zjedla som psí keks!" zakričala som.

„Okej," Adam na mňa pozrel. „Mám ti dať ešte jeden?"

„Prečo by som mala chcieť ďalší?"

„Tehotenské chúťky?"

„Nemám chúťky na psie žrádlo. Zjedla som jeden Regine Battenbergovej. Omylom."

„Prečo jedla Regina psie kekse?"

„Boli pre jej psa! Urobila som zo seba kravu... a ešte som si tam aj nechala kabát."

Adam si zahryzol do jazyka a chvíľu na mňa nechápavo pozeral. Tiež si myslel, že som idiot a riadna krava. Ušla som hore schodmi, tresla dverami a v spálni som sa hodila na posteľ. Presne takto som sa spávala, keď som mala jedenásť. Ležala som na posteli plná hnevu a frustrácie. Začala som zhlboka dýchať. Keď som sa trochu upokojila, všimla som si, že aj spálňa je na komplet vybalená a upratná. Na matraci bola natiahnutá moja obľúbená plachta, pod vankúšom bolo prichystané pyžamo. Na nočný stolík mi Adam naukladal moje obľúbené veci: kindle čítačku (dokonca na nabíjačke), knihy, ktoré som si nedávno kúpila, digitálne rádio a kúsok kryštálu ammonitu, ktorý milujem. Na rádiu mi naladil moje obľúbené stanice. Už dávno som ich nepočúvala, ale aj tak si pamätal, že ráno rada počúvam Capital FM, poobede Classic FM a večer BBC Radio 4. Daniel si ani po dvadsiatich rokoch manželstva nepamätal, čo mám rada, čo neznášam... Vtom mi zazvonil mobil. Angie.

„Drahá, mám pre teba dobrú správu, Regina Bettenbergová súhlasila s odporúčaním. Dohodli sme sa na nasledujúcom: „Smiala som sa... a rehotala na plné ústa. Táto autorka ma neskutočnú predstavivosť!" Môže byť?

„Áno," odpovedala som jej. Chvíľu bolo ticho. „Angie, som v poriadku. Ďakujem za opýtanie."

„Nechala si si tu kabát... Vieš, keď spoznáš Reginu lepšie, pochopíš, že nie je až taká zlá, ako by si si mohla myslieť. Niečo ti poviem, aby si sa upokojila. Keď bol môj Berry krpatý, zvykol jedávať zo psej misky a vôbec mu to neuškodilo."

„Neuškodilo? Angie, nestal sa z neho náhodou feťák?" Hneď po tom, čo som to dopovedala, som si želala, aby som si radšej zahryzla do jazyka. Angie zložila mobil.

Streda 22. februára

Z postele som sledovala západ slnka. Dúfala som, že za mnou príde Adam. Ale zbytočne. Ráno o jednej som pootvorila dvere v spálni. Nepočula som zapnutú telku. Pomaly a potichu som sa zakrádala po chodbe a dolu schodmi. Začula som Adama jemne pochrapkávať. Z chodby na prízemí som videla, že spí na gauči prikrytý dekou. Pri nohách mu spal malý zradca Rocco.

„Prečo spíš tu dole?" zašepkala som Roccovi do uška. On len zatrepal uškami a hlasne si vydýchol. Vrátila som sa hore a zaľahla späť do postele. Bola to prvá noc od minuloročnej augustovej svadby, čo sme nespali spolu v jednej posteli.

Hrozne som z toho znervóznela a nedokázala zažmúriť oko. O druhej ráno som bola presvedčená, že ma Adam opustí, Angie ma vykopne a ja zostanem samučička, sama. Chris je v Amerike, Marika má Milana, Rosencrantz si žije svoj život... Ešte aj Daniel má frajerku, hoci takú, čo si musí počítať bodíky... aby nepribrala.

No a potom to prišlo... nezostanem úplne sama, zostane mi Etela. Pri tej myšlienke mnou preskočila smrtka... Chvalabohu som na to rýchlo zaspala. No ešte predtým mi hlavou prebehla predstava, ako prosím Etelu, nech sa ku mne nasťahuje a nech na dom prispieva zo svojho dôchodku. Brrr...

Na druhé ráno som sa zobudila o desiatej. Cez okno na mňa žiarili slnečné lúče. Vo dverách ležal Rocco, ktorý ma sledval jedným očkom. V dome bolo ticho. Rýchlo som vstala a zišla dolu. Adama nikde... Deka bola poskladaná a uložená naspäť do skrine pod schodmi. V kuchyni som nenašla jeho mobil, ani nabíjačku.

Vybehla som hore do kúpeľne. Nebola tam jeho zubná kefka. Totálne som z toho spanikárila. Kričala som: „Vysťahoval sa! Preboha, on ma nechal. Je preč!!!"

Zišla som do kuchyne, kde som niekoľko minút nemo stála. Jediné, čo som počula, boli tikajúce kuchynské hodiny. Zapla som kávovar a premýšľala. Čo budem robiť? Ako sa sama postarám o bábo? Na kávovare zasvietilo svetielko signalizujúce, že nádobka na kapsule je plná. Kávovar vyzerá dosť komplikovane. Neviem, ako mám vyprázdniť kapsule. Zahľadela som sa na červené svetielko. Mala som pocit, že si zo mňa robí srandu. Potom ma napadli všetky tie veci, ktoré neviem... Neviem, ako funguje sterilizátor kojeneckých fliaš, aká má byť teplota vody na kúpanie bábätka...

Vtom tresli vchodové dvere. Adam v koženej bunde vošiel do kuchyne a na kuchynský ostrovček položil tašku z Tesca. Potom prišiel ku kávovaru a stlačil gombík. Na spodku sa otvorila malá zásuvka plná použitých kapsúl. Adam na mňa pozrel a začal vykladať veci z tašky. Otvoril chladničku a vložil do nej mlieko s maslom.

„Kúpil som ti novú zubnú kefku," v ruke držal dve kefky. „Chceš zelenú alebo modrú?"

„Modrú!" rozplakala som sa a hodila sa na Adama. Silne som ho objala.

„Modrú alebo zelenú, mne je to jedno."

„O nič nejde, zlato. Je to len kefka."

„Ide o veľa. Ide o všetko. Ide o teba. Milujem ťa. Prepáč... veľmi sa ti ospravedlňujem!"

„Dal som dole fotku z chodby."

„Nie, nie, zaves ich naspäť, prosím. Páčia sa mi. Veľmi. A Nanette mám rada. „Len mám hrozný pocit, že si neviem s ničím rady a všetko sa na mňa valí."

Adam ma posadil, usadil sa ku mne a nasledoval dlhý rozhovor. Povedal, že by som sa mala pokúsiť užiť si život a žiť len pre prítomnosť, aby som sa neobávala toho, čo sa môže, ale nemusí stať. Aby som sa prestala snažiť byť vo všetkom dokonalá.

„Si skvelá spisovateľka. Skvelá matka a ja sa nechystám nikam odísť," pohladil ma po tvári.

Pondelok 27. februára

Žiť len pre prítomnosť je celkom dobrá myšlienka. Posledné dni som sa snažila užívať si maličkosti. Snažila som sa nemyslieť na to, že sa mi neozýva Angie, že Adam stále nemá prácu, a hlavne na to, čo bude, keď sa z môjho brucha vykotúľa vrieskajúce bábätko. No a dnes ráno som mala telefonát, po ktorom som ešte viac ocenila všetko, čo mám a svoj život. Volal uplakaný Chris. Jeho otec dostal dnes ráno mega infarkt na golfovom ihrisku a zomrel.

„Musím sa vrátiť do Londýna," povedal bezducho.

„Chris, zlato môžem ti nejako pomôcť?"

„Mohol by som u teba zostať... aspoň na pár dní? Môj dom je

mimo prevádzky. Musím ho dať do poriadku, nemalo by to dlho trvať."

„Samozrejme. Si tu vždy vítaný. Nechcel si ísť k svojim rodičom, chcela som povedať k tvojej mame na vidiek? Máte tam krásny domisko."

„Nie, zatiaľ nie. Potrebujem byť niekde, kde... Vieš, začala už na mňa vyvíjať tlaky, že teraz som ja hlavou rodiny."

„Nebude potrebovať tvoju pomoc s organizáciou pohrebu?"

„To určite nie, pohreb bol zorganizovaný už veľmi dávno. Ešte v roku 1980 zarezervovala katedrálu... Ja len..."

„Čo, zlato?"

„Coco. Otcova smrť znamená, že som zdedil jeho titul. Teraz som ja Lord Cheshire."

Nevedela som, čo na to povedať. Mala som mu zagratulovať? Chris mi potom uplakane povedal, že mi dá vedieť čas príletu a položil.

## Utorok 28. februára

Dnes som našla na stránke BBC NEWS tento článok:

Sir Richard Cheshire, biznismen, ktorý si dal patentovať ´Cheshire obrúsky´, zomrel včera vo veku 79 rokov. Zomrel na srdcový infarkt počas golfovej hry na ihrisku klubu Brookwood Country Club v Surrey. Napriek pokusu o oživenie, zomrel na mieste pri jamke číslo 14.

Meno Richard Cheshire vám možno nie je veľmi známe, ale podľa štatistík minimálne 80% obyvateľov Veľkej Británie použilo jeho prekvapujúco silné a nadpriemerne absorbujúce obrúsky.
Narodil sa v roku 1943 v Kente rodičom z pracujúcej triedy.
Vyštudoval strednú školu Thortnon Heath Grammar a neskôr

študoval chémiu na Unvierzite v Oxforde. Počas štúdia objavil nový spôsob zmiešaného spracovania papiera a plastu. Vďaka vynálezu a vďaka svojmu obrovskému potenciálu ako biznismena sa zrodili vodeodolné ´Cheshire obrúsky´.

V roku 1963 sa Richard oženil s kontroverznou Edwinou Roquefortovou, ktorá bola v roku 1990 odsúdená na štyri roky podmienečne a 300 hodín verejnoprospešných prác za postrelenie intímnych častí svojho záhradníka. Do dnešného dňatrvá Edwina Roquefortová na tom, že to bola nehoda. Podľa jej slov „záhradník stál priamo v dráhe strely, ktorú som vypálila na bažanta."

V roku 1981 bol Richardovi Cheshireovi udelený titul Syr, za prínos do priemyselnej výroby. Je to iba druhýkrát od roku 1964, čo bol tento titul udelený človeku z tejto sféry.

Zanechal po sebe manželku Edwinu, dve dcéry a syna Christophera, ktorý po otcovi dedí titul.

Vidieť to takto napísané a to ešte na stránke BBC je riadny šok. Chris je teraz oficiálne Sir Christopher druhý, baronet Borringbrooku! Trochu som prekvapená, že taká veľká korporácia, ako je BBC, má tak slabého editora. „Titul Syr udelený?" ten editor dostal asi chuť na syr potom, čo spomínal dievčenské meno Edwiny, ktoré bolo Roquefortová...

# MAREC

**Štvrtok 1. marca**

Okolo šiestej poobede prišla Marika s Rosencrantzom. So sebou priniesli Chrisovo obľúbené suši a štyri fľaše šampanského. Ponúkli sa, že ho naservírujú, tak sa trochu zamestnali. Adam sa zatiaľ snažil nájsť vo zvyšku škatúľ extra poháre na šampus. Atmosféra bola trochu kŕčovitá. Myslím, že nikto z nás nevedel, čo máme Chrisovi povedať.

„O koľkej má pristáť?" opýtala sa Marika.

„Povedal, že okolo piatej, tak by tu mal byť asi okolo siedmej," odpovedala som jej.

„A kto ho vyzdvihne z letiska?" opýtal sa Rosencrantz.

„Objednal som mu taxík," povedal Adam. V tom momente sa v kuchynských dverách zjavila Etela. Rocco sa k nej rozbehol a "nastavil" bradu na poškrabkanie.

„Ahojte, zlatiná," na kuchynský ostrovček položila nákupnú tašku z Tesca.

„Čo tu robíš?" čumela som na ňu prekvapená.

„Dakujem za milulínke privítaní, aj ja ta rada vidim, Coco,"

Etela si vyzliekla kožuch a prehodila ho cez stoličku. „Ná sem tu kvóli Chrisovi."

Rosencrantz ju s veľkým úsmevom objal.

„Úúú, jak krásne voňáš, koho to máš na sebe?"

„To je nový Paco Raban. Darček od Oscara... k nášmu dvojmesačnému výročiu."

„Aj ten dnes dójde? Je mi jasná vec, že jediná ja sem nebola pozvaná."

„Nie. Je na severe Anglicka, natáča Emmerdale. V tom seriáli dostal rolu sexi chodca, ktorý pomôže s defektom pani Lise Dinglovej." V hlase mal trochu trpkosti.

„Bóže mój, tá chudera stará Dinglovská..." zaochkala Etela. Podišla k Marike a Adamovi a objala ich.

„Nepočula som ťa zvoniť. Ako si sa dostala dnu?" opýtala som sa Etely.

„Ked naozaj nesceš nezvaných hostí, mala by si si dávat na dvere retaz, drahá," povedala mi akože nič a na tanieri sa hrabala v mahi-mahi. „Nedo sa ti móže vlúpat dnu a rozdat si to s tebou...aj ked si myslím, že ty si vác menéj v bezpečí," uškrnula sa Etela. „Jak daleko si už s malým bambulom?"

„Osemnásť týždňov," odpovedala som jej. Etela sa na mňa „vrhla" a začala ma objímať.

„To bude mega mimino! Gratulírujem."

„Ďakujem. A teraz by si mi mohla vrátiť kľúč," otvorila som dlaň a vystrela ruku k Etele. Tá mi do nej s veľkým sebazaprením vložila kľúč od domu.

„Nidy v živote sem nestretla skutočného Lorda," povedala vzrušene Etela. „No raz sem byla v Bromley na tanečnom představení Michaela Flatleyho „Lord tanca", ale to sa nepočíta..."

„Prosím ťa, správaj sa ku Chrisovi normálne, ešte ani otca nepochoval," zamračila som sa na Etelu.

„Neprišla sem s holíma rukama," Etela vytiahla z nákupnej tašky tri fľaše lacného šumivého vína Lambrini.

„Ááááá... Lambrini," Marika sa usmiala. „Kedysi sme to miešali s likérom Blue Bols. Pamätáš Coco? Ako sme to volali?"

„Protimrznúca kvapalina," zaškerila som sa pri spomienka na zlaté „kokteilové" časy.

„Znie to tvrdo," zasmial sa Adam.

„Aj to bolo... Raz sa Coco z toho tak zoťala, že..." Marika si všimla, že sa na ňu prítomní pozerajú s očakávaním. „Viete čo, dopoviem to niekedy inokedy, keď bude vhodnejšia chvíľa."

„Čo myslíte, kólko prašulóv zdedil Chris?" opýtala sa Etela.

„Etela!" zvýšila som hlas, „otec mu ešte nevychladol, nemáš lepšiu tému?"

„Mami, všetci o tom aj tak premýšľame," Rosencrantz sa zastal Etely.

„Počul som, že deväťdesiat miliónov," pridal sa Adam.

„Ja som počula sto," povedala Marika.

„Sto miliónkov dukátikov, panenka Mááária skákavá," zajačala Etela.

„Je jedno kto, čo počul, musíme sa pri ňom správať normálne. Chris je v hroznom smútku," upokojovala som všetkých.

„Sto melónov??" šokovaná Etela opäť zavrešťala.

V tom zazvonil vchodový zvonček.

„Do riti, to sa mám teraz aj ukloniť?" opýtala sa Etela.

„Vygúglil som si titul Lord a zistil som, že pokiaľ ti dotyčný nepovie inak, musíš ho oslovovať titulom," povedal Rosencrantz.

„To je chujovina," povedala som. „Nikto sa nebude ukláňať a titulovať. Preboha živého, ide o nášho Chrisa. A to je jeho meno!"

Zvonček opäť zazvonil a všetci sme sa vybrali k dverám. Keď som otvorila, Chris tam stál mokrý od dažďa a vôbec nevyzeral ako Lord. Na sebe mal zlatú bomberskú bundu, roztrhané rifle a strieborné tenisky.

„Chvalabohu... Coco!" hodil sa mi na hruď a silno ma vystískal. Spod šiltovky mu bláznivo vykúkali blonďavé vlasy a namiesto kontaktných šošoviek mal okuliare. Všetci sme ho vyobjímali.

„Vaše Lordstvo," uklonila sa Etela, ako by sa chcela vyčúrať niekde na odpočívadle pri diaľnici.

„Prosím Vás, Etela, vstaňte!" podal jej ruku, ale ona zostala v kŕčovitom úklone.

„Etela, vstávaj!" povedala som jej zahanbená.

„Nemôžem," povedala medzi zuby, „ruplo mi v mích kolenách!" Marika ju chytila pod pazuchy z jednej strany, Rosencrantz z druhej a pomaly ju dvíhali, až kým nestála na nohách. Keď si ich vystrela, až jej v nich hlasno kliklo.

„Vaše Lordstvo, ak vám to nevadí, už to nezopakujem. Nemôžem, zlato."

„Prosím vás, len to už nikto nerobte, chcem aby bolo všetko normálne, ako kedysi. Volajte ma, tak ako vždy, Chris."

„No poď ty gaylord, urobím ti dobrý silný drink," usmiala sa Marika. „Beriem to tak, že gaylord je povolené, však?"

Chris sa na silu usmial.

„Strašne ste mi všetci chýbali," potvári mu tiekli slzy. Marika ho chytila za ruku a odviedla do kuchyne.

„Sto melónikov a hento si dá na seba!" zašepkala Etela, pozerajúc sa na jeho zlatú bomberskú bundu.

„Prestaň!" štekla som na ňu. „Radšej choď a ponúkni mu suši!" Išla som von k taxíku. Adam s Rosencrantzom pomáhali taxíkarovi vyložiť Chrisovu batožinu. Na chodníku pred taxíkom stálo veľa kufrov značky Louis Vuitton.

„Dobre, že si mu objednal veľké auto," tľapla som Adama po zadku. „Koľko má kufrov?"

„Štrnásť," vzdychol si červenený taxikár. „Kto to je? Už som viezol Joan Collins aj Victoriu Beckham, ale toľko kufrov nemali ani obidve dokopy."

„Je to Lord Cheshire," odpovedal Rosencrantz. Taxikár prekrútil oči a pokračoval vo vykladaní veľkého kufra.

Vrátila som sa do kuchyne. Marika práve nalievala Lambrini a Etela strkala Chrisovi pod nos mahi-mahi. Chris sedel na zemi v tureckom sede a hladkal Rocca.

„Aký bol let, zlato?"

„Boli strašné turbulencie a ako naschvál som v kufri zabudol Xanax, takže som celý let prežil úplne bdelý a neomámený. Bolo to hrozné."

„Tak do dna," Marika mu podala pohárik šumivého vína.

Vtom začala vyzváňať pevná linka. Musela som ju hladať medzi všetkými kuframi, ktoré sa nazbierali na chodbe.

„Dobrý deň. Hovorím s Coco Pinchardovou?" povedal prefajčený, snobský ženský hlas. Bola to Chrisova mama.

„Dobrý deň, Lady Cheshirová."

„Teraz som už vdova...ale správne ste ma oslovili, že Lady. Môžete ma naďalej oslovovať Lady."

„Úprimnú sústrasť, Lady Cheshirová. Je mi to veľmi ľúto. Lord Cheshir bol taký mladý."

„Áno, ďakujem. Stalo sa to pri jeho pravidelnej golfovej hre. A ešte aké zlé načasovanie, práve trafil najlepšiu jamku vo svojej kariére... Pozrite, nemám čas na prázdne reči. Je u vás Chris?"

Chris počul vyzváňanie telefónu a s pohárikom v ruke sa vybral ku mne na chodbu. Rukami, nohami mi vehementne ukazoval, že nemám nikomu prezradiť, kde je.

„Hmm, nie, nie je tu," zakoktala som sa. „Myslím, že je ešte v lietadle."

„Coco, viem, že vy dvaja ste si veľmi blízki. Keď sa vám ozve, prikážte mu, nech mi zavolá. Nepotrebujem ho iba ja, ale celá britská aristokracia... Zapísala ste si, čo od vás požadujem?"

„Myslím, že si to zapamätám pa...ni... pani vojvodkyňa," bola som v pomykove.

„Nevolajte ma vojvodkyňa! Asi pozeráte veľa televíznych seriálov ako Panstvo Abbey. Nemajú ani šajnu, ako to v našich kruhoch funguje," zvýšila hlas a zrušila hovor. Hneď som Chrisovi odovzdala odkaz.

„Toto je ako všetky nočné mory v jednom. Som z toho zúfalý," Chris si zvieral hlavu v dlaniach. „Urobí zo mňa Lorda Cheshira. Budem musieť nosiť viazanku a robiť dôležité podnikateľské rozhodnutia a charitu...kopu charity... Budem musieť chodiť sadiť stromy. Viete, že mi to s rýľom nejde! Budem vyzerať ako idiot."

Objala som ho.

„Budeš musieť iba prihodiť trošku zeme do už vykopanej jamky s vyleštením rýľom. Je to formalita... žiadne kopanie," usmiala som sa na neho.

Chrisova hlava sa zvalila na moje plece a začal plakať. Etela sa potichu prikradla za nami na chodbu. Vyškierala sa ako ako Joker z Batmana.

„Éééj, Chris, môžem sa tebou odfotogrfírovat?" Ešte predtým, ako stihol odpovedať vytasila mobil, hodila sa medzi nás a cvakla. Fotka v jej mobile bola na svete.

„Etela, to je hrozná fotka. Vyzerám ako opuchnutý klokan po dlhom lete."

„Néééj, je fajnová," Etela si rýchlo schovala mobil. Schmatla som ju a ťahala za sebou do obývačky.

„Ty si ma predtým vôbec nepočúvala?" zasyčala som na ňu.

„Coco musela som sa odfotografírovať s bohatým Lordem! Spolubývajúca Irena má foto s Davidem Hajzelhofem a stále s ním machruje. Už sa nedá počúvať. Toto jej bude rádna lekcia, zavre jej tú gambu!"

„Etela tvoje správanie je neakceptovateľné. Akoby sa to páčilo tebe?"

„Šeci sa lúba fotografíruvat," stále si mlela svoje.

Z kuchyne som vyzdvihla Etelin kabát. Tá sa zatiaľ vytratila. Našla som ju na chodbe, kde čumákovala na veľkú kopu Chrisových kufrov.

„Stavím sa, že této kufriská ho stáli majland."

„Poď moja, len pekne poď," Odchádzaš," potiahla som ju za

rukáv a jemne vytiahla von na schodík pred vchodové dvere. Potom som zabuchla za nami dvere.

„Ale ja sem prišla podporit Chrisa," obhajovala sa.

„To určite, moja. Fotíš si ho ako opicu v ZOO, neustále rozprávaš o jeho majetku a peniazoch. Vôbec sa necítiš? Čo máš srdce zo skaly?"

„Keby vyhrám tolko penazí v lotérii, tak by sme o inom ani nehovorili," protestovala Etela.

„To je niečo úplne iné. On nič nevyhral. Práve naopak, prišiel o svojho otca."

Etela išla opäť protestovať, ale videla, že už mám toho dosť a radšej sa stiahla.

„A jak mám íst teraz domov? Lítajúcim kobercem? Vyzerám jak Aladin?"

„Zavolám ti taxík," viedla som ju za sebou po chodníku k ceste. Jeden z okoloidúcich taxikárov si všimol, že mávam a zastavil pri chodníku.

„Mohli by ste ju odviesť do Catfordu?" opýtala som sa šoféra cez pootvorené okno.

„To bude stát majland!" zakričala Etela. „Ve vnútri má chlapíka, kerý práve vyhral..."

„Etela, on nevyhral..."

„Óóókej... Kerý zdedil sto melónov libér!"

Šofér to nebral vážne. „Koľko máte tašiek?" opýtal sa zduto.

„Iba jednu. Tento starý kufor," žmurkla som a prstom som ukázala na Etelu. Predtým ako stihla protestovať, som ju jemne šupla do taxíka a zabuchla dvere. Taxikárovi som podala požadovanú sumu a klepla som po kapote na znamenie, že môže ísť.

Keď som sa vrátila dnu, všetci sa motkali okolo krbu. Adam práve zapaľoval oheň.

„Aké je to šampanské?" pýtal sa Chris potom, ako stiahol tretí pohárik.

„Lambrini," odpovedala Marika. „Priniesla ho Etela."

„Pamätáte, keď sme do neho pridávali Blue Bols a robili z neho kokteily?" hlasne si zaspomínal Chris. „To bola zábava... A pamätáte, keď sme išli do Lunaparku? Coco bola z toho kokteilu tak ožratá, že sa počúrala na tom kolotoči, čo išiel dole hlavou."

„Chris, veľmi pekne ti ďakujem," pozerala som na prekvapené výrazy Rosencrantza a Adama.

„Ty si mi povedala, že si mokrá z toho vodného kolotoča, a že ťa celú premočil," povedal prekvapený Rosencrantz.

„Nie, nie. Stalo sa to, keď sme boli na kolotoči dole hlavou..." rehotala sa Marika.

Zrazu sa na tom všetci úžasne bavili. Ja som bola celá zahanbená, červená a radšej by som sa videla vo vlastnom zadku. No, na druhej strane som bola rada, že sa Chris konečne usmieval.

„Bohužiaľ tie časy, kedy sme boli takí voľní a život nám nesral na hlavu, sú dávno za nami," zamyslel sa Chris. Všetkých nás to umlčalo.

Chris rýchlo zmenil tému. Chcel vedieť všetko o Marike a Milanovi, našom bábätku a Rosencrantzovom vzťahu s Oscarom. Nechcel rozprávať o jeho živote v Los Angeles ani o budúcnosti.

Prekecali sme veľkú časť noci. Chris, Rosencrantz a Marika sa opili z kokteilu s názvom protimrznúca kvapalina, (Rosencrantz ho chcel vyskúšať) a tak sa u nás všetci rozhodli prespať na pohovkách.

Predtým, ako sme sa s Adamom uložili do postele, sme si išli umyť zuby. „Aj Boh vie, ako strašne by som chcel byť milionár."

„Tento dom má veľkú hodnotu a ty vlastníš polovicu. Nestačí?" usmiala som sa.

Adam sa zasmial, odložil kefku a odišiel do spálne.

„To nemalo byť smiešne. Prečo si sa smial?" bola som mu v pätách. Adam si ľahol do postele. Uložila som sa tesne vedľa neho.

„S Danielom ste boli svoji dvadsať rokov a nedostal ani deravú libru."

„Lebo ma podvádzal."

„Pol domu je tvojho a pol môjho...to je celé len v hypotetickej rovine," povedal Adam.

„Ak by sme predali tento dom, polovica z peňazí by bola tvoja."

Adam sa opäť zasmial.

„Nikdy by si tento dom nepredala. Totálne ťa vystihuje, je to tvoj život. Je v tvojej rodine...ako dlho patrí tvojej rodine? Sto rokov?"

„Stopäťdesiat...ale vôbec ma nevystihuje... Chceš, aby sme ho predali?"

„Nie. A ak by som aj chcel, ty by si mimo Londýna nechcela žiť. A potrebujeme bývať v blízkosti dobrých škôl a nemocníc."

„Vravíš to, ako by bolo všetko čiernobiele a len podľa mňa," zháčila som sa.

„Veď aj je. A ja s tým nemám problém," Adam sa na mňa usmial a pobozkal mi tehotenské bruško. „Viem, že nikdy nebudem taký bohatý alebo úspešný ako ty, a musím sa s tým naučiť žiť."

Nastalo malé ticho, stisla som mu ruku. Vtom som si na niečo spomenula.

„Adam, veď ty vlastníš svoj vlastný byt."

„Banka vlastní veľkú väčšinu môjho bytu...a býva v ňom prestarnutá prostitútka..."

Hneď nato sa otočil smerom k stene, zhasol lampu a o niekoľko minút už pochrapkával. Ja som zostala hore ešte hodnú chvíľu a v hlave som si prehrávala jeho slová.

Sobota 3. marca

Trvalo iba jednu noc, kým Chrisa u nás vysnorila jeho mama. Lady Cheshirová k nám poslala svojho rodinného právnika, pána

Spencera. V piatok bol nastúpený pri našich dverách. Bol ohromne slušný, ale jeho vyjadrovanie bolo ako jeden veľký hlavolam. Hovoril, akoby mal v ústach veľký zemiak a používal slová ako z encyklopédie. Až keď dohovoril, pochopila som význam jeho prejavu. Chrisovi povedal, že jeho prítomnosť na panstve je neodkladne očakávaná.

Dnes ráno sme odviezli Chrisa na ich panstvo Cheshire Hall. Keďže som musela minulý rok predať svoj Land Rover (mali sme takú menšiu-väčšiu finančnú krízu), tak sa bohužiaľ do nášho nového, lepšie povedaného starého hrdzavého Fiatu z autobazáru zmestilo iba zopár Chrisových kufrov, a to už sa od ich váhy aj sem tam oškrel podvozok na diaľnici.

Keď sme dorazili ku gotickej železnej bráne panstva, obloha sa zatiahla a začal sa na nás valiť dážď. Cesta od brány k domu bola „vystlaná" štrkom. Naše hračkárske autíčko vydávalo zvuky, akoby lapalo po dychu. A to tá cesta k domu bola dlhá niekoľko kilometrov! Panstvo Cheshire ja fakt hrozne veľké. Prešli sme okolo velikánskych pozemkov a robustných stromov. Čím bližšie sme boli k domu, tým bol Chris nervóznejší. Zahľadela som sa na alej stromov, ktoré sa odrážali na okne auta a dúfala som, že Chris bude v poriadku. Vtom sa pred nami vynoril velikánsky dom Cheshire Hall. Impozantné panské sídlo/kaštieľ, ani neviem, ako ho pomenovať :) postavené z krásneho béžového vytesávaného kameňa v kombinácii s červenou tehlou. Okná sa tiahli od podlahy až k streche, a bodku domu dávala nádherná sivá strecha. Teraz to tu všetko vlastní Chris. Panstvo so sedemnástimi spálňami, tanečnou sálou, biliardovou miestnosťou, príjímacími miestnosťami a služobníctvom, ktoré má vyhradené celé krídlo panstva. V diaľke bolo len tak-tak vidieť obrysy učupenej továrne na servítky, ktoré sa odtiaľto vyvážajú do celého sveta. Chris je teraz automaticky jej riaditeľom a zdedil v nej väčšinový podiel. Podiel v multimiliónovom podniku... Až sa mi trasú ruky, keď to píšem .

Pozrela som na Chrisa, ako sa trápi s odbaľovaním štolverky. Ako je možné, že na tento deň nebol pripravený? Musel vedieť, že to raz príde.

Adam zaparkoval Fiat pred hlavným vchodom a všetci sme sa z neho „vyškriabali" von. Videli sme, ako k nám po schodoch od vchodových dverí prichádza Lady Edwina Cheshirová, nahodená v gumákoch a nepremokavom zelenom plášti. Edwina má strašné zuby... hnedé ako blato. Šedivé vlasy sú ostrihané asi podľa hrnca a má ich strašne nechutné, ako by to ani neboli ľudské vlasy, ale ciroková kefa. Za ňou išla Chrisova sestra Rebecca. Taktiež mala na sebe gumáky a identický nepremokavý plášť. Vlasy mala upravené veľkou čelenkou. No a spoza nich vybehlo šesť labradorov. Namierili si to k Roccovi a obkľúčili ho. Chudáčik bol hneď vyplašený. Začal štekať. Adam ho rýchlo zodvihol.

„Chrisík, prečo si sem preboha prišiel v takomto aute?" opýtala sa šokovaná Lady Edwina.

„Coco a Adam mi láskavo ponúkli odvoz, za čo som im veľmi vďačný," nedal sa Chris.

„Zlatko, tú ich ponuku si však nemusel prijať. Ešte aj chlapík, ktorý nám čistí žumpu má krajšie auto," povedala arogantne Chrisova mama.

„Vďaka," pozrela som na ňu.

„Nie, nie Coco. Nechcela som Vás uraziť, ale musíte si uvedomiť, že toto je už teraz Lord Cheshire! Musí cestovať vo veľkom štýle... Som si istá, že ešte aj Rebeccine manželské pomôcky (tým myslím vibrátory) majú väčší konský pohon ako toto vaše auto."

„Mama!" zdrevenela Rebecca.

„Zlatko, prosím ťa... vieš, že všetci máme radi tvojho starého, ale on má väčší záujem o Toma než o teba."

„Môj manžel nemá záujem o záhradníka!" zapišťala zahanbená Rebecca.

„Zlatíčko, nič nie je zlé na prižmúrení oka a pozeraní sa na opačnú stranu. No, ale keby to bol môj záhradník, vieš čo by som s ním urobila ja..."

Rebecca v sebe zadržiavala slzy.

„No a teraz...Coco, Adam, môžem vám ponúknuť čaj?" opýtala sa Lady Edwina.

Schodmi sme prešli k mohutným dubovým vchodovým dverám. Cez ne sme prešli do velikánskej predsiene s mega schodiskom potiahnutým červeným kobercom. Odbočili sme doľava do veľkej nádhernej uvítacej miestnosti, niečo také ako naša obývačka, ale vo veľkosti nášho domu. Na stenách viseli obrazy, klasika, a boli to originály. Dominantou izby bol krásny veľký kozub. Pripadala som si ako na zámku, ktorý je múzeom, s výnimkou, že na Chrisovom panstve nie sú v miestnostiach bezpečnostné bariéry, aby sa ľudia nedotýkali nábytku. A na stole zo sedemnásteho storočia bol napojený MP3-prehrávač.

„Myslím, že Lord Cheshire by mal použiť zvonček pre služobníctvo," povedala Lady Edwina. Chris sa začal obzerať.

„To myslí teba!" zavrčala Rebecca. Chris sa otočil na svojich pískajúcich teniskách a potiahol za zvonček, ktorý visel pri kozube. Nevedel, čo ďalej, tak prišiel ku mne a postavil sa ku mne. Otvorila som ústa, chcela som Lady Edwine vyjadriť úprimnú sústrasť, ale „skočila" mi do môjho pokusu o konverzáciu.

„Boli cesty suché?"

„No, áno..." odpovedala som.

„No a vy ste asi ten chlapík, čo bol v base, však? Finančný podvod, ak sa nemýlim?" Edwina si premeriavala Adama od nôh až po posledný vlas na hlave.

„V base bol neprávom, niekto z jeho firmy to na neho našil," zastala som sa Adama, ktorý mi hodil ďakovný pohľad.

„Presne tak. A nebohý Lord Cheshire bol veľmi láskavý," povedal Adam. „Zatiahol za pár nitiek a urýchlil tým proces môjho transferu do väznice menej prísnej kategórie D. Bol to skvelý chlap. Veľmi mi je ľúto... vašej straty."

„Ďakujem," povedala Edwina. Do očí sa jej nahrnuli slzy. Podišla bližšie k Roccovi. Ten bol uvelebený v Adamovom náručí. Poškrabkala ho za ušami. „To je krásavec," usmiala sa Edwina. „Je maltezák?"
„Áno, volá sa Rocco," predstavila som jej ho. Rocco pokojne vydýchol a olízal jej ruku.
„Kde je Sofia?" opýtal sa Chris.
„Tvoja sestra sa vráti dnes večer," odpovedala Lady Edwina. „Bola na obhliadke a rokovaniach v Zimbabwe. Má záujem o kúpu podielu v diamantových baniach. Vravela, že prezident Mugabe je veľký dobrák."
Chris vyzeral z jej informácie zdesený.
„Christopher," Edwina si to namierila ku kozubu a opäť potiahla za zvonček pre služobníctvo. „O trinástej máme stretnutie ohľadom pohrebu a potom príde niekto z kráľovskej banky Coutts, aby zaznamenal tvoj podpis a prevedie ťa všetkými účtami."
„Kurva tam!" zapišťala Rebecca. „On si príde, keď sa mu uráči a všetko je zrazu jeho! Vieš toho dosť o tomto dome? O tom ako to tu beží, ako sa oň starať?"
„Rebecca, daj sa preboha dokopy," Lady Edwina zvýšila hlas.
„Nie! Dom, biznis, všetko je teraz jeho a to len preto, že sa narodil s penisom?! S penisom, ktorý ani nestrká do správneho miesta!" Rebecca bola tak rozzúrená, že jej tvár sčervenala ako cvikla. Do miestnosti vstúpilo mladé dievča so strieborným podnosom, na ňom mala naaranžovanú čajovú súpravu. Všetci ju nemo sledovali, ako vykladala na stôl šálky, čajník a cukorničku...
„Ďakujem Louise, to bude všetko," Lady Edwina jej naznačila, že má odísť. Usadili sme sa okolo stola. Edwina sa posadila ako posledná. Načiahla sa k malému tanieriku s nakrájaným a do kruhu naaranžovaným citrónom.
„Preboha živého!" Edwina zvýšila hlas. To hlúpe dievčisko zabudlo priniesť kliešte na citrón."

„Ocko je mŕtvy a ty sa rozčuluješ nad tým, ako si dáš do čaju citrón? Vieš čo... ja ti presne poviem, kde si ho môžeš strčiť!" kričala Rebecca.

„Chris-sto-fer zazvoň na zvonček, potrebujeme kliešte na citrón a Rebecca potrebuje jednu z jej zázračných piluliek," zvýšeným tónom nakázala Lady Edwina.

„Chris, my už radšej ideme," zašepkala som mu do ucha.

„Nie, nie... prosím ťa, neopúšťaj ma," zašepkal späť.

„Máte sa o čom rozprávať... rodinné záležitosti," povedala som už hlasnejšie.

„Áno, máme," prikývla Edwina a poslala služobníka do auta po Chrisovu batožinu.

„Sľúb mi, že sa ozveš... Nezabudni na mňa," prosíkal Chris.

„Samozrejme zlato, nemaj obavy," upokojovala som ho.

„Pošlem ti zvyšok batožín a pokojne mi hocikedy zavolaj. Hocikedy," zdôraznila som.

Keď sme prešli autom asi dvadsať metrov, obzrela som sa za Chrisom. Stál smutný pri vchodových dverách a kýval nám. Cítila som sa, akoby sme odviezli naše dieťa prvýkrát do škôlky.

„Kedy je pohreb?" opýtal sa ma Adam, keď sme prešli bránami Cheshirovského panstva a vyšli na zaprášenú vidiecku cestu. Adam prehodil rýchlostnú páku, ktorá na znak protestu zapišťala. Strhlo ma to k oknu.

„Neviem. Mám taký pocit, že sa budú ešte veľmi dlho hádať... kvôli domu, peniazom, majetku... a možno toho chudáka aj zabudnú pochovať."

„Nevyzerajú veľmi šťastne."

„Niekto im práve zomrel, ako by mali vyzerať?"

„Nie, nejde o to, skôr o to, že to majú hlboko v sebe. Nemám pocit, že by boli šťastní pre smrťou starého pána. Nie si teraz šťastná, že nie sme bohatí?" uškrnul sa Adam.

„Nie sme chudobní," vyštekla som.

„Ako je potom možné, že jazdíme v starej haraburde?"

Adam opäť vyskúšal prehodiť rýchlosť. Motor zarachotal a hodilo nás dopredu.

„Nie je to haraburda. To chlapčisko, čo nám ho predalo, povedalo, že je veľmi spoľahlivé."

Celé auto sa začalo triasť a motor rachotivo skapal. Adam skúšal naštartovať. Neúspešne. Skapali sme v strede úzkej cesty.

„Do riti!" Adam buchol päsťou po volante. „Do riti! To kvôli preťaženiu batožinami, čo sme mali na streche!"

„Riadne si dával zabrať prevodovke!"

„To určite. Páka sa zasekáva."

„Keď ja šoférujem, tak sa nikdy nezasekáva," namietala som.

„Aha. Samozrejme, ty si expert. Neprešla si tak náhodou autoškolou až na tretí krát?" provokoval Adam.

„Až na štvrtý krát. Ale vraví sa, že čím viacej testov opakuješ, tým budeš lepším vodičom."

Adam ešte raz vyskúšal naštartovať. No nič. Vytiahla som mobil, ale nemala som signál, a ani Adam nemal.

„A čo by mali dvaja chudobní spraviť teraz?" Adam sa opýtal sarkasticky.

„Buď chvíľu ticho, premýšľam."

Zrazu bolo veľmi ticho. Vtom sa zdvihol vietor z polí obklopujúcich cestu a trochu rozkýval auto. Adam skúšal zapnúť výstražné svetlá. Ani tie nefungovali. Auto bolo kaput.

„Sme v strede cesty, musíme ho premiestniť ku kraju," pozrel na mňa Adam. „Poď ideme ho trochu potlačiť."

„Som tehotná."

„Tak, tak."

„Zabudol si. Však?"

„Coco, pozri..." Adam nedokončil vetu a vystúpil z auta. „Toč aspoň volantom."

Preliezla som na vodičovo miesto a hodila rýchlosť do neutrálu. Adam prešiel za auto a začal tlačiť. Auto sa ani nepohlo. Zapriahol sa do neho celou silou, tlačil ako vedel, ale stále nič.

„Myslím, že musíš vystúpiť, si príliš ťažká."
„Nie som až taká ťažká."
„To je v poriadku. Je normálne, že naberáš bábätkovskú váhu."
„V tom som si všimla zatiahnutú ručnú brzdu."
„Tak teba ani len nenapadne, že by mohla byť zatiahnutá brzda. Ty si myslíš, že som nejaká tučná krava, vykotená na sedadle, kvôli ktorej sa auto nepohne?!"

Ešte o dvadsať minút sme sa hádali. Zastavil pri nás čierny Mercedes. Pomaly sa pri vodičovi otvorilo tmavé okno.

„Potrebujete odviezť?" opýtala sa Rebecca. Otočili sme sa k nej a kŕčovito sa na ňu usmiali.

Rebeccine auto bolo neskutočné a úžasné. Kožené vyhrievané sedačky, na palubovke obrazovka, na ktorej jej bežali správy CNN. Adama „vyhodila" pri autoservise v najbližšej dedine a mňa odviezla do Londýna.

„Veľmi pekne ti ďakujem za ochotu, si zlatá," poďakovala som jej, keď sme boli na diaľnici M25. Rocco mi zaspal na nohách a spokojne pochrapkával. Rebecca na mňa nervózne pozrela.

„Coco, mohla by som sa tebou o niečom porozprávať?"
„Samozrejme. Poznám pár ľudí, ktorí pomáhajú problémovým manželstvám," upokojovala som ju.
„Prosím? Nie, nemyslím toto. Chcela som ťa poprosiť, či by si sa nemohla porozprávať s Christopherom."
„O čom?"
„Myslím, že vieš," povedala opatrne.
„Chceš, aby som sa s ním porozprávala o vašom dedičstve?"
„Áno, prosím."
„Prečo ja?"
„Má ťa rád, si pre neho tým najbližším človekom na svete."
Cítila som sa nepríjemne.
„Vieš prečo sme si takí blízki? Lebo nikdy nedebatujeme o jeho biznise."

„Coco, mal by to byť môj biznis... a Sophiin. S otcom sme ho zveľaďovali vyše pätnásť rokov. Chris bol...bol len Chrisom."

„Myslíš si, že to, že ma vezieš domov, ti dáva právo prosiť ma o takúto nepríjemnú láskavosť?"

„Mala som cestu do Londýna, idem do klubu Annabel. Mám tam stretnutie so svojím starým," povedala zahanbená Rebecca.

Jej zavalitá tvár opäť sčervenela. „A vieš čo? Tento odvoz má nejakú hodnotu. Nemyslíš?"

„Určite nemá hodnotu sto miliónov libier, moja zlatá Rebecca."

„Coco, je normálne baviť sa o peniazoch... Ide len o peniaze."

Zvyšok cesty z nás nevyliezla ani hláska. Keď Rebecca zastavila pri mojom dome, povedala som jej: „Už nikdy sa ma neopováž zneužiť na zmanipulovanie svojho brata. Je to jeden z najláskavejších a najlojálnejších ľudí, akých som kedy stretla."

Rebecca zostala zaskočená a tvár jej skamenela. Vyskočila som z auta a pozdravila som sa. Zostala som stáť na chodníku, sledovala som jej auto a v tichosti som jej závidela. Sršala zo mňa závisť. Žije si britský život na veľkej nohe, o akom sa mne môže iba snívať. Až teraz, keď som tehotná, mi dochádza, aké výhody bohatstvo prináša. Adam má pravdu, byť chudobným je o ničom.

Hneď ako som priša domov, mi zazvonil mobil. Adam mi oznámil, že v autoservise mu povedali, že Fiat je kaput. To som vedela už predtým. Môžeme minúť niekoľko tisícok na nový motor a opravu, alebo kúpime fungl nové auto. Ani jedna z týchto možností nie je momentálne reálna. V autoservise Adamovi ponúkli za tú starú haraburdu 50 libier. Rozoberú ho a zvyšok pôjde na skládku. Povedala som mu, že „Lepší vrabec v hrsti ako holub na streche!"

Adam prišiel o pár hodín domov. Lístok na vlak ho stál 49,95 libier, takže v podstate sme predali auto za 5 centov.

## Streda 7. marca

Adam mal v pondelok tri pracovné pohovory. Zo všetkých sa mu stihli už aj ozvať a bohužiaľ tr krát to bolo nie. Jedni mu povedali: „Viete toho viac vo svojom obore, ako by sa nám hodilo" (to je už aká kravina), druhí zase: „Nespĺňate všetky naše potreby" a poslední mu povedali: „Aj keď máte skvelý životopis, iní kandidáti na vašu pozíciu majú rôznorodejší talent." (chcela by som len vedieť, kde týchto ľudí učia vyjadrovať sa)

Keď sme ráno venčili Rocca, poprosila som Adama, nech mi presne povie, ako to na tých pohovoroch prebiehalo.

„Nemeškal si?" spýtala som sa.

„Nie!"

„Myslíš, že je to kvôli tvojmu veku?"

„Veľa iných, ktorí so mnou čakali na pohovor, boli v mojom veku."

„Myslíš, že sú rasisti?"

„To asi ťažko. Traja z chlapíkov, korí viedli pohovory, boli čierni."

„A čo tvoje zručnosti? Životopis?"

„Coco, zlato... roky rokúce som pracoval na vysokých menežérskych pozíciách, takže zručností a skúseností mám viac ako dosť."

„Umyl si si pred pohovorom zuby?" opýtala som sa podráždene.

„Coco! Proste mi tú prácu nedali! Nechaj to tak," Adam bol nahnevaný.

Viem, že by som mala stáť viac pri ňom a utešovať ho, ale strašne sa bojím o peniaze a ako to vydržíme bez jeho príjmu. Som takmer v polovici tehotenstva a na dvere klope druhé sono. Veľmi dôležité sono. Zistíme, či je miminko zdravé.

Keď sme sa vrátili domov, na odkazovači ma čakal odkaz z banky. Chceli, aby som im urgentne zavolala. Hneď som tak aj urobila. Na druhej strane telefónu mi zdvihol nepríjemný chlapík. Povedal mi, že na účte nemáme žiadne peniaze a dokonca, že sme prečerpali niekoľko stovák libier navyše. Potom sa ma arogantne opýtal, či sa chystáme nejaké peniaze vložiť na účet, lebo prečerpanie nemáme bankou povolené.

S Adamom sme sa zahrali na detektívov a zistili sme, že Tabitha nezaplatila nájomné.

## Štvrtok 8. marca

Niekoľko krát sme sa pokúšali dovolať Tabithe, no žiadna odpoveď. Adam dokonca išiel za ňou do bytu, ale neotvárala mu. Keď išiel dnes ráno na ďalší pohovor, rozhodla som sa, že si to s Tabithou pôjdem vybaviť sama. Mňa si okolo malíčka neomotá, tak ako si omotala jeho.

Niekoľkokrát som zazvonila pri vchodových dverách, ale opäť žiadna odpoveď. Na prednom okne boli zastreté záclony. Napadlo mi ísť skontrolovať zadné ono. Za bytovkou je malá betónová terasa z ktorej vedie úzky chodník k prednej časti domu a k úzkej bránke. Prešla som bokom k drevenej bránke, ktorá bola trochu vyššia ako ja. Bol tam veľký betónový kvetináč zarastený burinou. Chvíľu som premýšľala. Potom som sa obzrela, či nie je niekto na blízku, a keď som nikoho nevidela, vyteperila som sa na kvetináč. Rukami som sa vytiahla k hornej časti bránky a prehodila som cez ňu jednu nohu. Vtom som si všimla, že za bránkou nie je nič, po čom by som mohla zliezť dolu. Zostala som sedieť na trasúcej sa bránke. Všimla som si, že od prechodu na ceste sa ku mne blížia ľudia. Spanikárila som. Bránka sa roztriasla ešte viac. Rýchlo som cez ňu prehodila druhú nohu. Rukami som sa držala a pomaly sa spustila dolu. Skočila som na betónový chodník. Podarilo sa mi dopadnúť na obe nohy, ale nešťastne som si vykrútila ruku. Chvíľu som musela počkať, aby mi prešla najväčšia bolesť. Otriasla som sa a poobzerala si okolie. Stála som pri štvorposchodovej budove, kde mal Adam byt. Za plotom bola ďalšia štvorposchodová bytovka. Predierala som sa úzkou pasážou, ramená sa mi obtierali z jednej strany o dom a z druhej o plot. Vyšla som na betónovú terasu za bytovkou, ktorá bola zároveň terasou Adamovho bytu. Záves na spálni bol kompletne zastretý, ale zdalo sa mi, že počujem nejaké zvuky. Priložila som ucho na okno. Počula som zadychčané hlasy. Zadržala som dych, nech lepšie počujem. Ženský hlas zosilnel. Vtom sa roztvorili závesy. V okne stála úplne nahá Tabitha! Jej velikánske bledé prsia viseli ponad veľké brucho. Vyzerala ako tehotná Venuša. V pozadí bol plešivý, asi štyridsaťročný pán. Z nohavíc vyberal päťdesiatlibrové bankovky. Taktiež bol nahý. Totálne som zamrzla. Tabitha zostala zaseknutá a jej pohľad zamrzol hľadiac na moju tvár. Uškrnula sa a zastrela záves. Rozbehla som sa naspäť ku bránke, ale nedokázala som sa vytiahnuť a preliezť. Ocitla som sa v pasci. V panike som na pár minút stvrdla a potom som započula klopkanie na okne a Tabithin hlas sa ozýval až do bočnej pasáže.

„Coco... Coco.... viem, že ste tam." Ignorovala som ju a spytovala som sa sama seba „prečo som odišla z domu bez mobilu?"

„Coco. Myslím, že máte veľký problém," povedala provokatívne. Prešla som k Tabithinmu oknu. K môjmu veľkému údivu tam stála stále nahá.

„Preboha živého, dajte si niečo na seba!" štekla som na ňu a oči som si prikryla rukami.

„Je to môj byt, môžem si robiť, čo chcem," odpapuľovala. Dala som si ruky preč z očí a snažila som sa držať zrak nad úrovňou jej krku.

„Nie je to váš byt a dokonca ste ani nezaplatili nájomné! Vy ste prostitútka?"

„A čo si myslíte vy?" riekla Tabitha.

„Viete, že je to nelegálne..."

„Viete, čo je nelegálne. Vkrádať sa na cudzí pozemok."
„Prosím?" „Táto smutne vyzerajúca betónová terasa je oficiálne klasifikovaná ako moja záhrada. Ako majiteľke bytu mi podľa zákona musíte oznámiť dvadsaťštyri hodín dopredu, že chcete prísť na obhliadku... Takže technicky ste sa sem vkradli!"
„To určite, moja zlatá. Keďže ste nezaplatili podnájom, tak tu nemáte právo bývať! Chystáte sa zaplatiť?" tak ma vytočila, že som na ňu kričala.

Neodpovedala mi. Stála tam skamenená a stále nahá. Otočila som sa a namierila som si to späť k bránke. Chcela som ju otvoriť zo všetkých síl, ale vykrútená ruka ma bolela ako šľak.

„Asi by som mala zavolať Vášmu chutnučkému manželíkovi," ozýval sa Tabithin hlas, „čo by asi povedal na to, že ma sledujete?"

„Len mu zavolajte," kričala som. „Ja sa nemám za čo hanbiť." Od toho momentu nastalo veľmi dlhé ticho. Nepočula som ani hláska. Oprela som sa o stenu pri bránke a čakala. Po dlhšej dobe som započula kroky namierené mojím smerom. Bránka sa otvorila a v nej stál Adam s Tabithou. Vyzeral, že je na mňa riadne naštvaný. Čo ma šokovalo najviac, bol fakt, že Tabitha sa v jeho prítomnosti správala úplne inak ako v mojej. Zrazu z nej bola stará, milučká, zlatučká babička, čo by neublížila ani vínnej muške, nahodená v staro-moderných kvetovaných dlhých šatách a veľmi pohodlne vyzerajúcich topánkach. Skoro mi vyskočili oči z jamiek. Adam sa jej za mňa ospravedlňoval, akoby som zabila následníka britského trónu.

„A čo nájomné?" nasrdená som sa opýtala, keď sme prechádzali k prednej časti bytovky.

„Tabitha my vysvetlila, že má momentálne menšie finančné problémy, ale že čoskoro zaplatí," povedal Adam.

Zagánila som na ňu: „So mnou sa zahrávať nebudete, ja vás dostanem!"

Tabitha na mňa pred Adamom zaklipkala smutnými očami a vrátila sa dnu.

„Pre Krista Pána, čo si to tam stvárala?" pýtal sa ma Adama po ceste domov.

„Videla som ju cez okno... Adam, ona brala peniaze za sex."

„Coco, preboha, nemôžeš sa len tak vlámať do jej záhrady."

„Ty si ma nepočul? Ona je prostitútka. Mala som pravdu. A to nie je záhrada, ale betónová džungľa."

„Coco, stačilo. Vďaka tomuto to budeme mať teraz oveľa ťažšie s vymáhaním nájomného."

„Ale veď... musí zaplatiť!"

„To áno, ale musíme k tomu pristúpiť z iného uhla a postupovať podľa zákona. Vieš ako veľmi sú nájomníci chránení zákonmi. Nevieš si to ani predstaviť. Majú viac práv ako majitelia. Nemôžeš len tak preliezť do jej záhrady a potom ju ešte aj špehovať cez okno spálne."

„Toto je strašne neférové!" Bola som totálne frustrovaná. Domov sme šli pomalým krokom. „Ale dúfam, že mi aspoň veríš?!"

„Coco," Adam prevrátil očami.

„Nie... Musíš mi veriť. Ona je prostitútka. Viem, že si k nej bol veľmi slušný, ale veríš mi, že je prostitútka?"

Adam zastal a chytil ma za ruku.

„Zlatko, samozrejme, že ti verím." Až mi padol kameň zo srdca.

„Ako dopadol pohovor?"

„Nedostal som sa ani len pred komisiu. Mal som hysterický telefonát od mojej nájomníčky, že moja žena sa k nej vlámala a vyhráža sa jej."

„Ona sa vyhrážala mne!"

Prechádzali sme okolo stanice metra Baker Street. Adam zastavil.

„Coco, prosím ťa... Musím sa vrátiť do tej firmy a dúfať, že mi ešte povolia pohovor. Povedal som im, že mojej manželke prišlo náhle nevoľno."

Adam vytiahol lístok a prešiel turniketmi metra. Sledovala som ho, kým sa mi nevytratil na eskalátore. Adam sa vôbec neobzrel. Smutná a frustrovaná som si to namierila domov.

## Piatok 9. marca

Ešte stále nám neprišlo nájomné od Tabithy. Museli sme previesť naše ťažko ušetrené peniaze na účet s prečerpanými peniazmi, aby sme nemali problémy v banke. Hrozili nám riadnou pokutou. Dnes mal Adam tri pohovory a chytá ho "pohovorová" vyčerpanosť. Firma, kde sa včera ospravedlnil, že som mala náhlu nevoľnosť, mu povolila nový pohovor, ale potom ho aj tak neprijali. Adam sa im snažil vysvetliť, aká náhla nevoľnosť na mňa prišla. Povedal im, že som klaustrofobička a keď som mala dať pred dom náš veľký smetný kôš na kolieskach, prišla na mňa úzkosť. Nedáva mi to vôbec zmysel.

„To je riadna kravina!" povedala som mu. „Ani sa nečudujem, že ťa nevzali."

„Nie je to kravina. Ak v smetný deň nedáš pred dom smetiak, tak môžeš dostať riadnu pokutu. A ďalšiu pokutu, ak smeti nerecykluješ... Taká je naša smutná anglická realita."

No, na horizonte nám vykúka aspoň nejaká nádej. V pondelok sa mám stretnúť s Angie. Kontaktoval ju môj vydavateľ s marketingovými nápadmi a chcú si to so mnou predebatovať.

## Pondelok 12. marca

Ráno som Adamovi vybrala kravatu na ďalší pracovný pohovor. Niečo asi robí správne, keďže ho neustále pozývajú na nové pohovory. Iba tú prácu nakoniec nedostane. V čiernom obleku vyzeral neskutočne krásne a sexi.

„Ja by som ťa najala okamžite," usmiala som sa na neho.

Spolu sme šli na metro na Baker Street, kde sme sa pri eskalátore rozlúčili. Adam šiel do centra na Jubilee line. Ja som šla na vlak do Chiswicku.

„Veľa šťastia, miláčik," chytila som ho za ruku. Adam sa zohol ku mne a pobozkal ma.

„Takmer som už zabudol, aké trápenie je žiť každý deň v obleku," zaksichtil sa a ukazovákom si uvoľnil golier.

„Prosím ťa, nesťažuj sa, že musíš vyzerať sexi," uškrnula som sa. „Vyskúšaj byť tehotnou ženou, môj zlatý. Musím chodiť v tehotenských handrách a hlavne v tehotenských podprsenkách. To je sexi, čo?"

„Ak ti Angie zorganizovala rozhovory v časopisoch, možno dostaneš nové sexi oblečenie. Časopisy majú stylistov a ide im o to, aby dotyčná vyzerala skvelo, či nie?"

„Tak to dúfam!" uškrnula som sa a išli sme každý svojim smerom.

Keď som vyšla z metra, prišla mi sms-ka od Angie.

ZMENA PLÁNU STRETNEME SA U GEORGA IV NA ULICI CHISWICK HIGH ROAD. A x

George IV znie ako krčma. Začala som pochybovať, či by nejaká normálna novinárka z časopisu Grazia, alebo Cosmopolitan chcela robiť rozhovor v krčme?! George IV nakoniec bol krčmou. Veľmi peknou, elegantnou, ale krčmou... Angie stála vonku a manicky fajčila. Išiel z nej dym ako zo starej parnej lokomotívy. Odvtedy ako platí v krčmách a reštauráciách zákaz fajčenia, Angie krčmy veľmi nevyhľadáva. Takže toto stretnutie musí byť veľmi dôležité. „Si v poriadku, zlato?" privítala ma. Z kútiku úst vyfúkla dym. Objala som ju.

„Ospravedlňujem sa za to, čo som ti povedala..." sklopila som uši.

„Čo si mi povedala?"

Kurňajs, keby viem, že na to už zabudla, tak by som to ani nepripomínala.

„To čo som povedala o Berrym, že je drogovo závislý. Viem, že už nie je a, že na tom tvrdo pracoval. Bolo to odo mňa pod pás..." mala som toho viac, ale Chloe sa zjavila v dverách a prerušila ma.

„Ahoj Coco. Mami, musíme ísť dnu. Aerone má pre nás iba dvadsať minút."

Angie šmarila zvyšok cigarety na zem a zahasila ju špicou svojej malinkej značkovej lodičky. Pri blikajúcom hracom automate (ovocnom) sedel veľmi obézny mladík. Pred sebou mal otvorených niekoľko sáčkov čipsov a v ruke stískal veľké čapované pivo. Očakávala som, že okolo neho prejdeme niekam do rohu, kde na nás čaká elegantne oblečený pánko, ale Angie a Chloe zastali pri jeho stole. Mladík sa postavil a vytiahol si svoje ošúchané tepláky.

„Coco, dovoľ mi predstaviť ti Aerona Elderssona z produkčnej firmy Zemiaková kaša," Angie začala profesionálne. Aerone mi potriasol rukou.

„Môžem vám ponúknuť ďalší drink?" opýtala sa ho Angie.

„Ešte jedno čapované," Aerone mal tvrdý londýnsky prízvuk.

„Coco... a ty?"

„Ja si poprosím pomarančový džús. Ďakujem."

„Je tehotná," Angie vysvetlila moju objednávku a prevrátila očami. Potom sa s Chloe vybrala k baru.

„Aj ja som..." uškrnul sa mladík.

„Prosím?" nechápala som.

„Aj ja očakávam potomka. Pivné bábo!" vytiahol si tričko a ukázal mi svoje nechutné, ovisnuté, biele brucho, ktoré bolo sporadicky ochlpené, ako stará vypĺznutá myš. Zodvihol sa mi žalúdok, ale zo slušnosti som sa prinútila zasmiať. Zaznela som ako zachrípnutá hyena. Potom sme zostali sedieť v trápnom tichu. Chvalabohu sa o chvíľu vrátila Angie s Chloe.

„Okej, poďme k biznisu," povedala Angie, keď sme boli všetci usadení. „Aerone je veľmi talentovaný producent realitných TV šou."

„Mám radšej, keď ma volajú partizán dokumentárnych programov," poopravil Aerone Angie.

„Je producentom priekopníckych televíznych programov," pokračovala Angie. „Napríklad ‚Ako exhumovať rodičov´, ‚Rumunské pavúčie dieťa´ a ‚Skvelé domy mnohonásobných vrahov´, to je len zopár z nich."

Aerone pokračoval: „Práve natáčam dokumentárny seriál ‚Neznáme-známe´. Ide o dokument, kde ľudia prezrádzajú neznáme fakty o známych veciach či ľuďoch," Aerone na mňa hodil čudný pohľad.

„Nerozumiem... A čo to má čo spoločné so mnou?" bola som úplne mimo.

„No vaše neznáme-známe je fakt, že váš manžel bol vo väzení." Zazrela som na Angie.

„Poviem to trochu inak. Ide o to, že Coco sa nevzdávala a neustále verila v bezúhonnosť svojho manžela a neprestala až dovtedy, kým nedokázala jeho nevinu, ktorú nakoniec uznal aj súd," dopovedala Angie.

Aerone potom vysvetlil, že by chcel urobiť rozhovor s Adamom a so mnou, aby sme povedali národu náš príbeh. Aeronova produkčná firma našla televízny záznam z prepustenia Adama a taktiež dostala povolenie na filmovanie vo väznici Belmarsh.

„Chceli by sme vás a Adama vziať do Belmarshskej basy a natočiť vaše reakcie v jeho bývalej cele," povedal Aerone.

Nechcela som veriť tomu, čo počujem. Pozrela som sa na všetkých troch. Aerone sa usmieval, Angie taktiež a Chloe mala sklonenú hlavu nad zápisníkom, do ktorého všetko zapisovala. Oni to mysleli vážne.

„Angie, mohla by som sa s tebou na minútku porozprávať?"

„Bez problémov, potrebujem sa ísť aj tak vysrať," povedal Aerone, ktorý sa potom okolo nás pretlačil a zamieril na WC.

„Angie, čo má toto spoločné s vydaním knihy?"

„Všetko! Je to o tebe a o tvojom živote."

„Hmm, ale ja som spisovateľka."

„Problém je v tom, že samotný fakt, že si spisovateľka, ti knihy nepredá," Angie zvážnela. „Ak by si bola Dan Brown, alebo Regina Battenbergová, nie je problém, ale pre teba a tvoje knihy potrebujeme nejaký iný uhol pohľadu ako zaujať a predať."

„A čo rozhovory v Grazie alebo v Cosme?"

„Tí sa vyjadrili, že momentálne nehľadajú témy ako „manželka ex-väzňa"...

„Čo tým chceš povedať „témy ako manželka ex-väzňa?!"

„Coco, je to skvelý uhol pohľadu ako prilákať záujem médií," Angie sa ma snažila prehovárať.

„Vieš čo, Angie? Na toto sa ti môžem vykašľať. Nenechám sa zneužiť pre nejakú lacnú reality šou. A Adam už vonkoncom nie. Adam si hľadá zúfalo prácu, vieš čo by sa stalo, keby tú dokumentárnu sračku niekto videl?"

„Coco, vložili sme do tohto neskutočne veľa času a energie. K Aeronovi sa ťažko dostať, taký je populárny. Takmer som ho musela prosíkať."

„Takže ty mi chceš povedať, že žiaden z časopisov neprejavil záujem? Ani nejaký malý časopis? Ani len na mini rubriku v rohu na poslednej strane?"

Chloe a Angie záporne kývali hlavou.

„Ale toto predsa nemôže byť jediná možnosť?" bola som zúfalá.

„Od Reginy Battenbergovej budeme mať vetičku na obálke ako odporúčanie pre čitateľov," : „Smiala som sa... rehotala na plné ústa. Táto autorka má neskutočnú predstavivosť!" dopovedala Angie.

„A určite sociálne siete," pridala sa Chloe. „Mala by si sa dať na Twitter a Facebook."

„Myslíte, že to funguje?"

„Vieš, tvoj vydavateľ chce, aby si bola aktívna na sociálnych sieťach, tak musíš byť na sociálnych sieťach," vysvetlila Chloe. „Nevieme, či naozaj fungujú, ale všetci ich používajú a kým nebude dôkaz, že nefungujú, tak by sme chceli, aby si ich používala."

„A čo také mám na nich robiť?" opýtala som sa.

„Veď vieš, twítuj o hocičom a hlavne spomínaj svoju knihu," vravela Angie.

„Ale zase to s tou knihou veľmi nepreháňaj, ľudí to vie naštvať," doplnila Chloe.

„Zhrňme si to. Chcete, aby som išla promovať knihu na sociálne siete, ale nechcete, aby som ju veľmi spomínala?!"

„Správne!" prikývla Chloe. Pri stole zostalo ticho. Aerone sa vrátil zo záchodu. Hneď som sa ospravedlnila za zbytočné míňanie jeho času a veľmi slušne som mu povedala, že nemám o jeho reality šou záujem.

„Poho. Aj tak som nevedel, kto ste," vyprskol Aerone. Vytiahol si tepláky až k pupku a odišiel z krčmy.

Streda 14. marca

Stále nám neprišlo nájomné od Tabithy.

Včera večer mi Chloe poslala zoznam sociálnych sietí, na ktorých by som mala byť: Facebook, Twitter, Pinterest,

Instagram, Google Circles, Stumbleupon, Goodreads, Tumblr, Digg, Reddit... Diaspora.

Keď som v roku 2008 vydala Poľovačku na Lady Dianu, skoro žiadna z týchto sociálnych sietí ani neexistovala. Facebook bol len pre lúzrov a na Twitteri boli asi traja ľudia.

Rozhodla som sa, že začnem na Twitteri, keďže som to už raz skúšala a mám tam starý twitterácky účet. Prihlásila som sa a vyhľadala Reginu Battenbergovú. Asi jej to celkom ide. Má vyše milión nasledovateľov, ľudí, ktorí sa zaujímajú o jej myšlienky. Jej posledný twít je nasledovný:

**Ach, ach! Ja@ReginaB som prave nasla pod fotelkou podlozku na pohar, ktoru som hladala nejaky ten piatok #StastnyDen**

Ešte k tomu priložila svoju fotku s obyčajnou korkovou podložkou. Tento blbý twít mal šesto retwítov (zdieľaní). Jedným z tĺkov, ktorý to zdieľali, bol aj sám šéf vydavateľstva House od Randoms. Dokonca jej na to aj komentoval:

**@ReginaB Velmi sa mi paci tvoja podlozka! S laskou @RandomColin #CasNaVino**

Nechcem si ani len predstaviť, akoby to dopadlo, keby som išla na stretnutie so šéfom vydavateľstva a začala mu rozprávať, že som pod sedačkou našla stratenú podložku na pohár. No, ale na Twitteri sú podobné stupídne veci na vrchole konverzácií. Nechcem byť negatívna, a na Twitteri vidím aj zopár pozitívnych vecí, ale nebolo by skvelé, keby niekto nabral odvahu, našiel si vlastné gule a povedal, že Twitter je riadna kravina a všetkých nás uistil, že ho k životu nepotrebujeme?!

Problém je v tom, že aj Prezident USA a britský premiér fičia na Twitteri. Ak si už aj oni myslia, že bez Twitteru to nejde, tak sme asi všetci v... Pri klávesnici som sedela vyše dvoch hodín, s rukami v kŕči ako sliepka na bidle, premýšľala som ako Einstein, ale nič múdre, s čím by som sa chcela podeliť, mi nenapadlo. Ja asi nikdy nepochopím, o čo ide. Existujú nejaké twitterácke pravidlá?

Piatok 16. marca

Až o niekoľko dní som prišla na to, na čo vlastne sú sociálne siete. Sú na sledovanie ľudí!! Posledných pár dní som sledovala Reginine aktivity na Twitteri. S Angie neustále behá po nejakých večierkoch plných celebrít.

V utorok zavesila na Twitter fotku z party značkovej spodnej bielizne. Väčšinu Angie z fotky vystrihla, ale spoznala som jej ucho takmer prilepené na Regininej tvári. Regina mala v ruke darčekovú tašku, ktorú každému darovala firma vyrábajúca spodnú bielizeň. Vykúkala jej z nej ružová krajková podprsenka.

V stredu boli zase na charitatívnej akcii, ktorá sa konala na pomoc pre ľudí s alopéciou. Adam, ani nevedel čo to je. Musela som mu vysvetliť, že ide o nepríjemné kožné ochorenie, pri ktorom vypadávajú vlasy. Na fotke z tejto akcie bolo vidieť Angie podstatne lepšie (ucho a kútik úst s cigaretou). Regina tento krát nemala na hlave typický zlatý turban, ale mala rozpustené vlasy. Na fotkách pózuje, machruje akú má hrivu, kým tí plešatí chudáci na ňu vrhajú vražedné pohľady.

Vo štvrtok dostala Regina a Angie zadarmo iPad. Neviem, aká to bola akcia, ale na fotke obe pózovali so svojim iPadmi. Na displeji iPadov bola obálka „Čas na víno".

Včera večer boli zase na večeri v The Ivy. Regina sa chvastala fotkou, ktorú zachytil paparazzo, keď vychádzali z reštaurácie. Na chodníku pózuje v zlatom turbane a v čiernych značkových drevákoch. Angie je v pozadí a s cigaretou v ústach sa snaží odtiahnuť Pippina od chlapíka, ktorému šuká nohu.

K fotke napísala:

**Prave som ja @ReginaB dopapala mnamkovu veceru so svojou literarnou agentkou, Angelou Lansburyovou #NajKravosky**

Myslím, že chcela napísať #NajKamosky ... a mozno ani nie.
Čas sa rýchlo kráti. Kniha mi vychádza o mesiac.

## Utorok 20. marca

Je toho na mňa priveľa. Stále žiadne nájomné od Tabithy. Adam začína ďalší týždeň plný pohovorov, moje sono v dvadsiatom druhom týždni sa nezadržateľne blíži a moja kniha? Kto vôbec vie, čo sa deje s mojou knihou. Bohužiaľ to nie je to v mojich rukách. Adam mi stále prízvukuje, aby som sa pokúsila nestresovať. No, ale kedy takáto rada pomohla vystresovanému človeku?

Dnes som vstala, keď si Adam viazal kravatu v kúpeľni.

„Ránko, miláčik," usmial sa na mňa a zo stolíka si zobral kľúče s mobilom.

„Z dneška mám veľmi dobrý pocit. V dnešnej firme som už prešiel piatimi kolami."

„Koľko kôl má ten pohovor?" spýtala som sa.

„Dvanásť," pobozkal ma, vystískal Rocca a odišiel. Zišla som dolu, nakŕmila Rocca a urobila som si bezkofeínovú kávu. V tom mi zabzučal mobil. Prišla mi správa od Chrisa.

> Otcov pohreb je vo stvrtok. Pride vas vyzdvihnut jeden z nasich soferov. Mama sa pohadala s Rebeccou... kvoli vencom. M dala R taku facku, ze este dnes ma na tvari odtlacok ruky (po dvoch dnoch). Iba otec vedel ako na ne, aby spolu vychadzali. Strasne mi chyba! Chris CMUK

Odpísala som mu späť:

> Ak sa potrebujes porozpravat, som tu pre teba! Kedykolvek! Coco CMUK

A on mi nato:

Nie je kedy. Byt Lordom je praca na plny uvazok. Neviem, ako to otec zvladal a nezblaznil sa. Do skoreho pocutia.
Chris CMUK

Mobil som odložila na stolík a stala sa neuveriteľná vec. Zrazu mi strašne chýbala mama... nestalo sa mi to roky rokúce... Moja mama bola náročná, každého odsudzovala a vždy si presadzovala len svoje. Niekedy (väčšinou) mi z nej šibalo. Ale v mojej situácii by si vedela najlepšie poradiť s Tabithou, s mojím sonom, s Angie... a keby si náhodou obľúbila Adama (šanca minimálna), tak by mu určite zohnala skvelú prácu. A viem si predstaviť, že ešte aj Twitter by zvládla ľavou zadnou. Mala krutý, ale skvelý zmysel pre humor. Premýšľala som o veciach, ktoré sa o mne nikdy nedozvedela, o veciach, ktoré už nestihla urobiť a strašitánsky mi chýbala. Slzy mi zaliali celú tvár. Potrebovala by som ju vidieť.

O hodinu som sa stretla s Rosencrantzom. Čakal na mňa pri vchode do cintorína Kensal Green. Mal na sebe čierne džínsy, zimnú bundu a vyzeral dosť unavený. Z cigarety si potiahol posledný dúšok a zahodil ju na zem, kde ju zašliapol. Spod nohy vyletel žiarivý popol. Pobozkal ma a v objatí sme pomaličky prechádzali po chodníku okolo starých naklonených náhrobkov.

„Kde je?" opýtal sa po chvíľke.

„Tamto, pri stromoch," zdvihla som ukazovák.

Pokračovali sme po štrkovom chodníku. Topánky nám na ňom škrípali.

„Nikdy som nevedel, ako ju mám volať," povedal Rosencrantz.

„To je v poriadku, zlato. Nikdy si ju nepoznal. Zomrela pár dní potom, ako som zistila, že som tehotná... mala som ťa v brušku. Myslím, že by chcela, aby si ju volal babička."

„A nie babka?"

„Nie, Etela je babka."

„Ony dve sa aj stretli?" opýtal sa Rosencrantz.

„Až veľmi často," zasmiala som sa. Chodník sa tiahol pomedzi hroby, raz doľava a raz doprava... Za ďalšou malou odbočkou vpravo som zodvihla hlavu a bola tam... Evelyn Willoughbyová. Tých dvadsaťtri rokov odkedy zomrela bolo dosť vidno na čiernom mramorovom pomníku. Poznačilo ho tiež množstvo búrok, ale aj nespočítateľných slnečných lúčov. Hodvábna kytica, ktorú sme jej dali na hrob pred šiestimi mesiacmi, bola úplne vyblednutá. Do vázy pri náhrobnom kameni som vložila kyticu červených ruží, ktoré som kúpila dnes ráno. Rosencrantza som poprosila, aby priniesol aspoň jednu fľašku vody z neďalekého vodovodu. Zatiaľ som z kabelky vybrala papierové vreckovky a očistila som pomník.

Keď Rosencrantz dolial do vázy vodu, opýtal sa ma na mamu.

„Aká bola?"

Rozhodla som sa, že budem diplomatická.

„Myslím, že sa vždy snažila byť taká dobrá, aká vedela byť... Môj ocko, tvoj dedko, bol z finančne dobre zabezpečenej rodiny a mamu do rodiny nechceli. Veď poznáš ten náš hlúpy britský systém kást."

„A ocina nemala rada?"

Záporne som kývla hlavou. „Nechcela, aby som si brala tvojho otca, vybrala mi niekoho iného."

„Koho?"

„Syna ich známych. Veľmi nóbl známych."

„A prečo si si ho nevzala?"

„Bola som bláznivo zaľúbená do tvojho otca. Ťažko sa tomu verí, hmm?"

„Ako sa volal ten bohatý chlapík, ktorého si si mala vziať?"

„Kenneth."

„A tento Kenneth ťa ľúbil?"

„Nie. On bol taktiež bezhlavo zaľúbený do niekoho iného."

„Do koho?"

„Do Chrisa," povedala som po tichu.

„Do akého Chrisa? Do nášho Chrisa?" opýtal sa šokovaný Chris.

Prikývla som.

„Preboha!! A čo sa stalo?"

„Kennethova mama ho prinútila oženiť sa so ženou a to zlomilo Chrisovi srdce. Kenneth sa do toho manželstva vložil, ako sa od neho očakávalo. Tváril sa, že všetko je okej, ale potajme sa stretával s mužmi a nainfikoval sa HIV."

„Mami, to je hrozné."

„Bolo to v roku 1987, nuž a vtedy sa s tým nedalo nič robiť. Po nákaze zomrel pomerne dosť rýchlo. Keď to zistili jeho rodičia, odvrhli ho, žena sa s ním rozviedla a moja prekliata matka sa postavila na ich stranu. Bol to práve náš Chris, ktorý Kennetha doopatroval až do smrti.

„To je dôvod, prečo si sa s ňou roky nerozprávala?"

„Áno... a potom zrazu zomrela." Zostali sme stáť chvíľu v úplnom tichu. Obidvom nám po tvárach stekali slzy.

„A teraz som tehotná, vo veku v ktorom mama zomrela a... a strašne sa bojím." Zhlboka som sa nadýchla: „No, a teraz s tým už nič nenarobím," vzlykala som.

„Mami, všetko bude okej," Rosencrantz ma objal okolo pásu.

„Myslíš?!" jeho tvár bola plná lásky, mladosti a nádeje.

„Áno, bude. Som tu pre teba!"

„Bola to pre mňa lekcia. Vtedy som vedela, že ak by si mi niekedy povedal, že si gej, nemala by som s tým problém. A ak by niekto s tým mal problém, nebol by v mojom živote vítaný!"

„Našťastie boli všetci v pohode," usmial sa Rosencrantz. „A kde je pochovaný dedo?"

„Dedkovi by si sa veľmi páčil," stisla som mu ruku. Jeho popol sme roztrúsili pri babkinom náhrobku. Onedlho po jej smrti dostal infarkt. Myslím si, že zomrel na zlomené srdce. Nedokázal bez nej žiť. Všetko, čo v živote chcel, bola ona, ale ona sa snažila celý život byť niekým, kým nebola."

Zostali sme ešte chvíľku a dobre sme sa vyplakali. Veľmi sa

mi uľavilo. Pomaly sme sa brali von z cintorína. Rosencrantz vytiahol z vrecka kabátu ploskačku a dal si riadny glg. „Odkedy nosíš so sebou ploskačku?" zostala som zarazená. „Odvtedy, ako mám veľmi dôležitý casting, na veľkú divadelnú túr... Pomáha mi to s nervami. „Okej, tak veľa šťastia, zlato." Rosencrantz ma objal a obaja sme sa pobrali iným smerom. On šiel na autobusovú zástavku a ja domov. Po príchode domov som sa rozhodla, že ako tehotná žena, potrebujem si veľakrát zdriemnuť.

Streda 21. marca

Adam je hrozne zúfalý, aby mu už niekto dal konečne prácu a myslím si, že to má zlý efekt na jeho pohovoroch. Nikto nemá rád zúfalstvo. Včera večer spomínal, že rozmýšľa nad prácou v nejakom bare. Hneď som to zmietla zo stola. Málo by som ho videla a kto si môže v Londýne dovoliť vychovať dieťa na jednom barmanskom plate? Na Twitteri som videla, že "láska" medzi Angie a Reginou stále prekvitá. Angie začala zdieľať všetko, čo Regina napíše. Zdieľala šesť škuľavých fotiek Reginy s Pippinom za sebou a fotku japonskej verzie Regininej knihy Čas na víno. Tak som twítla Angie:
    **@AngieLangford Pamatas si este na mna? Vies kto som? Som @CocoPinchard... O tri tyzdne mi vychadza kniha!!**
    Počkala som asi desať minút, či mi odpíše. No nedočkala som sa. Ignorovala ma, ale Regine zdieľala ďalší príspevok o tom, že ju posielajú do Afriky, aby skontrolovala kvalitu pitnej vody. A počas celého výletu ju bude natáčať telka! Svet sa zbláznil?! Napriek Battenbergovskej averzii som klikla na priložený link k videu.
    O pár minút som začula „Halo, halo, haléčko..." Do domu sa

„vpustila" Etela (ďalší náhradný kľúč?) a vošla do obývačky. Rýchlo som si poutierala slzy.

„Si v porádku, zlatino? Hormónečky z teba robá emociálnu trosku?"

„Áno," prikývla som. Etela prešla ku mňe a zažala čítať z obrazovky počítača.

„Malá Amina, musí každý den préjst dvadsat míl, aby sa dostala k čistej, pitnej vode... To sú ale telce, tý jej rodičá by mali mat už tólko rozumu, aby sa prestahovali trocha bližšé! Né?"

„Etela!" hodila som na ňu vážny výraz. Tvárou mi stekali slzy.

„Ale čo, moja, nehnevaj sa na mna, ale jaký tík móže žit tak daleko od studne, ked nemá doma vodovodné kohútiky?"

„Asi majú vážny dôvod, prečo sa nepresťahujú bližšie. To ťa nenapadlo?"

„A čo sú priklincováni? Neni to jak keby mali hypotéku. Né? Zgrupnú si kozy, zbalá stan a hybaj sa k studni. A svet majú na dlani aj s vodú..."

Na plece mi položila ruku, „Zlatino, nemóžeš sa nehat takto emocionálne znásilnovat nejákou charitatívnou reklamou."

„Nejde o reklamu."

„Ná a tak prečo bulíš?"

„Kvôli všetkému. Myslela som, že Angie je moja kamarátka, onedlho mám dvadsaťdva mesačné sono, Adam si nevie nájsť prácu, auto sme predali za päť pencí, tá stará prostitútka za rohom nám dlží nájomné... a vôbec si neviem dať s ničím rady."

„Moja zlatunká, je toho na teba dost," Etela ma objala. „Čo?" oneskorene reagovala. „Prostitútka ty dlží peníze?"

Všetko som jej o Tabithe vysvetlila. Keď som skončila, Etela schmatla svoju kabelku a naštartovala k dverám: „Nič sa netráp zlatino, já to dám do porádku."

O pol hodinu stála Etela naspäť v obývačke, v ruke mala obálku so všetkými peniazmi, ktoré nám dĺžila Tabitha. Nechcelo sa mi veriť vlastným očiam.

„Vždy nám posiela peniaze bankovým prevodom," povedala som pri rátaní päťdesiatlibrových bankoviek.
„Pólku týchto prašúl mala strčenú v podprde," usmiala sa Etela.
„Ako si ich od nej dostala?"
„Vystrašila sem ju z našim hospodinem."
Bola som totálne ohromená. Tabitha nevyzerala byť typom veriaceho človeka. No za dvadsať minút ju Etela presvedčila o existencii Boha, následkoch jeho hnevu a splatení oneskoreného päťtýždňového nájomného. V hotovosti! Keď prišiel Adam domov, bol z toho úplne mimo.
„Ako to dokázala?" opýtal sa.
„Vie byť veľmi desivá. Keď bola upratovačkou na policajnej stanici v Catforde, väzňov strašili, že ju na nich pustia."
„To je dobré," zasmial sa Adam.
„Myslím to vážne. Vďaka Etele a jej vedru s mopom sa dopracovali k množstvu priznaní.

Štvrtok 22. marca

Ráno mi volala Marika.
„Mám zobrať na pohreb Milana?" pýtala sa ma.
„Prečo by si ho nemala brať?" odpovedala som jej rečníckou otázkou.
„Veď vieš, mala som toľko rôznych frajerov na rôznych akciách..."
„Marika, pohreb Lorda Cheshira by som nenazývala akciou."
„Vieš, čo tým myslím. Bolo toľko svadieb, krstov, slávnostných otvorení aj pohrebov... A na každom som mala iného chlapa. Pamätáš, čo mi povedala Chrisova mama na svadbe jeho sestry? Že som ako Angelika."
„Veď to bol asi kompliment. Či nie?"

„Ona nepovedala, že vyzerám ako Angelika, ale že som ako Angelika. V každej časti iný milenec. A výraz v jej tvári hovoril za všetko!"

„Okej," musela som sa zasmiať.

„Coco, to nie je smiešne."

„Prepáč," zadržiavala som v sebe smiech. „A ako sa má Milan?"

„Chce ma napísať na svoju hypotéku."

„Marika, to je skvelé."

„Myslíš? Je to vážnejšie a vážnejšie, je ku mne milší a milší. Nemá hraníc. Nie som na to zvyknutá. Neviem na ňom nájsť nič zlé, čo znamená, že keď niečo zlé na ňom nájdem, budem v tom až tak po uši, že ma to zničí."

„Marika...ako sa cítiš v poslednom čase?"

„Nerozumiem, o čo ide."

„Keď si s Milanom... ako sa cítiš?"

„Hrozne mi začne biť srdce, až ma to mučí. Vo vnútri cítim ohromné teplo. Cítim sa naplnená a pochopená. Som vzrušená aj, keď sa vráti len z vyhadzovania smetí..."

„Znie to tak, že si zaľúbená."

„Prosím? Nie..." nastala dlhšia pauza. „V čom pôjdeš na pohreb?" Marika zmenila tému.

„Neviem, niečo čierne vo veľkosti stanu, asi stan... Takže na pohreb privedieš Milana, muža pre ktorého máš všetky symptómy zaľúbenosti, ale ktorého neľúbiš?"

„Nie som do neho zaľúbená! Vieš čo, asi ho vezmem so sebou. A ty?"

„Samozrejme vezmem Adama. Asi by to vyzeralo podivne, kebyže prídem s niekým iným."

„Ty šišina. Nepýtam sa, kto ti bude robiť garde na pohrebe, ale ako sa máš," Marika sa zasmiala.

„Tak dobre, ako sa v mojom stave dá. Hormóny, obavy, mimino... čo ti budem hovoriť."

„Kedykoľvek mi zavolaj, zlato. Som tu pre teba," povedala Marika láskavým tónom.

„Aj ja som tu pre teba. Kedykoľvek. A hneď volaj doktora, keby si mala znovu tie strašné symptómy zaľúbenosti!" rehotala som sa.

„Nie som zaľúbená," presviedčovala ma Marika, ale jej hlas bol neistý.

## Piatok 23. marca

Ráno nás vyzdvihol šofér v Daimleri a odviezol nás na pohreb Lorda Cheshira do katedrály v Rochesteri. Adam, Rosencrantz a Oscar vyzerali skvelo v čiernych oblekoch. Tí chlapi majú toľko výhod, len preto, že sa narodili ako chlapi. Ja som sa cítila ako jedna veľká huspenina napchatá do čierneho vreca na odpadky. Z každého rohu mi niečo vytŕčalo. Neviem prečo som si ešte nebola nakúpiť poriadne tehotenské veci. Mala by som sa lepšie zorganizovať. Zo skrine som vydolovala starú čiernu elastickú sukňu (z dobového kostýmu) v tvare A, ktorú som mala na sebe naposledy, keď som bola učiteľkou. V škole sme mali viktoriánsky večierok. Ale ešte aj tá mi bola priúzka. Počas tehotenstva sa mi asi rozšírili plecia. Takmer nič mi nepasuje. Nakoniec som sa musela nahodiť do zvyšku večerného viktoriánskeho kostýmu, ktorý pozostával z bielej zdobenej volánikovej blúzky a čierneho saka. Na poslednú chvíľu som si to rozmyslela a rozhodla sa, že klobúčik, ktorý dopĺňal kostým, si nedám. Bála som sa, že budem vyzerať ako imitátor kráľovnej Viktórie.

Keď sme dorazili do Catfordu, vonku pred domovom dôchodcov nás čakala Etela. Oblečená v krásnych čiernych šatách so zúženým pásom, ktoré doladila vysokými čiernymi lodičkami. Na hlave mala elegantný čierny klobúčik so závojom.

„Babi, vyzeráš super," privítal ju Rosencrantz. „Kde si zohnala svoj outfit?"

„Je od Enid Catchfly," zapózovala Etela.

„To je nová módna návrhárka? Ešte som o nej nepočul," opýtal sa Adam.

„Né, chudera je to a už nebožtík. Odrovnala ju nejaká super baktéria."

„A zanechala ti svoje šaty?" opýtala som sa.

Etela na mňa pozrela, potom pozrela na Adama a Rosencrantza:

„To ide s nami aj nevydarená dvojníčka kráľovnej Viktórie?" zarehotala sa a žmurkla na Rosencrantza. „Enidina rodina zebrala šecky jej veci a strčila ich do sekáča. Špehúvala sem ich v taxíku... Mala strašne krásne vecičky. Ked trochu schudneš, môžeš si vyskúšat moje šaty," pozrela na mňa.

Viem, že to Etela myslela v tomto prípade dobre, ale aj tak som sa cítila naničo. Som tlstá aj na sekáčové veci po starej mŕtvej dôchodkyni. Nikomu ani len netrklo, že sa ma to dotklo. Potom sa začali rozprávat o programe Británia má talent a ja tlsťoch som len sedela v rohu auta a ľutovala sa.

Šofér zastal pred rochesterskou katedrálou. Húf ľudí v čiernom oblečení pomaly smeroval cez malú záhradku k vchodu katedrály. Zničený Chris stál pred vchodom a s rodinným právnikom, pánom Spencerom, rozdával program pohrebu.

U nás v Británii máme niekoľko rozum zastavujúcich vecí a program pohrebu je jednou z nich. „Na čo to je dobré? Pohreb nie je divadelné predstavenie?!" opýtala sa ma pred pár dňami Marika, keď sme sa rozprávali o pohrebe. Nevedela som jej na to odpovedať. Sama seba som sa spytovala, ale neprišla som k žiadnemu záveru.

No, ale vrátim sa k Spencerovi. Svoje prešedivené bloňďavé vlasy mal zafarbené na hnedo, čo bolo dosť okaté, a mal ich prehodené na jednu stranu. Z ucha sa mu ligotala malá zlatá náušnica a bolo veľmi čudné vidieť ho v čiernom obleku. Vždy je nahodený v čudesných až klaunovských outfitoch. Taký slušák, vyzeral o dosť starší. Pred katedrálou na nás čakali Marika s Milanom, Meryl s Tonym a Daniel s Jennifer. Keď sme vstúpili do katedrály, ozývala sa tam nádherná orgánová hudba. V prednej časti ležal v otvorenej truhle Lord Cheshire. Vyzeral ako vosková figurína, akoby si len zdriemol. Zrazu som sa cítila čudne až obscénne, že som na pohrebe v druhom stave. Viem, znie to bláznivo, ale viním za to hormóny.

„Vyzerám príliš tehotne?" potichu som sa spýtala Etely.

„Né, zlatino, vyzeráš len tlstá," potlapkala mi ruku.

Katedrála sa zapĺňala. Lavice boli plné. Miesto sme si našli takmer až vpredu. Etelu som do lavice pustila ako prvú. Na konci sedela veľmi elegantná staršia dáma. Trochu sa posunula, aby sme mali dostatok miesta. Zodvihla si program pohrebu, pod ktorým mala rukávnik z hranostaja.

„Krista ti tam!" zarevala Etela a začala mlátiť rukávnik/mŕtveho hranostaja svojou kabelkou. Ľudia navôkol sa znechutení obracali smerom k nám a začali vydávať všakovaké zvuky, aby ju umlčali. Zahanbená pani rýchlo schmatla rukávnik a sklopila hlavu.

„Etela, ty nevieš ako sa máš správať? Pre Krista Pána, sme na pohrebe," naklonená Jennifer vypláchla Etele žalúdok. Všetci sme na mieste zamrzli. Žena verejne karhajúca svoju svokru je už priveľa, ale keď to urobí synova frajerka? A ešte keď tá svokra je Etela – svokra monštrum? Ak nebola Jennifer na Etelinej čiernej listine pred pohrebom, teraz je na nej na sto percent. Konečne sme sa všetci usadili. Do katedrály vstúpila Lady Edwina s Rebeccou a Chrisovou druhou sestrou Sophiou. Lady Edwina a Sohpia podopierali Rebeccu, ktorá od od žiaľu ledva stála na nohách. Za nimi vstúpil Chris. Keď prechádzal okolo našej lavice, pozrel sa na nás a hodil nám smutný polo-úsmev. Cheshirovci sa usadili pár lavíc pred nami.

Celý pohreb bol jednou veľkou nedôstojnou biznis-fraškou,

plnou príhovorov podnikateľov, ktorý spolupracovali s Lordom Cheshirom. Mleli len o tom, aký to bol skvelý biznismen, nič osobné, akoby to nebol ani človek. Jediným krásnym momentom bol príhovor Chrisa o tom, aký bol jeho otec úžasný a šľachetný človek. Na koniec príhovoru povedal, že sa bude zo všetkých síl snažiť, aby bol na neho otec hrdý. Vtom ho prerušila Rebecca, ktorá zakričala: „Bla, bla, bla... všetci sme sa nemohli narodiť s penisom..."

Uvedomili sme si, že Rebeccu nepodopierala mama so sestrou, lebo strašne trúchlila, ale preto, že bola na mol! Lady Edwina sa tvárila, že nič nepočula a ako socha pozerala pred seba.

Keď prišiel čas na sväté príjmanie Božieho tela, ani jeden z našich chlapov nechcel ísť, tak som išla s Meryl, Etelou a Jennifer. Videla som, že Etela sa stále hnevá na Jennifer. Až to v nej vrelo. Keď sme sa dostali k farárovi, Jennifer sa zohla na kolená a otvorila ústa.

„Telo Ježišovo," povedal farár a išiel položiť oplátku na Jenniferin jazyk. Etela rýchlo položila svoju ruku na jeho a nedovolila mu pokračovať.

„Pardónko, Vaša velebnost. Kólko má tá oblátka kalórii a diétnych bodov na sledování kileček?"

Jennifer vyzerala na infarkt.

„Hmmm... Madam, toto je telo Kristovo telo," povedal prekvapený farár.

„Aj tak musím vedet kólko kalórii v tem je! Lebo, víte hentá tu, bojuje s kilečkami, jak sám móžete videt. Chuderka malá, je to také dévča, že pribere aj z nadmerného slnečného žárena."

Rada na „oblátku" končila až pri vchode. Ľudia z nej vystrkovali krky a snažili sa zistiť, čo sa deje, keď sa rada nehýbe.

„Je to Kristovo telo," zopakoval farár.

„A bude mat z neho telo supermodelky? Či aj na Krista by to ból velikánsky zázrak?" opýtala sa Etela. Jennifer sa rozplakala a ušla do svojej lavice. Zvyšok príjmania sa niesol v hrobovom tichu.

„Musí sa naučit, že se mnou je nerado sa zahrávat. Očula si jak mi vyprávala, že mám byt ticho?! Drzá krava," povedala Etela usádzajúc sa späť do lavice.

„Etela, sme na pohrebe a Jennifer je Danielova priateľka!" dohovárala som jej.

„Prátelka, pekná prátelka... celých dlhých pät minút. Tlstoška jedna. Nepáčila sa mi hned v prvej sekunde, jak sem ju stretla."

„Tebe sa nepáčila žiadna Danielova priateľka."

„Ty si sa mi páčila, zlato," zaklamala Etela.

„Prosím ťa, nie som včerajšia," zagánila som na ňu.

„No aspon si mi po čase prirástla k srdénku." Vtom sme si všimli Daniela upokojujúceho Jennifer.

„Bonzáčka," povedala Etela vražedným tónom smerom k Jennifer.

„Ak myslíš, či som povedala Danielovi, akú ma hnusnú mater, tak áno!" zasyčala Jennifer.

„Jak si to dovoluješ?! Já som není hnusná. Povedzte jej nékdo." Našťastie zaznel orgán, ktorý hlasitosťou zaplnil celú katedrálu a nikto nemusel reagovať.

Po pohrebe sme sa pobrali von. Pri veľkých vchodových dverách stál Chris, ktorému vychádzajúci ľudia vyjadrovali úprimnú sústrasť. Kým sa trochu nepreriedila rada, čakali sme chvíľu bokom od neho.

„Ako ho máme volať?" zašepkala Meryl a v zrkadielku si pudrovala tvár.

„Volajte ho Chris," povedala Marika.

„Nemajú v aristokratických kruhoch nejaké pravidlá?" opýtala sa Meryl. „To ako by som volala kráľovnú Alžbetu, Liz."

„Teraz potrebuje, aby sa ľudia okolo neho správali normálne," povedala som jej. Aj keď v našej rodine je slovo „normálne" veľkým luxusom.

„Bol to mahagón? A výstelka... bola z modrého zamatu?" opýtal sa Tony, keď mu želal úprimnú sústrasť.

„Prosím?" Chris nechápal.

„Truhla. Pýtam sa na truhlu. Z práce mám vycibrený nos na kvalitné truhly..."

„Tony! Nepleť sem prácu... Lordovi Cheshirovi," vyhrešila ho Meryl.

„Nerozprávam o práci. Jeho otec ležal v truhle, takže rozprávam k veci."

„Áno bol to mahagón a prosím volajte ma Chris."

„Samozrejme, Lord Chris," povedala Meryl.

„Alebo Sir Chris?" opýtal sa Tony.

„Stačí Chris."

Konečne sme sa k nemu dostali aj my s Adamom.

„Coco, prídete s Adamom na kar?" opýtal sa Chris. Bola som totálne stratená v chaose, ktorý bol všade okolo nás. Uplakaná Rebecca sedela na schodoch do katedrály, Etela si doberala Jennifer a Meryl sa hádala s Tonym. Hádali sa kvôli nejakému porcelánu. Popri ceste boli už čakajúce autá.

„Chris, zlato, nevadilo by ti, keď pôjdeme hneď domov? Som veľmi unavená, nevládzem stáť na nohách."

„Samozrejme, že nie. Postaraj sa o malinké," Chris mi pohladkal bruško. S Adamom sme objali Chrisa a pobrali sa k autu, ktoré nás odviezlo domov do Londýna.

Na pol ceste domov cinkol Adamov mobil. Vybral si ho z vrecka a našiel správu od ďalšej firmy (už som ich prestala počítať).

„Bože, bože... Ďalšie NIE," povedal smutne.

## NOVÝ ŽIVOT COCO PINCHARDOVEJ

### Pondelok 26. marca

Dnes som mala dvadsaťdvatýždňové sono. Adam objednal taxík, ktorým sme sa dostali k nemocnici University Collage Hospital. Tentokrát sme v čakárni strávili vyše hodiny, čo je príliš dlho, pokiaľ máte plný mechúr. Bábätká vrieskali a jedno z neónových svetiel nervózne blikalo. Predtým, ako nás zavolala doktorka, vyšla z vedľajších dverí uplakaná mamička. Upokojoval ju jej vysoký, vychrtlý manžel. Všetci v čakárni sa nenápadne pozerali iným smerom. Očakávala som milú sonografku, ktorú sme mali naposledy, ale namiesto nej nás privítal špinavo vyzerajúci štyridsiatnik. Vlasy mal mastné a pupkaté brucho sa mu nezmestilo do nohavíc.

Na posteľ šmaril veľkú papierovú plachtu a keď sa mi nedarilo na ňu vyskočiť, bol ohromne netrpezlivý. Dokonca zo seba vymrštil zopár nepríjemných zvukov, keď som omylom narazila lakťom do sonografu.

„Mohli by ste konečne vyliezť na tú posteľ, prosím vás?" naháňal ma so zamračeným výrazom.

„Čo si asi myslíte, že robím?" zavrčala som na neho. Rýchlo som vyšvihla nohy na posteľ.

„Je trošku nervózna," ospravedlňoval ma Adam.

„Nie som nervózna, ale mám plný mechúr a už to dlho nevydržím!" zagánila som na Adama. Chlapíka to ani netrklo a na brucho mi nepríjemne capol kopu studeného gélu, ktorý potom rozmazal kruhovými pohybmi.

„Toto je vaše dvadsaťdvatýždňové sonografické vyšetrenie plodu," povedal doktor, monotónnym hlasom, „inak tomu hovoríme aj sonografické vyšetrenie na anomálie, keďže budem kontrolovať, či nie sú nejaké väčšie problémy so srdcom. Ďalej budem kontrolovať, či sa nevyskytuje rázštep podnebia, rázštep chrbtice a brušnej steny, anencefáliu, hydrocefalus, diafragmatickú herniu, exomphalos, gastroschízu, obličky, anomálie končatín a Downov syndróm."

Zo všetkého som porozumela asi trom slovám a bolo mi do plaču.

Doktor náhle zmenil pohyb sondy a s vyplazeným jazykom pozeral na monitor. Opäť zmenil pohyb sondy, oči mu zostali na obrazovke. Pri každej zmene pohybu zmenil aj stranu úst, z ktorej mu trčal vyplazený jazyk. Minúty odtikávali. Zovrela som Adamovu ruku a snažila som sa nepanikáriť.

„Prečo nepočujeme tlkot srdca?" spýtala som sa.

„Jáj, vypol som zvuk," povedal, akoby sa jednalo o reprízu X-Faktoru a nie o životne dôležité znamenie života nášho bábätka.

„Mohli by sme ho počuť, prosím?" poprosil ho Adam. Doktor sa natiahol k sonografu a stlačil gombík. Z prístroja začali vychádzať zvuky ako pri dopade tenisovej loptičky v tuneli. Srdiečko tĺklo silno a vitálne.

„Znie veľmi zdravo," povedala som. Doktor ani nepípol. So sondou prešiel do protismeru a prehodil si jazyk na druhú stranu.

„Hmmm. Bože, Bože, prepáčte mi na momentík," povedal doktor.

„Je všetko v poriadku?"

„O chvíľu budem späť," zodvihol sa zo stoličky a odišiel z ordinácie. Predtým, ako odišiel položil sondu vedľa monitoru, takže tlkot srdiečka sa vytratil. Spod dverí tiahol na mňa nepríjemný chladný vzduch, ktorý mi ešte viac ochladil gél na bruchu. Minúta za minútou pomaly prechádzali. Doktor sa nevracal.

„Niečo je s bábätkom. Však?" bála som sa.

„Zlato, to by nám doktor asi povedal," upokojoval ma Adam.

„Určite išiel po ďalšieho doktora. Musí to byť vážne... Niečo sa stalo nášmu bábätku. Je to moja vina. Nemala som vôbec fajčiť a piť počas prvého trimestra."

„Coco, zlato," Adam ma pohladil po tvári.

„A teraz sa musíme nachystať na to najhoršie. Čo ak..."

Myšlienku som nedokončila. Doktor sa konečne vrátil

a prišiel sám. Sadol si na stoličku, na brucho mi vytlačil viac gélu a pokračoval v krúživých pohyboch. Voľnou rukou si z vrecka plášťa vybral plechovku koly, položil ju na stôl vedľa seba a samozrejme vyplazil jazyk na opačnej strane úst.

„Okej. Všetko vyzerá okej," povedal doktor a natočil ku mne monitor. Na obrazovke som videla malinkatého človiečika s tvárou, očičkami s našpúlenými perami a gombíkovým noštekom. Bábätko zodvihlo malinkú ručičku a začalo si cucať palec.

„Ste si istý, že všetko je v poriadku?" bola som v siedmom nebi.

„Áno. Všetko v poriadku. Chrbtica vyzerá fajn, koža je po celom tele a všetko má správne proporcie," povedal sucho a otočil obrazovku na seba.

„Hej, pozerali sme sa na naše bábätko..." povedala som rozhorčene.

„V čakárni mám aj ďalších ľudí."

„Ešte chvíľku, prosím..."

Ten tĺk si vydýchol, akoby sme mu boli na obtiaž a otočil obrazovku späť na nás.

Bábätko sa hýbalo a kývalo ručičkami. Aspoň to tak vyzeralo.

„Dáte nám aj snímok ultrazvuku?" opýtala som sa. Doktor si opäť nepríjemne odfúkol a vytlačil snímok ultrazvuku.

„Naozaj vás už musím poprosiť, aby ste odišli..."

„Počkajte, počkajte... je to dievčatko, alebo chlapec?"

„Máme predpisy, ktoré nám zakazujú prezradiť pohlavie dieťaťa. Pre prípad, že by sa kvôli „nesprávnemu" pohlaviu rodičia rozhodli pre predčasné ukončenie tehotenstva. Často sa to stáva v indických rodinách, ktoré väčšinou nechcú dievča," povedal doktor vážne.

„Pozrite, je to smutné, ale mňa vaše normy nezaujímajú. Chcem len vedieť pohlavie svojho dieťatka."

„Prepáčte. Nemôžem vám to povedať."

„Ale viete to. Však?"

„Ako som už hovoril. Máme predpisy a nemôžem vám to povedať."

Na stole som si všimla plechovku koly.

„Vy ste si počas môjho vyšetrenia boli kúpiť kolu?"

„Tu máte vytlačený snímok."

„Vy ste ma tu bez slova nechali, aby ste si išli kúpiť poondiatu kolu?" od hnevu som očervenela.

„Počúvajte ma doktor, to ste trochu prehnali!" povedal Adam.

„Medzi vyšetreniami mám prestávky, ale keďže dnes meškám... nemal som šancu ani na drink."

„A viete. čo to so mnou urobilo, keď ste v polovici vyšetrenia zdúchol do riti?" zazrela som na neho.

„Dávajte si pozor na jazyk."

„Vy si dávajte pozor na svoje správanie, doktorko. Ak Vás táto práca nebaví, tak choďte pre Kristapána robiť do banky alebo do obchodu s chovateľskými produktmi, a nie tu s ľuďmi. No a teraz, predtým ako si užijete dúšok vašej koly, povedzte nám pohlavie dieťatka."

Doktor vykrútil tvár a jazyk sa mu v ústach prevalil na druhú stranu.

„Ako som už dvakrát povedal, máme nariadenie, tak nemôžem."

Mechúr som mala taký plný, že som to už nevydržala. Utekala som na záchod. Ešte predtým som si rýchlo utrela gél z brucha. Vbehla som do prvej kabínky. Panebože... to bola úľava. Keď som vyšla von, Adam ma čakal pri výťahu. Vošli sme do výťahu, dvere sa zavreli a Adam vyčaril úsmev od ucha k uchu.

„Budeme mať chlapčeka!" do očí sa mu vtisli slzy.

„Prosím? Ako si to zistil?"

„Doktor mi povedal."

„Ako si ho prinútil?"

„Zobral som mu kolu."

„Vážne?" zasmiala som sa. „Vyhrážal si sa mu?"

„Hej, povedal som mu, že ak mi neprezradí pohlavie, nedostane kolu."
„No, určite. Musel si ho vystrašiť niečím väčším?!"
„Nie, nie. Stačila plechovka koly. Je smutné, ako strašne chcel tú kolu. Nemyslíš? Budeme mať chlapca!"
Vonku sme si našli kaviareň Starbucks, sadli sme si k oknu a vzrušene sa rozprávali o našom synovi.
„Ako ho budeme volať?" opýtala som sa Adama. „Mne sa páči Thomas, Tommy...
„Tommy Rickard? Znie to akoby bol malý postihnutý. Čo tak Richard?"
„Ricky Rickard?" povedala som.
„Le Bron?"
„Nie! Celkom sa mi páči Quintus," hodila som do pléna.
„To určite. Nemyslíš, že si sa s menami dosť vybláznila pri Rosencrantzovi?"
„Pihineus?"
„Nie."
„Pablo?"
„Nie! Prečo to musí byť nejaké čudesné meno?"
„Meno je ako značka," vysvetľovala som. Musíš vybrať také meno, aby to decku pomohlo v živote."
„Keith?" opýtal sa Adam.
„Keith Rickard. Nie. Znie to ako moderátor regionálnych správ: A správami vás sprevádzal Keith Rickard..."
Adamovi zazvonil mobil. Vytiahol ho z vrecka a zodvihol. Pri počúvaní sa mu na tvári opäť vyčaroval velikánsky úsmev.
„To je skvelé...skvelé, Serena. Ďakujem," tým hovor skončil.
„Mám prácu!" povedal vyškerený Adam.
„Čo? Tvoju starú prácu?" zapišťala som ako vytešená myš, čo práve objavila kúsok čerstvého syra.
„Áno, zlato. Štátna správa. Level 2."
„Čo to znamená?"

„Skvelý plat, šesť týždňov dovolenky a k tomu ešte voľný deň na vianočné nákupy a kráľovnine narodeniny!"

„Preboha!" uľavilo sa mi. Riadne som Adama vystískala.

„Ľúbim ťa, zlatino! Si skvelý!"

„Musia ešte dotiahnuť nejaké detaily, čo je len formalita, ale vravela, že o dva týždne by som mohol nastúpiť."

Po ceste domov sme sa šťastím vznášali ako oblaky na oblohe. Bábätko je zdravé, Adam má skvelú prácu... Život mi zrazu pripadal úplne dokonalý!

Až kým sme neprešli okolo rohu pri našom dome, pred ktorým stálo pohrebné auto. Okolo neho sa vznášala melódia z Teletubbies. Zrazu sa otvorili šoférove dvere. Vyšla z nich Meryl. Kričala na nás a zároveň vyspevovala pesničku z Teletubbies.

„Adam, Coco! Dipsy, La-La, Po-o-o pozrite sem... halóóó. Haló!"

„Meryl. si v poriadku?" spýtala som sa a s Adamom sme k nej ponáhľali rýchlym krokom. V aute v autosedačke bol pripásaný malý Wilfred, oblečený v námorníckom a v ruke držal iPad.

„Odišla som od Tonyho!" povedala dramaticky. Treskla dverami a prešla na druhú stranu auta. Oči mala červené od plaču.

„Prečo? Čo sa stalo?" opýtala som sa.

„Povedala som mu, že je čas na Teletubbies... čas na rozprávku!"

„Čo si mu povedala?"

Meryl si z kabelky vytiahla vreckovku a vyfúkala si nos.

„Povedala som mu, že je čas na Dovi, Dovi Teletubbie!" Meryl, veľmi energicky otvorila dvere pri Wilfredovi. „Wilfred, nepretáčaj Teletubbies. Pekne sedkaj a pozeraj až do konca. Ja sa zatiaľ porozprávam s tetou Coco a ujom Adamom!"

Wilfred najprv nechápavo pozeral a potom pokračoval v pozeraní Teletubbies na iPade.

„Meryl, čo si mu povedala?" chcela som počuť niečo, čo by dávalo význam.

„Načapala som Tonyho, ako si dáva do tela... v potravinách. Riadne do tela... v potravinách."

„Meryl!" zakričala som a zatvorila dvere na pohrebnom aute.

„Nechaj Wilfreda a pozri na mňa. Čo sa stalo?"

Vtom sa Meryl úplne „rozpadla" na kúsky. Adam vzal Wilfreda a išiel s ním k nám domov. Ja som pomohla Meryl, aby vôbec prešla tých pár krokov dnu. V chodbe na nás skákal vytešený Rocco. Musela som ho trochu upokojiť a potom sme si s Meryl sadli v kuchyni za stôl.

Cez slzy mi povedala, že ju Tony podvádza. Nedávno bol na troch pracovných cestách v Číne, aby vo fabrike prediskutoval plány na nové, moderné truhly (inak, bol to Merylin nápad). A tam Tony spoznal Mai Ling, devätnásťročnú dcéru menežéra fabriky.

„Rozprával mi o nej, ako mu veľmi pomáhala... prekladať jej otcovi," pokračovala Meryl. Dokonca aj na Facebook vylepil fotky. na ktorých bol s ňou. Já, naivná krava som ich aj lajkovala... predtým, ako som vedela, o čo ide.

„Máš, nejaký dôkaz, že Tony ťa podviedol s Mai Ling?" opýtala som sa.

„Minulý týždeň sme ju stretli za rohom v potravinách," povedala trpko. „Samozrejme, Tony sa tváril, že ide o náhodu... Potom som zistila, že si prenajala byt nad potravinami, aby sa mohla zdokonaliť v angličtine."

„Preboha, Meryl," objala som ju. Adam vošiel do kuchyne. V rukách mu spal malý Wilfred.

„Coco, vieš čo je na tom najhoršie?" opýtala sa uplakaná Meryl. „Ide tu o naše lokálne potraviny, majú tam skvelú pekáreň. Vždy majú čerstvé pečivo, ešte aj na Veľkonočnú nedeľu. Vždy sme tam chodili na rôzne dobrôtky. Nuž a od istej doby tam začal Tony chodiť aj na iné dobrôtky. Dobrôtky deluxe... s čínskou príchuťou," zavzdychala uplakaná Meryl.

„Mám Wilfreda uložiť do hosťovskej izby?" opýtal sa Adam.

„Mohli by sme u vás zostať?" opýtala sa Meryl. „Nemáme kam ísť."

Adam na mňa pozrel.

„A čo všetci tvoji známi v Milton Keynes?" opýtala som sa.

„Neboli to praví priatelia, mala si pravdu, Coco."

„Ja som nič také nikdy nepovedala."

„Na Wilfredových krstinách som ti to videla na tvári."

Snažila som sa vymyslieť si nejakú legitímnu výhovorku.

„Hneď som myslela na teba Coco... keď sa mi zrútil život," povedala Meryl dobrácky. „Si pre mňa veľkou inšpiráciou... ako si sa postavila na nohy, keď si načapala Daniela v posteli s tou ženskou... ako si si dala život opäť dokopy."

„Samozrejme, že môžete obaja zostať," prikývla som. Adam zdvihol obočie až k nebesám.

„Na pár dní," dodal Adam kŕčovite.

„Ďakujem Coco a aj tebe ďakujem, Adam."

Trochu neskôr sme s Adamom skočili do pohrebného auta. Adam zobral Meryline kufre a ja som jej na predné okno dala povolenie na parkovanie z mestského úradu.

„Prečo si jej povedala, že môže zostať?" zasyčal Adam.

„Nenapadla mi žiadna výhovorka! Teraz si múdry, prečo si jej niečo nepovedal?"

„Čo napríklad?"

„No, neviem. Niečo v tom zmysle, že ideš kvôli bábätku prerábať celý dom?"

„To nie je zlý nápad. Prečo mi to hneď nenapadlo?" povedal Adam nahnevaný sám na seba.

Adam vzal batožinu do hosťovskej izby a ja som nachystala Meryl veľký džin s tonikom a ešte väčší horúci kúpeľ. Keď som zišla dole, Adam sedel s Wilfredom na koberci v obývačke a hrali sa s kockami. Chvíľu som zostala stáť vo dverách a uprene som ich sledovala. O osemnásť týždňov to budeme my, pomyslela som si, a snažila som sa nespanikáriť.

„Je v poriadku?" opýtal sa Adam, keď si ma všimol.

„Je vo vani s dvojitým džinom s tonikom."

„Povedala si jej, aby nezamykala dvere...pre istotu."

„Nemyslím, že má samovražedné sklony, zlato," uisťovala som Adama, lebo šlo o Tonyho."

Utorok 27. marca

Po polnoci začala vyzváňať pevná linka, čo rozštekalo Rocca a rozplakalo Wilfreda. Adam utekal dolu, zodvihol slúchadlo a zakričal hore, že je to pre mňa. Volala Angiina dcéra Chloe.

„Je všetko v poriadku?" spýtala som sa jej, keď som sa s mojim brušiskom doteperila dole k telefónu.

„Mama mi kázala, nech ti zavolám a poviem, že Agentka Fergie práve naskočila do predpredaja na Amazone a iTunes."

Meryl sa zjavila na hornej časti schodiska, v rukách mala utíšeného Wilfreda.

„Ďakujem Chloe a neuraz sa, ale prečo mi nevolá Angie?"

„Nemohla, má dnes v noci dôležité stretnutie ohľadom Reginy. Rysuje sa jej veľká televízna ponuka pre Reginu Battenbergovú," vysvetlila Chloe.

„Takže moja kniha je dnes vonku a to je všetko? Žiadne promo? Nič?"

„Prepáč, neviem. Porozprávam sa s mamou."

„Chloe, prosím ťa povedz jej, nech mi zavolá." Vtom zazvonil zvonček pri dverách, vďaka čomu sa Rocco opäť rozštekal a Wilfred rozplakal. Chloe som povedala, že musím ísť. Adam sa dostal ku vchodovým dverám skôr ako ja. A kto tam stál? Pán a pani Cohenovci v identických pršiplášťoch.

„Vy ste kto?" opýtala sa pani Cohenová. Adam sa im predstavil. Prišla som k dverám a postavila som sa za neho.

„Dobrý večer, pani Pinchardová. Máte doma manžela?"

„Ja som jej manžel," povedal Adam. Cohenovci zostali prekvapení.

„Ale vy ste... vyzeráte mladší," povedala Cohenová.

„Adam je odo mňa mladší iba o šesť rokov," zamračila som sa.

„Veď to je v poriadku," pritakala nasilu. „Nuž, prejdem k veci. Práve sme sa vrátili z Francúzska, auto máme plné výborného vínka a francúzskej špeciality cassoulet, aj bagety... a na ceste je zaparkované pohrebné auto. Zaberá dva a pol miesta. Viete o tom niečo?"

„Áno, prepáčte, to je moja švagriná," vysvetlila som chaoticky.

„Dúfam, že v ňom nie je mŕtva!" povedal Cohen. Najprv som myslela, že vtipkuje, ale povedal to smrteľne vážne.

„Nie, som tu a som až príliš živá," Meryl schádzala dolu schodmi. V náručí kolísala Wilfreda. Pani Cohenová pozerala na Wilfreda a bola úplne zmätená.

„Vy ste už rodili?" opýtala sa ma.

„Áno, dnes večer," urobila som si z nej dobrý deň. „Vidíte, ešte som hrozne ubolená, malinký vážil dvanásť kíl!"

„Pani Pinchardová, nemusíte si z nás robiť dobrý deň," zareagovala podráždená Cohenová. „Nikdy som nepochopila, čo sa u vás doma deje. Minulý rok vám prehľadávala dom polícia, často od Vás počuť vašu vulgárnu svokru a keď bol váš syn tínedžer, tak z jeho okna vyliezalo toľko sporoodetých chlapcov, že vistéria bola vždy opadaná a tehly vyšúchané!"

„Viete čo pani Cohenová?" od hnevu som sčervenela. „Choďte do riti. Už mám toho dosť. Vždy som k vám bola slušná, ale čo je veľa, to je veľa. Ale teraz sa mi už môžete strčiť do riti. Nuž choďte, choďte si radšej užiť vaše skvelé vínko a cassoulet a viete kde si môžete strčiť tú bagetu? Mužovi do zadku, nech si to s vami aspoň raz užije."

„Ako sa opovažujete!" Cohenová zvýšila hlas. „Trevor, počul si, ako sa so mnou rozpráva?"

„Samozrejme, že počul, je tu pri vašich nohách!"

„No, ja aspoň viem, ako si udržať chlapa!" vyprskla Cohenka.

„Tak dobre moja... a von na chodník... ja ti ukážem," ukazovákom som mierila von na ulicu.

„Okej, okej, okej dámy," Adam sa postavil medzi nás.

„Upokojte sa. Nikto nejde na chodník. Idem preparkovať pohrebák."

Adam si zobral kľúče a vyprevadil šomravých Cohenovcov k dverám, ktorými som po ich odchode treskla.

„Tá krava..." vydýchla som si.

„Coco, ty si moja hrdinka," pozerala na mňa udivená Meryl. „V našom Rotary klube je toľko ľudí, ktorým by som chcela povedať to, čo si práve povedala svojej susede!"

Adam sa vrátil asi o hodinu.

„Nebolo kde zaparkovať, musel som ísť až ku Chrisovmu starému domu. Nechal som ho tam."

Streda 28. marca

Ráno o deväť tridsať mi vyzváňal mobil. Bola som roztiahnutá skoro na celej posteli. Chudák Adam s Roccom sa chúlili v rohu bez periny.

„Dobré ránko, spachtoši, raňajky sú na stole o desať minút," prichádzal od dverí Merylin hlas. Zacítila som lahodnú vôňu grilovanej slaniny. To prebralo Adama a Rocca, obaja vykrúcali nosmi a pátrali, odkiaľ prichádza vôňa.

„Varené raňajky?" vytešoval sa Adam.

Keď sme prišli do kuchyne, Meryl si pospevovala pesničku, ktorú práve hrali na stanici Radio 2. Bola oblečená veľmi elegantne v bavlnenom tope, na ňom mala svetrík a vyžehlenú zásteru. Celé to doplnila perlovým náhrdelníkom. Vlasy mala kučeravé od natáčiek. Vo vysokej detskej stoličke sedel malý

Wilfred, ktorý veľkými modrými očiskami sledoval všetko, čo robila jeho mamina. Na stole bola nádherne naaranžovaná čajová porcelánová súprava, ovocie a džemy. Ešte aj maslo naaranžovala na tanier ako na gastronomickej výstave. Bolo to prosto pohladenie pre oči aj dušu :).

„Ešte raz vám prajem krásne ránečko. Čajík?" opýtala sa Meryl. Adam si vypýtal kávu.

„Máme iba čajíček. Zaliala som anglický PG čajík, ale môžem vám urobiť aj mätový. Ten je dobrý na tie vaše ubolené žalúdočky. Coco, ako sa má tvoj žalúdok dnes? Nemáš zápchu?"

„Nie. Kde ja kávovar?" bola som trochu zmätená.

„Zabalila som ho a odložila preč. Kofeín je pre tehotné mamičky veľmi zlý."

S Adamom sme sa usadili k stolu. Meryl nám naliala čaj a z malého skleneného krčahu pridala trochu mlieka.

„Kde je chlebník?" všimla som si, že kuchyňa bola zreorganizovaná.

„Pri toustovači."

„A kde je toustovač?"

„V zástrčke pri chladničke."

„Prečo je pri chladničke?" vtom cinkol toustovač a vyskočili z neho urobené toasty. Meryl ich vybrala a vložila do malej striebornej priehradky na toasty, ktorú som v živote nepoužila. Potom zobrala malý ručný vysávač a povysávala ním chlebové omrvinky. „Dala som ho sem, tu máš dve zástrčky, takže môžeš vysávať aj omrvinky," vysvetlila Meryl vytešene.

„Ty si presne ako Marta Stewart," uškrnul sa Adam.

„Ach, nie," nesúhlasila Meryl. „Mimochodom, ty máš s ňou viac spoločného ako ja. Aj ty si bol vo väzení ako ona."

Usmiala som sa na zamračeného Adama. Meryl sa zohla k rúre a vytiahla z nej dva vyhriate taniere s naaranžovanými anglickými raňajkami. Vyzerali úžasne. Fazuľky v šťave, volské oká, grilovaná anglická slanina.

„Máte niečo tmavé na pranie?" pokračovala v naštartovanom

dni a vyzliekla si zásteru. Hlavou sme zakývali, že nie ako dve malé deti.

„Nič červené? Nemáš na pranie červené nohavičky?"

„Nie. Moje červené nohavičky sú bezpečne uložené v šuplíku a čakajú na sexi príležitosť... niekedy v ďalekej budúcnosti," zasmiala som sa a rozosmiala som aj Meryl, ktorá išla pátrať po veciach na pranie. Myslím, že prehľadala celý dom.

„To robieva anglické raňajky každé ráno?" pýtal sa vytešene Adam.

„Áno."

„Wow."

„Nezvykaj si nato... zlato. Ja ti ich robievať nebudem."

„Ani ťa o to neprosím!"

Wilfred nás pozoroval a zrazu povedal: „červené nohavičky!"

Spomenula som si na nočný rozhovor s Chloe. Utekala som zapnúť počítač. Pozrela som na Amazon. Agentka Fergie je v predajnosti v predpredaji na mieste 65 970.

„Pre začiatok to nie je zlé," upokojoval ma Adam, keď si všimol výraz na mojej tvári.

„No ale ani dobré," nesúhlasila som. Skúsila som zavolať Angie, ale stále nemala na mňa čas. „Je zaneprázdnená," vysvetľovala mi Chloe.

Piatok 30. marca

Agentka Fergie – miesto v predajnosti 67 089.

Neviem, prečo je kniha tak nízko. Jednu som si kúpila ja, druhú Adam a Rosencrantz a Oscar, aj ich spolubývajúci Wayne kúpil jednu... Určite to malo vyšvihnúť knihu o dosť vyššie!

Meryl bola posledné dva dni extra aktívna. Upratala mi dom od podlahy až po strechu. Tak mi ho zorganizovala, ako som o tom doteraz čítala iba v časopisoch. Cestoviny mám v sklenej nádobe, štipce v bavlnenom vrecúšku a dokonca mám bavlnené vrecko aj na použité igelitové tašky. Asi by som to mala byť ja, kto si takto nádherne nachystá dom na nové bábätko? Ale čo sa s ňou budem hádať? Normálne zo mňa urobila lenivú kravu.

Sobota 31. marca

Agentka Fergie – miesto v predajnosti 71.480.

Ale mám ciťáka, že onedlho budem veľmi vysoko. Pred chvíľou volala Chloe. Budúci týždeň budem v telke! Zavolali ma do rannej šou „Dnes ráno", ktorú uvádza Philip Schofield s Holly Willoughby. Chloe tam niekoho pozná, tak ma pretlačila. Strašne sa teším!!!!!!!

Tony netelefonoval Meryl.

# APRÍL

Nedeľa 1. apríla

Dnešné ráno začalo krásne. Vstala som ulebedená na teplučkom mieste vedľa Adama. Cez pootvorené okno na nás dopadali slnečné lúče. Skvele som sa vyspala, ako už dávno nie, a cítila som sa dokonale odpočinutá. Rocco, uložený na chrbte s labkami vo vzduchu pochrapkával medzi mnou a Adamom. Ranná nevoľnosť sa stala len nepríjemnou myšlienkou na nedávnu minulosť. Cítila som sa plná života a elánu. Pomaly sa otvorili dvere. Wilfred v pyžame hanblivo nazrel dnu. Usmiala som sa na neho, čo ho osmelilo. Vbehol dnu. Zastal na Adamovej strane a pozoroval, ako spí. Potom sa načiahol a pohladil ho po nose a ústach. Adam sa ani nepohol.

„Dobré ránko," zašepkala som. Wilfred zodvihol svoju malú ručičku a zamával mi.

„Je mamička hore?" Wilfred smutne zakýval hlavou.

„Urobím ti raňajky?" Wilfred prikývol.

„Si hladný?" Wilfred opäť prikývol, natiahol sa k Adamovmu nočnému stolíku, zobral z neho pracovný formulár, ktorý mal Adam na jeden starý pohovor a začal si ho pchať do úst.

A takto som videla na vlastné oči, že Wilfred rád jedáva papier. Posledných pár dní som sa dokonca čudovala, že nám prestali chodiť letáky. Meryl mi povedala, že Wilfred ich jedol z rohože pod dverami, kde máme otvor na poštu. Záhada vyriešená! :)

„Nie, nie, nie. Poď, ideme si dať cereálie," vyťahovala som mu fomulár z úst. Zodvihla som ho a svojou malou riťkou sa usadil na moje rastúce brucho.

„Je to pohodlné?" usmiala som sa. Wilfred opäť kladne prikývol, ale tváril sa vážne.

Práve som robila čaj. Wilfred bol usadený vo svojej detskej stoličke. Do kuchyne vošla Meryl. Na sebe mala veľký hrubý župan. Pod očami je „vyskočili" veľké, tmavé kruhy a mokré vlasy mala prehodené dozadu. Bolo to totálne nemerylovské, veľký precedent! Meryl nikdy nevyjde z izby kým nie je dokonale nahodená s krásnym vyčesaným účesom a hlavne bez svojich perál. V ruke zvierala mobil a bolo vidieť, že plakala.

„Dobrá ráno," pozdravila som ju opatrne. „Máš chuť na čaj?"

Prikývla a zvalila sa na stoličku.

„Wilfred stále jedáva papier," snažila som sa nahodiť konverzáciu, ale Meryl bola myšlienkami niekde úplne inde.

„Ten starý slyzák," zasyčala. „Tony prijal pozvanie od Twelvetreesových."

„Kto sú Twel...vetr...eesoví?" ledva som sa vykoktala.

„Mark a Sandra Twelvetreesovci. Obaja sú v mestskej rade za konzervatívnu stranu a každý rok robia honosnú veľkonočnú vajcovú schovávačku. Vieš, po celej záhrade poschovávajú čokoládové vajcia a všetci po nich pátrajú. Je to skôr detská záležitosť, ale oni robia takú verziu pre dospelákov s bufetovými stolmi. Tony im hneď potvrdil účasť a berie so sebou Mai Ling. Tá čínska kurva!"

„Malý ťa môže počuť," utišovala som ju.

„Coco, ona má dvadsaťštyri rokov! Ako s ňou môžem súťažiť? To je vopred prehratý boj!"

Nikdy predtým som nevidela Meryl v takom hroznom stave. „Coco, viem, že ti môžem dôverovať. Potrebujem, aby si mi povedala pravdu... buď prosím úprimná."

„V poriadku, pokojne sa pýtaj." Meryl vstala, chrbtom sa otočila k Wilfredovi, zavrela oči, rozviazala župan a dokorán ho roztiahla. Pod županom bola úplne nahá!

„Povedz mi, čo si myslíš?" opýtala sa Meryl. Vtom vošiel do kuchyni Adam.

„Upssss...!" Adam zostal v šoku a rýchlo prižmúril oči. Meryl zajačala a rýchlo si zaviazala župan.

„Adam, preboha, čo tu robíš?" opýtala som sa ho.

„Čo tu robím? Ja by som chcel vedieť, čo tu ty robíš?"

Meryl sčervenela ako cvikla a ušla z kuchyne. „Je to prvý apríl?" opýtal sa zmätený.

„Adam, nebuď tĺk a postráž na chvíľu Wilfreda." Išla som za Meryl do hosťovskej izby. Zaklopala som na dvere a čakala na odpoveď.

„Choď preč," ozvala sa.

„Meryl, prosím ťa otvor..." Po chvíľke otvorila dvere. Vošla som dnu a sadla som si na kraj postele. Ona si sediac chrbtom ku mne prečesávala si vlasy. Nedokázala sa na seba pozrieť ani do zrkadla.

„Coco, tak sa hanbím, že by som chcela radšej zomrieť."

„Bola to len blbá zhoda náhod," upokojovala som ju. „Adam je pohoďák. Raz sa mu stalo, že vošiel na záchod, keď tam sedela Etela a to teda bolo... Vieš si predstaviť."

Meryl sa pousmiala.

„Prečo si sa v kuchyni predo mnou vyzliekla?"

„Coco, ja nemám priateľov ako máš ty... Mariku, Chrisa."

„Meryl, ja sa ale pred nimi nevyzliekam."

„Ale máte krásny vzťah, môžeš sa s nimi baviť o všetkom. Pozri na mňa. Som stará. Som sama. Vekom som prišla o peknú postavu. Som hlupaňa. Teraz, keď ma s Adamom hocikedy stretnete, budete vždy myslieť na to, ako som sa pred vami odhalila. Na moje nechutné telo..." Meryl začala plakať. „Som slobodná matka. Kto by ma už teraz chcel?"

„Meryl, Meryl, pozri na mňa." Otočila sa ku mne s krvavými uplakanými očami. Zhlboka som sa nadýchla, postavila som sa a rýchlo som roztvorila župan. Nič som pod ním nemala. Meryl zalapala po dychu.

„A teraz sme na tom rovnako," usmiala som sa a rýchlo si zaviazala župan. Meryl sa nestačila čudovať.

„Tvoje prsia...tie...tie...riadne prekvitajú," povedala Meryl, akoby som jej ukázala hyacinty na výstave kvetov.

„Ani tvoje nie sú najhoršie."

„Naozaj?"

„Áno, naozaj. Máš skvelú postavu, Meryl."

Otočila sa k zrkadlu a pozrela sa na seba. „A čo hovoríš na...?" zahryzla si do jazyka.

„Čo hovorím na čo?"

„Na moju...veď vieš, čo myslím...dolu, tam nižšie..."

„No, tam som sa veľmi nepozerala," teraz som sa začala cítiť trochu nepríjemne.

„Myslím, že mám, ako sa to povie? Veľké krovie?"

„Húšťavu."

„Áno, mám riadnu húšťavu. Coco, tvoja húšťava je pekne zostrihaná." Cítila som sa ako v záhradnom centre. „Majú to tak muži radšej?" opýtala sa Meryl.

„Meryl, najdôležitejšie je to, čo máš ty rada. Mysli na seba. Nerob nič, len preto, aby si sa páčila chlapovi. Čo sa páči Tonymu?"

„Keď sú vypnuté svetlá," povedala trpko. „No, ale teraz, keď si dáva čínu, som si istá, že izba je vysvietená ako Hong-Kong."

„Meryl, neplač, musíš sa dať trochu dokopy. Pozeraj vpred a nie vzad. Všetko bude v poriadku."

„Mám si dať vyhriať natáčky?" opýtala sa akčne.

„To nie je najhorší začiatok," prikývla som.

„Coco, nemohla by si sa opýtať Adama, čo si myslí? Keď ma

už videl v Evinom rúchu... Ale nepovedz mu, že som ti kázala opýtať sa ho. Zahraj to nejak tak, že ťa to zaujíma. A potom mi povedz pravdu, celú pravdu. Aj keby nebola príjemná. Sľúb mi to, prosím ťa."

Sľúbila som jej, že sa ho opýtam. Bol to asi najčudnejší sľub, aký som kedy dala, ale Meryl to upokojilo. Keď som odchádzala z izby, vyzerala podstatne šťastnejšie.

Vrátila som sa dolu k Adamovi. Práve kŕmil Wilfreda. Nakrájal mu banán s jablkom. Mne nachystal ovocné smoothie. Zozadu som ho objala.

„Čo, zlato?" opýtal sa podozrievavo.

„Chcem ti len poďakovať, za to, že si a za to, aký si. Spoľahlivý, zlatý, sexi..." Adam išiel nabrať na lyžičku ďalší banán, keď sa zrazu zasekol.

„Nechceš mi povedať, že ťa Meryl prehovorila na sex v trojke?!" bol trochu nervózny.

„Nie!"

„Chvalabohu Coco, lebo s tebou si ľudia robia, čo chcú."

„To nie je celkom pravda. Vlastne o to teraz nejde. Meryl sa cíti lepšie, je v pohode, všetko sme si vysvetlili."

Vtom zo schodov ako strela letela Meryl. V ruke držala mobil.

„Tony si zmenil status na Facebooku... zo ženatý na vo vzťahu... s Mai Ling Wong Fook!"

Pondelok 2. apríla

Agentka Fergie – miesto predajnosti na Amazon – 63.445.

Od Chloe mi prišiel e-mail v ktorom mi oznámila, že v rannej televíznej šou budem vo štvrtok. Auto ma vyzdvihne o ôsmej a odvezie ma do TV štúdií v londýnskom Waterloo.

A ak by to nebola dostatočne vzrušujúca informácia, Chloe

mi ešte oznámila, že mi vydavateľ vyplatil poslednú časť preddavku.

Uvedomila som si, že si nemám do telky čo obliecť. Môj „úžasný" viktoriánsky odev z pohrebu by bol asi trochu uletený na ranné vysielanie :). Zavolala som Rosencrantzovi. Ponúkol sa, že ma vezme na nákupy. O hodinu neskôr sme sa stretli pri východe metra na stanici Bond Street. S Rosencrantzom prišiel jeho spolubývajúci Wayne. Rosencrantz vyzeral veľmi „cool". Oblečený v ležérnom štýle, džínsy s pekným moderným pulóvrom. Vyzeral ako môj osobný stylista. Wayne bol na druhej strane oblečený trochu staromódne. Mal fialový oblek s vestičkou a bielou načačkanou košeľou.

„Dobrý, teta P," šermoval s rukami ovešanými zlatými prsteňmi. „Vyzeráte nádherne, elegantne, enceinte... po francúzsky to znamená tehotná."

„Ahojte chlapci," oboch som ich objala.

„Dovolil som si vám predvybrať zopár outfitov," povedal Wayne.

„Chce tým povedať, že si to bol omrknúť v ženskom oddelení v Selfridges, po ceste do McDonaldu," okomentoval ho Rosencrantz.

„Je to vtipný fešák, ale aj tak si nevie zohnať žiadnu hereckú rolu," Wayne uzemnil Rosencrantza.

„Veľmi sa mi páči tvoj oblek, Wayne. V ktorom múzeu si ho splašil?" nedal sa Rosencrantz.

„Milujem históriu, ty hajzlík," zapišťal Wayne.

„Chlapci, chlapci... buďte k sebe milí." Obaja sa ma chytili pod jednu pazuchu a spolu sme prechádzali cez Oxford Street. Wayne mi povedal, že práve pracuje ako parochňár v divadle Cambridge Theatre v muzikáli Chicago, ktorý je stále vypredaný.

„Teta P, nechceli by ste do telky parochňu? Viem, že si počas tehotenstva nemôžete farbiť vlasy," zastavil ma pred drogériou a začal sa mi hrabať vo vlasoch. Pozeral mi na vyrastené korienky.

„Mohol by som Vám zohnať hocijakú parochňu z Chicaga. Parochne Roxie Hart a Velma Kelly by boli asi trochu priveľa... ale mám aj jednu takú, že jahodový blond. Je skoro taká, ako vaše vlastné vlasy."

„Ďakujem za ponuku, ale zostanem pri svojich vlasoch. Chcem vyzerať elegantne, normálne a hlavne netehotne!"

Pomaly sme sa pohli ďalej.

„Vojvodkyňa z Cornwallu mala na sebe krásne číselko, keď si brala princa Charlesa. Mohli by sme to doplniť chutnučkým klobúčikom, vyrobeným z listov." Pozrela som na Wayna a on to myslel smrteľne vážne.

Konečne sme sa dostali k úžasnému obchodnému domu Selfridges. Wayne džentlmensky otvoril a podržal velikánske vchodové dvere.

„Prosím ťa, nedovoľ mu, aby zo mňa urobil Camillu," zahundrala som Rosencrantzovi.

„Neboj, videl som tu krásne veci. Nájdeme niečo pekné a elegantné," usmial sa Rosencrantz.

V tehotenstve mi obchody s oblečením veľmi nevoňajú. Necítim sa v nich dosť pohodlne. Myslím, že s mojím "väčším" telom som stratila aj sebavedomie. V Selfridges to platilo dvojnásobne. Mali tam toľko nádherných vecí a všetci ľudia v obchode boli krásni. Cítila som sa ako vo filme.

„Myslím, že by ste si mohli dať niečo cyklamenové. To bude nádherne ladiť s krásnymi striebornými vlasmi Phila Schofielda," navrhol Wayne v obchode. „Holly Willoughby si tiež vždy dá niečo výrazné a pútavé..."

„Určite nie cyklamenovú," oponoval Rosencrantz. Ja som sa popritom prehrabávala na vešiaku s veľkosťami čísla 10.

„Nič tu pre mňa nie je," začala som panikáriť. „Všetko je pre tínedžerky."

„Toto je chutnučké!" Wayne mal v ruke hodvábne šaty

s hlbokým výstrihom a bez ramienok. „Mohli by sme k tomu zladiť korunku."

Pozrela som na Rosencrantza.

„Wayne, zlato, bol by si taký láskavý a išiel kúpiť mama pomarančový džús? Myslím, že má nízku hladinu cukru..." poprosil ho Rosencrantz.

„Teta P, samozrejme. Dúfam, že sa cítite okej," Wayne sa potom promptne pobral kúpiť džús.

„Prečo si preboha so sebou priniesol Wayne?" opýtala som sa Rosencrantza.

„Mami, on ťa má veľmi rád. On každému vždy vraví aká si úžasná inšpirácia... Na budúci Halloween sa chce obliecť za teba."

Začala som namietať.

„Mami, ber to ako kompliment."

„Okej, okej... Ale čo si na seba dám?"

„Tak poďme nato. Myslím, že by si si mala dať čierne napasované nohavice alebo džínsy. Máš krásne chudé nohy, mali by sme na tom stavať. A ako top ti dáme toto."

Vytiahol blúzku v kráľovskej modrej farbe, s krásnym moderným strihom a trišťvrťovými rukávmi.

„Je to tehotenská blúzka, tak sa v nej tehotenské bruško krásne stratí. Necháš si rozopnutých zopár gombíkov, aby to vyzeralo nenútene. Vyberiem k tomu peknú, takú mohutnejšiu bižutériu a tieto topánky."

Rosencrantz podišiel k výkladu a zodvihol čierne kožené čižmy, ktoré vyzerali veľmi cool. Mali vysoké opätky posiate zlatými špicákmi. Boli také rihannovské.

„Také vysoké? Ledva udržím balans v teniskách," okomentovala som výšku opätku.

„Nemusíš ich nosiť, môžeš si ich obuť až keď sa usadíš v štúdiu na gauči. Dodajú ti sexepíl."

Nebola som si tým istá, ale našli sme skúšobnú kabínku a všetko som si hodila na seba. Kvôli balansu som sa musela pridržiavať steny, ale musela som uznať, že v Rosencrantzovom outfite aj s vysokými čižmami som vyzerala skvele.

„Mami, rozpusti si vlasy."

Spustila som si vlasy, trochu ich roztrapatila a pozrela som sa do zrkadla.

„Bože môj, vyzerám, vyzerám..."

„Mami vyzeráš hrozne cool, sexi a mlado," okomentoval ma vytešený Rosencrantz.

„Ďakujem, zlato." Išla som ho objať, ale rýchlo som sa musela chytiť závesu, aby som nespadla. „Myslíš, že to v týchto čižmách zvládnem?"

„Mami, budeš sedieť na gauči. Bude to okej."

Wayne sa vrátil s pomarančovým džúsom a silene musel uznať, že môj outfit vyzeral skvele. Keď mi všetko nahodili do pokladne, vyšlo to na 400 libier! To je v poriadku, neboj Coco, pomyslela som si, Adam má už prácu.

Po nákupoch som pozvala chalanov na drink do baru v Selfridges. Nič nie je lepšie, ako ukončiť skvelý nákup skvelým drinkom. Vždy som to tak mala rada. Objednali sme si koktejly, ja samozrejme nealkoholický.

„Na čo sa ešte chystáš minúť preddavok za knihu?" opýtal sa Rosencrantz.

„Potrebujeme auto, čo nás bude asi stáť zvyšok môjho preddavku."

„Juj, teta P, poznám niekoho, kto predáva auto!" povedal Wayne. „Je sexi, napoly Grék, napoly Londýnčan. Robí pre naše divadlo rekvizity. Za auto nepýta veľa, chce ho rýchlo predať."

Opýtala som sa Wayne, aké auto predáva.

„Modré," znela jeho odpoveď.

„Potrebujem viac informácií, Wayne."

„Je pekné, malé, modré, taký odtieň, ako sú Oscarove plavky," opisoval Wayne a hral sa s kokteilovým dáždnikom vo svojom Sex on the beach drinku.

„Aké modré?" opýtal sa Rosencrantz

„Tmavšie modré, tie čo mal minulý rok na dovolenke pri mori."

„Hej, hej to bola krásna modrá," súhlasil Rosencrantz.

„Mami, mala by si to auto určite kúpiť."

Vďaka bohu za gejov, nikto to s módou nevie lepšie, ako oni, pomyslela som si. Ale čo sa týka áut, to je pre nich jedna veľká španielska dedina. Keď som prišla domov, obliekla som sa do nových vecí, aby ma si ma obzrel aj Adam.

„Zlato, vyzeráš úžasne," povedal Adam s iskrou v oku.

„Hlavne tie čižmy sú fakt riadne sexi. Mala by si si všetko vyzliecť...okrem čižiem," usmial sa na mňa Adam a žmurkol.

„Neskôr," potom som mu povedala o chalaniskovi, čo predáva auto. Zavolala som na číslo ktoré mi dal Wayne. Z mobilu sa ozval mladý chalan. Hneď mi povedal, že predáva Ford Ka, ktorý má najazdených iba 15.000 míľ.

„Zajtra o tretej budem v divadle, tak pokojne príďte. Budem parkovať pred divadlom, mám parkovaciu kartu."

„Môžeme v ňom ísť na testovaciu jazdu?" opýtala som sa.

„Jasnačka, bez problémov."

„Dúfam, že to nie je nejaký prefíkanec," povedala som po ukončení hovoru.

„Aj tak by sme to mali ísť pozrieť a uvidíme," povedal Adam.

Vtom mi zazvonil mobil. Bola to producentka z programu „Dobré ráno". Položila mi zopár otázok o Agentke Fergie a Adamovi.

„Nebudeme sa veľmi „šťúrať" v jeho odsúdení a väzenskom živote, ale pridá to na zaujímavosti rozhovoru," povedala. „Philip Schofield je vašim veľkým fanúšikom, čítal obidve vaše knihy."

Po telefonáte som zostala hrozne vytešená. Telom mi začal prúdiť adrenalín!

Utorok 3. apríla

Agentka Fergie sa vyšplhala v predajnosti na Amazone na pozíciu 23.450! Ktohovie, ako vysoko sa vyšplhá po rannej šou. „Dnes ráno" sleduje niekoľko miliónov divákov!

Dnes sme boli pozrieť auto. S Waynom sme stáli pred divadlom, keď pri nás zastavil malý Ford Ka. Vystúpil z neho (s veľkými ťažkosťami) obrovitánsky, svalnatý Grék a podal nám ruku. Určite mal niečo cez 210 centimetrov.

„Toto je Atlas." predstavil ho Wayne. Obdivne si ho premeriaval.

„Teší ma, chlape, dáma," pozdravil sa Atlas. Bol taký vysoký, že zatienil aj Adama. Modrá Fordka vyzerala ako nová. Bola vyleštená, kolesá vo výbornom stave, vnútro v skvelej kondícii.

„Prečo ho predávaš?" pozrela som na Atlasa.

„Veľmi som naň vyrástol. Keď som ho kúpil, bol som drobec. Potom som za rok vyrástol ako z vody a teraz sa do neho ledva zmestím." Otvoril mi dvere pri šoférovi, vhupla som dnu. Adam si sadol za volant.

„Minulý rok mal Atlas len niečo cez 160 centimetrov. Potom nás všetkých v divadle prerástol, aj o niekoľko hláv," vravel Wayne.

„Ledva si v ňom poskladám nohy," Atlas sa chytil za kolená. Potom sa spolu s Waynom nasadali na zadné sedačky a vyštartovali sme na testovaciu jazdu po West Ende.

„Ide pekne. Nie? Ako moja manželka!" zarehotal sa Atlas. Z úst mu trčali zuby v katastrofálnom stave. Wayne pri zmienke manželky zostal úplne vykoľajený. Zošpúlil pery.

„Vydáva krásny zvuk. Nie?" pokračoval Atlas. Prestrčil sa pomedzi sedačky a zapol rádio. Vzadu pod oknom sa rozsvietili farebné reproduktory, z ktorých zvuk zaplnil celé auto.

„Milé. Nie?" usmial sa Atlas. Vibrácie hlasnej hudby mi prešli rovno do žalúdka. Ako keď zastanete na semafore a tĺk vedľa vás má rádio na plné gule. Atlas si všimol, ako som sa zaksichtila a rýchlo ho vypol.

„Všetko je v cene. Do nového auta si kúpim ešte silnejšú výbavu."

Po jazde sme sa vrátili k divadlu a povedali sme Atlasovi a Waynovi, že sa s Adamom potrebujeme o aute porozprávať. Prešli sme dole na ulicu The Strand, kde sme sa usadili pri okne v kaviarni Starbucks. Obaja sme si objednali café latte.

„Ja si myslím, že by sme ho mali kúpiť," povedal Adam. „Je vo výbornom stave. Je skoro zadarmo."

„A je v ňom miesto pre detskú sedačku," prikývla som. Obom nám takmer naraz cinkli mobily. Mne prišla správa z televízie ITV, potvrdenie odvozu vo štvrtok o 8.15. Adamovi prišla správa, že v pondelok 16-teho môže nastúpiť do práce!

Spokojne sme sa opreli o stoličky a užívali si výhľad. Pred nami sa premieľali červené poschodové autobusy, ľudia rozbehnutí na sto strán... Londýn žil...

„Presne pred rokom sme tu takto sedeli. Pamätáš?" opýtala som sa Adama.

„Preboha, máš pravdu. Čelil som vtedy súdu."

„Vtedy som ti povedala, že všetko bude v poriadku," usmiala som sa na Adama. On ma pobozkal.

„Slečna všetkoviem, dopite kávu a poďme si kúpiť auto."

Na aute sme sa dohodli pri obrubníku. Adam s Atlasom vybavili všetko v aute. Vypísal mu šek, vyplnil papierovačky...

„Dávajte si na ceste pozor," usmial sa Atlas a Adamovi podal papiere od auta spolu s kľúčmi. Potom sa pobral smerom na vlakovú stanicu Charing Cross.

„Je šťastne ženatý, však..." opýtal sa zadumaný Wayne.

„Myslím, že áno," povedala som mu a pohladila ho po vlasoch. Nakoniec sme sa rozlúčili a my sme odfrčali domov v novom aute.

Keď sme prišli domov, čakala nás Meryl, nahodená do

večerných ligotavých šiat. V ruke držala listovú kabelku. Vyzerala, že ide na večeru s kapitánom kráľovskej lode QE2.

„Coco, beriem ťa na babskú jazdu," privítala nás. Pozrela som na Adama.

„Iba mňa?" opýtala som sa zmätene.

„Áno, vravela si, že si mám trochu vyraziť medzi ľudí. Takže chcem vyraziť medzi ľudí... s tebou..."

„Nemôžem, Meryl."

„Prečo nie?"

„Som unavená a..."

„Coco, ale poď... očakávaš bábätko. Potom sa už medzi ľudí len tak nedostaneš. Určite niekoľko rokov... Toľko veľa som počula o vašich „výjazdoch" s Chrisom a Marikou. Nenechaj sa prosiť a poď. Poďme to roztočiť!"

Nevedela som si predstaviť, ako by to mohla Meryl roztočiť... Možno ešte kolotoč, ale seba?"

„Prosím, Coco. Som tu v klietke, ďaleko od domova... Poďme sa zabaviť."

„Postarám sa o Wilfreda," usmial sa Adam. Vtom momente som ho chcela zabiť. Skutočne!

„Okej," nakoniec som súhlasila. Myslela som, že večer s Meryl skončí najneskôr okolo pol deviatej. Spomenula som si na Rosencrantzove rady pri obliekaní... čo ma zužuje... Vybrala som si pekné oblečko (nižšie lodičky), hodila si sprchu a bola som pripravená.

Keď som prišla dolu, Meryl práve dopíjala sladké sherry a ospravedlňovala sa Adamovi. Wilfred mu zjedol tri strany z jeho pánskeho časopisu GQ.

„Coco nevyzeráme spolu nejako čudne?" Meryl si ma premerala od hlavy až k päte. „Nemáš niečo elegantnejšie?"

„Žiadne z mojich večerných šiat mi nepasujú." Adamovi som pošepkala, že nebudeme dlho a s Meryl sme sa vybrali smerom na pešiu v Marylebone, kde je väčšia šanca zohnať taxík.

„Ideme do nejakého baru v Covent Garden?" opýtala som sa jej.

„Áno, prosím!" oči sa jej zväčšili ako malému dievčatku, keď dostane prvý raz bábiku. „Chcem robiť presne to isté, čo robievate s Marikou a Chrisom."

Pomaly sa zotmelo. Taxík nás vyložil pri kráľovskej opere v Covent Garden.

„Pozri na tých nudákov," Meryl prstom ukazovala na rad pred operou. Čakali v nej muži vo frakoch a ženy v podobných večerných róbach, akú mala sama na sebe.

Prechádzali sme námestím a Meryl vhupla do prvého baru, ktorý bol po ceste.

„Poď Coco, prvé kolo je na mňa," vytešená ma volala dnu. Bar nebol veľmi plný, bolo ešte priskoro. Meryl si položila kabelku na barový pult. Hneď k nej prišiel mladý a fešný barman.

„Ja si dám pomarančový džús," poprosila som.

„Je tehotná, ale ja nie! Ja si môžem dať do tela," zarehotala sa Meryl. „Dám si malý Emva cream."

„Čo prosím?" nerozumel jej barman. Na pere mal piercing a oči mal zvýraznené čiernou linkou.

„Emva cream sherry?" opakovala Meryl.

„To som ešte nepočul. Nepoznám to," ospravedlnil sa barman.

„Máte Bristol cream sherry? Woodpecker cider? Dubonnet?" Barman pri všetkých kývol záporne. Meryl si pripadala, akoby priletela z inej planéty.

„Som strašne staromódna," pošepkala mi a do očí sa jej tlačili slzy.

„Okej, okej. Dáme si dva cosmopolitany, jeden urobte bez alkoholu. A na ten džús zabudnite."

Barman sa hneď pustil do miešania drinkov.

„Dáme si dva cosmopolitany, jeden urobte bez alkoholu. A na ten džús zabudnite," zopakovala Meryl, aby si vyskúšala, ako sa to robí. „Si tak moderná, vieš čo a ako..." povedala mi Meryl zasnívane a sledovala barmana, ako prehadzuje shaker a potom nalieva kokteily. Mal vypracované ruky a keď mu Meryl zaplatila, tak na ňu žmurkol.

„Myslíš, že by so mnou chcel mať sexuálny kontakt?" opýtala sa ma smrteľne vážne.

„Prosím?" skoro mi zabehlo.

„No ten mladý barman. Je celkom sexi," sčervenela Meryl.

„Na tvojom mieste by som si dávala pozor na drink. Ešte si si len cucla a už silne zaberá. Meryl vybrala z kabelky mobil a vytočila číslo.

„Že ma to neprekvapuje. Nezdvíha!" počkala si, kým ju to presmerovala na odkazovač. „Ahoj Tony. To som len ja. Som v Londýne v bare Allbaróne," snažila sa to vysloviť s talianskym prízvukom. Nemala som to srdce povedať jej, že bar sa vola All Bar One.

„Popíjam si tu Cosmopolitan, ktorý mi namiešal veľmi chutný a sexi barman, ktorý na mňa žmurkol... Noc je ešte mladá, možno s ním budem mať aj sex. Ktoho vie?!" ukončila odkaz s veľkým úsmevom na tvári.

Chvíľu sme potom pozorovali ľudí. Meryl si predstavovala aký „sexuálny kontakt" by mohla mať s rôznymi mužmi. Musela som utekať na záchod.

Keď som sa vrátila, Meryl stála pri bare. Objednala mi ďalší nealkoholický Cosmopolitan a pred sebou mala tácku s niekoľkými štamprlíkmi (pre seba).

„Prišli sme o stôl," všimla som si párik, ktorý sa práve usádzal k stolu pri okne, kde sme sedeli predtým my s Meryl. Bar bol zrazu preplnený.

„Toto je Luke," Meryl mi predstavila fešného barmana. On je Emu!"

„Emo," opravil ju Luke.

„Prepáč... Emo. Luke my vysvetlil, čo to Emo je, ešte som to predtým nepočula. Emov netrápi čo si ľudia myslia, páči sa im cool kapela, aj keby nebola na MTV a dajú šancu všetkému a všetkým, aby pochopili význam vecí predtým, ako si urobia úsudok," dokončila jedným dychom Meryl. „A má na zadku tetovačku!" žmurkla na mňa Meryl.

„Na riti mám škorpióna," uškrnul sa barman.

„Dúfam, že ma nepoštípe," zarehotala sa Meryl.

„Ak budeš tou šťastnou ženou, tak možno...! Dávaj si pozor..." žmurkol na ňu Luke a išiel obslúžiť ďalšieho zákazníka.

„Meryl, preboha, čo to robíš?"

„Coco, užívam si. Pridaj sa ku mne!"

Meryl stiahla tri poldecáky.

„Brrrr... to teda nie je Emva cream sherry!" zatriasla sa. Až vtedy mi došlo, ako vážne to myslela Meryl s tým „vyrazením si" medzi ľudí.

Streda 4. apríla

Adam ma zobudil so šálkou bezkofeínovej kávy. Spálňa bola zaliata slnečnými lúčmi.

„Koľko je hodín?" opýtala som sa.

„Niečo po dvanástej. O koľkej si prišla domov?"

„O pol tretej," zívla som.

„Pila si?"

„Ani kvapku. Ale asi som mala."

„Nevravela si, že s Meryl budete do pol desiatej doma?"

„Musela som na ňu dávať pozor. Bola riadna divoška."

Adamovi som porozprávala, ako sme zostali v All Bar One až do záverečnej a potom ma Meryl so sebou stiahla do karaoke baru, kam išiel aj barman Luke so svojimi kamarátmi.

„Nepovedz mi, že Meryl spievala," zvedavo sa opýtal Adam.

„Áno a keby len jednu pesničku," prevrátila som očami.

„Vie spievať?"

„Nie. Ale jej verziu piesne Lika A Virgin od Madonny mám

zarytú v hlave veľmi hlboko. Spievala ju, ako nadržaná šestnásťročná tínedžerka, ktorá sa chystá prísť o panenstvo."

Keď som dopila kávu, vyšli sme s Adamom na chodbu. Mali sme namierené dolu do kuchyne. Adam zastal pred hosťovskou izbou.

„Pssst!" zasyčal Adam s ukazovákom na perách. Počula som Merylin rozkokošený hlas a potom aj mužský hlas, ktorý niečo šepotal. Meryl vybuchla do hysterického smiechu.

„Priniesla si v noci niekoho domov?" opýtal sa zhrozený Adam po tichu.

„Nie, prišli sme domov samé. Nie je to Wilfred?"

Adam na mňa zazrel.

„Máš taký dojem, že ten hlas znie ako hlas dvojročného decka?" opýtal sa sarkasticky. Potiahla som ho za ruku a zišli sme dolu.

„Nemôžeme jej len tak vtrhnúť do izby," vravela som, keď sme dorazili do kuchyne.

„Prečo nie? Je to náš dom," nesúhlasil Adam.

„Je našim hosťom."

„A preto sa mala najprv opýtať, či si sem môže dovliecť nejakého čudáka na jednorazovú šukačku."

„Som si istá, že si ho preverila a, že to asi nebude nejaký čudák z ulice... Kde je Wilfred?"

„Pozerá rozprávku," povedal Adam.

Prešli sme do obývačky, kde bol Wilfred uložený v Roccovom pelechu a objímal ho. Spolu pozerali telku.

„Zlatko, si v poriadku?" opýtala som sa Wilfreda.

„Dobuý havko, hav, hav," vyšlo z Wilfreda a ešte viac sa pritúlil k Roccovi.

„Prečo je v pelechu?"

„Nikde inde sa nechcel uložiť. Celé ráno som ho naháňal, aby nezjedol kotúč záchodového papiera..."

„Myslíš, že ho tam môžeme nechať?"

„Je tam okej. Rocco ho miluje," upokojoval ma Adam.

Rocco si spokojne vydýchol a zavrel očká.

„Možno sa to nebude páčiť Meryl, že sme jej syna nechali v psom pelechu."

„Myslím, že Meryl nemá nejaký veľký nárok na mudrovanie. Je hore v našej hosťovskej izbe a robí tam bohviečo... A vieš čo, idem hore a vyhodím toho chlapa von," povedal naštartovaný Adam.

„Nie! Prečo si zrazu taký morálny?" pozrela som na neho.

„No, neviem. Ona s Tonym boli taký dokonalý pár, totálne na život a na smrť. Ak oni nedokážu prežiť manželstvo, akú šancu má potom zvyšok sveta? A my?"

Na vchodových dverách začal niekto vybuchovať ako blázon a zvonček neprestával zvoniť ako pri veľkonočnej omše z Vatikánu... Pred dverami stála Etela v priesvitnom pršiplášti.

„De je?" opýtala sa s rozohnenými očami.

„Myslíš Meryl?" nechápala som.

„Určite je v hostovskej izbe. Nééé? Je ešte v posteli? Vyvádza tam šakovaké nechutnosti. Šak?!"

„Spí," oklamala som.

„To si teda pozrem!" Etela sa medzi nás pretlačila a vyrútila sa hore schodmi.

„Etela! Počkaj!" kričala som. Utekali sme za ňou. Započuli sme Meryline výkriky a potom veľa kriku. Ked sme prišli k hosťovskej izbe, dvere boli otvorené dokorán. Meryl ležala v posteli a perinou sa zakrývala až po bradu. Etela stála nad ňou. Barman Luke v slipoch sa snažil obliecť si nohavice. Ruky sa mu triasli, akoby videl ducha. Mal krásne vyšportované telo. Samé svaly a nádhernú olivovú pokožku. Na sekundu som sa stratila vo vlastných myšlienkach a rozmýšľala, ako Meryl dokázala zviesť takého sexoša."

„Volal mi tvoj manžel," kričala Etela. „Povedala ti henta, že je vydaná?"

Luke zostal prekvapený. Zazipsoval si rifle a obliekol si tričko. Etela rozostrela závesy. Izba sa rozjasnila.

„Mama, prosím ťa!" zastonala Meryl. Luke si zodvihol svoj kožák a prešiel k dverám. Adam vystrel ruku a zastavil ho. Luke rýchlo podliezol a vytratil sa na schodoch. O pár sekúnd sme počuli, ako sa zabuchli dvere.

„A teraz ma očúvaj moja," povedala Etela stojac nad Meryl. „Nevychovala sem ta tak, aby si obíhala krčmi a robila ze seba štetku...nosila domov nejakých tulákov, zablúdilcov. Je to nechutné! A o tebe som si myslela néčo lepšé, Coco. Sklamalas ma."

„Keď sme sa vrátili, bola sama," bránila som sa.

„A jak sem si ta zastávala predtým Tonym. Já krava. Volal mi, že si to rozdávaš s nejakým barmanem v talánskem bare Allbaróne."

„All Bar One," opravila som ju.

„Tony vravel, že si na Facebook capla fotku, jak sa lepíš na toho mladého!"

„To len preto, že on dal na Facebook fotku s tou Mai Ling, ako sú na večeri v reštaurácii Harvester. V našej reštaurácii," zakričala Meryl.

„Vraveu že to bola pracovná večera. Že otec téj Čínanky mu predáva truhly!" Etela vydýchla.

„A ty veríš radšej Tonymu ako tvojej dcére?" opýtala sa Meryl.

Hádka ešte pokračovala. Meryl povedala Etele, že v živote veľa vymeškala, a že ju Etela donútila vydať sa za Tonyho proti jej vôli.

„Tony bol nékto! Keby sa jedná o mna, dala by som šecko za to, aby sem si nékoho jak Tony zebrala. Dala by som za neho aj vlastné zuby... aj oko. Koho lepšého sem ti mohla vybrat jak majitela pohrebníctva, kerý má ešte vlastné vlasy? Na smrti sa dobre zarába, moja. Čo vác si mohla dostat od života?"

„Chcela som si užiť život ako Coco!" zavzdychala Meryl.

„Božík mój najdrahší, ked pomyslím na to, že sem vychovala dvoch kurevníkov!" Etela zagúľala očami.

„Mama, veľmi dobre viem, že si ma čakala dávno predtým, ako si sa vydala!" zakričala Meryl. „Viem, že ťa tvoje otec poslal do Škótska, ako sa to vtedy robilo, aby nikto nevidel, že ti rastie brucho!"

Etela jej dala facku. Meryl to hodilo naspäť do ležiacej polohy.

„Prestaňte!" zajačala som.

„A stačilo!" zakričal Adam. „Rozčuľujete moju ženu a v mojom dome sa nikto fackať nebude!"

„Nevedela sem, že to je tvój dom," provokovala Etela.

„Tak dobre. Vypadni!" Adam zvýšil hlas. „Etela, stačilo. Vypadni!"

„S tebou sem ešte neskončila, moja zlatá," Etela varovala Meryl. Nahodila si kapucu pršiplášťa a nehnevane odpochodovala dolu k dverám, ktoré za sebou nahnevane tresla.

„Adam, ďakujem," ozvala sa Meryl.

„Aj s tebou mi veľmi rýchlo dochádza trpezlivosť, Meryl. Musíš si nájsť nové ubytovanie. A to veľmi rýchlo. Moja žena je tehotná a podobné situácie by nemala vôbec riešiť. Potrebuje ticho a pokoj. Ona je príliš dobrá nato, aby ti povedala, že musíš ísť, tak ti to hovorím ja." Adam dohovoril a odišiel z izby. Meryl zaliali slzy. Podala som jej vreckovku.

„Luke vo mne rozohnil iskry, ktoré som ani nevedela, že v sebe mám," povedala Meryl.

„Kedy sem prišiel?" sadla som si na kraj postele.

„Chvíľku po tom, ako si zaspala, sa vyštveral po vistérii k oknu. Bolo to tak romantické."

„Dala si si pozor?"

„Mali sme..."

„Meryl, preboha, pokojne povedz slovo kondóm."

„Coco, on bol taký mužný a tvrdý... A také veci so mnou robil.... Predtým som o nich iba čítala v ženských časopisoch, kde ich opísali ako obscénne. Ale Luke zo mňa nachvíľu urobil ženu..."

„Okej, viac detailov nepotrebujem," postavila som sa.

„Myslím, že teraz musím asi na všetko zabudnúť. Však? A byť tou starou Meryl," povedala smutne. „Ale Allbaróne mi vždy zostane v spomienkach. Nikto mi to nemôže vziať."

Pohladila som jej ruku a odišla som z izby. Išla som si napustiť vaňu. Keď som sa už máčala v horúcej vode, do kúpeľni vošiel Adam a na tvári mal čudný výraz.

„Coco, zvonil ti mobil, tak som ho zodvihol. Volal ti producent z „Dnes ráno".

„A?"

„Zrušili ten rozhovor s tebou."

„Vážne?" preložila som si ruky cez seba. Zlá správa je ešte horšia, keď ste nahá vo vani. „Povedali prečo?"

„Áno..."

„No...prečo?"

Adam na chvíľu stíchol. „Namiesto teba zavolali Reginu Battenbergovú. Zlato, je mi to ľúto."

„Bez tej telky to môžem zabaliť. Vďaka tomu sa mala vyšvihnúť predajnosť mojej novej knihy. Načo Battenbergová potrebuje publicitu?!" Vyliezla som z vane, zabalila sa do uteráku a zavolala Angie. Zodvihla mi Chloe.

„Práve som sa dozvedela, že ma zrušili v telke."

„Áno, je mi ľúto, že si sa to musela dozvedieť od producenta. Práve som ti chcela volať," ospravedlnila sa Chloe.

„Prečo?"

„Vieš, moja kamarátka je producentkou „Dnes ráno" a keď zistila, že mama teraz zastupuje aj Reginu, rozhodli sa pre rozhovor o víne. Ty si teraz tehotná, ona nie a ona píše knihy o víne." Vysvetlila mi Chloe.

„Coco, ver mi, robím všetko preto, aby som zohnala médiá na odpromovanie tvojej knihy."

„A Angie? Nie je náhodou aj ona mojou agentkou?"

„Samozrejme, že je."

„Mohla by som s ňou hovoriť?" poprosila som ju.

„Momentálne tu nie je."

„Kde je?"

„Je s Reginou v Soho v Groucho klube..."

„Aj som si myslela, že bude niekde s Reginou," povedala som sklesnutým hlasom. „Prosím ťa, povedz jej, nech mi zavolá." Chloe mi sľúbila, že jej odovzdá odkaz a zavesila.

## Štvrtok 5. apríla

Agentka Fergie klesla na Amazone na miesto 108 984. Angie sa neozýva. Možno som len nanič spisovateľka. Meryl je odvčera v posteli. Vyplakáva za svojou stratenou mladosťou a manželstvom. Stratila chuť na všetko, vrátane života a Wilfreda. Na sekundu bola vytešená... volal Tony, ale chcel iba vedieť, ako dlho sa má variť ryža.

„Kvôli tomu mi voláš?" Meryl hučala do telefónu. „Nemala by Mai Ling vedieť, ako variť ryžu? Krista Pána, je Číňanka a jej predkovia mali ryžové plantáže, tak prečo voláš mne?" hodila slúchadlo a ušla hore do izby.

Adam mi vravel, aby som nepozerala „Dnes ráno" s Reginou Battenbergovou. Vraj z toho budem zdeprimovaná. Takže dnes ráno okolo 10.30, keď bežal program, sedeli sme v obývačke s vypnutou telkou a snažili sme sa „stratiť" v novinách.

„Asi už bude v telke," pozerala som nervózne na čiernu obrazovku.

„Akoby ti pozeranie na ňu pomohlo, však?" opýtal sa Adam. Vrátili sme sa k svojim novinám.

Zrazu sa zhora začala ozývať hlasne zvučka programu „Dnes ráno". Meryl má v izbe prenosnú telku. Potom sme počuli ako Phillip Schofield predstavuje Reginu Battenbergovú.

Adam vyletel zo sedačky a utekal za Meryl. Prikázal jej, aby stíšila televízor. O chvíľu sa zvuk úplne vytratil a Adam sa vrátil dolu.

„Videl si ju? Čo mala na sebe?" vypytovala som sa.

„Pyžamo."

„Nie Meryl, Regina!"

„Nevidel som ju."

Prešlo niekoľko minút.

„Toto je mučenie," dupla som si. „Idem to pozerať." Schmatla som ovládač. Hneď som ju aj položila. „Nie, nebudem... Budem... Nie, nebudem."

„Ideme sa poprechádzať?" navrhol Adam. Prikývla som. Vstali sme a vtom začala Meryl kričať, aby sme utekali k nej do izby. Bežali sme hore a vpálili do jej izby.

„Pozrite!" Meryl kričala. Prstom ukazovala na televízor, ktorý bol na skrini pred posteľou. „V štúdiu je chaos!"

Televízny rozhovor s Reginou sa skutočne zmenil na mega chaos. Pippin vyletel na Phillipa Schofielda, s malinkými ostrými zubami sa mu zahryzol do ucha a nechcel ho pustiť. Moderátorka Holly Willougbyová stála vystrašená v pozore vedľa Phillipa, vyhladzovala si svoju blonďavú hrivu a pozerala mimo kamery. Snažila sa naznačiť, aby prišiel na pomoc niekto z produkcie. Regina stála nad Phillipom, Pippina držala za zadok a snažila sa ho oddeliť od Phillipovho ucha.

„Pippin! Poslúchaj mamičku," povedala mu Regina. „On si chudáčik myslí, že to slúchadlo vo vašom uchu je malá šedivá myška," ospravedlňovala ho.

Kameraman točil priblížené zábery rozdivočeného Pippina. Oči mal úplne desivo zúrivé.

„Dajte ho niekto zo mňa dole!" kričal Phillip Schofield. Z ucha sa mu do prešedivených upravených vlasov liala krv.

„Stavím sa, že ste tu nemali toľko vzrúša odvtedy, čo tu bola Madonna?!" Regina sa snažila odľahčiť situáciu. Kameraman prešiel na Holly, ktorá celá vykoľajená oznámila reklamnú prestávku.

„Mali tam mať teba, Coco. Ty by si sa Phillipovi do ucha určite nezahryzla," povedala Meryl s veľkou vážnosťou.

Keď sa program vrátil na obrazovky, v štúdiu chýbala Regina s Pippinom a taktiež Phillip Schofield, ktorého previezli do najbližšej nemocnice.

Piatok 6. apríla

Agentka Fergie klesla ešte nižšie, je teraz v poradí 140 458.
No a Reginina kniha !Čas na víno", ktorá vyšla takmer pred rokom sa vrátila medzi bestsellery do TOP 2O!
Cítim sa, akoby som bola lapená vo veľkej pavučine, z ktorej nie je úniku. Kamkoľvek sa pozriem, je Regina Battenbergová.
Keď som si bola ráno kúpiť noviny, Regina bola vďaka televíznej katastrofe na každej jednej titulke.
Titulky novín boli nasledovné:
The Sun – Battenbergová kráľovná chaosu! (Pod titulkou bola fotka Pippina zahryznutého do Phillipovho ucha)
The Express – Útok na miláčika národa!
The Mirror – Utratiť Pippina!
Z novinového stánku som odchádzala znechutená. Keď som sa vrátila domov, pred mojím počítačom sedela Meryl.
„Coco, pozri. Pridala som sa do prvej facebookovej skupiny," oznámila mi.
Skupina „Zachráňte Pippina". Majú vyše desať isíc členov a rýchlo im pribúdajú noví.
„Nejaký novinár z The Mirror vyzýva, aby Pippina utratili," vravela Meryl.
„Videla som. Nechcem o tom hovoriť."
„Ty nechceš zachrániť Pippina?" opýtala sa ma Meryl.
„Neutratia ho," povedala som jej.
„Ak sa k nám pripojíš, tak ho určite neutratia," presviedčala

ma. „Pozri, nemusíš nič robiť. Povedz mi svoje facebookové heslo a ja ťa prihlásim a pripojím do skupiny."

„Nie, ďakujem."

„Iba mi povedz svoje heslo a ja sa o zvyšok postarám."

„Nie Meryl!"

„Coco, preboha, podpor Pippina."

Niečo sa vo mne preplo a nasledujúcich desať minút som revala na Meryl a poúčala ju o tom, že akcia Pippin je jedna veľká nafúknutá mediálna bublina, a že keď chce podporovať celú frašku, nech ide radšej domov do Milton Keynes a nech si radšej zachráni manželstvo. Potom som šla hore a zamkla som sa do kúpeľne.

O chvíľu niekto zaklopal na dvere. Pred dverami stála Meryl nahodená v kabáte a na rukách mala Wilfreda.

„Drahá Coco, som na odchode."

Za ňou stál Adam.

„Nevyzeráš vo svojej koži," pokračovala Meryl.

„Som v poriadku."

„Dobre. Adam si myslí, že potrebuješ trochu nerušeného priestoru a vzduchu... Dohodla som sa s Danielom. Zostanem u neho v Hampsteade. Jennifer je na hudobnom turné, tak mu budem vyvárať a aspoň strávime spolu nejaký čas. Budem pre niekoho užitočná."

„Okej."

„Za všetko vám veľmi pekne ďakujem a dúfam, že sa budeš čoskoro cítiť oveľa lepšie."

Objala som ju a Adam ju aj s Wilfredom odviezol k pohrebnému autu zaparkovanému pred Chrisovým starým domom.

## Nedeľa 8. apríla

Agentka Fergie neustále klesá – miesto 167 958.
Čas na víno je v TOP 10 – miesto 7

Dnešné ráno bolo krásne. Práve som pozerala von cez kuchynské okno, keď za mnou odzadu prišiel Adam.

„Zlato," objal ma. „Vypadnime niekam. Užime si krásnu nedeľu. Poďme do zámku Hampton Court Palace. Vonku je nádherne. Ideálne na prechádzku po kráľovských záhradách. Hoď si audioknihu Agentka Fergie na prehrávač MP3 a v aute budeme po ceste počúvať. Som na teba a tvoju novú knihu veľmi hrdý."

Chloe mi e-mailom poslala audioknihu Agentky Fergie. Mám ju skontrolovať pred vydaním na budúci týždeň. Nechápem, čo mám na nej kontrolovať, keď ju už nahratá. Je to totálne len pro forma.

„Okej," prikývla som Adamovi. Šla som sa nachystať.

Z počítača som do MP3-prehrávača stiahla Agentku Fergie a okolo jedenástej sme vyrazili v našom novom autíčku. Celkom som sa tešila, že si vypočujem svoju novú knihu, ale nešlo nám zapojenie MP trojky do sterea v aute. Keď sme ho nakoniec zapojili, záznam sa neprehrával. Až keď sme prišli k bránam zámku Hampton Court Palace, začal zo sterea vychádzať zvuk.

Do éteru išla nahrávka erotickej audioknihy Päťdesiat odtieňov sivej.

„To čo je?" nechápavo som pozerala na svoj prehrávač.

„Chloe mi poslala nesprávnu audioknihu," vytrhla som MP3 zo sterea, ale aj tak neprestala kniha hrať.

„Muselo sa to nejako stiahnuť do sterea, je to možné?" opýtala som sa.

„Neviem, je to asi možné, ten chlapík Atlas si prerobil stereo na malé disko. Káble vedú všelikde možne," panikáril Adam. Stláčala a otáčala som všetky možné gombíky. Zrazu začali blikať svetielka nad reproduktormi a audiokniha začala hučať tak, že ten zvuk prechádzal po celom aute a ohlušoval nás.

„Preboha, Coco! Stíš to!" stresoval Adam. Skúšala som, ale namiesto stíšenia, audiokniha začala hrať ešte hlasnejšie. Zabočili sme na preplnené parkovisko pri zámku a zastavili sme v rade áut čakajúcich na parkovacie miesta.

„Krista, voľakde už zaparkuj!" prekrikovala som hlučné stereo. Adam mi niečo kričal, ale stereo sa nedalo vypnúť. V panike som stlačila ďalší gombík. Audiokniha preskočila dopredu na časť, kde Anastáziu Grey plieskal po zadku. V tejto chvíli bolo stereo také hlasné, že ho určite počuli aj na Marse! Ten hluk až bolel, musela som otvoriť okno.

„Adam, strč to auto hocikam!" kričala som. „Vypni motor!"

Christian Grey sa rozhododol, že Anastázia musí byť vyplieskaná ešte tvrdšie. Ostatné autá v rade na nás vytrubovali. Matky s malými deťmi prestierali na nedaľekom trávniku pikniky. Na tvárach mali znechutené výrazy.

Otvorila som dvere a zvuk vytreskol von ako tsunami. Rýchlo som ich zabuchla.

„Vypni motor. Rýchlo!" kričala som.

„Už je vypnutý. Kľúč je vonku!" kričal Adam.

„Viem, že niektorí ľudia si myslia, že počúvanie mamičkovského porna je akceptovateľné!" kričala ženská z druhej strany parkoviska. Rukami zakrývala svojej malej dcére uši. „Keď už musíte, tak aspoň počúvajte cez slúchadlá!"

To je dobrý nápad, pomyslela som si. Slúchadlá. Schmatla som kabelku a hľadala som slúchadlá k mojej MP trojke. Vybrala som ich a zúfalo sa snažila nájsť, kde ich môžem zapojiť v stereu. Nič som nenašla.

V tejto chvíli na nás vytrubovalo ešte viac áut a okolo nás sa vytvorila masa ľudí. Z nedaľeka som započula zvuk sirény. O pár sekúnd vedľa nás zastavilo policajné auto.

V tom momente prišiel Adam na to, ako vypnúť to prekliate

stereo. Zrazu bolo ticho. Uši sa mi stále otriasali. Pri aute stáli dvaja policajti.

„Dobrý deň," pozdravil nás policajt pri Adamovom okne. Fúzy mal prešedivené a vyzerali tvrdé ako ciroková kefa. „Mohli by ste vystúpiť z auta?" pozrel na nás oboch.

„Dostali sme sťažnosť na zvukové znečistenie. A vraj ide o šírenie pornografického materiálu," povedal druhý policajt.

„To bolo rýchle," povedala som. „Prečo nie ste nikdy takí rýchli, keď vás človek naozaj potrebuje?"

Adam na mňa zazrel.

„Viete, že ani v aute nesmiete prekračovať povolené úrovne hluku?"

Policajt pozeral na svetlá, ktoré neustále blikali na reproduktoroch.

„My sme len počúvali audioknihu," pozrela som na policajta. „A je to bestseller!"

„Budeme sa musieť pozrieť do vášho automobilu. Prosím vystúpte," povedal fúzatý policajt.

„Bez problémov," prikývol Adam. Mladší policajt strčil hlavu dnu a pozeral na predné okno, do malého umelého vrecka, v ktorom býva strčená papierová diaľničná známka.

„Prečo nemáte vystavenú novú diaľničnú známku?"

„Máme," povedala som.

„A kde ju teda máte?" opýtal sa policajt. S Adamom sme zostali prekvapení. Diaľničná známka tam skutočne nebola. Známku som po malom pátraní našla pod sedadlom. Bola mokrá a zlepená v guči.

„Keď si viezol Meryl k jej pohrebáku, sedela s Wilfredom vpredu?" opýtala som sa Adama.

„Hej," povedal Adam.

„On zožul tú prekliatu dialničnú..." snažila som sa policajtovi vylisovať známku. Vystrela som ruku a ukázala som mu totálne dokrčenú, ale vystretú diaľničnú známku.

„Požuval ju môj synovec," vysvetľovala som.

„No a kde máte toho synovca?"

„Včera išiel domov...s mamou... pohrebným autom..." Adam nado mnou len krútil hlavou.

„Okej. Kto teraz šoféroval automobil?" opýtal sa fúzatý policajt.

„Ja som šoféroval," povedal Adam.

„V poriadku. Potrebujem váš vodičský preukaz."

Adam ho vytiahol z peňaženky a podal mu ho. Obaja policajti sa vrátili do svojho auta a do vysielačky čítali Adamove informácie z občianskeho. Po dlhšej chvíli sa vrátili k nášmu autu. Vyzerali oveľa vážnejšie. „Vystúpte z auta," prikázal Adamovi fúzatý policajt. Keď Adam vystúpil, nasadili mu putá.

„Hej! Hej! Čo sa deje?" chcela som vysvetlenie.

„Pán Rickard, je na vás vydaný zatykač. Minulý rok v auguste ste utiekli z väznice v Cambrian Sands," vysvetľoval fúzatý poliš.

„Nie! To je omyl. Adama prepustili. Jeho obvinenie bolo vzrušené!" bránila som Adama (chcela som povedať zrušené).

„Aha, tak on vám povedal, že jeho obvinenie bolo zrušené?" uškrnul sa mladší policajt.

„Overte si to cez vysielačku. Súd ho zbavil obžaloby!" protestovala som.

„Coco, to je v poriadku. Zavolaj mojej právničke," kázal mi Adam.

„Je Veľkonočná nedeľa!"

„No tak jej zaplatíme sviatočnú taxu," to bolo posledné čo Adam povedal, predtým ako ho odviezli preč. Zostala som stáť ako obarená. Z nedaľeka sa ozval chlapík. Stál pri svojej rodine: „Máte skvelé stereo a repráky. Kde ste ich kúpili?" Ignorovala som ho.

Dav ľudí sa pomaly rozchádzal. Vrátila som sa do auta. Mala som asi niekomu zavolať, Rosencrantzovi, Chrisovi, alebo Marike, ale myslela som iba na Adama. Už raz ho neprávom uväznili, tak sa to môže pokojne zopakovať!

Naštartovala som auto. Pedále boli hrozne citlivé. Auto ma

hádzalo dopredu, dozadu... Musela som si posunúť sedadlo, aby mi brucho nenarážalo do volantu. Za bránou som prešla na hlavnú cestu, kde som bláznivo pridala plyn. Hrozne som panikárila. Prešla som okolo polí a rozmýšľala nad tým, že kde vlastne idem. Prišla som na križovatku. Bola tam veľká tabuľa s nápisom Kingston-Upon-Thames. Vedela som, že Kingston-Upon-Thames je väčšie mesto, tak som si myslela, že asi tam odviedli Adama.

Pokračovala som v jazde. Menšia cesta vyústila do väčšej. Lemovali ju domy, budovy... O chvíľu som sa ocitla v centre. Cesta za cestou, hlava na hlave, budova za budovou, značka za značkou... Zrazu mi skapal motor. Nevedela som naštartovať auto. Za mnou vytruboval kamión. Z pravej strany na mňa trúbil Fiat. Pokúšal sa ma predbehnúť. Bola som úplne zablokovaná. Vtom sa stalo niečo čudné. Cez nohy sa mi z tela akoby vyparilo všetko teplo. Hlavu a ruky som mala totálne studené, potom aj hrudník. Pred očami sa mi zjavili hviezdy. Skúšala som zodvihnúť ruku...zatmelo sa mi pre očami a ostatné si nepamätám.

Ležala som prikrytá veľmi pohodlnou prikrývkou. Voňala čisto, antisepticky, ale nie tak nechutne antisepticky, že až to dusí. Táto vôňa bola príjemná a mätová. Vtom som opäť počula hluk áut, vytrubovanie... Vedľa môjho auta blikala sanitka. Cítila som smog, ale mätová vôňa z prikrývky bola silnejšia.

„Mäta," zamrmlala som.

„To je vaše meno?" opýtalo sa ma dievča, ktoré malo na sebe oblečenie paramedika.

„Mmmmmm. Mäta," zopakovala som.

„Okej Mäta, preložíme vás do sanitky," povedala mi. Spomínam si, že som myslela na to, že jej musím povedať, že sa nevolám Mäta, ale v tom som sa opäť ponorila do černoty.

Keď som sa vrátila k svojim zmyslom, všetko vyzeralo dosť naliehavé. Ležala som v sanitke, sirény hučali ako zbesnené a išli sme rýchlosťou Formuly 1.

„Tlkot srdca bábätka sa spomaľuje," povedal paramedik. Na ruke som pocítila bodnutie a telom zhora mi začala prechádzať chladná tekutina. Chcela som niečo povedať, ale niekto mi cez nos a ústa vložil kyslíkovú masku. Všetko sa zahmlilo. Zobudila som sa v nemocnici. Okolo mojej postele bol zatiahnutý záves. Pokúsila som sa zdvihnúť ruky, ale mala som na nich omotané káble a hadičky. Oblečená som bola v bielom nemocničnom odeve. Pomyslela som si, že kde mám topánky? Pohla som prstami na nohách. Kde sú moje nohavičky a podprsenka? Posteľ bola pohodlná. Spoza závesu som počula dievčenské hlasy. Listovali si v babskom časopise a rehotali sa. Počúvala som ich bľabotanie. Čítali recenzie na filmy, rozhovory s celebritami a potom sa dostali na stranu „Telo týždňa", kde každý týždeň vyberú inú polonahú mužskú celebritu.

Hneď som si pomyslela na Rosencrantza. Je to jeho obľúbená strana. Vtom som sa na všetko rozpamätala.

Bóóóóže!

Mám syna a som tehotná. Bábätku sa spomaľuje tlkot srdca. Začala som kričať: „Pomóc! Pomóc!" Pribehla ku mne zdravotná sestra.

„Mäta, všetko je v poriadku," upokojovala ma. „Som sestrička Julingsová."

„Je bábätko naživé?" opýtala som sa vystresovaná.

„Áno Mäta, Vaše bábätko je naživé."

„Čo sa stalo?"

„Mali ste nebezpečne nízky krvný tlak, ale už sme vás aj bábätko stabilizovali. Môžete sa upokojiť, Mäta." Ruky mi pritlačila k posteli.

„Nevolám sa Mäta..." Pomyslela som si, že aký tĺk si mohol myslieť, že sa volám Mäta. Medzerou v závese k nám prešla ďalšia sestrička. Vychrtlina s blonďavými vlasmi.

„Táto pani sa nevolá Mäta."

„Môžete nám povedať, ako sa voláte?" spevavým hlasom sa opýtala blondínka.

„Som Coco, Coco Pinchardová."

„S Vašou identifikáciou sme mali veľké problémy. Môžem vás volať Coco?"

Prikývla som.

„Nemali ste so sebou kabelku ani vodičák alebo klubovú kartu. Vaše auto je stále registrované na Atlasa Prifitisa. Vyvolávali sme mu, ale nikto nezdvíhal. Je to váš partner?"

Kývla som, že nie.

„Ale je to moje auto."

„Kde bývate? Aká je vaša adresa Coco?" v tom okamihu som si nevedela spomenúť. Snažila som sa, ako sa len dalo, ale nič. Rozplakala som sa.

„Coco, to je v poriadku. Kedy ste sa narodili?"

Ani na to som si nevedela spomenúť.

„Mám štyridsaťštyri rokov," povedala som.

„Nám ženám nie je nikdy povolené zabudnúť na to, aké sme staré," usmiala sa Julingsová. Snažila sa pre mňa navodiť príjemnejšiu atmosféru. Obidve sestričky potom naraz odišli. Započula som, ako si tie baby pri veďajšej posteli šepkajú. Mysleli si, že som blázon.

„Nie som blázon," povedala som hlasnejšie. Stíchli. „Naozaj nie som blázon..." Neviem čím to je, ale vždy keď sa niekto snaží tvrdiť, že nie je blázon, ľudí to vždy len utvrdí vtom, že je blázon. Hneď som premýšľala nad niečím, čo by som mohla povedať, nad niečím normálnym, čo by ich utvrdilo v tom, že nie som blázon.

„Kto je telo týždňa?"

„Vieš čo, poďme radšej preč, nič ti nie je. Je to len malé škrabnutie," povedala dievčina a obe sa zobrali a odišli. Ešte od dverí som započula ako mrmlú, že som blázon, a že ako som mohla vedieť, aký časopis čítajú.

Vrátila sa ku mne sestrička Julingsová.

„V systéme nám nič na meno Coco Pinchardová nenaskakuje."

„Prosím?"

„Skontrolovali sme databázu v celej Veľkej Británii." Všimla som si, že ma podozrievavo sleduje a snaží sa ma analyzovať.

„Aha, už viem čím to bude. Coco je moja prezývka, moje skutočné meno je... je..." nevedela som si spomenúť.

„No, ale nič mi nenaskakuje ani na vaše priezvisko Pinchardová. Aj to je vaša prezývka?"

„Nie. Je to moje meno po prvom manželovi. Teraz som druhýkrát vydatá, ale na moje nové priezvisko si neviem spomenúť..."

Sestrička Julingsová na mňa zazrela a odišla preč.

Napadlo ma, že ma preložia na psychiatriu. Po celej nemocnici sa už určite roznieslo, že tu majú blázna. Nakoniec som sa sama na sebe rehotala. Vtom ako anjel z nebies prešiel pomedzi závesy Adam.

„Coco!" povedal. Vyzeral sexi ako vždy, veľmi ustráchaný, ale sexi.

„Takže poznáte túto ženu?" opýtala sa Julingsová.

„Je to moja žena," chytil ma za ruku.

„Volám sa Karen," ako z čistého neba som sa v tej sekunde na všetko rozpamätala. „Volám sa Karen Rickard. Narodila som sa 14. júna 1967 a bývam v Marylebone, ulica 3 Steeplejack Mews, Londýn."

Sestrička si všetko zapísala a odišla.

„Čo sa stalo?" opýtala som sa Adama.

„Odpadla si v aute."

„Nie mne, ale tebe!"

„Vzali ma na policajnú stanicu a keď vyplňovali všetky papiere, aby ma mohli dať do väzby, prišli na to, že sa u nich niekto dopustil chyby, a že som neušiel pred rokom z basy. Odviezli ma potom naspäť k zámku, ale ty si tam už nebola."

Sestrička sa vrátila s vrecom s mojím oblečením.

„Tak, pani Rickardová, tu sú vaše veci a tu je pán doktor." Cez záves vošiel starší plešivý muž s okuliarmi.

„Dobrý deň, pani Rickardová," z kraja postele vybral môj zdravotný záznam a prelistoval si v ňom.

„Geriatrická matka nájdená v bezvedomí vo Forde KA. Chronicky dehydrovaná a hypoglikemická. Nebezpečne nízky krvný tlak," doktor čítal zo záznamu. „Urobili ste potrebné vyšetrenia?"

„Áno, keď bola pacientka pri vedomí..." odpovedala sestrička.

Doktor si znova prelistoval záznam. Adam sa usmial a stisol mi ruku.

„Pani Rickardová, vy sa o seba nestaráte, však?" doktor si dal dole okuliare.

„On sa o mňa stará," ukázala som na Adama.

„Musíte sa snažiť byť v pokoji, žiadne stresy, dostatočne pite a oddychujte. Dnes je pekne horúco. Mali ste so sebou vodu?"

„Nie," povedala som potichu.

„Nezabúdajte, že teraz ide o vás dvoch," inštinktívne som pozrela na Adama.

„Myslí teba a bábätko," Adam zašepkal.

V nemocnici si ma nechali ešte pár hodín, kým som nebola úplne v poriadku. Z nemocnice sme museli ísť na policajnú stanicu, kde odviezli naše auto, keď čo som v ňom odpadla.

„Tu to podpíšte, madam," povedal mi ten istý policajt, ktorý odviedol Adama v putách. Uši mal sklopené. Podpísala som sa ako Coco Rickard.

Ďalší policajt preparkoval auto zozadu na hlavnú cestu pred stanicou.

„Kam vás odveziem pani Rickardová?" uškrnul sa Adam.

„Domov... Do nášho hniezdočka."

## Utorok 10. apríla

Skoro ráno volala Adamova šéfka Serena. Povedala mu, že sa do firemného systému pokúšala nahodiť Adamove detaily, ale že ju to nechce pustiť ďalej. V počítači jej vyskakuje, že Adam má záznam v trestnom registri. Adam jej musel všetko vysvetľovať. Keď ukončil hovor, bol celý zelený.

„Nemôžu má zamestnať...pokiaľ budem mať záznam v trestnom registri."
Agentka Fergie – 203.000
Čas na víno – 5!

## Streda 11. apríla

Potrvá tri mesiace, kým môže Adam nastúpiť do práce. Aj keď vedia, že Adam je nevinný a niekto v trestnom registri urobil veľkú chybu, potrvá niekoľko mesiacov, kým sa systém upraví a naskočia do neho opravené informácie.

No, ale na Amazone je všetko rýchlejšie a systém s pozíciami predajnosti sa obnovuje takmer každú hodinu. Agentka Fergie neustále klesá... Momentálne je na mieste 215 000... Na nič iné sa neviem ani sústrediť.

## Piatok 13. apríla

Amazon dnes ráno – Agentka Fergie 250 001. Cítila som, akoby mi kniha pretekala pomedzi prsty, tak som sa rozhodla, že sa ešte raz pokúsim niečo zmeniť. Neohlásene som sa vybrala za Angie (do jej domkancelárie). Keď ma zbadala vo dverách, bola totálne prekvapená.

„Coco, neviem sa zastaviť. Som na ceste do psieho útulku Battersea."

„Ideš si zobrať psa?" opýtala som sa prekvapená.

„Nie, Regina tam točí niečo do telky... Regina s Pippinom. Pippin chodí na kurz slušného správania a Regina mu v tom pomáha. Je to skvelé promo."

„Stačia mi dve minúty," nedala som sa. Angie si skontrolovala hodinky.

„Tak dobre. Ale rýchlo. Poď hore do kancelárie."

Celú cestu k Angie som si chystala, čo jej poviem. Bola som pripravená dať jej ultimátum: buď ma začne reprezentovať, ako by mala, a nie kašľať na mňa a moju novú knihu, alebo si nájdem novú literárnu agentku. Stále som si to premieľala v hlave. Angie bola oblečená v sivom kostýme skombinovanom s krvavo červenou blúzkou. Z kabelky si vybrala krvavo červený rúž a pred zrkadlom si ho začala nanášať na pery.

„Hej, práve nám dorazili prvé výtlačky Agentky Fergie," pozerala do zrkadla. „Kvôli tomu si prišla. Nie?"

„Áno a nie," odpovedala som jej. Dnu vošla Chloe. Pozdravila ma.

„Chloe, zlato, ukáž novú knihu." Chloe cez kanceláriu tlačila krabicu a začala trhať lepiacu pásku.

„Angie, potrebujem sa s tebou porozprávať... o nás," pozrela som na ňu do zrkadla.

„Vravíš to, akoby sme spolu randili..."

Chloe otvorila krabicu.

„V tejto krabici je tá nová kniha o holokauste," Chloe vybrala jednu a položila ju vedľa mňa na stôl. Kniha mala čierno-bielu obálku. Na prednej strane bola fotka ostnatého drôtu v koncentračnom tábore Belsen. Cez fotku bolo nahrubo vytlačené knižné odporúčanie.

*„Smiala som sa... rehotala na plné ústa.*

*Táto autorka má neskutočnú predstavivosť!"*
*REGINA BATTENBERGOVÁ*

„Toto je čo?" ukazovala som na knihu s Regininým odporúčaním.

„Je to moja nová klientka, nedávno som ju objavila. Chcela vydať svoj diár z koncentračného tábora..." povedala Angie, stále vytrčená pred zrkadlom.

„Nie kniha, to odporúčanie?!" zaklopkala som na knihu. Angie sa dorúžovala a išla ku stolu. Chloe otvorila ďalšiu krabicu, z ktorej vytiahla výtlačok Agentky Fergie. Kniha vyzerala skvele, ale hneď som si všimla odporúčanie na obálke.

„Heroický príbeh ženy, ktorá prežila holokaust..."
MARY BEARDOVÁ

Angie si nasadila okuliare.

„Kurva, tam!" úplne zbledla. „Kurva! Chloe, čo si to porobila?"

„Museli sa mi dopliesť súbory, ktoré som poslala do tlače!" povedala taktiež zblednutá Chloe. „Tieto výtlačky nešli do obchodov, je to len limitované prvé vydanie..."

„Ale dvesto skurvených výtlačkov išlo ku kritikom!" zakričala Angie. Na tvári mala výraz zúrivého draka.

„Nie sú to dosť základné veci? Tieto knihy sa ani len nepodobajú!" v rukách som držala obe knihy.

„Coco, ty sa do toho nemiešaj!" zakričala na mňa Angie.

„Ty sa do toho nemiešaj? A stačilo! Angie, teraz ma dobre počúvaj. Pekne tento bordel vyriešiš a potom máš padáka!"

Do kabelky som si napchala toľko mojich kníh, koľko sa len zmestilo. Angie zostala riadne šokovaná.

„Coco, čo robíš? Tie knihy... si nemôžeš vziať."

„Samozrejme, že môžem. A vďaka tvojmu veľkému prúseru

ich budem musieť predať cez ebay. Aspoň jedna z nás dokáže zarobiť nejaké peniaze!"

Snažila som sa odísť veľmi elegantne, ale veľmi mi to s mojim veľkým bruchom a ťažkou kabelou nevyšlo. Keď som prišla domov, vyrozprávala som všetko Adamovi.

„Určite pochopia, že to niekto doplietol," upokojoval ma Adam. Zazvonil mi mobil. Volala novinárka.

„Dobrý deň. Je tam Coco Pinchardová? Ja som Kelly Klass, asistentka redaktora Davea Numana z novín Daily Record... Poprosil ma, aby som skontrolovala pár faktov... predtým, ako pôjdeme do tlače."

„Voláte ohľadom Agentky Fergie?" opýtala som sa.

„Áno. Urazili by ste sa, kebyže sa vás spýtam na Váš vek?"

„Mám štyridsaťštyri rokov."

„A ste tehotná?"

„Áno."

„Pozrite, je mi jasné, že ľudia o svojom veku klamú, ale keďže ste prežili holokaust, musíte mať minimálne osemdesiat. Mohli by sme urobiť kompromis a napísať, že máte šesdesiatjeden?"

Vysvetlila som jej, čo sa stalo. Bola z toho celkom vytešená a ukončila hovor.

„Vidíš zlato, žiadna reklama nie je zlá reklama," usmial sa Adam.

„Vieš, že to mám už v paži... pokiaľ nenapíš,u že mám osemdesiat alebo šesdesiatsedem..."

Streda 18. apríla

Agentka Fergie – v rebríčku predajnosti 253 000.
Čas na víno – v rebríčku predajnosti 2!
V novinách nebolo nič o našej knižnej blamáži. Omyl

zamenenia knižných odporúčaní asi nezaujal novinárov hladných po škandáloch. A nikde nie je spomenuté, že zajtra vychádza Agentka Fergie. Celé ráno som strávila na nete a hádzala svoje meno do Googlu. Nič nenaskakovalo. Potom som poprosila Adama, či by nešiel so mnou do novinového stánku. Listovali sme vo všetkých novinách a časopisoch, až kým sa predavač Clive nahnevane neopýtal, či si niečo aj kúpime.

„Coco, musíš sa na svoj život pozrieť z iného uhľa pohľadu. V živote sa ti momentálne dejú úžasné veci."
„Vymenuj aspoň jednu."
„Napríklad...kde mám začať...budeme mať syna?!"
„Samozrejme... Prepáč," ospravedlnila som sa. „Vieš, myslela som si, že kariérne budem niekde úplne inde, kde momentálne som. Keď som podpisovala zmluvu na Agentku Fergie, všetci boli vytešení, Angie, vydavateľ... Prešlo odvtedy veľa času a všetko sa mi serie do cesty, hlavne Regina Battenbergová."

„Coco, nezúfaj, budú aj ďalšie knihy. Sľubujem," Adam pozrel na mňa svojimi veľkými očami. Objal ma a išli sme domov.

Streda 18. apríla

Agentka Fergie – deň vydania!
Adam ma zobudil s raňajkami v posteli a výtlačkom Agentky Fergie. Hneď ráno bol v kníhkupectve na Marylebonskej stanici. Totálne som ho grilovala, vypytovala sa, koľko výtlačkov mali, a či bola moja kniha na najlepšom mieste...
„Čo tým myslíš, že na najlepšom mieste?"
„Bola vystavená pri pokladni? Alebo na nejakom inom prominentnom mieste?"
„Hmm, bola za rohom pri chladničke s drinkami."
„Takže je strčená vzadu. Kupoval ju aj niekto okrem teba?"

„Coco, všetci sa ponáhľali na metro a na vlaky." Adam mi podal pero a poprosil ma o autogram do knihy.

„Dala si mi iba tri cmuky?" usmial sa a pofúkal venovanie. Nahla som sa ku knihe a dopísala som ešte tri bozky :). „Tak to je už lepšie," povedal spokojný Adam. „A očakávam, že tie pusy budem dostávať celý deň."

Myšlienkami som bola niekde úplne inde. Načiahla som sa po svoju kindle čítačku. Agentka Fergie poskočila v predajnosti na 105 003.

„Pozri, už máš aj prvú recenziu!" vravel Adam s prstom na displeji. Recenzentka povedala, že kniha je super a,že sa jej veľmi páčila, preto jej dala 4 hviezdičky. Takto presne znela recenzia:

„Kniha bola super. Veľmi sa mi páčila."

„Prvá recenzia a hneď je dobrá," povedal vytešený Adam.

„Trochu krátka, nemyslíš?" povedala som frustrovaná.

„Coco, je to výborná recenzia."

„Nie je veľmi informatívna," zamrmlala som. Adam sa zhlboka nadýchol.

„Kriste Pane, Coco. Som z teba unavený. Nič ti nie je dobré. Nemôžeš byť aspoň trochu spokojná?" Za pár hodín sa ti kniha vyšvihla o vyše stotisíc miest v predajnosti. Čo viac chceš? Tá prvá recenzia mohla byť pokojne aj jednohviezdičková. Buď rada..."

„Ale stále je predo mnou vyše stotisíc kníh," povzdychla som si a na toast som capla marmeládu.

Keď sa išiel Adam osprchovať, znovu som si prečítala štvorhviezdičkovú recenziu.Všimla som si, že ju napísala žena pod prezývkou Joanna123. Rozmýšľala som či je stará, alebo mladá? Či je to jediný človek, ktorý si prečítal moju novú knihu... Či vôbec pochopila môj štýl humoru....

Klikla som na jej profil na Amazone. Naskočili všetky recenzie, ktoré kedy napísala. Pred pár týždňami dala

5 hviezdičiek termálnym ponožkám. A 5 hviezdičiek dala aj omaľovánke od Disneyho.
Takže moje písanie je horšie ako ponožky a omaľovánka.
Napísala som na jej recenziu komentár.
„Mala by si si rozšíriť čitateľský obzor. Ako môžeš porovnávať ponožky so spisovateľkou, ktorá vyhrala literárne ocenenia?"
Vtom som si všimla, že pri mojom komentári sa ukázalo meno môjho profilu: Coco Pinchardová.
Adam sa vrátil zo sprchy a povedal mi, aby som nebola taká posadnutá. Nakázal mi sprchu.
„Zlato, beriem ťa na obed. Musíš niekam vypadnúť."
O hodinu vletel do kúpeľne. Dvere vyleteli z pántov a po zemi lietali kúsky triesok.
„Čo do pekla robíš?" zakričala som. Sedela som oblečená na bidete, na kolenách som mala notebook.
„Myslel som, že si odpadla," vysvetľoval Adam. „Neozývala si sa, keď som klopal!"
„Odpísala som na tú blbú recenziu a ukazuje sa pri tom aj moje meno! Pokúšam sa to vymazať, ale nejde mi to. Vyzerá to strašne blbo, že si komentujem vlastné recenzie."
Adam mi vzal notebook a niečo poklikal.
„Nech sa páči, vymazané..." vrátil mi počítač. „Teraz sa osprchuj. Obed," znovu mi zobral notebook a odišiel.
Obed bol skvelý. Boli sme v steakhouse v Marylebone, ale atmosféru som trochu pokazila svojim knižným bľabotaním. Na nič iné som sa nevedela sústrediť. Po príchode domov som utekala k notebooku. Sadla som si ku kuchynskému ostrovčeku a hneď som ho zapla. Agentka Fergie klesla o jedno miesto na 105 004, ale mala som dve nové recenzie. Obe boli jednohviezdičkové. Kvôli nim sa priemer mojich recenzií znížil na 1,9 hviezdičiek!
„Zvládol som iba štyri strany, potom som si musel nájsť lepšiu

aktivitu, aby som sa neunudil k smrti. Hav, Hav," čítal Adam ponad moje plece. „Ako môže napísať recenziu pes Reginy Battenbergovej?"

„Ako vôbec mohol prečítať štyri strany?" pýtala som sa nahnevaná.

„A ako si tú e-knihu vôbec kúpil? Má Pippin vlastní psiu kreditku?" opýtal sa skamenený Adam.

„A tú druhú recenziu napísala Regina pod vlastným menom! To môže? Jej vlastné odporúčanie je na titulke mojej knihy!" zasyčala som. „Pozri, čo napísala:" „Strašne napísaná kniha, ako slohová práca dvanásťročného decka."

„To je ale sviňa!"

„Coco, pokoj..."

„Pokoj?" Prečo to musí robiť? Čo z toho má? Predala niekoľko miliónov kníh, ukradla mi literárnu agentku... Prečo ma chce zničiť? Len tak... zo srandy? V poriadku, ak bude takáto sviňa, tak budem aj ja..."

„Čo robíš?"

„Idem vypisovať na všetky internetové fóra. Všetkým poviem, čo je zač a potom..."

Adam mi zavrel notebook.

„Stačilo!" povedal pokojným hlasom. „Ideme vypnúť všetky elektronické zariadenia v dome. Vypneme mobily a potom si užijeme jedno pokojné popoludnie."

„Ale...!"

„Žiadne ale. Coco, takto sa nedá žiť. Nechaj to tak, aspoň na jedno poobedie." Adam mi skonfiškoval notebook a vypol ho. To isté urobil aj s mojím mobilom a čítačkou. Sadla som si a zhlboka sa nadýchla. Pohladila som si brucho. Zacítila som v ňom pohyb. To ma upokojilo ešte viac. Battenbergáčka nebude mať nikdy to, čo mám ja, pomyslela som si. Nové bábätko.

Adam sa vrátil do kuchyne, chytil ma za ruku a odviedol do obývačky. Posadil ma na sedačku, zakúril v kozube a zapol príjemnú hudbu. „Naordinoval som ti veľmi malú, ale chutnú infúziu červeného vína," odišiel do kuchyne a vrátil sa s dvomi malými pohárikmi vína. Odpila som si. Ľahli sme si vedľa seba na sedačku. Rocco k nám vyskočil a ľahol si medzi naše nohy. Prvý krát za veľmi dlhú dobu som bola kludná a nič ma netrápilo. Položila som si hlavu na Adamov svalnatý hrudník a započúvala som sa do tlkotu jeho srdca, do jeho dýchania. Zaspala som ako bábätko.

Keď som a zobudila, vonku bola tma a v kozube sa trblietal horúci popol. Adam sedel naproti v kresle. Tvár mal rozžiarenú od svetla notebooku.

„Hej. Vravel si, že žiaden počítač," povedala som rozospatá.

„Myslím, že karma dostihla aj Reginu Battenbergovú," povedal Adam.

„Ako?" Adam prešiel na sedačku a posadil sa vedľa mňa. Na počítači mal otvorenú stránku televíznej stanici SKY News. Titulka hlásila nasledovné:

**ZNÁMA ODBORNÍčKA NA VÍNO A AUTORKA BESTSELLEROV OBVINENÁ Z POPIERANIA EXISTENCIE HOLOKAUSTU!**

Regina Battenbergová, autorka bestsellerov Výroba vína na balkóne, Výroba vína na balkóne 2, Výroba vína na balóne 3 a Čas na víno bola včera zapletená do veľkého škandálu, potom čo jej odporúčanie pre novú zábavnú novelu Agentka Fergie bolo omylom vytlačené na knihu z druhej svetovej vojny Môj rok v Belsene.

Tento omyl sa týka malého, limitovaného počtu výtlačkov, ktorý už vydavateľ stiahol z obehu. Najväčším problémom bola samotná reakcia spisovateľky Reginy Battenbergovej, ktorá ňou zavarila svojmu vydavateľovi. Keď sme ju kontaktovali a poprosili o reakciu, jej vyhlásenie bolo nasledovné: „Školu som opustila v štrnástich rokoch a o holokauste ma neučili. Nemám žiadne vedomie, že by existoval." Keď sme jej oznámili, že sme z novinového portálu televíznej stanice SKY News, dodala nasledovné: „Vy trtkovia, aj tak nikdy nepíšete pravdu! Američania pravdepodobne nikdy nepristáli na mesiaci a Hitler pravdepodobne stále žije, tak ako môžeme vedieť, čo je skutočne pravda? Čo sa naozaj stalo?"

House Of Randoms, vydavateľstvo, ktoré doposiaľ vydalo všetky knihy Reginy Battenbergovej, sa od jej názorov dištancuje a okomentovalo ich ako neakceptovateľné vyhlásenia pre človeka žijúceho v dvadsiatom prvom storočí.

Literárna agentka Reginy Battenbergovej, Angie Lansburyová sa nám do uzávierky nevyjadrila.

„Pekne sa jej všetko vrátilo," okomentoval to Adam. Myslela som, že ma to poteší. Ale opak bol pravdou. Bolo mi Reginy ľúto. Má okolo seba toľko vtierok, že jej nikto nedokáže povedať pravdu a len každý pritakáva. A potom stráca kontakt s realitou. S určitosťou viem, že Regina nie je ignorant, aspoň nie, čo sa týka holokaustu. Skúšala som volať Angie, ale jej mobil bol stále obsadený.

„Pozri!" zakričal Adam. „Agentka Fergie vystrelila na 199-te miesto!"

Štvrtok 19. apríla

Adam ma ráno zobudil poriadnym potrasením.

„Coco! Ty si najpredávanejšia spisovateľka. Agentka Fergie je NUMBER 1!!"

Do tváre mi vtisol Kindle čítačku a skutočne som bola na prvom mieste. Agentka Fergie 1!

Vstala som a s Adamom sme si po spálni zatancovali víťazný tanec. Ja som si držala bruško a Adam držal mňa.

„Zavolaj Angie," povedal Adam.

Angie zodvihla po niekoľkých pokusoch. Znela omámene a odmerane.

„Angie! Som number 1! Agentka Fergie je najpredávanejšou knihou v Británii!"

Angie v telefóne zachrapčala a zagratulovala mi.

„Neznieš, že máš z toho radosť?" povedala som jej.

„Nie... teším sa... zlato... pozri, zajtra odchádzam."

„Ideš preč? Kam?"

„Thajsko. Potrebujem vypnúť. Celá tá záležitosť okolo Battenbergovej mi pekne explodovala priamo do ksichtu... Vyhodila ma, lepšie povedané, odišla z mojej agentúry."

„Ach... to mi je ľúto, Angie."

„Mali sme pre ňu rozrobenú veľkú televíznu šou. Krista Pána, zarobila by som toľko miliónov... a potom tá sprostá krava musela povedať tie sprosté veci. Mala som rýchlejšie zareagovať. Teraz sa k nej nikto nechce ani len priblížiť... Tri mesiace tvrdej driny len tak v riti. A čo urobili zo mňa? Angelu Lansburyovú. Ani moje meno nevedia napísať správne.

„Je mi to naozaj ľúto."

„Nie, ja sa ti musím ospravedlniť. Bola som riadny idiot. Prepáč."

„Angie, predtým ako odídeš, príď ku mne. Otvoríme si šampus a oslávime to. Sme jedničky!"

„Coco, vieš... už ani neviem, či vôbec chcem byť literárnou agentkou..."

„Ale práve teraz ťa potrebujem, som Number 1!"

„Chloe ma bude dočasne zastupovať. Potrebujem vypadnúť a nájsť odpovede."

„Prečo Thajsko?"

„Idem na dovolenku zameranú na prečistenie hrubého čreva."

„Pochybujem, že odpovede nájdeš v hrubom čreve."

„Ha-ha. To je vtipné, Coco. Počúvaj, musím ísť. Nateraz je to ahoj a ešte raz gratulujem. Úprimne z celého srdca." Angie položila.

Potom sme išli vyvenčiť Rocca. Po ceste sme si všimli, že ešte aj dnes boli titulky plné Battenbergovej:

**BATTENBERGOVÁ ZNEVAŽUJE BELSEN**

**BATTENBERGOVÁ: HOLOKAUST NIKDY NEBOL**

A moja obľúbená titulka bola z novín The Sun:

**BATTENBERGOVÁ TO TAK ĽAHKO NEROZCHODÍ**

Nedeľa 22. apríla

Posledných pár dní bolo u nás poriadne bláznovstvo. Volalo mi hrozne veľa ľudí, mala som veľa návštev. Všetci mi gratulovali, každý sa vypytoval na knihu.

Vo štvrtok k nám prišiel na večeru Rosencrantz s Waynom a Oscarom. Priniesli so sebou výtlačky Agentky Fergie a chceli autogram. Bolo to veľmi milé.

„Nemuseli ste ich kupovať, chalani, chcela som vám každému darovať výtlačok."

„Mami, chceli sme ťa takto podporiť," povedal Rosencrantz.

„Ozajstná prvá edícia teta P!" Wayne objímal moju knihu.

V piatok prišla na večeru Marika s Milanom. Milan bol hrozne zlatý. Priniesol so sebou kopec výtlačkov na podpis. Chce ich rozdať svojim chlapíkom, čo pre neho robia.

Adam mi kúpil velikánsku kyticu kvetov. Angie mi z Thajska poslala hodvábnu pašmínu.

Chris poslal orchideu a ovocný kôš. Ospravedlňoval sa, že nemohol prísť, ale je strčený v Kente a snaží sa mať pod kontrolou rodinné záležitosti a rodinnú bitku o dedičstvo.

Etela použila ďalší kľúč zo svojej nekonečnej zásoby

náhradných kľúčov od nášho domu a nečakane nás prepadla s darčekom k môjmu úspechu... s vodovým pudingom po záruke. Volala mi aj Meryl. Zagratulovala mi a povedala, že ako náhle budú mať Agentku Fergie v knižnici v Hampstede, požičia si ju (vydedukovala som z toho, že je stále u Daniela a Jennifer). Tony volal a pýtal sa, kedy vyjde Agentka Fergie v čínštine. Mai Ling si ju chce vraj prečítať.

Zavolala aj Chloe. Zisťovala, či sa mi náhodou neozvala Regina Battenbergová, vraj zmizla z radaru a niekde sa ukrýva (už len u mňa by sa schovávala). A ešte mi oznámila, že sa chystá dotlač Agentky Fergie a rapídne sa rozširuje sieť kníhkupectiev, kde ju predávajú!

Streda 25. apríla

Agentka Fergie je stále na prvom mieste v predajnosti. Dostať ju kúpiť vo všetkých najlepších kníhkupectvách: Waterstones, WH Smith a dokonca aj v Tescu, a to hneď pri vchodových dverách. No bohužiaľ sme sa tešili zo svojho bezproblémového života príliš krátko. Dnes večer sme zistili, že ušla Tabitha! Vysťahovala sa bez zaplateného aprílového nájomného a ďalších nevyplatených účtov. Z mojich kníh sa predalo neskutočné množstvo, ale keď som zavolala Chloe a zisťovala, aké sú zárobky, povedala mi, že peniaze mi prídu na účet až budúci január. A to len v tom najlepšom prípade.

Večer sme boli v Adamovom byte. Všetko nábytok bol fuč. Na parketách v strede obývačky nám zanechala velikánsky škrabanec, v chladničke hnilé ovocie a v kuchynskom dreze neumyté riady. Umývadlo v kúpeľni bolo celé fľakaté od farby na vlasy a zo záchodu sa mi chcelo zvracať.

„Ničoho sa nechytaj," upozorňoval ma Adam, keď zbadal, že

som začala upratovať. „Mal som ťa ja tĺk počúvať. Neboj, všetko dám na správnu mieru."

Utorok 26. apríla

Adam vstával veľmi skoro, obliekol sa a povedal, že ide von.

„Kam?" opýtala som sa.

„Ešte neviem, ale do večera nájdem na všetko riešenie. Sľubujem."

Pobozkal ma a odišiel. Celý deň sa neozýval až do neskorého poobedia. Zavolal, že okolo piatej sa má stretnúť s kamarátom, ktorý má možno preňho robotu.

Snažila som sa pozerať televízor, ale nevedela som sa sústrediť. Okolo pol deviatej večer zavolal Daniel.

„Coco, tvoj manžel nás s Jennifer práve obsluhoval v bare The Hop a Grape v Covent Garden..."

„Prosím?" zostala som prekvapená.

„Adam nás obslúžil v bare. Mne priniesol pivo a Jennifer vodku s tonikom," v pozadí som započula Jennifer.

„Prepáč nie tonik, ale tonik light..."

Nevedela som, čo na to povedať.

„Coco, vedela si o tom?"

Stále som premýšľala, čo mám na to povedať.

„Prepáč, práve ma koplo bábätko," oklamala som. „Samozrejme, že som vedela. Adam je veľmi spokojný v..."

„Bar The Hop a Grape," dokončil za mňa Daniel.

„Hej, The Hop a Grape."

Opäť som stíchla a lapala po myšlienkach.

„Čo robíš v Covent Garden?" opýtala som sa.

„Jennifer prišla na víkend domov, tak ma išla pozrieť na námestie v Covent Garden, kde si zarábam pouličným hraním. Za hodinu som zarobil šestnásť libier."

Spomenula som si, že Daniel zarobil takú istú sumu pouličným hraním aj v roku 1985. Premýšľala som, či sa Daniel zopsul v hre na gitare, alebo či sú ľudia viac žgrloši. Daniel vie asi čítať myšlienky, lebo dodal:

„Koľko zarába čašník v bare? Šesť libier za hodinu?"

„O čo ti ide? Že zarábaš viac ako Adam?" nahnevala som sa.

„Keď to povieš ty..." povedal provokatívne.

„Uži si svoje pivo," zrušila som hovor. Skúšala som volať Adamovi, ale jeho mobil bol vypnutý. Skúšala som aj Mariku a Chrisa, ale ani oni sa neozývali. Nakoniec som zavolala Rosencrantzovi.

„Ahoj mamulaaaa..." pozdravil ma Rosencrantz. Myslím, že bol trošku pripitý.

„Ahoj, zlato. Čo porábaš?"

„Farbím Oscarovi vlasy a potom ideme na rozlúčkovú večeru do Wagamami."

„Prečo rozlúčkovú?"

„Dostal som rolu v seriáli Hollyoaks," Oscar kričal v pozadí. „Budem natáčať celý mesiac."

„Nehýb sa," kričal Rosencrantz. „Chceš mať odfarbený nos?"

„OK! Ale keď nevieš, čo robíš, tak radšej pôjdem kaderníčke," vravel mu Oscar.

„Povedal som ti, že to viem robiť, ale keď si primadona a máš teraz pred sebou veľké zárobky, tak si choď pokojne ku kaderníčke," zasyčal Rosencrantz.

Nechcela som sa zapliesť do ich hádky, tak som sa pozdravila a zaželala som Oscarovi veľa šťastia pri natáčaní. Pozrela som sa na hodinky. Bolo 21.00 hod. Rocco zaštekal a potiahol ma za nohavice. Hodila som si cez seba sveter a papuče a šla som k dverám do záhrady, cez ktoré som ho pustila von. Záhrada bola osvetlená krásnym mesačným jasom. Rocco si dal zopár koleciek, zaštekal a vycikal sa. Počula som zvuky helikoptéry, ktorá prelietala ponad našu záhradu. Rocco znovu zaštekal. V diaľke sa vynorila panoráma Londýna. Od vedľa som počula susedu Cohenovú, ako otvorila dvere na terasu a hneď nimi aj tresla, čo bol jej kód na: Nech ten pes drží hubu!

„Choď do riti," zašomrala som si popod nos. Potom sa ukázala na poschodí pri okne, hodili sme si navzájom silené úsmevy a zastrela záves.

Možno by sme sa mali presťahovať. Ale kam a ako? Teraz potrebujeme byť blízko dobrej nemocnice a škôl pre malého. Cítila som, akoby na mňa padal celý svet. Prečo musí byť všetko také komplikované? Myslela som, že keď budem jedného dňa autorka najpredávanejšej knihy v Británii, tak všetko bude vyriešené. Ako som mohla byť taká naivná? Vraví sa, že Boh hádže problémy iba na tých, ktorý ich vedia vyriešiť. Tak to bude asi kompliment. Rocco dokončil potrebu a vrátil sa dnu. Ja som ešte chvíľku zostala vonku. Na nočnej oblohe posiatej hviezdami je niečo veľmi čarovné, akoby nám dávala odpovede na všetko potrebné, len si ich musíme nájsť. Hodnú chvíľu som na ne hladela, ale jediné čo mi napadlo bolo, že tá vysoká oválna budova v centre mesta vyzerá ako mega vibrátor. Rocco podišiel ku mne a potiahol ma za spodok svetra. Pozrela som sa dolu na jeho nádherné hnedé očká a išla som s ním dnu.

Ľahla som si na sedačku. Ani neviem, ako som zaspala. Keď som vstala, televízor bol ešte zapnutý a Adam sa práve vrátil z roboty. Boli dve hodiny ráno. Podišla som k nemu a silno som ho objala.

„Ďakujem!" privítala som ho.

„Za čo?"

„Za to, že si vzal tú blbú čašnícku robotu."

„Daniel?" opýtal sa.

„Hej, volal s veľkým potešením. Prečo si mi nič nepovedal?"

„Odhovárala by si ma. Teraz mám stabilnú prácu so stabilnou výplatou a všetko je okej. Šesť libier na hodinu plus tringelty."

„Briti nenechávajú prepitné."

„Vieš, že máš pravdu? Ale tých šesť libier na hodinu nie je na zahodenie. Vypočítal som si, že z týždennej výplaty môžeme kúpiť „cestovátko."

„Kočík?"

„Heeej."

Usmiala som sa na neho a šla som do sprchy. Na jednej strane to malo veľa pozitív, no na druhej to bolo trochu depresívne. Kedysi zarábal v štátnej správe päťkrát toľko a aj z toho sa ťažko žilo. Adam bleskovo zaspal, ale mne sa nedalo.

## Nedeľa 29. apríla

Adam ma vypracované služby dva týždne dopredu. Má mať iba jeden deň voľna. Takmer sa ani nevidíme. Rozhodla som sa, že ho dnes pôjdem pozrieť do roboty.

Šla som medzi najväčšími obednými a večernými tlačenicami, ale aj tak bolo Covent Garden preplnený turistami a zdeptanými pouličnými umelcami. Chvalabohu medzi nimi nebol Daniel. Adam bol na smene s vychudnutým, vysokým a asi osemnásťročným chalaniskom, ktorý vyzeral, že nemá o robote ani šajnu. Adam práve dočapoval dvom postarším Američanom veľké londýnske pivá. Chudáci nevedeli pochopiť, prečo sa podáva nechladené.

„Hej, donesiete nám ľad?" opýtal sa jeden z Američanov. Adam vybral spod pultu nádobu na ľad a naplnil ju až po okraj. Američania si ho potom nahádzali do pohárov toľko, koľko sa im zmestilo. Išla som pozdraviť Adama, keď sa vtom pri ňom pristavila malá ženuška. Vošla zadnými drevenými dverami. Trochu škúlila a mala vyholenú hlavu. Celkom jej to pasovalo so sýto červeným rúžom. Potiahla Adama k stene.

„Krista tam, čo si myslíš, že robíš?" zasyčala na neho. Adam sa obhliadol okolo seba. Všimol si Američanov, ako vylievajú do hlbokej tácky pivo a pridávajú si ľad.

„Pivo Bishop's Bell-end sa má podávať pri izbovej teplote!" vyhŕkla na neho.

„Vypýtali si ľad," bránil sa Adam a nechápal, prečo má s tým taký problém.

„Čo ak by nám teraz prišla kontrola z pivovaru?"

„Videli by, ako si tí dvaja užívajú ich pivo," usmial sa Adam.

„Nie! Videli by, že ich pivo podávame nesprávnym spôsobom."

„Tak by som im povedal, že si vypýtali ľad."

„Adam, tebe to nedochádza. Svojich inšpektorov posielajú anonymne. Prídu do baru, napíšu hlásenie a pošlú ho firme, ktorá si ich najala."

„Sally, si trochu paranoidná..."

„Dávaj si pozor, čo rozprávaš. Ja som tu šéfka, letela by som ako prvá." Nahlas som sa zasmiala. Sally otočila hlavu a pozrela na mňa.

„Pani, môžem vám s niečím pomôcť?" opýtala sa ironicky.

„Ahoj. Som Adamova manželka," oprela som sa o barový pult a podala som jej ruku.

„Adam mi nepovedal, že má ženu. Čo robíš?"

„Som spisovateľka. Čakáme bábätko."

„Do riti, Adam, nestoj tu a choď pracovať. Tringelty sa samé nezarobia."

Adam kývol hlavou a odišiel obsluhovať.

„Dáš si drink, drahá?" opýtala sa Sally.

„Poprosím paradajkový džús," zostala som vykoľajená jej milotou. Pri svojej objednávke som sa cítila ako stará dievka. V živote som nepila paradajkový džús. Prečo práve dnes? Som krava.

Rutinným pohybom sa Sally načiahla k poličke, zobrala pohár, z chladničky vybrala fľašku džúsu, otvorila ju a naliala do pohára. Jej pohyby boli ladné ako pohyby huslistky vo filharmónii.

„Džús je na nás," Sally mi ho podala a vytratila sa barovými dverami.

Sedela som, popíjala svoj nechutný džús a znenazdajky sa bar zaplnil ľuďmi z okolitých kancelárií a ľuďmi, ktorí prišli na drink pred divadelným predstavením. Adam s vychrtlým chalaniskom behali ako o život. Mali toho naozaj dosť. Pri bare sa nahromadila kopa ľudí. Všetci sa snažili objednať drinky, poniektorí oriešky či čipsy. Pomaly som bola vytláčaná zo svojej pohodlnej barovej stoličky. Keď sa bar naplnil ešte viac, prišla Sally a chalanom pomohla. Adam vyzeral, že je vo svojom živle. Rozumel si so zákazníkmi a celkom si to užíval. Nakoniec som sa pobrala domov. Trošku som mu závidela.

# MÁJ

Utorok 1. mája

Bábätko má asi iný rozvrh ako ja. Bolo hore celú noc a stále sa mrvilo. O pol šiestej ráno, keď do izby prenikli prvé slnečné lúče, som sa vzdala pokusov na spanie a zišla som dolu do kuchyne.

Keď do kuchyne prišiel Adam, dojedala som piaty toast. Všimla som si, že bol oblečený v „pracovnom" odeve.

„Znovu pracuješ?" bola som zhrozená.

„Potrebujeme peniaze. A nechcela si nikam ísť alebo niečo robiť."

„Nepovedala som, že nechcem nič robiť."

„Nuž, ale nepovedala si, že chceš niečo robiť.... Chceš niekam ísť?" opýtal sa Adam.

„Neviem. Už dávno som s tebou nikde nebola. Londýn bude plný ľudí užívajúcich si krásny slnečný deň."

Adam podišiel ku mne a objal ma.

„Vieš, že to robím pre nás."

„Viem," pozrela som na neho smutnými očami, „ale chýbaš mi."

„Aj ty mne, zlatko," pobozkal ma na čelo a zobral si svoju tašku.

„Si v tom bare spokojný?!"

„Je to okej, asi áno. Je celkom fajn pracovať niekde, kde má človek minimálnu zodpovednosť... Nemyslíš?" Adam pozrel na moju skormútenú tvár.

„Áno."

„Okej. Dobre. Musím ísť, zlato."

„Ahoj," pozdravila som ho, otočila som sa k toasteru, strčila doňho ďalší chlieb a zostala som skamenená, až kým Adam neodišiel. Viem, že som mu to nemusela ešte sťažovať, ale neviem si pomôcť. Budú to asi hormóny, znie moja výhovorka.

Adam sa ozval neskoro poobede. Povedal mi, že musí v práci niekoho zaskočiť, tak bude robiť dve šichty. Trochu ma to nahnevalo, hlavne keď som v pozadí započula, ako na neho volá mladý ženský hlas.

„Kto to je?" opýtala som sa.

„Becky."

„Aká Becky?"

„Neviem aká Becky, viem len, že sa volá Becky. Pracuje tu..."

„Volám sa Becky Jones," z pozadia sa ozval ženský hlas.

„Prepáč, Becky Jones," doberal si ju Adam. „Volala mi len..."

Keď som ich počula žartovať a rehotať sa, kompletne to vo mne vykypelo a štekla som na Adama.

„Koľko má rokov?"

„Neviem. Chceš, aby som sa jej opýtal?"

„Nie, preboha len to nie. A neodpovedaj mi tak, aby vedela, že sa ťa na ňu vypytujem. Povedz len áno, alebo nie... Má dvadsaťpäť?" grilovala som ho.

„Neviem."

„Má niečo cez dvadsať?"

„Myslím, že hej."

„Je...?"

„Coco, o čo ide? Mám sa jej na ten vek opýtať?"

„Psssst, ty tĺk." Teraz bude vedieť, že som sa vypytovala. Vieš čo... musím ísť."

Zrušila som hovor a cítila som sa ako taký debil. Prečo neviem nebyť takou kravou? Keď prišiel Adam o druhej ráno domov, robila som sa, že spím. Hodil sa pod perinu a o pár minút už aj pochrapkával. Vstala som a išla som na záchod. Na zemi ležali Adamove pracovné nohavice a tričko. Zodvihla som ich. Vrecká boli prázdne, až na malý kúsok lesklej fólie, ktorá vypadla z jedného z nich. Zodvihla som ju. Fólia bola strieborná. Boli na nej dve modré písmená, „ex". Tlačené písmená mi boli dosť povedomé. Zobrala som ten kúsok fólie a išla s ňou do kúpeľne. Pohrabala som sa v malej skrinke pri umývadle a našla som kondóm. To „ex" boli posledné dve písmená z „durex".

Pohľadom som zostala zaseknutá na fólii a na kondóme. Nemala som v sebe energiu, aby som kričala a čo ak by mi povedal, že ma podviedol? Mohol ma podviesť s tou babou z roboty? Je hrozne sexi... Dnešný deň určite strávim sama doma len s myšlienkami na záletníka Adama. Zbláznim sa z toho... Ak by som zistila, že ma podviedol, musela by som ho vyhodiť z domu. Na to v momentálnej situácii nemám ani nervy ani energiu. Vrátila som sa do postele a ľahla si vedľa Adama. Rukou som ho objala okolo pásu.

Štvrtok 3. mája

Bola som dnes pozrieť v Adamovom byte. Prenajali sme si upratovaciu čatu, nech ho dajú do pucu. Hlavne potom, aký bordel tam zanechala Tabitha. Adam sa z toho poučil a dohodol sa s realitnou agentúrou, aby našli nového podnájomníka. Byt je nateraz prázdny, čo nás stojí dosť peňazí. Všetko sa v ňom ozýva.

Pod dverami bola hromada pošty a letákov. Musela som ju pretriediť. Samé účty. Z pošty trčala veľká obálka adresovaná pani Tabithe Mycockovej. Hneď som ju otvorila. Bola plná piňa coládou ochutených kondómov.

Kto ešte v dnešnej dobe pije piňa koládu? A kto si ju nechá naservírovať penisom? V hlave mi vyskočil imidž nahej Tabithy, keď som ju naposledy videla, a zrazu som sa bála byť v byte sama. Schmatla som poštu a utekala domov.

Keď som vyletela na ulicu, zabrzdila som až pri dverách a zo zvončeka, na ktorom bolo stále jej meno, som strhla nálepku so srdiečkami. Nielenže nás nechala v štichu s nezaplatenými účtami, ale zobrala so sebou aj všetky krásne spomienky, ktoré sme mali na ten byt s Adamom. Mali sme v ňom prvé rande.

Bohužiaľ mi to však pripomenulo aj kúsok obalu z kondómu, ktorý mal Adam v pracovných nohaviciach.

Domov prišiel opäť neskoro.

Piatok 4. mája

Stále som Adama nekonfrontovala kvôli kúsku kondomového obalu. Vyhodila som celú donášku Tabithiných piňa coládových prezervatívov. Kým porodím a príde mi znovu chuť na sex, boli by po záruke. A asi by mi vadilo použiť kondóm, ktorý bol určený pre inú ženu.

Adam mi ráno volal z práce.

„Mám novinku."

„Realiták nám našiel podnájomníka? Tak rýchlo?" bola som vzrušená.

„Hmm, nie Coco. Práve mi volala Nanette," povedal Adam.

„Nanette, tvoja bývalá manželka?"

„Áno... Príde k nám aj s Holly. Holly, moja dcéra," zasmial sa Adam.

„Ha, ha, vtipné."

„Prídu zajtra."

„Zajtra?!"

„Zostanú asi týždeň."

„Týždeň??"

„Coco, vadí ti to?"

„Mohla nám dať vedieť trochu skôr. Nie je čas niečo nachystať."

„Má pracovné stretnutie v jednej londýnskej galérii a chce sa prísť predstaviť ešte predtým, ako budeme mať bábätko."

Začala som niečo hovoriť, ale Adam ma zrušil, že musí končiť. Skúšala som mu volať naspäť na mobil a aj na pracovný telefón v bare. Nikto nezdvíhal. Keďže je Adam stále v práci, a nemáme poriadne ani čas, aby sme sa porozprávali, tak som sa rozhodla, že pôjdem za ním do baru v Covent Garden na pol dvanástu, aby mal na mňa čas. Obliekla som sa a vyštartovala som. Keď som dorazila, Sally, Adamova šéfka práve otvárala dvere. Asi si hlavu holí každý deň, lebo sa jej leskla ako psie gule. Ale vyzerala cool. Mala veľké zlaté okrúhle náušnice, veľké umelé mihalnice a sýty červený rúž. Oblečená bola v minišatách s japonským vzorom. Na nohách mala tenisky, na ktorých sú oddelené prsty.

„Nečakala som ťa," povedala Sally.

„A koho si očakávala?"

„Susan. Vychrtnutú starú alkáčku v rifľovej sukni a tielku s tenkými ramienkami. Aj keď neviem, načo sa vôbec uchyľuje k vypasovaným tielkam, keď má prsia ako dve lentilky pod kobercom."

„Nuž, ja Susan nie som a ani neviem kde by mohla byť."

„Možno padla do Temžy..." zasmiala sa Sally.

Nič som jej na to nepovedala.

„Ideš dnu, či?" opýtala sa Sally. Vošla som dnu. Adam práve

rezal lepiace pásky na škatuliach s vínom a vykladal ich na dlhú policu uchytenú na zrkadlovú stenu. Veľmi pekné, mladé dievča čistilo masívny dubový bar a pozeralo na Adama. Svoje nudné pracovné tričko "osexila" uzlom pod veľkými prsiami. Brucho mala ploché a pupok jej zdobil piercing. Hruďou sa oprela o Adama a niečo mu pošepkala do ucha. Podľa jej výrazu to bolo niečo... sexi-drzé. Adam sa zasmial a spoza opasku si vytiahol utierku, ktorou ju išiel tresnúť po zadku. Vyzeral, že sa skvele baví.

„Becky, ak sa tváriš, že leštíš, tak choď týmito svojimi prsiami vyleštiť hrací automat, je celý zababraný," kázala jej Sally. Becky išla protestovať.

„No a teraz, ty moja," pozrela na mňa. „Coco, dáš si drink?"

„Nie, vďaka." Potom Sally odišla zadnými dverami do kuchynky, alebo čo to tam majú. Keď ma Adam zbadal, zostal veľmi prekvapený.

„Čo tu robíš?" opýtal sa.

„Čo ty robíš Adam?" Za Adamom som videla zdutú Becky. Čistila popolníky. Slnečné lúče predierajúce sa cez okno jej ožiarili blonďavé vlasy. Vyzerala ako zlatovláska.

„Dokladám víno."

„Aj tak sa to nazýva?"

„Čo?" zamračil sa Adam. V bare bolo prázdno. Nepustila som sa do Adama len preto, aby sa Becky nevytešovala z toho, aká som žiarlivá krava.

„Adam, potrebujem s tebou hovoriť."

„O čom?"

„O veciach."

„Merala si celú cestu, aby si sa so mnou porozprávala o „veciach"?"

„Chcem sa baviť o menu pre Nanette a Holly. Keď prídu, aby som vedela..."

„Menu je v šuplíku na kredenci. Predpokladám, že hovoríš o donáške."

„Adam, už sa ani nevieme porozprávať. Takmer ťa ani nevídavam..."

„Coco, musím vyložiť všetky tieto škatule a o chvíľu privezú ďalšie..."

„Kedy máš obed? Môžem prísť neskôr."

Adam začal namietať, ale keď videl, že som naozaj zúfalá, povedal, že o štrnástej má polhodinovú prestávku. Strašne mi chýba. Mám pocit akoby sme momentálne žili dva odlišné životy. Adam si užíva novú robotu a vyzerá šťastný. Otvoril ďalšiu škatuľu. Vybral z nej dve hnedé fľaše piva. Na etikete bol veľmi pestrý obrázok pávieho pierka.

„Aké je to pivo?" opýtala som sa.

„Coco. Mám veľa roboty. Vidíme sa o druhej." Zobrala som si kabelku a išla som preč. Prešla som okolo zohnutej Becky. Vo vzduchu mala vystrčený pekný sexi zadoček. Chcela som ju postrčiť, ale udržala som si fantáziu na uzde.

Skoro dve a pol hodiny som sa motala po Londýne. Zistila som, že neminúť peniaze v Londýne je hrozne náročné. Skočila som do obchodu Apple, pohrala som sa tam s čítačkami, mp3-kami, notebookmi a mobilmi. Našla som si ten najväčší počítač iMac a cez internet som vyhľadala Agentku Fergie na Amazone, ktorá sa stále krásne pretŕčala na prvom mieste v predajnosti. Stála som pred veľkou obrazovkou a snažila sa to celé nasať do seba, no nezahasilo to môj smäd po inom živote. Vždy som si myslela, že raz, keď budem mať najpredávanejšiu knihu, tak sa budem cítiť úplne inak. Že sa budem cítiť ako spisovateľka, ktorá niečo dokázala, alebo aspoň ako spisovateľka, ktorá je už za vodou. Ale cítila som sa tak isto ako predtým.

Prišiel ku mne mladý predavač v modrom Appelovskom tričku. Vytasil široký úsmev. Mal prekrásne biele zuby.

„Dobrý deň. Ako sa dnes máte?" opýtal sa ma. Jediné, čo som dokázala zo seba v tej chvíli dostať bolo, že „fajn." Myslím, že by bolo dosť blbé, keby som na neho vyštartovala s tým, ako sa dnes naozaj mám. Tehotná krava s tehotenskými hormónmi (a presakujúcimi prsníkmi, ktoré som len dnes ráno pridala do svojho tehotenského repertoáru).

„Môžem vám pomôcť?" usmieval sa na monitor.

„Nie, ďakujem." Vtom k nám prišla staršia pani v pršiplášti, v ruke mala notebook, ktorý aj s kabelkou položila na stolík vedľa veľkého počítača. Na oči si dala okuliare a zrušila mi moje internetové vyhľadávanie.

„Tak poďme na to, mladý muž. Vysvetlite mi všetky aplikácie!" povedala horlivo.

„Prepáčte, mohli by ste nás ospravedlniť, budeme potrebovať tento počítač. Pani ma u nás rezervované počítačové doučovanie."

Obaja na mňa pozreli, akože „čo tu ešte stojíš?". Odišla som s pocitom odvrhnutia. Prešla som námestím v Covent Garden, smer stanica Charing Cross a odtiaľ na námestie Trafalgar Square. Motala som sa a stratila sa vo vlastných myšlienkach. Uvedomila som si, že po dlhých rokoch som prvý raz v centre Londýna úplne bezcieľne, bez roboty. Sadla som si na fontánu na námestí a sledovala som ľudí. Bolo očividné, ktorí sú turisti a ktorí domáci. Turisti sa prechádzajú uvoľnení, nikam sa neponáhľajú. V očiach majú iskru z poznávania nových vecí. A Londýnčania? Tí sú oblečení v čiernom, stále sa niekam ponáhľajú, akoby išlo o život a keď sú im turisti v ceste, tak na nich vrieskajú a vytrubujú.

Všimla som si bezdomovcov, tulákov, ktorí nemajú nič na robote, že sledujú ľudí, tak ako ja. Prešla som k stĺpu s Nelsonom a mega levmi. Vždy som chcela sedieť na jednom z nich. Sľúbila som si, že jedného pekného slnečného dňa prídem s Adamom a urobím to :).

Všimla som si chlapíka s orlím nosom. Mal ružové líca a čierno zafarbené vlasy, prečesané na cestičku. Mal trochu čudné spôsoby.

„Boli ste dnes zaneprázdnená?" opýtal sa ma.

„Ja?" nechápala som, prečo sa ma pýta.

„Án... Vy."

„Bola som sa pozrieť na počítače a teraz..." nedokončila som. Vôbec ma nepočúval.

„Práve som bol na vrchu Nelsonovho stĺpu," chlapík prstom ukazoval hore na Nelsonov stĺp.

„Naozaj ste tam boli?" Ticho prikývol a teatrálne našpúlil ústa. Pozerala som na neho. Stále prikyvoval.

„Vyštverali ste sa tam?" Prikývol ešte náruživejšie.

„Musí tam byť zima." Stále kýval hlavou a prestal, až keď si všimol moje brucho.

„Aááh, čakáte?" usmial sa. Z úst mu vykúkali nechutné žlté zubiská.

„Áno, som tehotná," ustúpila som krok vzad. Chlapík natiahol ruku a položil ju na moje brucho. Na rukách mal rukavice bez prstov, trčali mu z nich zožltnuté nechty.

„Budete mať problémy so svojím synom," povedal trochu výstredne. Oči mal upriamené na moje oči.

„Prosím?" zostala som úplne mimo.

„Stojte pri ňom, Coco. Bude vás potrebovať. My všetci potrebujeme, aby niekto pri nás stál."

Pomalinky zo mňa stiahol ruku.

„Ako viete moje meno?" opýtala som sa. Tón hlasu sa mu opäť zmenil na jemný.

„Vedeli ste, že som bol na vrchu Nelsonovho stĺpa?"

„Poznám Vás? Čo tým myslíte, že problémy so synom?"

„Hmm...bolo tam veľmi veterno... Veľa vtačích výkalov..." povedal a hodil grimasu. Vtom sa náhle otočil a svojím pohybom vyplašil kŕdeľ holubov. Hrozne som sa naľakala, stovky holubov mi preleteli nízko nad hlavou. Pripadala som si ako v Hitchcockovom horore Vtáci. Triasla som sa strachom. Zrazu som si v húfe ľudí všimla prichádzajúceho Chrisa. Bol v nálade pracujúceho Londýnčana a rozbehnutý, akoby mu išlo o život.

Mal na sebe veľmi elegantný oblek a v ruke držal kufrík. Nikdy predtým som ho nevidela vyzerať tak dôležito. Po stretnutí s tým malým čudným chlapíkom som sa potešila, že som videla niekoho normálneho z môjho sveta. Zakričala som na neho. Nepočul ma. Zakričala som ešte raz.

„Coco?" Chris zastal a pozeral mojím smerom. Prišiel ku mne a objal ma.

„Coco, ty úplne prekvitáš! Čo tu robíš na Trafalgar Square?" Nemala som na to odpoveď. Pre nás Londýnčanov je Trafalgar Square len na prechádzanie sa, alebo niekedy na protesty."

„Má dnes byť nejaký protest?" opýtal sa Chris.

„Nie," rozplakala som sa.

„Prosím ťa, nemal by si čas na jeden drink? Práve som zažila niečo čudesné a riadne ma to vystrašilo."

Pozrel na hodiny, potom na moju uplakanú tvár.

„Samozrejme, zlatino. Zastavím taxi a beriem ťa do Katedrály."

Zdá sa mi, že vždy, keď som v nejakých sračkách, skončím s Chrisom v klube Katedrála. Chris je tam členom, inak by som sa tam ani nedostala. Chris pri dverách ukázal členskú kartu a potom sme sa výťahom dostali do podzemia Soha. Bar je vyrezaný z masívneho dreva v tvare katedrály. Od mojej poslednej návštevy sa mi zdá, že sa majiteľ posnažil a investoval do klubu viac peňazí. Usadili sme sa v spovednici prerobenej na sedeníčko. Strop je vysoký a veľkolepý ako v pravej katedrále a v oblúkovitom tvare. Plamene horiacich sviečok vytvárali na mramorových stenách nádherné tieňové divadlo. Prišla k nám čašníčka oblečená v mníšskom habite a opýtala sa, čo si dáme.

„Poprosím Vás, jedny vysvätené hranolky s morskou soľou a nealko pannu Máriu," objednala som si z menu so zaujímavými názvami.

„Dáte si k hranolkám krv Ježiša Krista?" Nechápavo som na ňu pozrela. „Kečup, drahá?" usmiala sa čašníčka.

„Hej, poprosím," zasmiala som sa.

„Ja si dám alko verziu panenky Márie a... zeleninový šalát... špeciál desatoro." Mníška si všetko zapísala a odišla.

„Chceš dobrú klebetu?" spýtal sa Chris.

„Akú? Hovor."

„Počul som, že Regina Battenbergová sa skrýva na súkromnom ostrove Richarda Bransona."

„Odkiaľ to vieš?"

„Chlapík, s ktorým sa poznám cez sociálnu sieť, pracuje na letisku vo VIP salóniku Virgin. A majiteľom leteckej spoločnosti Virgin je kto? No... Richard Branson."

Mníška nám priniesla drinky. Chris si všimol, že som stále veľmi smutná.

„Coco, zlatino, čo je s tebou. Čo sa deje?"

Všetko som mu vyrozprávala, o Adamovi, o finančných problémoch, o útržku z obalu kondómu, o Adamovej exmanželke, ktorá bude u nás nocovať (týždeň) a o čudákovi z Trafalgar Square, ktorý poznal moje meno.

„Zlatino, hrozne mi to je ľúto. Chceš si požičať peniaze?"

„Ďakujem, ale nie. Nemali by sme ich ako splácať."

„Ak by si si to rozmyslela, tak ponuka platí... A čo sa týka Adama, nikdy som ho nemal za sukničkára. Určite by ťa nepodviedol. No a ty si predsa kondomistka, nie?"

„Z piluliek a antikoncepčných injekcií sa nafúknem ako balón."

„Spomínam si. Raz si vyzerala ako Geri Halliwell v jej tučných rokoch."

Chris ma rozosmial. „Nevyzerala som až tak zle!"

„Nemohol ten útržok byť z tvojich kondómov?"

„Je to možné. Ale mal by si vidieť to dievčisko, čo pracuje s Adamom. Je krásna a sexi. A ja teraz? Nemám na ňu. Som ako krava."

„Každý jeden muž sa pozrie na peknú ženu, ale nie každý podvádza. Gejovia, heteráci, bisexuáli, všetci do jedného sa radi pozrieme na pekný model vo výklade, ale nie všetci ten výklad rozmlátime, aby sme sa k nemu dostali. Chápeš, zlatino? Adam je veľmi lojálny chlap a vie nakupovať. On má záujem iba o výklad v obchode, Coco."

„Chris, a čo hovoríš na toho čudáka z námestia? Povedal mi, že budem mať problém so synom. Vedel, kto som. Coco nie je zvyčajné meno, nemohol ho len tak trafiť."

„Coco, si autorkou najpredávanejšej anglickej knihy, na obálke je tvoja fotka so životopisom. Kniha je vycapená v každom kníhkupectve... Na rohu Trafalgar Square je veľké kníhkupectvo. Nie?"

To ma ani len nenapadlo. Asi som bola trochu paranoidná.

„Coco, dobre vieš koľko bláznov behá po Trafalgari. Nemala si sa pri ňom zastavovať. Zneužil tvoju naivitu. Urobila si chybu, ale vôbec never ani slovu, čo ti povedal. Pamätáš si toho starého blázna, čo mi v Brightone povedal, že zomriem v tridsiatke? Ja debil som mu za tú veštbu ešte aj zaplatil päťdesiat libier. Že veštec, to určite! Stále som tu!"

„Ale roky pred tridsiatkou si trávil v strachu."

„A zbytočne! No, aby sme nezabudli na Adamovu exmanželku. Je lesbička. Však?"

„Hej, ale... Je hrozne sexi."

„Tak čoho sa preboha obávaš? Krásna lesbička bude u vás týždeň spať. A čo? Adam by sa mal strachovať o teba a nie ty o neho. Možno pôjde po tebe. Vieš, čo je zaujímavé? Vždy, keď vidím lesbické páry, jedna je vysoká a druhá nízka s velikánskymi prsiskami!" dopovedal Chris.

Rehotala som sa.

„Vidíš, za pol hodinu som ťa dvakrát rozosmial. Celkom dobrý výkon," Chris mi stisol ruku. Mníška nám priniesla naše jedlo.

„Coco, musím rýchlo jesť," Chris sa pustil do šalátu, „Poobede mám hrozne nepríjemné stretnutie o predaji veľkej časti nášho panstva."

„Prečo musíš predávať?"

„Nemusím, ale chcem pomôcť Rebecce. Čo sa týka dedičstva, je to veľmi nepríjemná a neférová záležitosť. Rebecca chce začať podnikať, bude organizovať eventy, večierky, oslavy... Peniaze z predaja jej pomôžu."

„Ktorú časť panstva predávate? Niečo okolo Cheshire Hall?"

„Nie. Pozemok kúsok od nás. Je na ňom dom, velikánsky zarastený vinohrad a odsvätený starý kostol, z ktorého strechy rastie veľký strom. Je to stará farma."

„Nevedela som, že vaša rodina vlastní až také veľké pozemky."

„Veľmi sme sa o tú časť nestarali. Ale mama sa aj tak sťažuje a nechce predať, lebo vraj bude vyzerať zle medzi svojimi známymi. Niektoré ženy chcú veľké prsia, aby mali sebadôveru. Moja mama potrebuje veľké pozemky a majetky!"

Dojedli sme. Chris musel utekať na metro, aby nezmeškal stretnutie. Vtom mi došlo, že som zabudla na stretnutie s Adamom. Predtým, ako sme sa s Chrisom rozlúčili, mi ešte stihol povedať, „Coco, upokoj sa. Nájdi správny čas a rozumne sa s Adamom porozprávajte."

K Adamovmu baru som dorazila okolo tretej. Stál vonku a rozprával sa s dvomi asi päťdesiat očnými chlapíkmi. Jeden bol úplne plešatý s veľkými popolníkovými okuliarmi a ten druhý mal elegantné prešedivené vlasy, vyfúkané do pekného účesu. Oblečení boli taktiež veľmi elegantne. Vyzerali, že ich veľmi zaujíma, čo im Adam rozpráva. Chvíľu som stála pri nich. Adam ma im však nepredstavil.

„Strašne meškáš," povedal, keď odišli chlapíci.

„Vyzeral si veľmi šťastný pri klebetení s tvojimi kamarátmi."

„Neboli to moji kamaráti. Sú majiteľmi mini pivovaru. Doobeda si tu obdivovala tie pekné pivové fľaše s pávím pierkom. To sú od nich."

„Užil si si trochu mužskej pozornosti?" zavtipkovala som.

„Nie, zaujímal som sa o ich podnikanie. Pozvali ma na exkurziu pivovaru."

„Adam, ale veď ty piješ pivo Stella."

„Kriste Pane. Coco, čo ti zase je?"

„Čo mi je? Môžeš my vysvetliť, čo je toto?" z vrecka som vybrala kúsok z obalu kondómu a mávala som ním pred jeho tvárou.

„Neviem."

„Našla som to v tvojom vrecku... minulý týždeň. Spávaš s tou Becky?"

„Nie!"

„Tak potom, ako sa to ocitlo v tvojich nohaviciach?"

„Predsa mi spolu sexujeme... Coco..."

„To bolo kedysi. Teraz tráviš všetok svoj čas tu v tomto prekliatom bare."

„Coco, vravel som ti, že to robím pre teba, pre nás."

„Daj mi pokoj s takou kravinou. Robíš čašníka za minimálnu mzdu!"

„Vieš čo, radšej budem strčený v tejto diere, ako by som mal byť strčený doma s tou najsebeckejšou osobou, akú som kedy poznal."

„Ja?"

„Poznáš aj nejaké iné slovo mimo JA?"

„Si teraz neférový."

„Coco, život nie je férový a aby som ti to dokázal, idem späť do práce. Ani som neobedoval, čo som na teba čakal."

Adam sa vytratil do baru. A takto vyzerala naša „rozumná" konverzácia.


Sobota 5. mája

Vzala som Rocca na prechádzku, potom som nachystala pre Nanette hosťovskú izbu a v mojej pracovni som ustlala rozkladaciu sedačku pre Holly. Je dosť blbé, keď si človek nevyrieši nejaký problém predtým, ako má prísť návšteva. Ani sme to nemali kedy vyriešiť. Adam bol stále v práci, aby si mohol zobrať pár dni voľna, keď tu bude jeho dcéra a exmanželka. Mali doraziť okolo šiestej poobede. Väčšinu dňa som sa snažila dať dokopy a upraviť, aby som dobre vyzerala. Môj skvelý outfit, ktorý mi vybral Rosencrantz do telky, mi je už malý. Musela som si obliecť tehotenské „montérkové" nohavice. Montérkové nohavice na privítanie Adamovej sexi-lesbickej-exmanželky! Bude si myslieť, že si z nich robím dobrý deň.

Prišli niečo pred šiestou. Nanette je malinká, krásna Írka so snedou pleťou a veľmi priateľským írskym prízvukom. Na sebe mala čižmičky Ugg, napasované rifle a čierne tričko. Blonďavé vlasy mala vyčesané do copu.

„Ahoj, Coco," usmiala sa a objala ma.

Adamova dcéra vošla dnu po nej. Holly je prekrásna, vysoká a chudá baba. Vyzerá ako nejaká topmodelka. Po mame má nádhernú kapučínovú pleť. V červených šatách vyzerala akoby išla predvádzať na módnu prehliadku.

„Ahoj, Coco," pozdravila ma Holly. Je taká chudučká, že som sa ju bála poriadne objať, aby sa neprelomila na dva kúsky. Spoza nich vletel dnu Rocco. Adam sa s ním práve vracal z venčenia, takže nastalo ďalšie kolo zvítavania sa. Potom sme prešli do kuchyne.

„No ukáž sa mi, Coco. Musím si ťa poobzerať," povedala Nanette spoza okrúhleho kuchynského stola. „Tehotenstvo ti neskutočne svedčí, drahá. Si ako rozkvitnutý kvietok."

„Ďakujem," na bruchu som si popravila „montérky".

„Vo vlaku som čítala tvoju knihu," Nanette vytiahla z kabelky Kindle čítačku. „Je fakt dobrá."

Holly podišla ku mne a chytila ma za ruky.

„Coco, ja som žiadnu tvoju knihu ešte nečítala, ale strašne sa teším, že budem mať malinkého synovca."

„Si zlatá, ale on nebude tvoj synovec, ale nevlastný brat."

Holly premýšľala nad tým, čo som povedala.

„Holly, ja som tvoj otec a taktiež budem otcom bábätka," vysvetľoval jej Adam.

„Aha, myslela som, že budem tetou," povedala Holly sklamane. „Hrozne veľa mojich kámošiek sú teraz tetami a robia veľa tetkovských vecí. Chodia spolu nakupovať bábätkovské veci a kočíkujú s kapučínkom v ruke."

„To preto, že ich brat alebo sestra mali bábätko," vysvetľovala jej Nanette.

„Som si istý, že keď na to príde čas, budeš skvelá teta," usmial sa Adam.

„Skvelá teta? Ale to už budem asi veľmi stará teta!"

„Nemusíš byť stará teta, ale budeš určite skvelá teta," pohladkala som ju po vlasoch.

„Aha, budem tetou, keď vaše bábo bude mať bábo."

Všetci sme sa na ňu usmiali a prikývli sme. Nikdy som sa s Adamom nerozprávala o tom, aká je Holly hlúpa. Myslím, že to je dosť blbá téma na konverzáciu.

„Takže, keď ja nebudem jeho teta, on nebude môj ujo?" opýtala sa Holly.

„Nie, zlato... Holly, choď radšej po darček," povedala Nanette s úsmevom. Holly šla na chodbu a vrátila sa ťahajúc za sebou veľkú tašku s krabicou.

„Iba dúfam, že už taký nemáte." povedala Nannete.

„Zatiaľ sme nič nedostali," pozrel na ňu Adam.

Obaja sme z tašky ťahali veľkú krabicu. S Adamom sme sa pustili to trhania baliaceho papiera. Bola to bugina. Skladacia bugina, aby sa zmestila do auta.

„Wau, ďakujeme Nanette. Je krásna," poďakovala som sa. Buginka bola čierna a vo vnútri mala leopardí vzor. Bola som nesmierne dojatá. Pozrela som sa na Adama, ale on sa na mňa nepozrel. Došlo mi, že náš vzťah je asi v riadnej kaši. Že to bude väčší prúser, ako som si myslela. Mali by sme sa vyťešovať, byť šťastní, ale namiesto toho sme stáli v našej kuchyni ako dvaja neznámi.

Zo šuplíka som vytiahla menu na donášku, čím som sa trochu snažila spríjemniť nepríjemnú situáciu. O chvíľu som cez mobil objednala večeru. Adam vytiahol zo svojho ruksaku zopár pivových fliaš.

„Chcel by som, aby ste ochutnali toto pivo. Volá sa Opitý Páv." Boli to tie fľašky, čo som obdivovala v jeho bare.

„Preboha... Opitý Páv? Coco, nemáte džin a tonik?" žmurkla na mňa Nanette.

„Nie, musíš vyskúšať toto pivo!" zavelil Adam. Z kredenca vybral pivové poháre a každému trochu nalial.

„Adam ja nemôžem," odsunula som pohár.

„Trošku piva ti neublíži. Z tmavého budeš mať sladké materinské mlieko," povedala mi Nanette. Adam mi nalial asi centimeter piva. Malo medovú farbu a chutilo prekvapivo lahodne.

„Mňam. Je sladké, cítiť v ňom chmeľ. Nie je vôbec horké ako väčšina pív. Normálne až pohladí krk," cítila som, ako mi červenajú líca. „Cítim z neho samé dobré veci. V žalúdku mám príjemné teplo..."

„Vidím, že niekto už dlho nepil alkohol," uškrnula sa Nanette.

„Vidíš, čo dokáže Adam so svojim sexepílom? Dostane zadarmo pivo," chlipla som si ďalší dúšok.

„Tak to nefunguje," zamračil sa Adam.

„V bare stretol dvoch gejov, čo vlastnia malý pivovar. Zamilovali sa do neho!" rehotala som sa. „Mal by si s nimi stále flirtovať, aby si dostával toto fajnové pivko."

„Zaujímam sa o ich pivovar," ujasňoval Adam.

„A oni sa zaujímajú o tvoj penis," došlo mi, že mi pivo vrazilo do hlavy a meliem samé hovadiny. Nastalo ticho. Nanette s Holly popíjali pivo. Ospravedlnila som sa, že musím ísť a odišla som hore.

Po prvýkrát som cítila ťarchu manželstva. Donedávna som sa cítila vždy vytešená, sexi, nadržaná a mala som doma neskutočného chlapa. Fakt neskutočného chlapa. Ale uvedomila som si, ako sa všetko zmenilo. Čakáme bábätko, máme záväzky, niet cesty späť, navždy budeme spolu. Navždy... Cítila som sa ako, keď som bola vydatá za Daniela.

Zavolala som Marike. Všetko som jej vyrozprávala.

„Coco, vaše manželstvo nemá nič spoločné s tvojim prvým manželstvom. Začnem tým, že Adam nemá mamu monštrum ako Etela a sestru so švagrom ako Meryl s Tonym. A Nanette znie ako fajn ženská."

„Ja viem... Je mi hnusne z toho penisového komentáru."

„Nebolo to veľmi vtipné. V spoločnosti exmanželky nikdy nepi..."

„Myslíš, že som sa vydala moc rýchlo?"

„S Danielom určite. Bola si príliš mladá a predtým, ako ste sa poriadne spoznali, ste boli tehotní s Rosencrantzom."

„A Adam a ja? Robím opäť staré chyby? Opakuje sa moja minulosť?"

„Možno, že ty si ten problém," povedala Marika vážne.

„Ako to myslíš?"

„Možno si vždy vyberáš takých chlapov, ktorých chceš potom zbaviť ich mužnosti. Mne ti to príde tak, že Adam sa naozaj snaží, ako len vie, a ty do neho stále rýpeš."

„To nie je fér."

„Coco, zobuď sa. Voláš mi preto, lebo chceš vedieť pravdu. Ak to chceš obalené v pozlátku, zavolaj Chrisovi."

Chvíľu bolo ticho.

„Mimochodom, Milan a ja sa máme fajn. Lepšie ako fajn."

„Prepáč, v poslednom čase toho bolo na mňa priveľa," ospravedlnila som sa.

„Taký je život. Nemôžeš mať celý život medové týždne. Skutočný život ťa sem-tam prefacká..."

„Hej," súhlasila som tichým hlasom.

„Coco, ty by si mala byť šťastná. V živote si mala dve veľké lásky. Tak či onak, nikdy o to nepríde. Vieš, čo by dala väčšina žien za to, aby mali aspoň jednu skutočnú lásku?"

„Veď hej, viem... Tak čo nového s Milanom?"

„Všetko je úžasné. On je úžasný. Je najlepší. Chcem, aby si ho lepšie spoznala."

„Teším sa a rada ho lepšie spoznám."

„A teraz vstaň a padaj dole. Nechceš byť jednou z tých žien, čo urevané opustia miestnosť a sťažujú sa na bolesti hlavy. Choď už."

Dala som sa dokopy a zišla som dolu. Adam sa v obývačke rozprával s Nanette. Zastala som na spodku schodov.

„Táto tvoja práca v bare nemôže byť riešeným na dlho," hovorila mu Nanette.

„Nie, nájdem si niečo iné. Zápis v trestnom registri by mal byť zmazaný do niekoľkých mesiacov," vravel jej Adam.

„Adam, roky si pracoval ako menežér a si v tom naozaj dobrý, mohol by si si nájsť niečo v tomto smere."

„Hmm, práca v nudnej kancelárii. Nudní ľudia. Nudný život. Zničí mi to dušu, ale viem, že musím. Zodpovednosť mi nedáva inú možnosť."

Povedal to veľmi vážne.

„Tieto pivové fľaše sú strašne chutné," usmiala sa Holly.

„Závidím tým chlapíkom. V Londýne sa vypracovali z ničoho, zarobili majland. Predali svoj byt v centre a presťahovali sa na vidiek, kde si pekne zarábajú výrobou piva," vravel Adam.

„Veľmi elegantné pivko," okomentovala fľaše Nanette.

„Presne tak. Práve teraz je na podobné veci skvelý čas. Ľudia sa idú pozabíjať za organickými produktmi vyrobenými malými súkromnými firmami. Predávajú ho online, v pivovare robia aj prehliadky pre skupinky záujemcov a sú si sami sebe šéfmi."

„Nikdy som nevedel, že sa máš záujem o takéto veci," povedala prekvapená Nanette.

„Nuž, človek potrebuje padnúť na kolená, aby potom vstal

a bol nútený popremýšľať, čo a ako so životom," povedal sklesnuto.
Nastalo ticho. Potom som počula, že Adam potichu plače.
„Mal by si sa porozprávať s Coco," radila mu Nanette.
„To by asi nedopadlo dobre. Je tehotná. Sme finančne na mizine...myslí si, že som ju podviedol."
„S kým?"
„Neviem."
„A podviedol si ju Adam?"
„Nie! Som stále buď v práci alebo doma."
Chvíľu boli ticho, potom Nanette pozbierala krabice od donáškového jedla a zobrala ich do kuchyne. Ako malé decko som ušla hore schodmi. Nechcela som, aby ma videli.
Adam prišiel neskôr do postele a ľahol si vedľa mňa. Rocco vyskočil hore a ľahol si medzi nás. Myslím, že sme boli obaja hore v tichosti ešte veľmi dlho.

Pondelok 7. mája

Dnes bol štátny sviatok. Adamovi ponúkli dvojitú šichtu, čo znamená veľa peňazí, tak mu Nanette povedala, aby to vzal. Bála som sa s ňou stráviť deň, ale vôbec som sa nemusela strachovať. Strávili sme spolu krásny deň v záhrade, popíjali sme a dobre sme sa porozprávali. Večer k nám prišiel Rosencrantz a pozval Holly na drink do baru. Ja s Nanette sme si objednali donášku domov a v pokoji sme sa najedli.
„Nevadí ti, že môj obraz visí u vás na stene?" opýtala sa ma Nanette, keď sme dojedli. Pozrela som na obraz kúpaliska a aj na ten druhý, na ktorý musel Adam kúpiť nový rám.
„Vôbec nie, sú krásne," povedala som jej. A som rada, lebo som to myslela vážne. Adam prišiel domov z práce o pol tretej ráno, hneď zaľahol do postele vedľa mňa. Rosencrantz s Holly

prišli o pol piatej. Boli úplne na mol. Tak hučali, že som musela ísť dolu a povedať im, nech sú tichšie. Rosencrantz ležal na dlážke v kuchyni a Holly mu maslom natierala čelo.

„Pozri, dávam si Toastocrantza!" kričala Holly a Rosencrantz sa rehotal na plné hrdlo.

„Buďte ticho a choďte spať," vyhrešila som ich ako stará dievka. Viem, že to je asi čudné, ale to že som ich vyhrešila ako malé deti, vo mne prebudilo pocit, že sme jedna veľká rodina.

Sobota 12. mája

Dnes bol posledný deň, čo u nás bola Nanette s Holly. Budú mi veľmi chýbať. Ráno som s Nanette zobrala Rocca na prechádzku do Regent´s parku.

„Vždy vyzeráš taká pokojná a taká, že nemáš s ničím problém..." povedala som jej pri jazere. „Máš na to recept?"

„Vždy by si mala robiť to, čo chceš. Nemala by si sa snažiť každému so všetkým vyhovieť... Ale na druhej strane by si nemala ľudí ani veľmi pohnevať."

„Znie to dosť jednoducho a zároveň zložito."

„Coco, nebola som vždy takáto. K Adamovi som sa v posledných rokoch manželstva správala ako hrozná suka."

„Vedela si vždy, že si...?"

„Lesbička? Áno. Niekde hlboko vo vnútri som to vedela. Ale keď vyrastáš, nikto ti nepovie, že byť lesbičkou je normálne, tak potom robíš všetko tak, ako to od teba očakáva okolie. Ja som sa vydala. A potom prišla Holly."

„Ako si to povedala Adamovi?"

„Nepovedala. On ma prichytil s inou ženou."

„S akou ženou?"

„So ženskou čo nám nosila poštu," povedala zahanbená Nanette.

„Ako je teda možné, že tak dobre spolu vychádzate? Ja som svojho bývalého muža Daniela načapala v posteli so Snehulienkou, samozrejme nie s tou pravou, ona len hrala Snehulienku v divadle, a ešte stále som na neho hrozne nasratá! A to sú už pomaly tri roky."

„Zo začiatku to nebolo najlepšie, ale potom sme si k sebe našli cestu. Chápal ma. Povedal mi, že by som mala byť sama sebou. Je to tá najkrajšia vec, akú pre mňa kto kedy urobil."

„Do riti," zareagovala som.

„Čo sa stalo?"

„V poslednom čase som k nebu nebola najlepšia... Počula som váš rozhovor v tú noc, keď ste prišli. Rozprávali ste sa o jeho návrate do práce v nudnej kancelárii."

„A on to pre teba urobí...nepochybujem," Nanette mi stisla ruku.

„Ale nemal by aj on byť sám sebou?"

„To porovnávaš moju orientáciu s prácou v nudnej kancelárii?" zasmiala sa Nanette.

„Nie, ale mal by byť šťastný."

„Určite to nejako vyriešiš. Adam mi povedal, že si nesmierne fascinujúca žena, a že všetko vyriešiš bez toho, aby si vedela, že to robíš..."


Nedeľa 13. mája

Nanette s Holly odišli okolo obeda. Adam išiel do poobednej smeny.

V hlave sa mi stále premieľal rozhovor s Nanette. Necítila som sa ako fascinujúca žena a ani ako žena, čo vyrieši problémy bez toho, aby o tom vedela. Mala by som asi niečo zmeniť.

Prešla som sa do veľkej drogérie Boots na stanici Marylebone. Majú tam veci od výmyslu sveta. Chcela som vidieť, či tam

náhodou nepredávajú súpravu na výrobu piva. Bol to zúfalý nápad, ale nič iné mi nenapadlo. Obchod bol plný unaháňaných ženských, kupujúcich sendviče od Jamieho Olivera a nurofen. Keď som sa opýtala predavačky, či majú niečo na výrobu piva, myslela si, že som blázon. Som si istá, že kedysi v Bootse predávali pivové súpravy?!
Išla som to vyskúšať do veľkého Bootsu na Oxford Street. Vytešená mladá predavačka ma presmerovala na Boots v Piccadilly Circus. Tam ma staršia predavačka priviedla k poličke s magnetkami piva. Keď som jej vysvetlila, že ja nechcem pivovú magnetku, ale súpravu na výrobu piva, povedala, že to už nepredávajú.

Potom som urobila to, čo som mala urobiť hneď na začiatku. Vytiahla som mobil a cez Google som vyhľadala „súprava na výrobu piva". Našla som obchodík v londýnskej časti Borough. Utekala som na metro Bakerloo Line a v obchode som kúpila lacnejšiu súpravu na výrobu piva. Domov som musela ísť taxíkom, krabica bola veľmi veľká. Keď sa Adam vrátil z práce domov, krabica bola položená na kuchynskom stole.

„Čo to je?" opýtal sa. Povedala som mu, že som si vypočula jeho rozhovor s Nanette.

„Nemala si."

„Ja som rada, že som to kúpila, lebo som si uvedomila, aká som bola sebecká a všetko bolo len o mne. Na teba som vôbec nemyslela."

Adam ma objal.

„Máš na to právo...byť trochu sebecká. Nosíš v sebe nášho synčeka."

„Nie, nie...Ty si sa mi len snažil povedať o svojom sne, o svojich predstavách a ja som hádzala ironické poznámky. Mať sen je veľmi dôležité."

Adam ma vášnivo pobozkal.

„Coco, milujem ťa."

„Aj ja teba, zlato."

Potom otočil veľkú škatuľu a začal ju poriadne „študovať".

„Skutočne by si chcel mať svoj malý pivovar?"

„Teoreticky áno, ale to sa nikdy nestane. Ale toto bude skvelá zábava. Ďakujem!"

„Keď som sa minulý týždeň rozprávala s Chrisom, povedal mi, že predáva nejaký pozemok pri svojom panstve. Je na ňom aj dom... taká malá farmička.

Adam prestal vybaľovať súpravu na výrobu piva a otočil sa ku mne. „Čo tým chceš povedať?"

„Nie som si istá, len tak nahlas rozmýšľam. Hypoteticky."

„Tak v tvojej hypotetickej myšlienke... ako by sme tú farmičku kúpili?"

„Predali by sme dom."

„Myslíš, že by to bolo také jednoduché?"

„Nuž, všetko je jednoduché, keď rozprávaš hypoteticky."

Celá konverzácia sa rozvinula oveľa viac, ako som počítala.

„A čo s týmto domom, tvojou prácou, tvojimi priateľmi?"

„No... opäť len hypoteticky, písať knihy môžem kdekoľvek. A ten dom je na Chrisovom panstve, takže by sme mali pri sebe minimálne jedného priateľa."

„Nechýbal by ti Londýn?"

„Z Londýna som dosť unavená."

„Vieš, že sa vraví, že keď si unavený z Londýna, si unavený zo života?"

„Adam, možno som len unavená zo svojho starého života. Tento dom symbolizuje môj starý život... s Danielom. Budeme mať svoju vlastnú rodinu. Možno by sme mali začať s čistým štítom."

„Len si predstav, ako by krpatý vyrastal na vidieku," povedal usmiaty Adam. „Behával by po poliach, dýchal by čerstvý vzduch. Priučili by sme ho biznisu."

„Ako by si ho priučil biznisu?"

„Mohol by mať jedno alebo dve kuriatka a predávať ich vajíčka. Vždy som po tom túžil, keď som bol malý.

Adamova tvár bola zasnená, myslím že už nerozprával hypoteticky.

„A na vidieku by jeho tatko nemusel ďalších dvadsať rokov strácať svoju dušu v nejakej nudnej kancelárii," povedala som jemným hlasom.

„Coco, myslíš to vážne?"

„Neviem. Možno."

„Naozaj myslíš, že by sme mohli mať malý pivovar?"

„Nikdy som si nemyslela, že by som mohla byť úspešnou spisovateľkou. Tak prečo nie pivovar," usmiala som sa.

„Coco, nevedel by som, kde začať. Videl som fotky s veľkými chrómovými nádržami na pivo a pekné fľašky s Pávím Perom, ale ako sa pivo vôbec vyrába?"

Prstom som ukázala na súpravu na výrobu piva. „Nech sa páči. Môžeš začať," zasmiala som sa.

Adam sa z nej hrozne tešil. Otvoril krabicu, vybral z nej veľkú plastovú nádrž s vrchnákom, dlhšiu hadicu, veľký teplomer, zopár sáčkov droždia a priehľadný sáčok plný chmeľu. V krabici bola pribalená knižočka s návodom. Adam sa hneď pustil do čítania. Bol do toho tak zažratý, že ma už ani nepočul, tak som išla pozerať telku. Ešte o deviatej večer bol do knižky hlboko ponorený. Zobrala som Rocca a išla sa osprchovať... Po sprche som si zapla stanicu Radio 4 a potom som ešte trochu čítala. Keď už v rádiu hlásili predpoveď počasia pre lode na mori, čo býva zvyčajne okolo jednej ráno, vstala som a išla pozrieť, čo je s Adamom. Šporák bol zapratany hrncami a zapnutá bola aj mikrovlnka. V nej boli v nádobe s vodou ponorené rôzne umelé hadičky.

„Zlato, čo robíš?" opýtala som sa ho.

„Snažím sa všetko sterilizovať... Potom vyrobím pivo."

Prešla som ku kuchynskému ostrovčeku, na ktorom mal vo veľkej miske uložený zelený, trochu navlhnutý chmeľ. Voňal nádherne. Adam prišiel ku mne a vzal misku s chmeľom.

„Prepáč zlato, všetko musí byť sterilné."

„Sprchovala som sa." Adam vybral z misky môj blonďavý hlas.

„Som si istý, že ak by som pridal niečo z teba, tak by pivko bolo chutnejšie, ale musím dodržať postup, pridám chmeľ, obilie, sladový výťažok, vodu a droždie.

„Ako dlho to bude ešte trvať?"

„Obilie musí byť namočené pár hodín v tomto vrecovom vrecúšku. Potom pridám chmeľ a droždie. Tak asi dve alebo tri hodiny."

„Zlato, je skoro jedna hodina."

„Keby teraz prestanem, tak by som nezaspal. Ďakujem, Coco."

Adam si ma pritiahol k sebe a vášnivo ma pobozkal. V žalúdku som po dlhej dobe zacítila motýliky.

„Nechceš si dať malú prestávočku s mamuľkou tehuľkou?" rukou som ho pohladila po krku, po jeho tvrdých tehličkách až k rozkroku.

„Ups! Voda práve dosiahla potrebnú teplotu," Adam sa odtiahol a rýchlo prešiel ku šporáku.

„Coco, si najlepšia na svete. Sľubujem, že ti to vynahradím."

„Okej," zodvihla som Rocca a odišli sme do spálne. Rocco mi zaspal pri nohách a potom som zadriemala aj ja.

O trištvrte na štyri mnou potriasol Adam.

„Kde mám dať tvoje nohavičky?" pošepkal mi do ucha.

„Hmmm... takže nakoniec aj mňa obrobíš ako ten chmeľ..." zasmiala som sa. „Polož ich na nočný stolík zlato."

„Čo? Nie," nepochopili sme sa. „Myslím tvoje nohavičky, čo si si sušila v skrini s bojlerom. Musím ich dať odtiaľ preč. Potrebujem miesto...na pivo."

„Len ich trochu posuň," povedala som sklamane.

„Nepokrčia sa?"

„Adam pripadám ti ako ženská, čo si žehlí nohavičky?" obrátila som sa na druhú stranu a zaspala som. Zobudila som sa

až na zvuk budíka o pol siedmej. Adam ležal vedľa mňa. Rýchlo vstal a obliekol si tričko.
„Si naj, naj zlato," otočil sa ku mne a snažil sa obliecť si kraťasy.
„Som naj? Myslíš?"
„Kúpila si mi takú skvelú vec ako výrobník piva a hydrometer."
„Kúpila."
„Ďakujem," Adam ma pobozkal.
„Chcela som ťa potešiť."
„Ani nevieš, čo je hydrometer, však?"
„Nemám šajnu," zasmiala som sa. Adam rozprával o gravitácii a meraniach... a potom utekal dolu do kuchyne. O chvíľku som opäť zaspala.
Znovu ma zobudil potrasením asi okolo desiatej.
„Coco, Coco!"
„Čo je?"
„Poď so mnou!" ťahal ma za sebou na chodbu. Adam vypratal celú skriňu s bojlerom. Nemala som ani tušenia, koľko vecí sa do nej zmestilo. Chodba bola zapratáná posteľnou a spodnou bielizňou, dekami... Vyzeralo to, ako keď vyložia náklad červeného kríža niekde v Kambodži.
„Všetko upracem, neboj," povedal Adam. Rocco pribehol za nami, vyliezol na náklad a po niekoľkých kolách sa uložil na oddych na bielizeň. Spokojne si vydýchol a šťastnými očkami na nás pozeral. Adam otvoril dvere do bojlerovej skrine. Vzadu „kričal" na mojím otcom červeno namaľovaný starý bojler. Na najväčšej polici stála veľká umelá nádoba. Zo skrine sa valila vôňa kvasiaceho piva, cukru a droždia.
„Čo ty na to?"
„Je to veľká biela nádoba," nič iné zo mňa nevyliezlo.
„Čo ešte vidíš?"
„Našu bielizeň na zemi. Rocca, ako nám svojim zápachom

kazí veci..." Rocco štekol. „Čo je ale veľmi príjemná vôňa," žmurkla som na Rocca. „Môžem sa pozrieť do nádoby?" „Nie. V žiadnom prípade ju nemôžeme teraz otvoriť. Musí byť konštantne na tej istej teplote," povedal Adam presvedčivo a do práce odišiel ako nový človek. Šťastný.

Piatok 18. mája

Dnes som oficiálne tehotná dvadsiatyôsmy týždeň. Takže o dvanásť týždňov by som mala rodiť. Brucho mám už neprehliadnuteľné a prsia také veľké, že potrebujem obe ruky, aby som mohla chytiť aspoň jeden. Ak by som potrebovala nového chlapa, tak s dnešnými prsiami by som ho bezpochyby dostala. Ale momentálne mám iné problémy. Moje prsia sú mojou jedinou zbraňou, ktorou môžem konkurovať Adamovmu štyridsaťlitrovej výrobni piva.

Ráno som si dala dlhú sprchu. Hlavou sa mi preháňalo množstvo vecí. Niektoré vzrušujúce, niektoré už menej. Včera som volala s Chrisom a dnes sa ideme pozrieť na farmu, ktorú predáva. Farma sa volá Strangeways a patrí k nej dvojposchodový dom s celkom veľkým pozemkom. Ak by sme farmu kúpili, hneď mením jej meno.

S Chrisom sme mali stretnúť u neho doma na panstve Cheshire Hall. Počasie nám prialo. Bol nádherný jarný deň, všetko krásne kvitlo a pučalo. Z Londýna sme vyštartovali skoro ráno. Keď sme prechádzali bránou panstva, nízko nad trávnikom sa tiahla hmla. Zaparkovali sme na štrkovom parkovisku pred domom. Pri masívnych vchodových dverách sme zazvonili na vchodový zvonček. Otvoril nám robustný fešák.

„Pán a pani Rickardovci?" opýtal sa.

„Prišli sme za Chrisom, lordom Cheshirom," povedal mu Adam. Chlapík nás viedol chodbou do obývacej izby.

„Chris tu bude o chvíľu." Svojím výzorom ma tak zaujal, že som z neho nevedela spustiť oči. Skoro som narazila do stĺpa.

„Oči pred seba, mamuľa tehuľa!" zastavil ma Adam pred nárazom. Začervenala som sa a prešla do obývačky. Adam sa na mne rehotal.

„Buď ticho. S veľkým bruchom strácam balans."

„Aha, takže tvoje brucho je na vine, že si šla vyočiť na tom chlapíkovi."

Veľká obývačka vyzerala už tak, že je Chrisova. Dal si do nej svoju telku a mal po nej roztrúsené dévedečka. V rámčekoch mal svoje fotky. Na jednej bol so svojimi sestrami Sophiou a Rebeccou, keď boli ešte deti. Boli na nejakom poli, spoločnosť im robil ich otec. Chris mu sedel na pleciach a uškŕňal sa od ucha k uchu, chýbali mu dva predné zuby. Ich mama Lady Edwina v pozadí nabíjala vzduchovku.

Na ďalšej fotke bol Chris so mnou a Marikou. Bolo to hrozne dávno, na dovolenke na Tenerife. Sme na nej veľmi mladí, s divokými účesmi a spálenými tvárami. Potom som si všimla fotku, na ktorej je Chris s Kenethom. Nikdy predtým som ju nevidela. Odfotili sa na veternom Brightonskom móle, ktoré končí nad morom.

„Prepáčte, že meškám. Je mi to ľúto," Chris vletel dnu. „Nechcel som, aby ste na mňa čakali."

Všetci sme sa objali.

„Čo to tu máš za fešáka?" opýtal sa Adam a pokračoval. „Coco skoro nabúrala naše bábo do múra!"

„Keď sa mama presťahovala, vzala so sebou aj služobníctvo. Musel som si nájsť nového komorníka a tak som si povedal, že si vyberiem niekoho, na koho sa dá aj pozerať. Môžem vám ponúknuť čaj?"

„Nie ďakujeme. Poďme sa pozrieť na farmičku," povedala som.

„Nechce sa mi veriť, že nad tým vážne uvažujete," povedal vytešene Chris.

„Ani nám sa to nechce veľmi veriť," uškrnul sa Adam.

Nasadli sme do Chrisovho starého Land Roveru a viezli sme sa po štrkovej ceste na pozemky obklopujúce jeho panstvo. Prízemná hmla sa rozplynula a nebu kraľovalo rozžiarené slnko. Cestou sme sa trochu vytriasli :). Zrazu sa pred nami spoza kopca vynorila brána. Adam vyskočil z auta a otvoril ju. Za ňou sa tiahla poľná cesta romanticky zrastená do oblúka hustými stromami. Vytvárala tunel, cez ktorý sme prechádzali niekoľko minút, až kým sme nedorazili k ďalšej bránke. Na nej visela ošúchaná oranžová tabuľa s telefónnym číslom, ak by mal niekto záujem o prenájom domčeka alebo aj celej farmy. Adam otvoril aj túto bránku, za ktorou nás čakala blatistá cesta. Cesta bola dosť zarastená. Spodok auta párkrát narazil na prerastené korene a odlomené konáre. Potom sme prešli veľkou a dosť hlbokou mlákou. Za ňou sa skončila alej stromov a tam na nás čakal domček. Nebol veľký, ani nejaký extravagantný. Bol dosť jednoduchý, klasický anglický tehlový so špicatou strechou. Za ním bol prerastený hustý les, ale pred ním bola nekonečná záhrada, ktorá stála za to. Bola neskutočná! Trávnik bol nádherne upravený, kríky obstrihané do oku lahodiacich tvarov. Pozemok bol ohraničený nízkym dreveným plotom s ostnatným drôtom. No najlepšou vecou na celom dome a pozemku bol výhľad! Pred nami sa rozprestieral prekrásny obraz Kentského vidieka. „Náš" pozemok bol zarastený poľnými kvetmi, stromami... Bolo na ňom aj jazierko. Na kopcoch oproti bolo vidieť zopár iných usadlostí. Žlté polia repky olejnej boli prerušovali zelené kopce a v diaľke sa mihlo stádo sniek. Chris si nás všimol, ako na všetko pozeráme s otvorenými ústami.

„Ten výhľad nemá konca," pozerala som do diaľky.

„Coco, tamto nepatrí k tomuto pozemku," usmial sa Chris. „Iba týchto šesť pozemkov, jazero, dva pozemky na opačnej strane, starý vinohrad na kopci a zarastený les za domom. Farma tu stojí už nejaký čas. Skoro som zabudol, že je tu aj studňa."

„Studňa?" Adam zbystril.

„Áno," povedal Chris.
„Je tu voda zo studne?"
„Pitná?"
„Áno."
„Paráda!" Adamovi sa zaiskrilo v očiach. Chris nechápal, prečo je až taký vytešený.
„Vieš Adam, v dome je tečúca voda, kohútiky a všetko čo k toomu patrí."
„Poďme si pozrieť dom," poprosila som Chrisa. Adam sa už asi rozhodol a aj to len vďaka studni. Ja som si ešte nebola istá.
Dom bol postavený zo sýtočervenej tehly, na ktorej bolo vidieť známky starnutia. Okná boli staré, potrebovali by vymeniť. Vchodové dvere tvoril veľký drevený rám, vyplnený dymovým sklom. Chris nevedel nájsť kľúč. Chvalabohu ho nechal iba v aute.
„Kľúč ani nepotrebuješ, stačí si obaliť ruku pulóvrom a rozbiť sklo na dverách," okomentovala som dvere, keď išiel Chris po kľúč.
„Pssst," utišoval ma Adam.
„Nie su vôbec bezpečné." Chris sa vrátil a my sme sa na neho usmiali. Otvoril dvere. Musel ich poriadne potlačiť, aby sa otvorili. Za nimi bola pošta, kopa reklamných letákov, a schránkových novín.
„Aspoň vidieť, že sem chodí pošta," povedal vysmiatý Adam.
„A pozri, robia sem aj donášku pizze."
„Po nejakom prehováraní sem pizzu skutočne dovezú, ale väčšinou býva už vlažná..." povedal Chris tichším hlasom. Na chodbe bolo trochu chladno a smrdela vlhkosťou. V dopadajúcich slnečných lúčoch tancoval prach. Naľavo bola takmer prázdna obývačka. Boli v nej iba dve veľké sedačky. Z izby bol úžasný výhľad do záhrady a na žlté polia. Na záchode bola hrozná zima. Chris rýchlo spláchol. Na konci chodby bola čistučká kuchyňa s mikrovlnkou, chladničkou a šporákom. Všetky spotrebiče vyzerali dosť staré, na každom z nich bol na

špagátiku uchytený manuál. V spálňach na poschodí boli nízke postele na malých nožičkách prikryté perinami navlečenými v starých bielych obliečkach, skrine z napodobneniny dreva a na stenách viseli obrazy lodí a západov slnka. Domom sme prechádzali v tichosti. Chris na mne videl zdesený výraz.

„Posledných pätnásť rokov sme to tu prenajímali dovolenkárom, takže sme do domu peniaze veľmi nevrážali... Ale je tu skutočne úžasne... okolie je prekrásne... Dá sa sem nainštalovať aj internet.

„To je fajn," povedala som. Videla som, že Chris zápasil s vnútornou dilemou či nasilu predať, alebo byť skôr priateľom. Stisla som mu ruku.

„Aký veľký je pozemok?"

„Dom plus štyridsať akrov, vrátane zopár hospodárskych budov a jazera..."

Chvíľu sme boli ticho.

„Dá sa v jazere plávať?" Adam pretrhol ticho. „Mohli by sme naučiť malého plávať."

„Je v ňom nahádzaných hrozne veľa nákupných košov, tie by sa museli najprv vyloviť," odpovedal mu Chris. „Ale odvtedy, čo sa musí do nich v Lidli strkať žetón alebo minca, už našťastie nepribúdajú..."

V kuchyni boli zadné dvere podobné tým predným a takmer celé boli zo skla. Boli to také dvere, ktoré kričali, že: „Zlodeji, násilníci poďte dnu. Vitajte u nás!" Za dverami bola machom obrastená terasa a ovocný sad. Zo zarasteného trávnika vznešene rástli hrušky a jablká.

„Kde je studňa?" opýtal sa Adam.

„Nie som si istý. Ukážem vám zvyšok."

Vrátili sme sa do Land Roveru a Chris nás previedol štyridsiatimi akrami pozemkov. Polovica pozemkov je prenajatá tunajším farmárom, ktorí na nich pestujú rôzne plodiny. Jeden z najväčších pozemkov bol označený ako park lesnej zveri. Na pozemku pri dome bol chátrajúci vinohrad.

Obhliadku pozemkov sme ukončili pri chátrajúcej stodole. Vedľa nej bola okrúhla tehlová budova so špicatou oválnou strechou. Strecha vyzerala ako naopak otočený lievik. Vrch „lievika" bol trochu ohnutý do strany.

„Čo to je?" opýtala som sa.

„Neviem. Ako malý som si vždy myslel, že tu vyrábajú klobúky pre čarodejnice."

„Je to sušiareň. Na sušenie chmelu..." povedal zasnívaný Adam.

Prekvapene som pozrela na Chrisa.

„Wau... sušiareň," zopakoval Adam. Podišiel k dverám a s veľkou silou otvoril mohutné drevené dvere. Išli sme za ním. Z vnútra bola sušiareň taktiež tehlová, bez omietky, a keď sme pozreli hore, videli sme až na koniec „lievika". V strede sušiarne, niekoľko metrov nad nami, bola v podlahe velikánska diera. Očividne to už rokmi nezvládla. Po okraji steny trčali rozlámané dosky. Na jednej z nich sedela veľká vrana. Pokrútila hlavou, zakrákala, vyletela a mierila rovno na nás. Na poslednú chvíľu zmenila smer a vyletela hore. Jačala som ako malá, čo vranu vystrašilo ešte viac. Chris od strachu kričal a utekal k dverám. Zakopol o kopu tehiel a zletel na zem. Zvuk jeho pádu sa odrážal od stien.

Adam stál v strede a ani sa nepohol. Pozeral hore a obdivoval sušiareň. Slnečné lúče dopadali na jeho tvár a zvýrazňovali jeho mužskú krásu.

„Boli tu tri poschodia," Adam pozeral po obvode stien. „Po zbere chmelu ho pekne rozložili po drevenej podlahe... Pozrite tam... v rohu mali oheň, ktorým chmeľ sušili," Adam ukazoval na zhrdzavené kachle.

„Adam!"

„Hej, prepáč..." Adam pomáhal Chrisovi postaviť sa. Ten bol na kolenách a na jednom z nich mal veľkú dieru a trochu krvi. Vrana sa usadila na svojom miestečku a spokojná sama so sebou nás sledovala.

„Sprostý čarodejnícky domisko," zahučal Chris.

„Poďte, ideme," zahlásila som. Vonku nás privítalo hrejivé slniečko. Adam chcel vedieť, kde je studňa. Dali sme hlavy dokopy a dohodli sa, že studňa musí byť niekde pri dome. Adamov entuziazmus rástol každou minútou, ale ten môj rýchlo klesal. Ďalšiu hodinu sme šoférovali po okolí, ale studňu sme nenašli.

„Aspoň vieme, ako tá studňa vyzerá?" položila som si rečnícku otázku. Medzitým som musela ísť dvakrát na malú potrebu do kríkov. Raz ma na citlivé miesta poprhlila pŕhlava.

„Je to diera v zemi," Adam z okna auta sledoval polia a húštiny, či nezazre studňu.

„Máme trochu šťastia. Tam je Roger! On sa nám stará o usadlosti, lesy a panstvo. Bude určite vedieť, kde je tá prekliata studňa."

Pred nami išiel na bicykli Roger. Na hlave mal poľovnícku čiapku a bol oblečený v tvídovom obleku. Jeho bicikel vyzeral na dospeláka dosť malý. Chris pri ňom zabrzdil.

„Dobré popoludnie, Máster Chris," Roger sa usmial na Chrisa pri jeho okne.

„Máster Chris?" Zopakoval Adam po tichu.

„Ahoj Roger, hľadáme studňu. Mohol by si nám pomôcť?"

„Ktorú studňu? Slaterovskú alebo Kraysovskú?"

„Nie som si istý. Tá čo je bližšie k farme Strangeways."

„Tak to bude Kraysovská studňa. Je hneď za domom."

„Ďakujem Roger. Toto sú moji priatelia Coco a Adam. Majú záujem o kúpu farmy."

„Zdravím," Roger si dal dolu klobúk. Odzdravili sme ho.

„V septembri si dávajte pozor na vinohrad. Veľa deciek sem chodí na hrozno. Ošklbú ho ako škorce... Raz som vo vinohrade zaspal a keď som sa zobudil, nič som nevidel a nedalo sa mi prežúvať."

„Čo sa vám stalo?" opýtala som sa.

„Ukradli mi okuliare a z úst zuby."

„Ďakujem Roger. To bude všetko," Chris zavrel okno a pokračoval v jazde.

„Ale veď on nemal okuliare," pozrela som na Chrisa.

„Mama mu minulý rok zaplatila laserovú operáciu očí. Má ho veľmi rada. O všetko sa tu stará."

Kým sme prišli naspäť k domu, bola zima, bola som vyhladovaná a intímne časti ma stále štípali. Adam s Chrisom vyskočili z auta. Fascinuje ma, akú energiu nájdu chlapi v sebe, keď ide o nejakú dieru. Nasledovala som ich za dom. Našla som ich tam v húštine. Trhali trávu ako besní, aby sa dostali k mohutnému drevenému poklopu na studni. Adam sa zaprel a otvoril poklop. Všetci sme pozreli dolu do studne. Bola veľmi hlboká. Na vodnej hladine sa odrážalo slnko. Adam si všimol modré lano a s pomocou Chrisa zaň začal ťahať, až kým nevytiahli čierne vedro plné krištáľovo čistej vody. Adam si rukou nabral a napil sa.

„Coco," Adam sa na mňa pozrel s velikánskym mokrým úsmevom. „Toto je ono! Vyskúšaj!"

„To já piť nebudem," odmietla som. Chris sa načiahol do vedra, a odpil si z vody."

„Preboha. To je úžasné. Skvelá sladká voda."

Nechcela som byť trápna, tak som sa nakoniec napila aj ja. Voda bola vynikajúca. Človek je z vody znudený, hlavne z tej z kohútika. Pijeme ju len preto, že ju potrebujeme, ale nie kvôli chuti. Táto voda však bola akoby z inej planéty, ľahká a sladučká.

„Je výborná, ale hadam si nemyslíš, že sem budeme behať z domu, aby sme si nabrali vodu do kanvice na kávu," povedala som s poloúsmevom. Adam si ma pritiahol k sebe a pobozkal ma na pery.

„Nie na kávu. Na pivo. Základ piva je voda, minimálne tak ako chmeľ," zaiskrili mu oči. „So správnym marketingom by sme boli určite úspešní. Predstav si atraktívne fľaše, chutné jantárové pivko, sladké, lahodné... Produkt ako lusk. Na našej webstránke by si mohla písať o našej farme, o našich produktoch. Začali by sme blogovať. Sušili by sme chmeľ tradičným starým spôsobom v sušiarni."

Adam na mňa pozeral.

„Preboha, teraz som kvôli tebe dostal hroznú chuť na čapované pivo," Chris si oblízol pery. Nikdy predtým som ho nevidela piť pivo. Je zarytý labužník džinu s tonikom.

„Okej, popremýšľame nad všetkým," na iné som sa nezmohla.

Po ceste na panstvo sa Adam s Chrisom rozprávali o histórii farmy. Adam sa vypytoval, či sa na okolitých poliach udiala nejaká historická bitka.

„No, bola tu jedna. Keď chceli stavať Tesco na Hawkinských planinách. Ľudia sa búrili ako besní."

„Musela tu aspoň trochu zasiahnuť bitka o Hastings. Aspoň tadiaľto prechádzali?"

„Myslím, že je o tom niečo písané v knihe Domesday. Pozrieme."

„Nevieš, či je kniha aj v elektronickej forme? Pre čítačku Kindle?" Adam siahol do mojej kabelky. Snažil sa vyloviť čítačku.

„Nie. Upokoj sa, môj zlatý," odstrčila som Adamovi ruku z kabelky. Nakoniec sme sa rozlúčili s Chrisom a sľúbili sme mu, že sa ozveme.

„Coco, naozaj nad týmto vážne uvažuješ?" Chris ma pobozkal na líce.

„Neviem..."

Celú cestu domov som počúvala Adama, aké má plány s farmou. Má neskutočne veľa plánov.

„Coco, nájdem pre nás tie najkvalitnejšie suroviny, z ktorých vyrobím to najchutnejšie pivo, aké tento svet ešte nevidel a budeme z neho bohatí a šťastní. Sľubujem!"

Nevedela som. čo na to povedať.

Poobede sme dorazili domov. Keď sme otvorili vchodové dvere, ovalil nás zápach kyslého piva. Po stenách a schodovom zábradlí stekalo pivo. Kvapky piva taktiež pretekali cez plafón. Vyleteli sme hore. Dvere na bojlerovej skrini boli otvorené a ledva viseli na pántoch. Okno oproti skrini bolo rozbité a sklo rozbité na milión malých kúskov. Štyridsaťlitrová nádoba preletela von a hojdala sa na hladine jazierka Cohenovcov. Po ich záhrade sa povaľovali Adamove slipy a moje mega nohavičky a podprsenky.
„Do riti!" zahrešil Adam. „Teraz ho nebudeme mať ako okoštovať."
„To akože sranduješ?" zakričala som. „Pozri sa na ten bordel okolo seba! Prišli sme o okno, dom je presiaknutý pivom a... všetky moje podprsenky sú fuč!"
Opatrne som sa vystrčila z okna. Naša bielizeň bola roztrúsená aj po celom chodníku pri dome. Jednu podprsenku som si všimla na streche Cohenovcov. Bola to moja obľúbená, z ružovej krajky. Škaredo som zazrela na Adama.
„Prepáč, zlato. Dám všetko do poriadku... Dúfam, že mi aj napriek tomuto bordelu dovolíš mať môj vlastný pivovar."
Poslala som ho pozbierať bielizeň a zobrať pivovú nádobu od Cohenovcov. Ja som sa radšej schovala doma a pomaly som čistila podlahy a steny od pivovej peny. Adam sa vrátil asi o štyridsať minút s pivovou nádobou, do ktorej pozbieral našu mokrú bielizeň.
„Pán Cohen si myslí, že drôtiky v tvojej podprsenke mu narušili satelitný signál. Vravel, že namiesto BBC2 mu naskočila nejaká azerbajdžanská stanica, kde omieľajú programy o ťažbe ropy."
„To sranduješ?"
„Bol by som rád, keby to bol len vtip. Teraz si obaja Cohenovci myslia, že sme oficiálne šibnutí."
Adam našiel v garáži zopár drevených lát a zatĺkol ich cez okno.

## Štvrtok 24. mája

Adam si vďaka svojmu pivnému experimentu naložil na chrbát hrozne veľa roboty, a to ešte musel chodiť na služby do baru. Vyčistil všetky dôkazy pivnej explózie, od stropu až po podlahu, objednal nové okno (príde zajtra, čo celkom dobre padlo, lebo v ten istý deň má výplatu), zarobil na nové pivo (s prísľubom, že tentokrát nevybuchne) a na internete našiel elektronickú verziu knihy Domesday.

„Coco, pozri na toto," práve sme sa usadili za stôl k raňajkám. „Na nete je stránka Domesday, kde môžeš kliknúť na každý kraj Anglicka a ukáže ti históriu ktorejkoľvek dediny či mesta. Majú informácie až 900 rokov dozadu."

Adam ku mne natočil notebook.

„Pozri, je tu aj farma Strangeways. Je zapísaná ako "Strangewayes Farme".

„Stránka Domesday datuje farmu od roku 1068," Adam klikol na obrazovku a začal čítať.

„Majiteľmi stredovekého statku boli Ralph FitzBoblod a Hugh de Bruffe a kúpili ho od biskupa Bayeuxa. Statok zahŕňa jeden kostol, tri mlyny, jazero s tridsiatimi uhrami, dva úle a jednu divú kobylu."

„Nie je to úžasné?"

„Ralph a Hugh mi pripadajú ako pár," zasmiala som sa. „A čo hovoríš na tú divú kobylu? Myslíš, že to bola ich dohadzovačka?"

„Coco, hovor vážne. Rozmýšľam nad značkou nášho pivovaru. Ľudia milujú takéto veci. Len počúvaj."

Adam otvoril elegantnú brožúru pivovaru Opitý páv a čítal: „História našich pozemkov siaha až do roku sedemsto po Kristovi a je spomenutá v prestížnej knihe Domesday. V knihe sa spomína kráľ Alfred Veľký, ktorý tu prespal a vyprázdnil svoju cestovnú toaletu po ceste do francúzskeho Calais..."

„Takže starý pán kráľ si kedysi postavil na ich pozemku svoj stan a vyprázdnil tam svoje sračky a len preto môžu teraz predávať svoje pivo za vysoké ceny?"

„Presne tak, zlato! Vďaka kráľovým sračkám... My by sme boli unikátni sušičkou chmeľu. U opitého páva sušia chmeľ mechanicky, takže, čo ak by sme my vyrábali starou tradičnou metódou?"

Musím priznať, že som v tom videla veľký potenciál, len som sa obávala toho, aby bol dom obývateľný pre naše bábo.

„Potrebujeme dať tento dom ohodnotiť," Adam vstal a bol na odchode do práce. „Mohla by si dnes zavolať do realitky a zorganizovať to?"

„Tak rýchlo?"

„Zlato, potrebujeme vedieť hodnotu domu," pobozkal ma na čelo. Keď Adam odišiel, išla som na net a vyhľadala som realitné kancelárie. Do oka mi padla jedna, čo sa volala Bohen a Synovia. Hneď som im volala a objednala ohodnotenie domu. Netrvalo to dlhšie ako dve minúty, ale po telefonáte sa mi hrozne triasli ruky.

Pár minút na to mi zavolala pôrodná sestra Justine.

„Dobré ráno, Coco. Ako sa máte? Chcela som Vám iba pripomenúť, že zajtra máte kontrolu tehotenstva v dvadsiatom ôsmou týždni a budem potrebovať vyplnený pôrodný plán. Ten, čo som vám dala. Nemusíte sa s ním veľmi namáhať, len o vás chceme vedieť potrebnéinformácie, aby sme sa vedeli prispôsobiť."

Nepamätám, že by som pri tehotenstve s Rosencrantzom mala nejaký pôrodný plán. A myslím, že by mi ani veľmi nepomohol. Pamätám si nechutnú zelenú farbu na stenách pôrodnice. Ešte si pamätám, že som nechcela mať pri pôrode Etelu, ktorá aj tak prišla a so zapálenou cigaretou v ruke behala medzi pôrodnicou, chodbou s telkou.

„Ssssss! Danny! Už jéj to ide, alebo môžem ešte kukat Dallas?"

Spomínam si, že Daniel bol s doktorom usadený medzi mojimi nohami, vystrčil hlavu a opýtal sa ma: „Má mama čas dopozerať Dallas." V tom ma prepadla mega kontrakcia a od bolesti som ho kopla do nosa.

Po tomto všetkom nemám vieru v pôrodné plánovanie. Viem, že Meryl si vypracovala plán. Dokonca si ho dala zalaminovať, aby ho mohla použiť pri pôrode vo vode (nakoniec v bazéne nemohla rodiť, lebo niekto z neho ukradol štupeľ). Zodvihla som mobil a vytočila číslo Danielovho a Jenniferinho bytu, kde Meryl stále býva. Hneď zodvihla.

„Coco, práve som sa ti chystala volať... Čo na sociálnych médiách znamená „Spomienka na štvrtok"?"

„Zvyčajne to znamená, že ľudia na Facebooku alebo Twitteri naň vycapia nejakú fotku z minulosti a zvyčajne to robia vo štvrtok," vysvetlila som jej sarkasticky.

„Okej, rozumiem..."

„Plánuješ vyskúšať?" opýtala som sa jej.

„Nie. Tony sa podelil v rámci „Spomienka na štvrtok" o fotku na ktorej som s ním. Je z čias, kedy sme obaja chodili do dramatického krúžku. Pamätáš? Na fotke sme oblečení v kostýmoch z hry Niekto to rád horúce. Ja som bola Pusinka, rola Marylin Monroe a Tony bol prezlečený za ženu, hral Josefínku..."

Spomienka na Meryl oblečenú v kostýme, ktorý preslávil Marylin Monroe a Tonyho oblečeného v ženských šatách, mi navždy utkvela v pamäti.

„Je to také neočakávané. Posledné mesiace sa Tony pýšil iba fotkami, na ktorých bola Mai Ling... A teraz mojou," povedala prekvapená Meryl.

„Možno mu chýbaš, Meryl."

„Nemyslím," povedala zarmútene. „Asi chce len vyzerať mlado a cool...kvôli Mai Ling. Minulý týždeň mala dvadsiate druhé narodeniny. Dvadsaťdva! Tonyho peňaženka má dvadsaťpäť rokov. Samozrejme, peňaženku nevymenil za novšiu, tak ako mňa..."

Nastalo ticho, ktoré som prerušila s prosbou, či by mi

nemohla poslať kópiu svojho pôrodného plánu. To ju trochu obšťastnilo.

„Áno, samozrejme. Budem rada, keď niekomu pomôže."

Písala som ho niekoľko dní a v nemocnici naň nikto ani len nemrkol."

O niekoľko minút mi prišiel Merylin pôrodný plán. Je to dosť zaujímavé čítaníčko...

**Pôrodný plán Meryl Watsonovej**
Meno: Meryl Etela Watsonová
Termín pôrodu: 22. február 2011

**1. Kde by ste chceli rodiť?** Chcela by som rodiť v nemocnici, ale formou pôrodu do vody. Bola som už na nákupoch a na túto príležitosť som si zaobstarala dvojdielne plavky. Očividne spodný diel plaviek nebudem mať pri pôrode na sebe! Dokonca som sa v obchode aj pohádala s predavačkou, ktorá mi odmietla predať iba vrchnú časť plaviek. Možno by sa niekto z nemocnice alebo z ministerstva zdravotníctva mal touto témou zaoberať. Mala by sa vyriešiť taká závažná vec, ako je kúpa nutných potrieb na pôrod v bazéne. Taktiež by ste mali popremýšľať nad možnosťou mať v pôrodnej sále knihu prianí a sťažností, ku ktorej by rodička mala prístup ešte predtým, ako sa zhoršia kontrakcie.

**2. Uveďte kto vás bude sprevádzať pri pôrode? Partner alebo priateľ?** Nemám partnera, ani priateľa, mám manžela a toto dieťa budem rodiť v usporiadanom, manželskom vzťahu. Som moderná žena a nemám problém s nezadanými rodičkami, ale mali by ste sa viac zameriavať na ženy, ktoré si dali tú námahu a rodia až po svadbe!!

**3. Plánujete si so sebou priniesť pomôcky? Napríklad pohodlné vrece na sedenie plnené polystyrénom?** Nie som zástankyňou podobných sedacích pomôcok, aspoň nie od čias, čo som si na jednu z nich sadla v detskom kútiku (samozrejme, keď som bola malá) a nevedela som, že bola určená pre decká, ktoré sa chceli bozkávať. Kopa chlapcov si myslela, že ich zvádzam a vrhli sa na mňa so svojimi vypleštenými jazykmi. Vtedy som utrpela svoju prvú psychickú traumu. No, ale určité pomôcky si so sebou určite prinesiem. Napríklad: cestovný varič, čajové vrecúška, mliečka, krabicu mojich obľúbených keksov... Som preslávená svojou pohostinnosťou a neprestanem s ňou len preto, že budem v nemocnici. Ako som už spomenula, chcem rodiť v bazéne, tak by som sa chcela spýtať, či bude môj manžel môcť byť v bazéne so mnou? Ak áno, tak potrebujem vedieť, aký je bazén hlboký? On nevie plávať. Prosím Vás, dajte mi vedieť čím skôr, aby som mala dostatok času na kúpu záchrannej vesty.

**4. Želáte si kojiť vlastnými prostriedkami?** Samozrejme! Nie je nič úžasnejšie ako kojenie vášho vlastného dieťatka a manžel vypočítal, že tým ušetríme 2 847 libier. Také drahé sú sušené mlieka. Manžel žartoval, že Adele si poistila svoj hlas na milión libier, tak on poistí moje prsia na 2847 libier!

**5. Upresnite nasledovné: ktoré prostriedky od bolesti môžeme použiť v prípade potreby?** Želám si zažiť radosť z prirodzeného pôrodu. Žiaden epidurál alebo nejaký plyn. Plánujem sa pri pôrode zhypnotizovať a tým predísť akýmkoľvek bolestiam. Nedávno som ukončila online kurz sebahypnózy. Som pripravená. Skoro som zabudla. Na upokojenie si so sebou prinesiem CD-prehrávač a cédečko so zvukom mora. Ak by ani to nezabralo a bolesti budú neúnosné, v kabelke budem mať jeden ibuprofen.

**6. V rámci zlepšovania podávaných úkonov potrebujú pôrodné sestry, zdravotné sestry a doktori sledovať priebeh pôrodov.**

Prosím vás uveďte, či pri pôrode súhlasíte s prítomnosťou zaúčajúceho sa personálu. Bohužiaľ na túto otázku musím odpovedať nie. Vaša nemocnica je na vysokej úrovni a nemám problém s personálom, ale v šestnástom týždni tehotenstva som bola u vás hospitalizovaná s vysokým tlakom a doktor so sebou priviedol veľkú skupinu študentov zdravotníckej školy. Vôbec mi nevadilo, že si všetci študenti opáčili moju pošvu, ale doktor bol nepríjemný a myslím, že si ma ohmatal aj inštalatér, ktorý v izbe opravoval radiátor. Neberte toto ako oficiálnu sťažnosť, nie som si istá na sto percent, ale myslím, že som toho istého muža videla o niekoľko dní, ako opravoval svetlo na nemocničnej recepcii.

Podpis:

*ME Watsonová*

Piatok 25. máj

 Svoj pôrodný plán som vyplnila veľmi jednoducho. Chcem, aby bol celý pôrod veľmi jednoduchý. Vypýtala som si plyn a ak by som moc jačala, tak aj epiduralku. Taktiež som napísala, že chcem kojiť. Pôrodná sestrička Justine si ho usadená za stolom pozorne čítala.
 „Výborne, pani Pinchardová," Justine pozrela na mňa. „Mám tu niečo, čo možno bude mať jedného dňa veľkú hodnotu."
 „Prosím?" nechápala som.
 „Nepovedali ste mi, že ste spisovateľka," z kabelky vytiahla Agentku Fergie a prešla ku mne. Opierala som sa o pôrodnícku posteľ so strmeňmi.
 „Čítala som ju kvôli návšteve svojho čitateľského klubu, keď som si na zadnej strane všimla vašu fotku..."
 Podala mi knihu s perom a poprosila ma o autogram. Napísala som jej nasledovné venovanie:

*„VENUJEM JUSTINE, NAJLEPŠEJ PÔRODNEJ SESTRIČKE, AKÚ SI ŽENA MÔŽE ŽELAŤ. S LÁSKOU COCO. CMUK"*

„Kúpila som si aj „Poľovačka na Lady Dianu", podpísali by ste mi ju, prosím vás?" Samozrejme som súhlasila.

„Teraz sa trochu hanbím," povedala Justine s červenou tvárou. „Teraz viete, že viem, že ste známa."

„Nehanbite sa. Ja sa budem chvíľu hanbiť, keď budem ležať na tejto posteli s nohami v strmeňoch," upokojovala som ju.

„Nemusíte už dávať nohy do strmeňovP po novom si môžete čupnúť na zem, rodiť postojačky alebo sa dáte do polohy na štyroch končatinách."

Celé mi to znelo nepríjemne. Na ruku mi dala tlakomer. Keď už bol stiahnutý na maximum, začala ma počúvať so stetoskopom.

„Pulz znie zdravo. Mávate pálenie záhy?"

„Ani veľmi nie."

„Neboli ste na mojich predpôrodných cvičeniach?"

„Mala som toho hrozne veľa."

„Mali by ste prísť. Hodinu vždy začíname na zemi s panvovými cvičeniami. Veľmi vám ich odporúčam. Dokážu robiť zázraky."

„Mám dobrý mechúr, nemám problémy s panvou alebo niečím tam dolu." Otvorila šuplík na stolíku a podala mi leták s informáciami na predpôrodné cvičenia.

„Keďže ste mojou vzácnou pacientkou, chcela by som vám ukázať niečo srandovné. Môžem?" opýtala sa Justine.

Povedala som opatrné „áno". Sestrička Justine bola dosť vytešená. Bála som sa, že mi ukáže piercing na intímnej časti tela.

„Zvyčajne to svojim pacientom neukazujem." Preboha, je to

určite ten piercing, prebehlo mi hlavou. „Meno pacientky je kvôli ochrane osobných údajov nečitateľné." Za stolom vybrala niečo z fólie. „Nech sa páči," podala mi kus papiera. Riadne som si vydýchla. Potom som si všimla, že mi podala Merylin pôrodný plán!

„Odkiaľ to máte?" opýtala som sa.

„Asi rok a pol to koluje po nemocniciach v celej krajine. Myslím, že e-mailom to dostala už každá pôrodná sestra!" Meryline meno, dátum narodenia a ostatné osobné údaje boli zaškrnuté.

„Čo to je za ženskú? Čo to je za človeka? Musí to byť skutočný blázon," povedala Justine. Výraz na jej tvári bol na nezaplatenie. Vybuchla som do hysterického záchvatu smiechu. Od rehotu mi tiekli slzy, nevedela som sa kontrolovať, ani svoje telo. Nakoniec som sa počúrala. Nevedela som sa prestať smiať. Proste to nešlo.

„Ach, Coco... pani Pinchardová, trošku ste sa pocikali. Nemusíte sa hanbiť, pri tehotenstve je to úplne normálne." Justine sa načiahla k papierovým obrúskom. Mokrá škvrna na mojich montérkových rifliach sa zväčšovala a ja krava som sa nevedela ukludniť. Strašne som sa hanbila, ale zároveň som nevedela prestať myslieť na to, že pôrodný plán mojej švagrinky sa stal legendou britského zdravotníctva.

„Nebojte, pomôžem vám. Dáme si zopár panvových cvikov a všetko bude v poriadku," chytila ma za ruku. „Naraz stiahnite a vcucnite konečník. Stlačte vagínu a potlačte ju dohora. Môžete to pre mňa urobiť?"

To ma rozosmialo ešte viac. Nakoniec som musela zavolať Adamovi, aby ma prišiel vyzdvihnúť. Priniesol mi suché nohavice a igelitové vrece. Až keď som prešla k autu som si uvedomila, čo sa vlastne stalo. Zostala som stáť s hrôzou v očiach.

„Nemôžem sa na teba ani pozrieť," povedala som Adamovi.

„Zlato, nehanbi sa. Ja som ťa nevidel, ako si sa pocikala."

„Preboha živého, ale musel si mi priniesť čisté oblečenie... Nemala by som sa pomočovať, to je normálne až po pôrode."

„Čo ťa tak rozhodilo, že si sa..."

Povedala som mu o Merylinom pôrodnom pláne a ako sa stal hitom zdravotníctva. Adam od smiechu skolaboval. Smial sa tak veľmi, že takmer plakal. A to ma opäť naštartovalo...

„Rýchlo, šoféruj rýchlo," náhlila som ho. Našťastie sme dorazili domov v jednom kuse a so suchými sedačkami. Adama som prinútila, aby sa zaprisahal, že nikomu o Merylinom pláne nepovie. V Merylinej hlave ten plán dával zmysel a hlavne ju pred pôrodom upokojil.

Sobota 26. mája

Dnes prišiel odhadca z realitky. Očakávala som nejakého starého slizáka, ale bol to sympatický mladý chalan. Volal sa Neil. Keď sme ho sprevádzali po dome, vypytoval sa veľa otázok. Máte pivnicu? Máte obytné podkrovie? Podlahové kúrenie? Podzemnú garáž? Čističku odpadových vôd?

Na všetko sme mali zápornú odpoveď.

„Máte nainštalovaný Creston alebo Lutron?" opýtal sa.

„To je...?" Adam sa chcel hádať.

„Je to domáci automatický systém, ktorým ovládate svetlá a zvuky."

Zakývali sme, že nie a cítili sme, že nie sme cool.

„V obývačke sa dá tieniť svetlo," snažila som sa zaloviť po niečom zaujímavom. Neil pokrčil čelo.

„V záhrade máme malé jazierko a výhľad na Londýnske oko."

Neil sa zatváril, že máme hrozný dom. S mobilom si ho celý nafotil a potom sa pobral preč. Povedal nám, že sa nám ozve ohľadom ohodnotenia.

„Nikdy ho nepredáme," povedala som. „Ľudia chcú cool domy v centre Londýna a nie takúto dieru."

# JÚN

Piatok 1. júna

Som už mega a nedá sa mi dobre spávať. Neviem sa pohodlne usadiť. Gravitácia ťahá môj zadok a prsia na všetky nesprávne strany. Teraz už chápem, prečo sa hrochy ľúbia váľať v bahne, musí im to dodávať pohodliea pocit bezťiaže.

Zobudila som sa na vlastný výkrik. Bolo pol štvrtej ráno a počula som tlmený smiech. Potrebovala som ísť na záchod. Adam bol strčený v skrini s bojlerom a robil niečo s nádržou s kvasiacim pivom.

„Čo robíš?" opýtala som sa rozospato.

„Meriam tlak."

„Je v poriadku?"

„Áno," usmial sa Adam.

„Fajn, nepotrebujeme ďalšiu explóziu."

Adam sa začal smiať.

„Čo je smiešne na ďalšej explózii? Zase by nám to tu všetko smrdelo." Adama to rozosmialo ešte viac.

„Milujem, ťa zlato a viem, že si tehotná, ale práve si si

v spánku neskutočne prdla. Dokonca si zo sna zakričala „Do kelu, čo to bolo?" Adamovi tiekli po lícach slzy smiechu.

„Vy chlapi to máte pekne jednoduché," zavrčala som. „Nechcem ani pomyslieť na to, že vo mne rastie ďalší z vášho druhu."

Snažila som sa elegantne odísť, ale medzi skriňovými dverami a oknom nebolo dosť miesta. Zasekla som sa. Adam ma musel jemne potiahnuť. Potom ma pomaly za ruku previedol do kúpeľne. Bolo to, ako keď vedú na odvoz cirkusového slona hore po plošine do kamiónu.

„Viem ísť aj sama," štekla som a odstrčila mu ruku. Keď som sa vrátila do postele, Adam v nej ležal a bol veľmi uvoľnený.

„Daj mi všetky tvoje vankúše," prikázala som mu.

„Všetky?"

„Áno. Hneď teraz."

Adam mi podal všetky vankúše, z ktorých som si urobila hniezdočko s podporou brucha.

„Teraz si nemám, kde uložiť hlavu," posťažoval sa.

„Ja ti ju podopriem, keď sa otočím a okolo krku ti silno zatiahnem mojimi rukami."

Adam pochopil situáciu a zostal ticho.


Pondelok 4. júna

Adam mi kúpil veľký zatočený tehotenský vankúš a naspäť si vzal tie svoje.

Posledných pár nocí sme sa vyspali ako miminká. Prvý krát po veľmi dlhom čase sa cítim skvele. Tehotná a veľká, ale úžasná. Pri rannom sprchovaní som cez sklo sledovala Adama a zrazu som zostala neskutočne nadržaná.

Adam mal okolo pása biely uterák. Práve sa holil. S vyplazeným jazykom som sledovala jeho biceps, ako sa pri naberaní vody hýbal... hore a dolu... Moje oči sa promenádovali po jeho svalnatom chrbte, po širokých ramenách, úzkom páse a prešli až dolu. Jeho sexi zadok sa napínal pod uterákom... Utrel si tvár a otočil sa ku mne. Kvapky vody mu stekali po krku a napnutých tehličkách. Potom odišiel z kúpeľne, ale ešte predtým mi stačil hodiť sexi úsmev a žmurkol na mňa ako James Bond žmurká na svoje Bond Girls.

Uvedomila som si, že som nikdy v živote nebola taká nadržaná. Zmyla som zo seba mydlo, vyšla zo sprchového kúta a obalila sa do veľkého uteráka.

Adam bol v spálni, stihol si už obliecť napasované čierne rifle. Keď som sa na neho vrhla a začala ho bozkávať ako divožienka, práve si zapínal posledné gombíky na pracovnej košeli. Zostal totálne šokovaný.

„Pomiluj ma...teraz," začala som mu odopínať opasok. On sa odtiahol.

„Hej, hej a čo bábätko?"

„A čo, čo bábätko?"

„Myslíš, že to nie je nebezpečné?" rukou mi jemne prešiel po brušku. Vrátila som sa k odpínaniu jeho opasku.

„Hej, Coco! Myslím to vážne. Si v tridsiatomprvom týždni."

„To je v pohode," konečne sa mi podarilo „obrať" ho o opasok a stiahnuť mu rifle. Adam má hrozne sexi, trochu ochlpené a riadne vymakané nohy ako futbalista.

„Ako vieš, že to je v pohode?"

„Je to napísané vo všetkých knihách."

„Ale veď ty si ich ani nečítala, jednu z nich si šmarila do kvetináča." Začala som mu rozopínať košeľu. Kým som sa dostala k tretiemu gombíku, došla mi trpezlivosť, tak som ju rozopla nasilu jedným ťahom. Gombíky sa rozleteli po izbe. Jeden z nich trafil lampu pri posteli.

„Chcem ťa," zavrčala som.

„Coco, nemyslím, že by sme mali."

„Tvoja hlava ti vraví jednu vec, ale tá vecička pod pupkom ti vraví niečo iné. Z môjho návrhu vyzerá dosť vytešená," strčila som ruku do Adamových slipov a išla som ich stiahnuť.

„Nie! Myslím to vážne. Čo ak je nejaký veľmi vážny dôvod, prečo by si nemala mať sex počas tehotenstva? Nevraveli ti, že nemáš robiť nič namáhavé?"

„Božík môj drahý, zopakuj to slovo ešte raz."

„Namáhavé."

„Vrrrrr.... Dám sa na všetky štyri ako levica a môžeš mi to nandať...s veľkou námahou." Stiahla som mu slipy. Jeho penis bol riadne tvrdý a tresol mu o svalnaté brucho.

„Hej!"

„Nebuď malý!" kľakla som si na posteľ a snažila som sa naaranžovať do sexi pózy. Adamovi začal mäknúť.

„Nie, nie, nie, nie nie!" spanikárila som a vrhla som sa na penis akoby to bola bicyklová pumpa a potrebovala som ňou núdzovo nafúkať koleso počas Tour De France.

„Adam, teraz by som si to rozdala aj so stromom. Nemôžem fajčiť, piť a ani jesť veci, ktoré mám rada. Nemôžem si dokonca ani farbiť vlasy. Ty si to tu a teraz so mnou rozdáš, či chceš alebo nie!"

„Ale to je..."

„To je taká vec, že manželská podpora. Iné ženy prikážu mužom, aby navŕtali policu alebo pokosili záhradu. Je od teba chcem iba sex! Myslím, že to máš o dosť ľahšie ako nejaké domáce práce."

„Auu! Prestaň Coco," Adam sa odtiahol a odstrčil mi ruku.

„Adam, prosím ťa. Hrozne ťa chcem... Počula som, že to je legitímny tehotenský symptóm. Klinická nadržanosť. Pomohlo by ti, keby zavolám pôrodnej sestre Justine? Hmm?"

„Áno," povedal upokojený Adam a išiel si zodvihnúť rifle.

Z nočného stolíka som schmatla svoj mobil a začala som hľadať jej číslo.

„Čo? Teraz? Ty sa jej chceš opýtať teraz?"

„Kázala mi volať, ak budem mať akékoľvek otázky," konečne

som našla jej číslo. Po dvoch zazvoneniach sa ozvala. Mobil som nastavila na hlasný hovor, aby ju počul aj Adam. V pozadí sme počuli ruch z cesty.

„Dobrý deň. Tu je Coco Pinchardová," predstavila som sa jej. „Chcela som len vedieť, či môžeme sexovať?"

„Dobrý, pani Pinchardová?!"

„Očividne tým nemyslím sex s vami..." rýchlo som sa upresnila.

„Je mi to jasné. Zostala som len trochu prekvapená, toto je číslo pre núdzové situácie. Ste v núdzi?"

Adam na mňa pozrel a zakrútil hlavou.

„Pochytila ma klinická nadržanosť..." vysvetľovala som.

„Pani Pinchardová, nemyslím, že to je núdzová záležitosť. Chcem vám zdôrazniť, že zdravotnícke služby v našej krajine sú zadarmo, ale nemali by sa zneužívať."

„Chcem len vedieť, či môžem mať bezpečný sex v tridsiatom prvom týždni tehotenstva. Adam sa bojí, že môže dieťatku niečo urobiť... Nemá zase až taký veľký penis...no má ho dosť veľký, nemôžem sa sťažovať."

Pozrela som na Adama. Bol skrútený na zemi a tvár mal hlboko ponorenú v rukách.

„Pani Pinchardová, je úplne bezpečné a normálne oddávať sa počas tehotenstva sexuálnym hrám. Len si dávajte pozor na chrbát, niečím si ho podoprite a hlavne pomaly. A keď už Adam bude vo vás, tak pokojne pri tom môžete precvičovať panvové cviky."

„Adam je vedla mňa... mám vás na hlasnom odposluchu."

Adamovi som potichu šepla, nech sa pozdraví.

„Dobrý," povedal strápnený Adam.

„Dobrý deň, Adam. Predstavte si, že váš penis je prútik na hľadanie vody. Keď preniknete do Coco, pocítite ako robí panvové cvičenie a pre vás to budú senzačné pocity. Veľmi senzuálne... Hrozne jej to pomôže s inkontenciou. Pochválila sa vám, že sa v mojej ordinácii naposledy pocikala?

„Áno," odpovedal jej zdesene.

„Obaja mi potom musíte referovať, ako to išlo. Viete, už som vám spomínala, že som nová a stále sa mám čo učiť. Niekedy celkom zabudnem, že som pôrodná sestra! Včera som robila curry, nakrájala som doňho veľa čily papričiek a zabudla som, že mám dnes ráno robiť ster membrány..."

„Dúfam, že pacientka bude v poriadku. Vďaka," rozlúčila som sa s Justine, ukončila som hovor a vrhla som sa do postele.

„To bola tá najnesexi konverzácia, akú som kedy počul," Adam sa postavil zo zeme. „Coco, milujem ťa, ale myslím, že to nepôjde..."

„Adam! Urob ma odzadu. A hneď!" prikázala som mu.

Muži sú veľmi jednoduché bytosti. Týchto pár slov stačilo na to, aby ma Adam „obrobil" ako nezoranú pôdu. Dvakrát! Do roboty prišiel s veľkým oneskorením.

Štvrtok 7. júna

Moja klinická nadržanosť odišla dnes tak rýchlo, ako aj prišla. Posledných pár dní to už bolo dosť nekontrolovateľné. Nadržaná som bola takmer zo všetkého. Napríklad v pondelok z toho, že si Adam vyrhnul rukávy na odvzdušnenie radiátora. V utorok som si pozrela na BBC1 seriál Luther. Ešte počas neho som volala Adamovi do práce, či by nemohol prísť domov skôr. No a dnes ráno som bola vzrušená, keď sme išli autom do supermarketu. V autorádiu na stanici BBC4 dávali zamyslenie na dnešný deň, ktoré čítal nejaký postarší reverend. Zostala som hrozne nadržaná. Ale asi to bolo skôr z nárazov auta ako kvôli starému reverendovi. Aspoň dúfam!

Celkom som rada, že ma to už prešlo. Keď sme sexovali naposledy, Adam mi musel pomôcť pri otáčaní. Zatváral sa tak isto, ako keď s Danielom sťahovali klavír.

Večer k nám dorazila príjemná správa. Realiťák nám našiel do Adamovho bytu nového podnájomníka. Riadne ich preverili. Zajtra by mali podpísať zmluvu.

Piatok 8. júna

Ráno som vyčkávala pri telefóne, aby nám realiťák potvrdil že nový nájomník podpísal zmluvu. Takže keď niekto volal s utajeným číslom, myslela som si, že to boli oni. Ale neboli.
„Hovorím s pani Pinchardovou?" opýtal sa ženský hlas.
V pozadí som počula niečo, čo znelo ako oznam v dedinskom rozhlase, alebo niekde na chodbe vo verejnom zariadení.
„Áno?"
„Dobrý deň, volám vám z Univerzitnej nemocnice. Váš syn Rosencrantz Pinchard bol k nám dnes prijatý ako urgentný prípad. Bol pod vplyvom alkoholu.
„Prosím?"
„Povedala som, že..."
„Počula som, čo ste povedali. Čo tým chcete povedať, že pod vplyvom alkoholu?"
„Znamená to, že bol opitý. Museli sme mu preventívne vypláchnuť žalúdok."
„Prečo ste mu pumpovali žalúdok?" bola som v totálnom šoku.
„Myslím, že bude najlepšie, ak prídete do nemocnice. Na úrazové oddelenie. Schmatla som kabelku a vyletela som z domu. Kým som prišla do nemocnice, ledva som dýchala a zle sa mi išlo aj s tým mojím mega bruchom. Vrátnik sa ma snažil usadiť do invalidného vozíka. Myslel si, že idem rodiť. Vysvetlila som mu, že som prišla za synom.

Na úrazovom oddelení bolo relatívne ticho. Rosencrantz bol na otvorenom oddelení, kde postele boli oddelené iba závesom.

Z jeho výzoru som zostala zhrozená. Strašne schudol. Jeho vychrtlé telo vykúkalo z tenkého, žltého nemocničného župana. Líca mal úplne prepadnuté, pod okom mal monokel. Na ústach mal vyschnutú vrstvu z čierneho roztoku, ktorým mu vyplachovali žalúdok.

„Rosencrantz. Čo sa deje?" nahla som sa na neho a objala som ho. Smrdel od alkoholu.

Spoza závesu vošla milá zdravotná sestra.

„To je tvoja mama?" opýtala sa. Rosencrantz prikývol. „Ráno som vám volala."

„Budem vracať," zakričal Rosencrantz. Sestrička schmatla plastové vedro a rýchlo mu ho podala. Z Rosencrantza sa to len tak valilo.

„To bude všetko?" Sestrička vyšla za záves a o pár sekúnd sa vrátila s modrými papierovými obrúskami. „Nech sa páči."

„Stále tomu nerozumiem," kývala som hlavou. Rosencrantz sa pomaly uložil do ležiacej polohy a bezducho pozeral pred seba. Keď si sestrička všimla, že Rosencrantz sa nechystá nič vysvetľovať, vzala ma von za záves a zaviedla k sesterskému stanovisku uprostred veľkej miestnosti, v ktorej ležal aj Rosencrantz.

„Našli ho v takmer bezvedomí na chodbe vo filmových štúdiách Coptic na ulici Coptic Street. Viete, kde to je?"

„Vôbec."

„V krvi mal veľké množstvo alkoholu zmiešané s dávkou antidepresív."

„Antidepresíva?"

„Nevieme, či to bol pokus o samovraždu. Rosencrantz nám povedal, že tam išiel na casting."

„Môj syn by nikdy nespáchal samovraždu," v šoku som si rukou prekryla ústa.

„Ste v poriadku, drahá?" sestrička sa mi pozerala na brucho. Do plastového pohára mi nabrala vodu. Sadla som si na stoličku a napila sa.

„Mali by ste sa s ním porozprávať," poradila mi priateľsky. Na pleci mi položila ruku.

Zahodila som plastový pohárik a išla som za Rosencrantzom. Bol usadený s prekríženými rukami. Na ruke mal nemocničný papierový „náramok".

„Sestrička mi povedala, čo sa stalo, ale nejde mi to do hlavy, lebo mi to k tebe vôbec nepasuje." Rosencrantz potriasol ramenom. Jeho krvavo červené oči sa začali zalievať slzami. Vstal a išiel na pánske záchody oproti svojej posteli. Na stoličke pri posteli mal naskladané oblečenie. Z vrecka nohavíc mu začal vyzváňať mobil. Vytiahla som ho. Na obrazovke blikalo Waynovo meno. Zodvihla som...

„Ahoj Wayne, tu je Coco..."

„Teta P, dobrý deň."

„Wayne, Rosencrantz je v nemocnici."

„To ma ani neprekvapuje," povedal chladno.

„Prečo nie?"

„Nie som bonzák," povedal nahnevane. „Mám pre neho odkaz od majiteľa nášho bytu. Rozencrantz si má vypratať veci."

„Prečo si má vypratávať veci?"

„Ako som už povedal, nie som bonzák..."

Waynov hlas trochu zmäkol.

„Teta P, Rosencrantz sa úplne zbláznil. Je celkom mimo. Včera sa pobil s Oscarom."

„Od neho má ten monokel?"

„Áno, potom čo mu Rosencrantz zlomil nos..."

Rosencrantz sa vrátil zo záchoda.

„Čo robíš na mojom mobile?"

„Zlato, volá Wayne..."

Rosencrantz sa vrátil do postele a preložil si ruky. Nevedela som, čo povedať. Nechcel s Waynom hovoriť.

„Krása. Ani ja s ním nechcem teda hovoriť," Wayne zrušil hovor.

Cez záves vošiel mladý, sympatický doktor.

„Rosencrantz, môžeš ísť domov," usmial sa. „Nabudúce si dávaj väčší pozor. Alkohol sa nesmie miešať s antidepresívami."

Vyšli sme s doktorom von, aby sa mohol Rosencrantz obliecť.

„Doktor, pomôžte mi. Pred pár minútami som nevedela nič a zrazu počúvam z každej strany desivé informácie o mojom synovi. Vôbec som nevedela, že berie antidepresíva, ani že pije."

„Neviem, čo chcete počuť pani Pinchardová."

„Má samovražedné sklony?"

„Nemyslím."

„Preboha, to je aká diagnóza?"

„Som tu na to, aby som liečil pacientov. Ak by chcel Rosencrantz navštíviť psychológa, poproste sestru a tá vám dá kontakt na Ministerstvom zdravotníctva overených psychológov."

Spoza závesu vyšiel oblečený Rosencrantz. Doktor mu podal letáky o závislosti na drogách a alkohole.

„On ich nepotrebuje," protestovala som. „Zoberiem ho na šálku dobrého čaju!"

Z nemocnice sme vyšli na Warrent Street. Okoloidúci si užívali krásne slnečné počasie. Prešli sme na druhú stranu a nasmerovali si to do Starbucksu. Rosencrantz obsadil stolík pri okne s dvomi pískajúcimi stoličkami. Ja som sa postavila do rady na drink.

„Zobrala som ti makový koláčik," v ruke som držala tácku s dvomi anglickými čajmi s mliekom a koláčom. Farba jeho monokla sa pomaly menila na fialovú. Rosencrantz si odpil z čaju.

„Idem si zapáliť," z rifľov vytiahol krabičku lacných cigariet a odišiel pred kaviareň. Chrbtom sa oprel o okno a vyfajčil dve cigarety. Bol ako skamenený.

„Prečo si kupuješ také hrozné cigarety?" opýtala som sa ho, keď sa vrátil.

„Lebo sú lacné," odpil z čaju. Okolo kaviarne prešiel mladý opálený chalanisko v krátkych nohaviciach. V porovnaní s ním vyzeral Rosencrantz strašne choro.

„Vždy si mal rád Marlborky lightky. Marika ich tiež fajčí. Chris lúbi Benson a Hedges."

Rosencrantz na mňa zazrel a odpil si z čaju.

„Musíš ho mať studený, zlato. Kúpim ti druhý?"

„Mami, čo sme v nejakom blbom americkom seriáli, kde sa bľabotá len o kravinách a dôležité veci sa obchádzajú?"

Pozrela som von z okna. Do očí sa mi tlačili slzy.

„Okej. Prečo ťa našli ráno opitého na mol? Prečo ťa vyhodili z domu? A prečo si sa bil s Oscarom? A prečo berieš antidepresíva?"

Naľavo za Rosencrantzom som si všimla staršiu pani, ako nastrkuje uši a počúva náš rozhovor.

„Nemáte nič iné na robote, ako počúvať dvoch cudzích čudákov?" opýtala som sa. Vyzerala prekvapená.

„Áno, vy s tými veľkými ušami." Zostala zahanbená, rýchlo vstala a pobrala sa von na ulicu.

„Nepočúvala som," povedala, keď prechádzala okolo nás.

„Iná kravina vás nenapadla?" povedala som jej. Rosencrantz sa začal smiať.

„Čo?" pridala som sa k jeho smiechu.

„Iná kravina vás nenapadla? Aká si milá, mami," povedal Rosencrantz.

„Je to slušnejšie ako prvý variant, ktorý som mala nachystaný ‚choď do riti, ty stará krava...' Prosím ťa rozprávaj sa so mnou."

Rosencrantz sa pohrával so svojim papierovým nemocničným náramkom, ktorý mu stále visel na ruke.

„Neviem, čo povedať. Prechádzam blbším obdobím. Nevychádzajú mi castingy. Zakaždým niečo pokašlem. Oscar dostal zatiaľ 5 reklám, natáčal denné seriály ako Emmerdale a Hollyoaks a teraz dostal malú rolu v Eastenders."

Mala som nutkanie opýtať sa, kedy to bude v telke, ale radšej som sa zdržala.

„Má viac peňazí ako ja. Je odo mňa oveľa úspešnejší. Je to jeden bastardík, čo má vo všetkom šťastie."

Nahodil zatrpknutú grimasu.

„Kedysi som castingami prechádzal ako nôž maslom. Teraz bývam strašne nervózny. Začal som si dávať pred castingami malého frťana, aby som sa zbavil nervov," priznal sa.

„Malého? Frťana?"

„Áno."

„A mal si veľa castingov?"

„Áno."

„Prečo si mi nič nepovedal?"

„Si tehotná, o chvíľu budeš mať decko. Máš teraz dosť sračiek na vlastnom tanieri."

„A antidepresíva?"

„Veľa ľudí si ich bežne dáva."

„Ale nie môj syn. Musíš začať so mnou komunikovať. Nikdy si nemal problém rozprávať o svojich pocitoch. Väčšinou to išlo z teba samo."

„A čo teraz mami? Čo budem robiť?" rukávom si utrel slzy.

„Ideme vyzdvihnúť tvoje veci a potom pôjdeš so mnou domov."

Prišli sme domov, nakŕmila som Rocca a autom sme išli do Lewishamu. Rosencrantz šoféroval. S mojim bruchom to už teraz nejde. Mali sme šťastie, pred domom bolo miesto na parkovanie.

Rosencrantz vyšiel po schodoch do domu, ktorý mal s Waynom a Oscarom v podnájme. Z hlboka sa nadýchol a zazvonil.

„Kde máš svoje kľúče?" opýtala som sa ho.

„Asi si zabudla, že tu už nebývam." Dvere otvoril Wayne. Na hlave mal turban a na sebe plášť. V ruke držal dlhú tenkú cigaretu.

„Dobrý, teta P."

„Ahoj Wayne."

Nevraživo pozrel na Rosencrantza, ako Bette Davis na Hercula Poirota v „Smrť na Níle."

„Oscar sa zotavuje," povedal Wayne. Stále zazeral na

Rosencrantza, ten prešiel okolo neho a schodmi si to namieril na horné poschodie.

„Kde je?" opýtala som sa.

„Mama ho zobrala k sebe do Cotswoldu. Je úplne zničený."

„Z rozchodu s Rosencrantzom?"

„Nie. Dostal malú rolu v najlepšom seriáli – Eastenders. Vďaka tomu, že mu Rosencrantz rozbil nos, našli niekoho iného."

„To je strašné," naozaj mi ho bolo ľúto.

„Viete, bola to dobrá rola. Mal hrať kriminálnika, čo prepadne Dot Cottonovú, alebo policajta, ktorý od nej bude zapisovať hlásenie po napadnutí. Tak či onak, išlo o dva dni filmovačky a dve tisícky libier, plus ďalších tisícdvesto by dostal za nedeľnú reprízu."

Rosencrantz sa vrátil s notebookom a s taškou.

„Budem v aute," prešiel okolo nás.

Wayne si potiahol z cigarety a zodvihol obočie.

„Prečo si mi nepovedal, že Rosencrantz prechádza ťažkým obdobím?" opýtala som sa Wayna.

„Teta P, všetci prechádzame ťažším obdobím. Rosencrantz sa rozhodol pre samodeštrukciu a nebral ohľad na nikoho z nás. Boli sme tu fakt šťastní."

„Nemôžete sa porozprávať s majiteľom domu a poprosiť ho o druhú šancu?"

„Teta P, nechcem sa s majiteľom rozprávať. Poďte so mnou, niečo vám ukážem."

Wayne si vykasal dlhý plášť a nasmeroval nás hore do svojej malinkej izby. Bola v katastrofálnom stave. Všade boli kúsky rozbitého porcelánu, po posteli, po koberci...

„To je tvoja zbierka? Porcelánové šálky z kráľovskej svadby?" zo zeme som zodvihla kúsok črepu, na ktorom bol kúsok úsmevu princeznej Diany.

„Potom ako udrel Oscara, som sa ho snažil zastaviť, ale on sa rozbehol do mojej izby a všetko rad radom mlátil. Bol úplne mimo. Mal som zozbierané všetky šálky s kráľovskými svadbami, od Princa Phillipa až po Kate a Williama. Dokonca som mal aj originály s Charlesom a Camillou a tie sú neskutočne vzácne. Pamätáte si, ich svadbu museli presunúť kvôli smrti pápeža. Bola som zhrozená.

„Teta P, on bol ožratý takmer každý deň počas posledných štyroch mesiacov. A keď sa opije, tak nie je zábavný, ale riadne agresívny. Čudujem sa, že to s ním Oscar vydržal tak dlho. Rosencrantz nedokázal predýchať, že Oscar je úspešnejší herec ako on.

Napadlo mi, že posledných pár krát čo som stretla Rosencrantza, vždy pil. Prečo som si to nevšimla? Prečo som si všetko nepospájala?

„Vedel si, že berie antidepresíva?"

Wayne zostal prekvapený.

„Nie, to som teda nevedel, ale spätne mi to dáva zmysel..."

Waynovi som ponúkla, že zaplatím za jeho rozbitú zbierku šálok, ale odmietol. Sľúbila som, že mu to nejako vynahradím. Rozlúčila som sa a odišla som k autu. Rosencrantz s cigaretou v ruke sedel na kapote.

„Oškrabeš mi lak," vyštekla som na neho. Prekvapený zoskočil z auta a sadol si dnu.

V aute som mu to pekne naservírovala. Povedala som mu, že som ho nevychovala tak, aby klamal, rozbíjal veci, aby bol agresívny...a že alkohol nie je odpoveďou na žiaden problém. Sedel ako prikovaný.

„Skončila si?" prerušil ma. „Mama, ty si mala v živote vždy šťastie. Narodila si sa do bohatej rodiny. Nikdy si to nemala ťažké," nahodil nepríjemnú grimasu, ktorú som predtým vídavala na Danielovej tvári. To, že ju už robí aj Rosencrantz, ma vystrašilo. Z nervov som mu jednu vylepila. A riadnu! Zostal šokovaný.

„V živote sa so mnou tak už nerozprávaj! A teraz naštartuj a odvez nás domov."

Domov sme išli v totálnom tichu. Bola som zúfalá. Zúfalá z toho, že som nemala dostatok energie na to, aby som všetko vyriešila. Rosencrantz... alkoholik? V hlave som sa modlila. Bože, prosím ťa nedovoľ, aby sa stal z neho alkoholik.

Od vchodových dverí som počula čudné zvuky, niečo ako štrngot. Išlo to od kuchynských dverí, ktoré boli zatvorené. Pred nimi ležal na zemi trpezlivý Rocco.

Otvorila som dvere. Ovalil nás závan piva. Všade, kde sa dalo, boli naukladané malé hnedé fľaše s červenými vrchnákmi. Adam posunul stôl so stoličkami ku stene. Na zemi rozložil veľkú plachtu a v strede nej bola uložená štyridsaťlitrová nádoba, z ktorej priehľadnou hadičkou odčerpával do fliaš pivo.

Naplnil fľašu, veľkým štipcom zastavil tekutinu v hadičke a potom na fľašu kladivom upevňoval vrchnáky.

„Naše prvé, vlastné pivo! Devedesiatsedem fliaš a to ešte nie je všetko... Hej Rosencrantz, okoštuješ?"

„Adam!" zazrela som na neho.

„Chcel som na teba počkať zlato, ale nevydržal som. Rosencrantz, kde si prišiel k modrine?"

„Rosencrantz, choď hore," trochu som panikárila.

„Preboha, nie som nejaký skurvený alkáč!" nahneval sa a vyletel z domu.

„Čo v preklade znamená, že je alkoholik," hodila som sa na kreslo.

„Niečo mi ušlo? O čo ide?" opýtal sa Adam.

„Potrebujem pivo," pri pití nie veľmi chutného a takmer bezbublinkového piva som mu všetko vyrozprávala.

„Preboha," Adam zostal zhrozený.

„Čo mám robiť?" opýtala som sa unavene.

„Dobre si urobila, že si ho priviedla sem."

„No a teraz som ho vyhnala von, kde robí bohviečo?!"

„Má pri sebe nejaké peniaze na kúpu alkoholu?"

„Keď vyzeráš ako Rosencrantz, tak nepotrebuješ peniaze na drink."

## Sobota 9. júna

Rosencrantz prišiel domov niečo pred polnocou. Ležali sme v posteli a snažili sa načúvať. Trochu sa motal. Počuli sme, že sa dopracoval hore a potom do kúpeľne.

„Myslíš, že je opitý?" zašepkala som.

„Neviem. Psssst," šepol Adam. Spláchol záchod, potom sme počuli tečúcu vodu.

„Asi by som mala ísť za nim a porozprávať sa."

„Nie. Pôjdem ja," Adam vstal a vyšiel na chodbu. Tŕpla som očakávaním.

„Ahoj, kámoš. Si v poriadku?"

„Jasnačka," odpovedal Rosencrantz.

„Máš sa čím prikryť? Nechceš ešte deku?"

„Nie. Mám dosť."

„Dobre, tak dobrú."

„Dobrú," odzdravil Rosencrantz. Adam sa vrátil do spálne.

„To bolo čo? Strašné!" zasyčala som, keď vliezol do postele.

„Čo som mu mal povedať?"

„Ja by som zisťovala, kde bol. Očuchala by som mu ústa, či nepil."

„Coco, vrátil sa v jednom kuse. Nesmrdel veľmi od alkoholu. Nechceš ho predsa postaviť proti sebe. Dobre sa vyspi."

Samozrejme som celú noc ledva zažmúrila oko. V hlave som sa snažila vybaviť, či sme v rodine nemali alkoholika. Prešla som všetkými generáciami. V jednej chvíli ma v brušku koplo bábätko a trochu sa pomrvilo. Pomyslela som si, že čo ak vo mne rastie ďalší malý alkoholik?

Adam išiel ráno kúpiť noviny. Práve som dojedla toast, keď do kuchyni vošiel Rosencrantz. Usadil sa za stôl. Naliala som mu šálku čaju. Bola som ticho. Na toast si natrel maslo. Odtrhol z neho roh a dal ho Roccovi.

„Neviem sa nejako nakopnúť. Neviem si reštartovať život. Môj život nemá žiadnu líniu," Rosencrantz prerušil ticho.
„Ako to myslíš?"
„Môj život je o ničom. Kedysi som bol dobrým hercom. Bola so mnou sranda.... Včera som išiel k Gingerovi."
„To je ten gay bar na pešej?"
„Hej, ten zúfalý gay bar na pešej."
„Zabavil si sa?"
„Jeden chlapík mi ponúkol tristo libier... za sex."
Skoro som sa zadusila na vlastnom čaji. „Ale ty si nesúhlasil?"
„Nie. Samozrejme, že nie...ale chvíľu som nad tým premýšľal. Bol hrozne sexi... tridsiatnik... a mal vymakané telo. Mal super zmysel pre humor. Tristo libier za hodinu pôžitku. Toľko som ako herec už dávno nezarobil."
„Prečo ti ponúkol peniaze?"
„Lebo som ho dlhšiu dobu ignoroval. Párkrát som ho zrušil."
Odpil si z čaju. Vôbec mu netrhalo žily.
„Vieš, že by to bola prostitúcia?!"
„Myslíš? Aj tak som sa s nim chcel vyspať. Bol by to len sex s platobným bonusom."
„Aj kradnutie je len nakupovanie bez platby," zamračila som sa.
„Pred pár mesiacmi ma tent istý chlapík zobral na rande do veľmi exkluzívnej reštaurácie. Objednal drahé víno, dali sme si tri chody... Vyšlo ho to skoro na tristo libier a po večeri sme sa spolu vyspali."
„Rosencrantz, ale to bolo rande."
„Aký je rozdiel medzi tým, že ti niekto kúpi drahú večeru medzi tým, že ti tie peniaze dá na ruku? Ak by to bolo na mne, radšej si odpustím kalórie a zoberiem hotovosť... A neprenajímali ste náhodu Adamov byt starej prostitútke? Nejako veľmi vám neprekážalo, že ste žili z jej peňazí."
Cítila som sa ako v rozhlasovom programe „Bludisko

a morálka". V podstate mal pravdu, ale nemohla som „prehrať" debatu s vlastným synom o tom, či by sa mal zapájať do prostitúcie.

„Dobré ráno. O čom debatíme?" opýtal sa Adam. V ruke mal noviny.

„S mamou práve diskutujeme o tom, či by som sa mal alebo nemal vyspať so sexi bohatým chlapíkom za tristo libier."

„Ty mu niekoho dohadzuješ?" opýtal sa zhrozený Adam.

„Samozrejme, že nie. Za akú matku ma máš? Nejaký chlapík v bare mu ponúkol peniaze."

„Rosencrantz, počúvaj ma," Adam povedal s veľkou vážnosťou. „Si pekný a talentovaný mladý chalan. Ak by si mal nad týmto čo i len trošku vážnejšie uvažovať, mohlo by sa ti to vypomstiť. Neurobil by si to len raz. Mohlo by sa ti to stať drogou, ktorú nechceš, ale potrebuješ. Chytil by si sa do pasce, z ktorej by si sa len s ťažkosťou dostával von. Všetko tvoje úsilie, ktoré si vložil do herectva, by vyšlo navnivoč. A ver mi, ako herec si môžeš zarobiť oveľa lepšie. Momentálne prechádzaš blbým obdobím, ale prídu aj lepšie časy. Potom sa budeš smiať na tom, ako si si myslel, že všetko je na hovno."

Rosencrantz prikývol. Vyzeral, že to berie vážne.

„Prostitúcia nie je kariéra. Herectvo je a budovanie svojho sna je tou najkrajšou vecou, akú môžeš zažiť," Adam mu pohladil hlavu a sadol si vedľa neho.

„Ďakujem, Adam," v tom mu zazvonil mobil. Vstal, ospravedlnil sa a odišiel z kuchyne.

„Zlato, to bolo úžasné. Odkiaľ si to nabral?" ďakovala som mu.

Adam len prikývol. „Je to dobrý chalan. Len je teraz trochu zmätený," pobozkal ma na čelo.

„A čo ja? Aj ja som zmätená. Som jeho matkou takmer dvadsaťdva rokov a takmer som sa nechala zdolať ma v diskusii o prostitúcii. Ak by si sa nevrátil, tak by som ho pravdepodobne poslala, nech ide sexovať za hotovosť. Som strašná mater. Vôbec nič som sa nenaučila."

„Si skvelá mama. No ale asi by som ti neodporučil prácu v poradenských centrách mládeže."

Nahol sa ku mne a pobozkal ma.

„Tak čo mám robiť?" opýtala som sa.

„Potrebuje ťa. Keď ťa bude potrebvať, musíš tam pre neho byť."

Nedeľa 9. júna

Dnes sme pozvali Mariku s Milanom, aby s nami išli omrknúť farmu. Chris bol odcestovaný, ale sľúbil, že kľúč schová pod rohožku. Veľmi som chcela, aby s nami išiel Rosencrantz, ale povedal, že je nevyspatý a chcel by trochu oddychovať pre telkou. Nechcela som ho nechať samého, ale radšej som sa s nim nehádala.

Kentský vidiek bol ešte krajší ako naposledy. Všetko bolo zelené, rozkvitnuté...plné života. Poľné cesty boli suché. Išlo sa lepšie ako po blatistých. Celú cestu hádzala Marika na Milana čudné pohľady. Nevedela som. o čo ide. Myslia si zrejme, že nám šibe, keď chceme kúpiť starú farmu ďaleko od londýnskej civilizácie.

„Marinka svätá," povedala Marika, keď vyšla z auta. Dala si dole okuliare. V diaľke sa trblietalo jazero a na poliach sa kŕmilo niekoľko skupiniek jeleňov.

„Je to veľmi veľké," povedala som. „Je to riadna blbosť. Je to..."

„Je to nádhera, kámoš," Milan potľapkal Adama po pleci.

„Coco, Adam tešíme sa za vás. Je to tu nádherné," povedala zadychčaná Marika. Oči sa jej leskli. Natiahla sa za Milanom a chytila ho za ruku. On na ňu žmurkol.

„Vy dvaja," pozrela som na nich, „čo sa deje?" Znovu sa na seba čudne pozreli.

„Nič. Poďme si pozrieť dom," usmiala sa Marika. Bola som prekvapená, ako veľmi od poslednej návštevy narástla tráva. Bola takmer po kolená. Pri dverách nadvihol Adam rohož, pod ktorou bol veľký kľúč. Adamovi zazvonil mobil, vystrel sa a prešiel nabok. Do zámky som vložila kľúč. Dvere sa ťažko otvárali, tak sa mi ich podarilo otvoriť až na tretí pokus. Pod dverami bola kopa nových letákov a pošta.

„Coco, je to celkom fajn," povedala Marika keď sme vošli do kuchyei. „Trošku to zmodernizujete a bude to dobré."

„Poďte sa pozrieť hore."

Keď sme sa vrátili dolu, Adam stál na spodku schodov.

„Volali z realitky, v pondelok ráno začnú predávať dom!"

Trochu sa mi zakrútila hlava. Sadla som si na schody.

„Coco, si v poriadku?" opýtala sa ma Marika.

„Hej, hej... je to hrozne veľká zmena. V tom dome som žila celý život. Všetko sa v mojom živote mení."

Začala som im rozprávať o Rosencrantzovi, ale všimla som si ďalší čudný pohľad medzi Marikou a Milanom.

„Preboha živého, už nám povedzte, o čo ide," zakrútila som hlavou. „S pravdou von. Myslíte si, že robíme kravinu? Nemali by sme to kupovať?"

Marika si sadla na schod vedľa mňa.

„Myslím, že im to už môžeme povedať," Milan sa usmial na Mariku. Pozrela som najprv na jedného, potom na druhého.

„Coco, Adam," Marika si prečistila hrdlo. „Som tehotná."

„Čo?" zvýskla som.

„Budeme mať dvojičky," dodala. Padla mi sánka.

„To žartujete?" opýtal sa Adam.

„Nie. Som v dvanástom týždni... dvojičky... Nebolo to plánované. Nemala som žiadne príznaky tehotenstva. Vôbec som to netušila. Minulý týždeň som párkrát zvracala a bolelo ma brucho, tak som išla k doktorovi."

„Myslel som, že to je slepé črevo," povedal Milan.

„Ty býčisko jeden," Adam si doberal Milana. Ja som mala stále padnutú sánku.

„Si okej, zlato?" opýtala sa Marika.

„Samozrejme," hrozne som ju vyobjímala. „Kedy máte dátum?"

„Dvadsiateho druhého decembra," povedal vyškerený Milan. Zo zadného vrecka rifľov vybral fotku ultrazvuku a hrdo nám ju ukazoval. Bolo na nej vidieť dve malé telíčka, hlavičky...

„Nechceli sme vám zobrať vietor z plachiet, preto sme mlčali," usmiala sa Marika.

„Žiaden vietor, zlato... veľmi sa z toho teším," zasmiala som sa.

„Nepriniesli sme nič na prípitok," ospravedlňoval sa Milan.

„Voda!" napadlo Adama. „Musíte vidieť našu studňu." Prešiel chodbou a von vyšiel zadnými dverami. Milan ho nasledoval.

Marika mi pomohla sa postaviť a išli sme za nimi. Mach na terase bol preschnutý slnkom, ale tráva okolo studne bola vysokánska. Chalani sa snažili otvoriť kryt studne.

„Prosím ťa, neuraz sa, ale musím sa to opýtať... si si istá, že to je to, čo chceš?" Marike sa zaliali oči. S rukávom bundy si utrela slzy.

„Nie."

„Hmm."

„Ale pri žiadnom chlapovi som sa nikdy necítila tak dobre. Žiaden môj vzťah nebol nikdy takýto bezproblémový. Nikdy som sa necítila taká milovaná... Je mi najlepším priateľom a nechcem životom kráčať bez neho."

„No, zdá sa mi, že si si si práve odpovedala," objala som ju.

„Mame si to už povedala?"

„Včera. Aj Milan povedal svojej."

„Tešili sa?"

„Tešili až do chvíle, keď sme im povedali, že sa nebudeme brať."

„Nemali by ste sa brať, len preto, aby ste uspokojili iných. Je to veľký záväzok."

„Myslím, že už to, že mám v sebe jeho dvojičky a oficiálne som na jeho hypotéke, je dosť veľký záväzok." Obidve sme sa začali rehotať.

„Coco, ľúbim ťa," Marika mi pohladila bruško.

„Ja viem, aj ja teba. Budeme maminami... spolu!"

Marika prikývla. „Ale vy sa budete sťahovať..." Pozreli sme na seba a až vtedy som si uvedomila, že už nebudem tak blízko svojej skvelej kamarátky.

„Kočky, poďte sem!" zakričal Adam. „Ideme si pripiť."

S Marikou sme prišli ku studni. Chalani nabrali za vedro vody. Všetci sme si ponorili ruky a nabrali do dlaní vodu.

„Výborná voda, kámoš," pochválil Milan. „Sladučká."

Všetci prikývli. Pozrela som na Mariku. Snažila sa neplakať, čo mňa samozrejme rozplakalo.

„Čo sa stalo?" opýtal sa Adam.

„Ideme sa sťahovať preč od mojej najlepšej kamarátky na celučičkom svete..." povedala som cez slzy. „Budeme mať bábätká, ktoré sa spolu nebudú môcť ani hrávať."

„Samozrejme, že sa budú spolu hrávať. Budete sa navšťevovať."

„O to sa postaráme," prikývol Milan. Obe sme vedeli, že aj keď sa budeme stretávať, už to nebude tak často, ako sme boli zvyknuté. Trošku nám to s Marikou pokazilo náladu.

Po ceste domov som sedela s Marikou vzadu a počúvala jej štebotanie o dvojičkách a o plánoch do budúcnosti... Adam s Milanom preberali vpredu pivovar a výrobu piva. Cítila som sa čudne, akoby som mala sto. Vychovala som syna, milovala som a stratila dvadsaťročné manželstvo, z ktorého je teraz prach. Všetko to bolo tak dávno. Nič mi z toho nevyšlo a teraz si to idem zopakovať. Rozhodla som sa, že na nič nebudem spomínať, aby som nikomu nepokazila takýto šťastný deň.

Mariku s Milanom sme vyhodili v Covent Garden. Pozvali

nás na večeru, ale vyhovorila som sa, že som unavená. V skutočnosti som chcela ísť domov, aby som skontrolovala Rosencrantza.

Doma sme našli prázdne fľaše od piva a v dolnom záchode bolo všetko ovracané. Rosencrantza sme v dome nenašli. Rocco nás vytešený čakal pri dverách, krútil chvostíkom, akoby sme boli preč niekoľko týždňov. Rosencrantz ho určite nevenčil, ani len v záhrade, lebo sme v kuchyni našli veľkú mláku.

„Neboj, zlato...neboj, na teba sa nehnevám," zohla som sa, aby som ho objala.

„Ale ja som riadne nasratý na Rosencrantza," povedal Adam. Ešte raz som objala Rocca a pohladila som ho po hlavičke.

Čakali sme na Rosencrantza, ale ten domov neprišiel. Spať sme išli okolo jednej, ale ani dovtedy nebol doma.

„Coco, má dvadsaťtri rokov. To malé bábo v tebe má sedem mesiacov. Potrebuješ sa dobre vyspať, aby bolo v poriadku.

Pondelok 10. júna

O piatej ráno sme sa prestali pokúšať zaspať a šli sme dolu do kuchyne. Adam pustil Rocca do záhrady. Ja som dala zovrieť vodu na čaj. Bolo príjemne teplo a ticho. Vychádzalo slnko a vtáčiky štebotali.

„Čo ak sa mu niečo stalo? Čo ak je mŕtvy?" panikárila som.

„Nie je mŕtvy," upokojoval ma Adam. „Nemôže si dovoliť byť mŕtvy. Chcem vedieť, čo si myslel o mojom pive."

„To nie je vtipné."

Začala vyzváňať pevná linka. Vyskočila som a vyliala som svoju šálku čaju.

„Zodvihnem to, zlato," povedal Adam. Čaj začal stekať po kuchynskom ostrovčeku na podlahu.

Adam išiel na chodbu a zodvihol telefón. Nastalo ticho. Vrátil sa do kuchyne s telefónom v ruke.

„Volá Etela. Rosencrantz je u nej."

„Chvalabohu," schmatla som mobil. „Etela, je v poriadku?"

„Je naporádku, zlatino. Ak sa príchod o štvrtej ráno, naslopaný pod obraz našunkého hospodínka dá nazvat naporádku... Rádne vyplašil nášho vrátnika. Tvoj synák vyzerá, že už dávno nevidel myllo, alebo uterák..."

Rýchlo som Etele vyrozprávala čo sa deje s Rosencrantzom.

„Vravela si to mójmu Dannymu?"

„Nie."

„Víš on je jeho foter, mal by to vedet..."

„Ja viem," cítila som sa previnilo.

„Danny ból dobrý fotrík, ždicky kupoval malému najnovše Lego."

„Prosím?"

„Rosencrantz milúval Lego a Danny na nom nidy nešetril. V novinách sem čítala, že ked sa decku odepírajú veci, tak z neho vyraste alkoholik."

„Takže to, že Rosencrnatz mal vždy všetko Lego, ktoré chcel, znamená čo?"

„Len ty hovorím, že Danny bol dobrým ocom..."

„Etela, ja neobviňujem Daniela."

„Nuž víš ono sa to móže dedit po generáciach... v džínsoch. Mater mójho starého Willa, si lúbila sem tam lognút. A ked bola naláta, tak si chodila spívat po krčmách. Velmi nechutných krčmách. A v tých časech ženy vóbec nechodili do krčém."

„Rosencrantz nie je alkoholik."

Etela bola ticho.

„Spí pod dekú na mojem gauči. Možno by tu mal dneská zostat, aby to vyspal."

„Okej."

„A zlatino, aj ty sa choc vyspat, zníš jak nevyspatý netopír."

Vrátili sme sa do postele. Až o tretej poobede nás zobudil zvoniaci telefón. Bola to Etela.

„Je Rosencrantz stále u teba?" opýtala som sa.

„Áno, zlatino. Je ve vani... Je tu teraz susedka Irena. Robíme fajnovúčku lososovú pomazánku, tovstíky a pudinček."

V pozadí som počula kričať Irenu.

„Áno moja, len si daj. My nelúbime chrbtové kostičky... prepáč zlatino, to len Irena otvorila konzervu."

„Etela, potrebujem, aby prišiel domov. Musím sa s ním porozprávať o jeho správaní."

„Ale ešte jednu noc hádam môže, néé?"

„Etela, rozmaznávanie mu s ničím nepomôže."

„Už si povedala Dannymu?"

„Nie."

„Dobre, ja mu teda poviem. Nechaj šecko na mna... aj Rosencrantza. Pudinček ždycky, šecko vyréšil."

Dohodli sme sa, že jej zajtra zavolám. Adam ležal vedľa mňa a hladkal mi bruško.

„Povedala, že pudinček všetko vyrieši."

„Nevrav?"

„Myslím, že len prechádza blbým obdobím... Nemyslíš? Na univerzite som tiež dosť pila."

„Coco, on nie je na univerzite."

„Ale herci zvyčajne žijú študentským životom."

Adam na mňa dlhšie hľadel.

„Musím večer do práce," povedal.

„Škoda," vzdychla som.

„Nechceš ísť so mnou? Pondelky sú slabé... Môžeš zavolať Mariku a Chrisa. Môžete si hobieť pri bare a obdivovať ma v mojich vypasovaných nohaviciach. Ja ťa budem obdivovať v..."

„V mojich vypasovaných nohaviciach. Všetko mi je teraz úzke a napasované."

Adam ma pobozkal.

„Je mi všetko ľúto," pozrela som sa na Adama.

„Čo ti má byť ľúto?"

„Celý čas som bola posadnutá Reginou Battenbergovou, ty si bol nešťastný a Rosencrantz..."

„Coco, ľúbim ťa. Ľúbim ťa kvôli tvojej úprimnosti. Ľúbim ťa, lebo si múdra. Ľúbim tvoje telo."

„Hlavne toho tela je teraz riadne množstvo na ľúbenie..."

„Ľúbim ťa pre tvoje percentá," usmial sa.

„Moje percentá?"

„Hej, Agentka Fergie musí krásne zarábať. A tie percentá, čo z nej máš, musia byť dosť dobré," zasmial sa.

„Myslíš, že všetko bude v poriadku?"

„Samozrejme. Všetko sa nakoniec obráti k lepšiemu. Môj byt nám konečne znovu zarába... Všetko bude fajn."

Mariku som pozvala k Adamovi do baru. Chris bol tiež späť v Londýne, tak som pozvala aj jeho. Usadili sme sa na rohu barového pultu. Medzi obsluhovaním zákazníkov sme sa rozprávali s Adamom.

„Uvedomujete si, že sme tu teraz šiesti?" povedal Chris. „My traja a tri bábätká."

Marika bola stále v tom vzrušujúcom období tehotenstva, kedy je všetko nové a vzrušujúce. Ja som v období, kedy mi to už lezie na nervy.

„Nechce sa mi veriť, že vy dve pijete nealkoholické víno," zasmial sa Chris. „Presne také pijú paničky zo strednej vrstvy, keď idú na piknik a šoférujú."

„A čo by sme mali podľa teba piť?" opýtala sa Marika.

„Dajte si nejaký virgin kokteil alebo džús J20... Cool ľudia pijú J2O."

„Z nealko koteilu dostanem chuť na alko kokteil," povedala Marika.

„Prosím vás, sľúbte mi, že keď budete mať bábätká, nestanú sa z vás tie piknikové paničky. A že na mňa nezabudnete..." prosil nás Chris.

„Keď som mala Rosencrantza, nezabudla som na teba."

„Nie. Nebola si jak tí „helikoptéroví" rodičia. Dnes sú decká ako malí bohovia. Minulý týždeň som bol vo Westfield shopping centre, keď som započul mamičku, ako sa pýtala svojho osemnásťmesačného vrieskajúceho decka: „Dobre, dobre, čo chceš robiť?"

„A čo chcelo robiť?" opýtala sa Marika.

„Chcelo ležať v kočíku a srať do plienky, čo iné by chcelo bábätko robiť?" povedal Chris.

„Takže sa snažíš povedať, že dieťa by malo byť vidieť a nie počuť?"

„Vo väčšine prípadov, hej. Načo vláčia bábätká po kaviarňach a baroch? Nech ich tam berú až vtedy keď si tie decká budú vedieť objednať sami. Keď zbadám kaviareň, v ktorej ponúkajú babyccino, mením kurz a idem ďalej."

„A to som ťa chcela za krstného otca," zasmiala sa Marika.

„Ako to myslíš, že som nebola helikoptérovým rodičom?" opýtala som sa.

„Všetko si mala pod kontrolou, neprelietavala si non-stop nad Rosencrantzovou hlavou, aby si náhodou neurobil bibinku," povedal Chris detským hlasom. „Nechala si ho, nech sa ponaučí z vlastných chýb, a pozri, čo z neho vyrástlo... Čo som povedal?" Chris videl, ako som sa zaksichtila.

Povedala som im všetko o Rosencrantzovi. Počúvali s hrôzou v očiach a keď som skončila, zostali ticho. Adam podišiel ku mne a stisol mi ruku.

„Neviem, čo mám robiť," do očí sa mi tisli slzy.

„Môžem zavolať pár známym a vybavím mu odvykačku," povedal Chris nápomocne. „Samozrejme, súkromnú a veľmi diskrétnu odvykačku."

„Môj syn nepotrebuje odvykačku."

„Coco, potom, čo si nám práve povedala si myslím, že Rosencrantz má dosť veľký problém," povedal Chris priateľsky.

„Prečo to hovoríš? V Los Angeles, kde sú odvykačky cool, si

strávil pár mesiacov a Rosencrantz zrazu potrebuje odvykačku? Adam povedz im, že to je blbosť."

„Ja som nič nevravela," ohlásila sa Marika. „Ale ak sa pýtaš na môj názor, tak súhlasím s Chrisom!"

„Môj syn nepotrebuje ísť na protialkoholické. On potrebuje..."

„Lososovú pomazánku a pudinček od Etely?" opýtal sa Adam.

„Aj ty s nimi súhlasíš? Povedal si, že mu mám dať na všetko čas, že všetko bude v poriadku."

„Čas na to, aby sa ocitol na úplnom dne? Coco, na alkoholizmus neplatí „dátum spotreby" po ktorom sa všetko len tak zlepší. Zvyčajne sa to zhoršuje."

„Odkedy si taký odborník?"

„Sally, moja šéfka..."

„Sally s vyholenou hlavou?" opýtala som sa.

„Áno. Je totálna alkoholička. Práve teraz je hore v izbe hore. Ožratá na šrot."

„Šéfuje krčme, tak to nie je veľmi prekvapujúce."

„Coco, ona je vyštudovaná operná speváčka. Teraz je stále naliata v liehu. Nemá šancu robiť to, čo miluje, a to len kvôli alkoholu," povedal Adam.

„Prečo si mi to predtým nepovedal?"

„Až doteraz to nebolo nejako relevantné."

„A nemali by sme zabúdať na to, čo sa stalo Rosencrantzovi v roku 2009, keď išiel do Ameriky," podotkol Chris.

„Nie. To bola náhoda, omyl, keď ho stopli po prílete na cudzineckej polícii a v kufri mu našli marihuanu..."

Marika s Chrisom pozerali na mňa nechápavo.

„Obaja ste so mnou vtedy súhlasili...vlastne ani ste nemuseli...lebo on nie je závislák! Na ničom!"

Zazvonil mi mobil. Vybrala som ho z kabelky. Volala Etela.

„Ten malý hajzlík mi ukradól z kabely dvanásť libér!" kričala Etela.

„Rosencrantz?"

„Do iný?" Prekláty zlodej. S Irenu sme v kuchynke méšali puding, ked sme sa vrátili, bol fuč. Ani sa nepozdravil."

Po hovore som všetkým povedala, že Rosencrantz ukradol Etele peniaze.

„Coco, čo povieš na intervenciu?" navrhol Chris.

„Radšej to nazvime pokecom," pripomienkovala Marika.

„Mohli by sme si s ním sadnúť za jeden stôl a porozprávať sa?"

Cítila som sa hrozne, akoby na mňa padal celý strop baru.

Streda 13. júna

Po ďalšej bezsennej noci, kedy sme nevedeli, čo je s Rosencrantzom, Adam navrhol, aby som vážne pouvažovala nad pokecom, čo navrhol Chris s Marikou.

„Rosencrantz je tvoj syn, ale nezabúdaj, že v tebe je môj syn. On cíti všetky tvoje stresy a utrpenia. Ak niečo nepodnikneme, mohli by sme skončiť bez dieťatka."

Celé ráno som strávila prilepená k telefónu. Vyvolávala som celej rodine a najbližším známym a prosila ich, aby prišli zajtra poobede na intervenciu s Rosencratzom. Všetci boli úžasní a sľúbili, že prídu. Som Bohu vďačná, že ich mám. Adam navrhol, aby sme Rosencrantzovi povedali, že bude „baby shower", takže malá party, na ktorej oslávime príchod bábätka. Takto bola väčšia šanca, že príde. Rosencrantz sa vrátil na obed a rovno si to namieril hore do sprchy. My sme akurát obedovali.

„Mala by som sa ísť s ním porozprávať. Čo myslíš?" bola som nervózna.

„Mali by sme zostať pokojní, aby sme ho nevyplašili," povedal Adam.

Rosencrantz prišiel o chvíľu do kuchyne a nalial si pohár džúsu. Keď som mu povedala, že zajtra budem mať baby shower, srdce mi tĺklo ako po maratóne.

„Bola by som rada, keby si tu bol aj ty. Aspoň na chvíľu."
„Dobre mami. O koľkej?"
„Štyri... o štvrtej."
Dopil džús, pohár vložil do umývačky a povedal, že ide von. Predtým ako odišiel, ešte objal Rocca.
„Adam, jemu nič nie je. Pije džús...vitamíny."
Adam vybral z umývačky Rosencrantzov pohár a ovoňal ho. Potom ho podal mne.
„Vodka s džúsom?" ovoniavala som pohár. „Ledva je len obed... A odkiaľ má vodku? Videla som ho, ako si bral pohár..." hlas mi zosmutnel.
„Zostáva nám len dúfať, že sa zajtra objaví," povedal Adam.
Poobede mi volala trochu zmätená Meryl.
„Coco, môžem sa ťa ešte raz opýtať? Čo to vlastne zajtra bude?"
„Chceme sa za prítomnosti rodiny a priateľov o niečom s Rosencrantzom porozprávať. Nedávno začal piť. Trošku viacej piť ‚ako je normálne."
„Takže to bude malé stretnutie spojené s rozprávaním?"
„Hej, rozprávanie, lepšie povedané intervencia."
„Nikdy predtým som ešte na intervencii nebola. Bude to posedenie alebo švédske stoly?"
„Nič z toho. Len sa s ním porozprávame. Ľudia, ktorým na ňom záleží... Budeme sa mu snažiť otvoriť oči a pomôcť."
„Možno by sa hodili muffiny, ak počas tejto intervencii vyhladneme?"
„Okej, len neprezraď, že ide o intervenciu. Rosencrantzovi sme povedali, že to bude baby shower. Inak by na intervenciu neprišiel. Vlastne na malý pokec."
„Takže je to pokec formou intervencie počas oslavy príchodu bábätka?"
„Tak nejako."
„Mám priniesť odsávačku na materské mlieko?"
„Načo by ti bola odsávačka?"

„Coco, to je pre teba. Ako darček na vymyslenú baby shower."

„Okej, prines. Ďakujem."

„A ešte prinesiem intervenčné muffiny. Prepáč, Baby shower muffinky."

„Dobre, ešte raz ďakujem."

„Coco neboj, bude to v poriadku. Si dobrá mama."

Veľmi ma to pohladilo po duši.

Rosencrantz prišiel domov poobede a priniesol tašku modrých a ružových balónov.

„Mami, kúpil som ti balóny na baby shower." Vzala som od neho tašku a vybrala balóny. Na modrých bolo napísané „Je to chlapec" a na ružových „Je to dievča".

„Ďakujem." Adam bol v práci. S Rosencrantzom sme strávili pred telkou taký čudný večer. Nezdalo sa mi, že veľa pije. Okej, päť vodiek, ale koľko vodiek som vypila ja za mladých čias?

Keď prišiel domov Adam, uložil sa na posteľ vedľa.

„Premýšľala som nad definíciou alkoholika," povedala som mu. Niečo som vyhľadala na mobile. Píšu tam, že muž by nemal za týždeň piť viac ako dvdasaťjeden jednotiek alkoholu a žena štrnásť! Vieš koľko jednotiek je v jednom pohári vína?"

„Tri."

„Presne tak, tri jednotky. Koľko našich známych na hocakej oslave alebo večeri vypije minimálne tri poháre vína? Väčšina!"

„Coco, len si to sťažuješ. Musíme mu pomôcť," Adam ma pohladil po tvári a pobozkal ma na dobrú noc.


Štvrtok 14. júna

Po ďalšej noci bez spánku sa cítim vyčerpaná. Rosencrantz zostal celú noc doma a vstal skoro ráno. O dosť mi to sťažilo plánovanie a chystanie intervencie.

„Mami, ty vôbec nie si pripravená na baby shower," povedal Rosencrantz pri raňajkách. „Jediné, čo máš, sú balóny, ktoré som ti kúpil."

Aby sme nič neprezradili, Adam rýchlo vybehol po raňajkách na nákupy. Kúpil výzdobu, héliové balóny a v Markse zopár táciek hotových pochúťok. Pri zdobení sme sa dobre zabavili. Veľmi som sa za svoje klamstvá hanbila.

Pred štvrtou začali prichádzať ľudia. Daniel s Jennifer, Etela s kamoškou Irenou, Chris, Marika a Milan.

Nič netušiaci Rosencrantz všetkých vítal pri dverách.

„Mami, zdá sa mi, že ti nikto nepriniesol žiadne darčeky," povedal mi Rosencrantz, keď prišiel za mnou do kuchyne. Chystala som limonádu. Z nervov zo mňa tiekol pot a trochu som sa triasla.

„Neboj, zlato. Poprosila som ich, nech mi dajú radšej nákupné poukážky," klamala som mu.

„Okej," zobral krčah s limonádou a išiel ponalievať.

„Nič mu nie je," zasyčala som na Adama. „Z tohto bude hotový a potom sa všetko ešte zhorší!"

„Zlato, musíš zostať pokojná."

„To sa ti povie. Len si predstav, že by šlo o tvoju dcéru. Rada by som vedela, čo tá navyvádza."

Daniel vošiel do kuchyne.

„Coco, zbláznila si sa? Rosencrantz je úplne v poriadku. Práve pomohol Jennifer vymeniť baterku v jej diétnej kalkulačke."

„Prosím?"

„Má malinkú kalkulačku, do ktorej si započítava body, ktoré prejedla. Fičí na malú baterku, aká sa dáva do strojčeka pre hluchých. Hrozne ťažko sa vymieňa, je veľmi malá. Ani mne to nejde. Rocencrantz ju vymenil za pár sekúnd."

„Vidíš!" pozrela som na Adama. Do kuchyne prišla Meryl.

„Nádherne ste vyzdobili obývačku. Priniesla som intervenčné

muffinky, mám ich vyložiť? Alebo ich vyložím až keď začne intervencia?"

„Meryl!"

„Prepáč, baby shower muffinky. Stále sa mýlim. Vyložím ich na ten pekný tanier na stolíku v obývačke?"

„To je jedno...dobre."

„Tony nepríde. Má problémy s Mai Ling..."

„Aké problémy?"

„Navrhla Tonymu, aby mali otvorený vzťah... Vieš, taký, v ktorom si môžu užívať aj s druhými ľuďmi. Odchod z Číny jej otvoril oči a od sveta chce všetko, čo jej ponúka."

„V Milton Keynes?"

„Áno! Coco, poprosím ťa, neuťahuj si z Milton Keynes. Máme tam sympatickú plaváreň, národné múzeum počítačov, dokonca u nás hniezdi aj jeden veľký africký vták..."

„Meryl, prepáč, ale teraz nemám na toto čas."

„Len som chcela povedať, že vás pozdravuje Tony. Poslednú dobu sme spolu strávili veľa času... na telefóne. Ako priatelia."

„Meryl, to ma naozaj teší."

„Coco, ďakujem. Idem vyložiť muffiny."

Odišla do obývačky a do kuchyne pre zmenu vošla Marika s Chrisom. Objali ma.

„Zlato, si v poriadku?"

„Nie, zdá sa mi to celé prehnané."

„Coco, volal som so známym na protialkoholickom v Pathways Addiction Centre..." povedal Chris.

„Nie! Nie. Dobre sa s ním porozprávame a potom bude všetko v poriadku," protestovala som. Do kuchyne vošla Etela. Na prsiach si držala kabelku.

„Mama, vyzlečiem ti baloňák. Musíš v ňom horieť," ponúkol sa Daniel.

„To určite! Toto je môj najsamlepší baloňák a ve vačku mám vkladnú knihu. Nescem riskovat dalších dvanást libér," hlavu nasmerovala na obývačku, kde stál Rosencrantz.

„Etela, ty si mu na to nič nepovedala?" spýtala som sa prekvapená.

„Né, nič. Ale tebe poviem moja, že on potrebuje prefackat a né volakú baby shower!"

„Mama, to je intervencia!" popravil ju Daniel.

„Skoro sem zabudla, tá tvoja Jennifer si to rádne rozdáva s intervenčnými muflonkami. Scela sem si zebrat jeden a skoro mi odhrýzla hlavu!"

„Mama, sú to muffiny a nie muflonky a sľúbila si, že k nej budeš slušná," povedal Daniel.

„Víš čo my strašne pripomína, ked sa tak na nu pozerám? Tú hru čo ste mali jak decká, Hladný Hroch."

„Mama! Nebudeš moju priateľku volať hladný hroch!"

Vtom zaznel zvonček pri vchodových dverách. Prestrčila som sa pomedzi všetkých a išla som otvoriť. Vo dverách stála pôrodná sestra Justine, nahodená v džínsoch a pulóvri. Stála tam s asi päťdesiatročným chlapíkom v ligotavom zlatom obleku.

„Pani Pinchardová, prepáčte, že sme vvás takto prepadli," Justine sa usmiala. „Išli sme okolo, tak som Vvm chcela vrátiť váš pôrodný plán. Okopírovala som si ho. Chcela som ho len prestrčiť cez schránkový otvor na dverách, ale vidím, že máte baby shower, tak som myslela, že vás pozdravíme."

Pozrela som sa na zábradlie pri schodoch, na ktoré Rosencrantz priviazal balóny.

„Prepáčte, som nevychovaná. Toto je môj otec, Brian." Pán v zlatom obleku sa usmial a podal mi ruku. „Veziem ho na predstavenie a mali sme vás po ceste."

Rosencrantz prišiel za mnou k dverám.

„Predstavenie?" opýtala som sa.

„Áno. Otec je kúzelník," usmiala sa Justine.

„Kúzelník Brian vo vašich službách," povedal a z rukáva vytiahol kyticu hodvábnych kvetov, ktoré mi podal.

„Super. Objednala si kúzelníka. Si bomba," vychválil ma Rosencrantz.

„Nie. Idú na predstavenie," Brianovi som vrátila kyticu.

„Mám dvadsať minút k dobru," povedal kúzelník. „Veľmi sa mi páčila kniha, ktorú ste podpísali mojej dcére. Na oplátku môžem predviesť vám a vašim hosťom zopár kúziel."

Justine prikývla a nahodila úsmev od ucha k uchu.

„Super," tešil sa Rosencrantz. „Nech sa páči, poďte ďalej."

Vošli dnu, zavrela som za nimi dvere a utekala som do kúpelne. Zamkla som sa tam a chvíľu som stála v riadnej panike. Tvár som si prepláchla studenou vodou. Trochu to pomohlo. V obývačke už fičala „intervencia" v plnom prúde. Kúzelník požiadal Meryl, aby si vybrala ktorúkoľvek kartu. Svojou charizmou všetkých dostal. Vrátane Rosencrantza. Zasnívane ho sledovali. Etele vykúzlil veľkú hodvábnu kyticu kvetov. Jej reakcia bola na nezaplatenie. Ona aj Irena vyzerali akoby chytili kyticu na svadbe.

Znovu sa ozval zvonček. Stŕpnutá som sa vrátila ku vchodovým dverám. Normálne som sa už bála, kto to zase bude. Pred dverami stál Oscar s Waynom. Oscar bol oblečený v trojdielnom kanárikovo-žltom obleku a Oscar v rifliach so zalepeným zlomeným nosom.

„Prišli sme vás podporiť aj Rosencrantza, ale len preto, že vás veľmi rešpektujeme," povedal Wayne. Do chodby prišiel Chris s Marikou a Adamom.

„Coco, pre Krista Pána čo sa to tu deje?" opýtal sa Chris. „Je tam kúzelník! Práve vykúzlil z Merylinej kabelky andulku, ktorá teraz vystresovaná sedí na záclone."

„Nie je to moja chyba."

„Vôbec to neberieš vážne!" zasyčal Chris. Chytil Adama a išiel s ním hore.

„Coco, musíme to urobiť a najlepšie urobiť teraz," povedala Marika. Oscar sa triasol.

„Poď Oscar, všetko bude okej," ukludňoval ho Wayne.

Keď sme sa vrátili do obývačky, okolo kúzelníka Briana sa vytvoril kruh divákov. Na ukazováku mu sedela andulka.

Justine jej dala kúsok muffinu. Rosencranz zbadal Wayna s Oscarom.

„Čo tu robíte?" opýtal sa prekvapený.

„Ach, Coco," povedala Justine, „otcova andulka miluje vaše intervenčné muffiny..."

Všetci zamrzli.

„Intervenčné muffiny?" opýtal sa zhrozený Rosencrantz. Vtom do izby vošiel Chris s Adamom, ktorý mal v ruke Rosencrantzov ruksak. Chris odsunul taniere na stole a vyprázdnil ho. Vybral z neho veľa malých plastových fľaštičiek s tabletkami, malé fľašky vodky a malé vrecko s bielym práškom, nápadne vyzerajúcim ako kokaín. Všetci sme nemo pozerali na Rosencrantza.

„Čo robíte?" Rosencrantz bol v totálnom šoku.

„Takže priznávaš, že toto je tvoj ruksak?" opýtal sa Chris.

„Zobrali ste ho z mojej izby! Vy ste to tam všetko nastrkali... Mami, Chris s Adamom mi toto všetko napchali do ruksaku. Mami!"

„Pridaj k tomu ešte tých dvanásť libér čo si mi ukradól z kabely," pridala Etela.

„Babi, v živote som ti nikdy nič neukradol a tobôž peniaze. Mami, čo sa deje? O čo tu ide?" Rosencrantz sa rozplakal. „Ide im o to, aby ťa poštvali proti mne."

„Chceme sa s tebou iba porozprávať," po tvári mi stieklo zopár sĺz. „Iba sa porozprávať."

Rosencrantz si premeral všetkých v izbe. „Zašla si až tak ďaleko, že si objednala aj kúzelníka."

„Asi by sme mali ísť," kúzelník Brian si strčil andulku do vrecka na zlatom saku.

„Rosencrantz, nehraj to na nás so slzami!" zakričal Wayne. „Pozri, čo si urobil Oscarovi! Zobuď sa! Je to skurvená intervencia a ty ju zúfalo potrebuješ."

„Wayne!" zastavila som ho. „Upokoj sa. Všetci sa potrebujeme upokojiť."

Rosencrnatzové oči behali zúrivo po izbe. Rozbehol sa k stolu. Vrhol sa naň a zúfalo sa snažil pozbierať svoje veci. Snažila som sa mu ich vytrhnúť z rúk, ale on ma odsotil. Stratila som rovnováhu a padla na zem. Pri páde som si udrela tvár na rohu stola. Celá situácia sa zvrhla na jedno veľké peklo. Adam s Chrisom sa snažili schmatnúť Rosencrantza. Sestrička Justine pribehla ku mne a pomohla mi postaviť sa. Rosencratzovi sa podarilo uvoľniť a pomedzi všetkých vybehol z domu. V pätách mu utekal Chris a Milan s Adamom.

Nasledujúce minúty som už vnímala všetko rozmazane. Videla som hviezdy. Marika mi urobila čaj. Meryl so svojou brošňou začala praskať balóny. Etela jej prikázala, nech okamžite prestane. Zostalo mi zle. Marika ma zobrala do kúpeľne na poschodí, kde som sa vyvracala.

Keď som sa vrátila do kuchyne, stál tam totálne mokrý Adam, Milan a Chris. Vonku vyčíňalahrozná búrka. Silný dážď plieskal o okná. Všetci ostatní odišli domov.

„Zlato, si v poriadku?" Adam mi pozeral na modriny na hlave.

„Áno."

„Sotil ťa na zem. Si vo ôsmom mesiaci..."

„Bol vyľakaný. Kde je?" opýtala som sa.

„Ušiel nám," povedal Chris. „Aj s kokaínom, fľašami vodky, tabletkami... a amfetamínom."

„Rozumiem," bola som nahnevaná.

„Ešte stále si myslíš, že mu nič nie je, Coco?"

„Choďte preč... Všetci choďte," bola som zúfalá.

Keď odišli, zostala som v kuchyni a sledovala búrku. Vonku bola tma skoro ako v nejakej jaskyni. Rocco sa uložil do svojho pelechu v kuchyni. V obývačke som počula Adama, ako upratuje a dáva dole výzdobu.

Tesne pred deviatou zazvonila pevná linka. Adam zodvihol. Nepočula som dobre, kto to bol.

Prišiel do kuchyne a podal mi telefón.

„Coco, volá ti Chris."

„Čo je?" zavrčala som.

„Som vo svojom starom dome. Je tu aj Rosencrantz a polícia."

„Ty si na neho volal políciu?"

„Nie. Rosencrantz sa mi vlámal do domu, čo spustilo alarm. Dorazil som sem takmer naraz s políciou."

„Nemôžeš im povedať, že to je omyl?"

„Nie je to také ľahké. Vieš, že neďaleko môjho domu je kráľovský Clarence House. Sú tú oveľa prísnejšie nariadenia ako kdekoľvek inde v Londýne. A myslím si, že Rosencrantz má pri sebe drogy."

„Kurva. On je fakt mimo?" bola som zhrozená.

„Bohužiaľ zlato, je to tak... Naozaj potrebuje pomoc. Prídi tak rýchlo, ako sa len dá a ak mi dovolíš, ja sa o všetko postarám."

O pätnásť minút som bola pred Chrisovým domom v Regent´s Parku. Vonku strašne fúkalo. Dážď neustupoval. Pred domom stáli dve policajné autá a malá biela dodávka. Chris stál s dvomi policajtmi pod strieškou pred vchodovými dverami. Keď ma zbadal, prišiel ku mne a objal ma.

„Kde je Adam?"

„Neprišiel. Nechce riskovať, že Rosencrantzovi urobí niečo, čo by potom ľutoval."

„Ďakujem chlapci," povedal Chris policajtom. Prešli sme dnu. Odbočili sme doprava , kde sme v obývačke našli Rosencrantza. Sedel na zemi opretý o stenu. Na chrbte mal ruksak. Išla som ho objať, ale on vstal a o pár metrov sa posunul.

„Prečo si ma prestala ľúbiť?" po tvári mu stekali slzy. „Myslel som, že ja som tvoje baby."

„Ty si moje baby!"

„Ako sa môžem teraz pozrieť niekomu do tváre? Vonku stojí polícia... Všetko som posral."

„Ešte nie je neskoro. Ale uvedom si, čo sa deje... Pozri sa okolo seba a ako ďaleko to zašlo. Domov si si priniesol drogy.

Vlámal si sa ku Chrisovi. Vonku na teba čaká polícia. Potrebuješ odbornú pomoc."

„Akú? Protialkoholické? Nikto sa ma ani len nedotkne, keď zistia, že som bol na odvykačke."

„Rosencrantz, aj ja som bol na protialkoholickom," povedal Chris.

„Neverím ti."

„Hovorím pravdu. V osemdesiatomšiestom mi zomrel partner a úplne ma to zničilo. Pokúsil som sa o samovraždu. Zachránila ma vtedy tvoja mama, Rosencrantz. Dovoľ mi, aby som jej to teraz odplatil a pomohol ti."

Rosencrantz sa pozrel okolo seba na Chrisov prázdny dom. Na stenách sa odrážali policajné sirény. Vyzeralo to, že Rosencratnzovi konečne došlo, že je koniec. GAME OVER!

„Nebudú do mňa pchať ihly?"

„Nie," upokojoval ho Chris.

„Čo ak ma odtiaľ nikdy nepustia?"

„Ak pôjdeš dobrovoľne, nemáš sa čoho báť. Všetko bude v poriadku. Ide len o pár týždňov. Dobre sa vyspíš a postavíš sa na vlastné nohy. Budeš šťastný a spokojný ako predtým. Pozri na mňa. Som v pohode a to už ubehlo riadne veľa rokov. Nie celkom v pohode, nemám žiaden vzťah, ale na to nie je odvykačku," usmial sa Chris.

Rosencrantz prikývol a tiež sa trošku usmial.

„Daj mi ruksak," poprosil ho Chris. Rosencrantz si ho dal dolu z chrbta a podal ho Chrisovi.

„Teraz alebo nikdy," pozrel Chris na neho. Rosencrantz prikývol a išiel s nami von. Prešli sme okolo dvoch policajtov pred dverami a išli sme k dodávke. Pristúpili k nám traja muži, chvalabohu neboli oblečení v bielom ako z „cvokhauzu". Rosencrantz podpísal nejaký papier a nastúpil dnu. Zabuchli za ním posuvné dvere. Na dodávke bol červený nápis Pathways. Na bočné okno som pritlačila ruku, ale takmer hneď mi spadla, keď sa auto pohlo a vytratilo v tmavej noci.

„Povedal si mu, že ide o pár týždňov, ale ty si tam bol mesiac. Či nie?"

„Aj Rosencratnz tam bude minimálne mesiac. A papier čo podpísal bol o tom, že odtiaľ nemôže odísť dobrovoľne. Prepáč, inak to nešlo."


Piatok 15. júna

Ráno o deviatej začala realitka predávať náš dom. Dali ho na svoju internetovú stránku. O 9.04 volala Meryl. Ešte som bola v posteli.

„Coco. Tvoj dom je na predaj!" pišťala ako vyplašená myš. Musela som od mobilu odtiahnuť ucho.

„Budem hádať. Google alert?"

„Áno... Coco, náš dom je oveľa väčší ako tvoj a vy zaň pýtate hentakú astronomickú sumu?"

„Meryl, náš dom je v centre Londýna, preto je taký drahý," posadila som sa v posteli. Adam pomaly otváral oči.

„Na Milton Keynes nie je nič zlé."

„Ja netvrdím, že Milton Keynes je zlé mesto."

„Rozdelíš sa s Danielom na polovicu?"

„Nie."

„Žil v ňom dvadsať rokov, staral sa oň!"

„Jedinú vec, ktorú kedy v tomto dome Daniel urobil bolo, že zalepil uško na jednej šálke. Prepáč, ale musím ísť. Mám toho veľa."

Na mobile mi cinkol nový e-mail. Pathways Addiction Centre mi oznámili, že nasledujúcich dvadsaťosem dní bude Rosencrantz v ich starostlivosti na protialkoholickom oddelení v západnom Londýne. Nemá povolený žiaden kontakt s vonkajším svetom, vrátane rodiny. Žiadne návštevy. Adam sa ku mne nahol a pobozkal ma. Skontroloval mi modriny.

„Mala by si ísť s nimi k lekárovi."

„Som v poriadku," ukázala som mu e-mail. „Je to jedno šťastné decko... že mu Chris ponúkol pomoc. Bude ho to stáť pár tisíc libier."

„Nie je šťastné decko..." Adam bol ticho. Naskočil mi ďalší e-mail. Tento bol z realitky. Oznámili nám, že dom je na predaj.

„Skutočne očarujúci štvorizbový dom so záhradou v blízkosti Regent´s Parku. Ide o nadštandardnú nehnuteľnosť s vysokými stropmi a veľkým priestorom na stretnutia. Hlavná spálňa má vlastnú kúpeľňu. V dome sa ešte nachádzajú ďalšie dve spálne, kúpeľňa, hudobná miestnosť, krásna obývacia izba s prístupom do záhrady, kuchyňa a terasa. Každá izba má originálny kozub v starodávnom regentskom štýle.

Ulica Steeplajack Mews sa nachádza na východnej strane Regent´s Parku na sever od Marylebone Road a neďaleko ulice Great Portland Road a metra Baker Street. V blízkosti sa nachádzajú obchody, kaviarne a reštaurácie. Táto nehnuteľnosť poskytuje nadštandardnú sociálnu vybavenosť."

Ani to neznelo ako môj dom :)

Sobota 16. júna

Dnes som mala narodeniny. Mám štyridsaťpäť rokov! Adam ma ospravedlnil, keď mi volala Meryl s Tonym a potom aj Etela. Nemala som na nich náladu. Spoločne mi kúpili päťlibrovú poukážku do obchodného domu Debenhams. Nebola som v ňom od deväťdesiatich rokov. Ale hlavná je myšlienka... Však?

„Nie. Nemáme o Rosencrantzovi žiadne novinky," Adam im niekoľkokrát zopakoval. „Nie, nikto ešte nedal ponuku na dom."

Bol krásny deň. Adam zorganizoval v záhrade malý piknik, na ktorý pozval Mariku a Chrisa. Nachystal ho nádherne. Urobil sendvičea nakrájal ich na trojuholníky. Prichystal čaj a kúpil veľkú mrkvovú tortu. Ale aj tak som sa cítila nanič. Chris mi podal krásne zabalený spoločný darček previazaný červenou stuhou. Roztrhla som baliaci papier... a vybrala som z neho niečo, čo vyzeralo ako dupačky pre dospelých. Boli tam dve a boli fakt veľké.

„Aaaa... ďakujem," bola som trochu zmätená.

„Modré sú pre Adama," povedal Chris. Adam si zobral veľké modré dupačky a prirovnal si ich.

„Krista pána, čo si to kúpil?" opýtala sa zdesená Marika.

„Čo? Kázala si im kúpiť dupačky..."

„Áno, ale pre bábätko, ty tĺk!"

„Prepáč, keď si volala, riešil som ďalšie dve veci... Vieš, aké je ťažké viesť veľkú firmu?!"

Pozrela som na Marikin nedôverčivý výraz a prvýkrát za posledné dni som sa začala rehotať.

„Musíte ma chápať, pracujem vo veľmi vystresovaných podmienkach. Bol som v pracovnom režime."

„Ty si si myslel, že toto budeme nosiť?" povedala som cez slzy smiechu. „Vyzerali by sme ako dvaja mega Teletubbies!

„Ja som si myslel, že mi asi niečo ušlo... čo sa týka módnych trendov... Preboha, dajte jej niekto rýchlo iný darček."

Adam išiel dnu a do záhrady sa vrátil s veľkým tenkým obalom, v ktorom bol darček. Rozbalila som ho a všetci sme stíchli. Bola to veľká zarámovaná fotka z posledného predstavenia „Naháňačka na Lady Dianu - Muzikál" v Edinburghu. Bola som na nej v divadelnom bare s Adamom, Rosencrantzom, Marikou a Chrisom.

„Wau! To bol taký skvelý večer...staré dobré časy. Pozrite, Rosencrantz práve zmaturoval na konzervatóriu."

Všetci ma naraz objali.

„A všetko bude už len lepšie," povzbudzoval Adam. „Chcem,

aby ti táto fotka pripomínala, že vždy bude dobre, a že vždy za rohom na teba čakajú krásne veci a šťastné chvíle."

„Hej, hej," povedal Chris, „Chcel by som dať prípitok. Pripime si na Rosencratnza, na lásku, na bábätká a priateľstvá." Štrngli sme si čajovými šálkami.

Keď sme v ten večer išli spať, necítila som, že zrazu je všetko fajn, ale mala som nádej, a to bol skvelý pocit.

Piatok 29. júna

Posledné dva týždne boli veľkou odsávačkou mojich nádejí a očakávaní. Nevedela som sa dočkať, kedy a či vôbec prepustia Rosencratza z protialkoholického a hlavne som sa už nevedela dočkať pôrodu. Vonku je horúco, takže mi nezostávalo robiť nič iné, ako čítať knihy a pozerať telku.

Trikrát som volala na protialkoholické. Vždy ma slušne poslali do kelu, „Informácie o pacientoch nevydávame. O pacientovom progrese vás nemôžem informovať," povedal jemný ženský hlas recepčnej.

„Takže je v poriadku? Predpokladám, že by ste mi povedali, keby sa stalo niečo vážne."

„Ako som už povedala, nemôžem vydávať informácie o našich pacientoch."

„Stalo sa mu niečo hrozné? Žije?"

Recepčná bola chvíľu ticho.

„Áno je nažive. Nestalo sa mu nič hrozné. Nič viac vám naozaj nemôžem povedať. Prepáčte."

„Takže mi môžete povedať iba či je živý alebo mŕtvy?"

„No tak by som to neformulovala. Povedala som vám to len preto, že ste zavolali."

„Takže mi môžete povedať iba to, že je mŕtvy alebo umiera?"

„Rozumiem, že to musí byť pre vás ťažké, ale o vášho syna je tu skvele postarané. Pokojne sa pozrite na našu webstránku." poradila mi recepčná a zrušila hovor.

Hneď som utekala k počítaču. Na internete som našla ich stránku. Bola mi na nič. Pózovali na nej modelky, akože závisláčky. Stránka bola plná naštylizovaných článkov a noviniek.

Mohli mať na nej aspoň kameru v záhrade, kde chodia cvičiť. Rada by som ho videla aspoň na pár sekúnd.

Adam trávi veľa času v bare (v práci). Ja trávim veľa času v posteli... s knihou."

Sobota 30. júna

Mali sme nahlásených niekoľko obhliadok, čo ma vyhnalo z postele. Realiťák nás požiadal, aby sme boli väčšinu dňa mimo domu. Ešteže bolo teplo, Adam nachystal piknik, zabalil opaľovací krém, MP trojku a išli sme von. Na poslednú chvíľu si spomenul na slnečník. Nabalili sme všetko do auta a odviezli sme sa do stoosemdesiat metrov vzdialeného Regent's Parku. V parku bolo veľa ľudí, ale nebolo to najhoršie. Ľudia popíjali ľadovú kávu, opaľovali saa relaxovali. Adam rozprestrel deku a slnečník do tieňa pod strom s výhľadom na jazero. Bolo nádherne teplučko.

Hlavu som si uložila do Adamovho lona. Vyhrnulo sa mi tričko a Adam mi pohladil bruško. Mám ho teraz strašne natiahnuté, až tak, že mi pupok vytŕča ako veľký pukanec pod hodvábnym šálom. Zrazu som pocítila veľký kopanec.

„Wau!" Adam zodvihol ruku. Na boku brucha bolo vidieť obrys malej nožičky. Videla som obrys malinkej holennej kosti a členku. Zmizlo to a opäť som mala hladké brucho. O chvíľku sa to zopakovalo.

„Už nemá dosť miesta," pozrela som sa na Adama. „Vyzerá to,

akoby sa vnútri nudil a vymýšľa si zábavky. Cítim ho aj pod rebrami." Čakali sme, či ešte kopne.
„Myslím, že sa unavil," ľahla som si späť do Adamovho lona.
„Chvalabohu, chvíľu si oddýchnem. Celú noc žongloval."
„Vieš čo, Coco? Toto sú krásne chvíle, ale zabúdame, že onedlho bude potom a vyjde z teba bábätko."
„A bude potrebovať jesť a prebaľovať," dodala som. Malá nožička sa ukázala ešte dvakrát.
„Wau," povedal vysmiaty Adam. „Bude z neho karatista."
„Alebo tanečník."
„Môj syn nebude tanečník," zvážnel Adam. „Poď krpec, kopni ešte."
„Hej, hej, môj zlatý. Počkaj," posadila som sa. „Ako to myslíš, že tvoj syn nebude tanečník?"
„Veď vieš, bude... atletický."
„Tanečníci sú atletickí. Hlavne baleťáci. Čo ak bude chcieť byť baleťák?"
„Dostal by jednu po zadku."
„Nechceš, aby bol náš syn gej. Však? Nechceš, aby bol ako Rosencrantz."
„Coco, prestaň. Nepokaz všetko. Ako nám bolo doteraz fajn."
Ľahla som si späť do jeho lona.
„Neodpovedal si mi. Chceš, aby bol náš syn gej?"
„Nie. A ty?"
„Nevadilo by mi to."
„Coco, ani mne to nevadí. U Rosencrantza je to iné."
„Ako iné?"
„Je biely," povedal Adam. Hneď som sa posadila.
„Čo tým chceš povedať?"
„Len hovorím, ako sa veci majú. Vieš, aké je ťažké vyrastať ako černoch? Vieš si predstaviť, aké by to bolo pre neho ťažké vyrastať ako černoch a zároveň gej?!"
„Adam, nestraš ma."

„Si vystrašená? Coco, hádam si si uvedomila, že naše bábo bude mulat?!"

„Áno."

„Tak na to nezabúdaj, musíš byť na to pripravená. V mojom živote nebolo jedného dňa, kedy by som nestretol s rasizmom. Niektoré dni toho bolo až, až... Nie je to sranda, zlato, a náš malý s tým bude taktiež vyrastať."

„Prepáč, je mi to ľúto. Nikdy som nad tým taktoneuvažovala. Pre mňa si vždy bol Adam a farbu pokožky som nikdy neriešila."

„Si šťastný človek."

„Ale vieš, tá gej vecička. Je mi jedno či malý bude gej alebo nie."

„Chápem ťa a súhlasím."

Zvyšok pikniku sme vylihovali v tráve, ale musím priznať, že Adam ma prinútil trochu popremýšľať. Priviesť na svet dieťatko je tá najzodpovednejšia a najdesivejšia vec na svete. Teraz som na Adama pozerala s ešte väčším rešpektom. Nikdy sa nesťažuje, ako sa k nemu ľudia správajú, absolútne nikdy!! A pritom každý deň žije s tým, že niekto si do neho s radosťou kopne, a to len kvôli farbe pokožky.

# JÚL

Pondelok 1. júla

Adam bol práve v práci, keď som započula "aló, aló, aló", ktoré sa ku mne donieslo od vchodových dverí. Etela sa ďalším „náhradným" kľúčom dostala dnu.

„Som v obývačke," zakričala som. Pred desiatimi minútami mi padol ovládač a ešte stále som sa ju pokúšala zodvihnúť. Akokoľvek som sa nahla, nedalo sa mi k nej kvôli bruchu dostať. Nahovárala som si, že sa mi skrátili ruky, ale ani seba som nedokázala oklamať. Brušisko je veľké ako strecha baziliky svätého Petra vo Vatikáne.

Etela vošla do obývačky. V ruke mala kľúč od nášho domu číslo...1000? a igelitku.

„Ná... kukni čo sem ti donésla. Já sem asi médium. Donésla sem ti palicu na zbíraní odpadu. Na konci má kléšte, tak si šecko móžeš prichytit a pritáhnut," z tašky vytiahla dlhú zelenú palicu, s ktorou uchytila na zemi ovládač a podala mi ju do rúk.

„Etela, ďakujem. Koľko som ti dlžná?"

„Nič ma to nestálo. Moja suseda z prízemá, čo vyzerala jak

trpaslík, pred pár dnami vytrčila kopitá. V jej rodine sú šetci vysokí, tak im to bolo na nič."

„Ďakujem. Ako zomrela?:

„Palla ksychtem do vani a utopila sa. Vrátnik ju našel ve velmi zaujímavej polohe. Chudera, snažila sa tou palicou dočáhnut na štupel ve vani, aby mohla vypustit vodu..."

Palica mi z ruky vypadla na stolík. Etela sa usadila na operadle gauča. „Donésla sem ti ešte nejaké veci, aby si sa nemusela prehánat do obchodu."

Podala mi igelitku. V nej bola fľaška štiplavej omáčky, krabička želatíny na varenie, dve mierne ohnuté konzervy ryžového pudingu a záváraninový pohárik odrezkov morských príšer."

„Šecko mi dala jej rodina."

„Ďakujem."

„Néčo nové o Rosencrantzovi?"

„Vravela som ti, že sa s ním nemôžeme rozprávať." Etela vyzerala znepokojená a hrabala sa v kabelke.

„Coco, musím ti néčo povedat... Víš jak sem ti vravela, že mi ukradol dvanást libér."

„Áno, a...?"

„On ich nezebral... Bola to Kim Jong Ling."

„Kto?"

„Ženská kerú voláme Kim Jong Ling. Jej skutečné meno je Lily Kim. Je to stará čínska krava, kerá sa nastahovala na štvrté poschodé."

„Kim Jong... je z Kórey," povedala som jej.

„Ona je z Kórey? Nevadí. No, Kim Jong mi neská ráno zaklopala na dvere a vraví, že" „Prepáč, diagnostikovali ma s kleptomániou, tu je tvojich dvanást libier." Normálne mi ich vrátila bez nejákej hanby."

„Prečo ich ukradla, keď ti ich potom vrátila?"

„Coco, ona je kleptomaňáčka."

„Ale kleptomaniaci zvyčajne nevracajú ukradnuté veci."
Etela ma ignorovala. „Je mi špatne z teho, že sem obvinila mójho vlastného vnúčika. Moju vlastnú krv!"
„Vybavíš si to s ním, keď ho prepustia."
„Zlato, nevým s tým žit, že čo si on musí o mne myslet."
„Etela, Rosencrantz ťa ľúbi. Pochopí, že to bol omyl."
„Dúfam. Tá kórejská krava si teraz na mna musí dávat dobrý pozor. Zmizli aj iné vecičky..."
Povedala som Etele, aby nič neriešila násilím. Raz to tak riešila a skončilo to tým, že ju z domova vykopli a museli sme jej hľadať nový.

Utorok 2. júla

V noci som mala hrozné nočné mory. V prvej som rodila...
Začala som rodiť a jediný človek, ktorý ma mohol odviesť do nemocnice bola Adamova dcéra Holly. Bola veľmi tmavá noc a vonku sa čerti ženili. Dážď búchal na okná auta. Holly šoférovala. Ja som v bolestiach ležala na zadnej sedačke. Blúdili sme. Bolesť sa zhoršovala a bábätko sa tlačilo von.
Holly mi poradila, aby som si navliekla pančušky, že to všetko spomalí. Natiahla som si pančušky. Hrozne ma škriabali.
Holly šoférovala s jednou rukou ako blázon. V druhej držala mobil, v ktorom mala nastavenú hlasovú navigáciu. Navigácia mala Etelin hlas: „Zlatino, od najbližšej nemocnici ste rádne daleko."
Prišla na mňa ďalšia strašne bolestivá kontrakcia. Cítila som, že čoskoro budem musieť začať tlačiť.
„Holly, budem musieť začať tlačiť."
„Má Coco začať tlačiť?" opýtala sa Holly navigácie.

„V žádnom prípade! Cez té pančušky by sa decko pretlačilo jak zemáková kaša. Jak ovocé cez sitko," vravel Etelin hlas. Prišla ďalšia kontrakcia, horšia ako tá predošlá. Medzi nohami som zacítila, ako vychádza malá hlavička. Tlačila sa na pančušky.

„Už ide. Bude z neho kaša!" kričala som.

Zacítila som ďalšiu strašnú bolesť a hlava vyšla ešte viac, ale zrazu bola velikánska. Hlava sa tlačila do silóniek. Ležala som v hroznej bolesti. Zodvihla som si sukňu. V silonkách bola natlačená Etelina hlava. Vyzerala ako hlava bankového lupiča. Začala som strašne kričať. Hlava neprestávala vychádzať. Tvár sa v pančuchách krčila a zväčšovala a nakoniec pretrhla silonky. Začala sa na mňa škeriť.

Zobudila som sa na vlastný výkrik a zaliata potom.

„Coco! Si v poriadku!" upokojoval ma Adam.

„Etela, bola to Etela! Kde je?" odhodila som perinu a pozrela sa cez moje brucho medzi nohy.

„Mala si len zlý sen. Všetko je okej. Si v bezpečí."

Adam s Roccom na mňa pozerali znepokojene. Upokojila som sa, dýchanie sa mi spomalilo a uvedomila som si, že to bola nočná mora. Ľahla som si späť a napravila som si tehotenský vankúš.

„Bože môj, bolo to také skutočné."

„Počul som, že nočné mory sú jedným zo symptómov v neskoršom štádiu tehotenstva," povedal Adam.

„Ležala som v aute a porodila som Etelu." Adam sa začal smiať. Zaujímavé, keď človek nahlas povie nočnú moru, vždy znie srandovne. A ostatní ich nikdy dobre nepochopia. Bola som rada, že to nebola skutočnosť. Radšej som mu ani nepovedala o silonkách.

Adam ma objímal. Zaspala som v jeho náručí, ale ani to nezastavilo ďalšiu nočnú moru...

Bola horúce poobedie a ja som vliekla veľmi ťažké tašky. Vracala som sa domov z Tesca na Baker Street. Vyšla som spoza rohu a videla z domu vychádzať policajtov s Rosencrantzom. Boli to tí istí poliši ako v Chrisovom dome. Nasmerovala som si to priamo k Rosencrantzovi, ale chodník zostal hrozne prehriaty a lepkavý. Pozrela som sa na zem. Borila som sa v roztopenom cemente. Obklopovali ma červené plastové zátarasy. Rosencrantza viedli do auta. Policajt mu položil na hlavu ruku, aby sa pri nastupovaní nebuchol. Bola som prilepená do cementu. Nedalo sa mi nohami vôbec hýbať. Snažila som sa kričať, ale stratila som hlas. Obzrela som sa za seba. Pri semaforoch na križovatke prechádzala Regina Battenbergová. Na hlave mala zlatý turban a dlhý kabát sa jej šúchal po zemi. Všimla som si, že ide smerom ku mne. Zrazu naštartovalo policajné auto a prefrčalo okolo mňa. Rosencrantz si ma nevšimol. Obzrela som sa za blížiacou sa Reginou. Na perách mala krikľavý červený rúž. Usmiala sa. Spod pier jej vybehli veľké ostré zubiská. Pravú ruku strčila do vnútorného vrecka kabátu a vybrala nôž. Keď vystrela ruku smerom ku mne, tak sa nabrúsená čepeľ zaligotala...a oslepila ma. Znovu som sa prebudila. A opäť s výkrikom. Adam sa reflexne posadil.

„Čo... čo je? Čo sa stalo?" pretieral si oči.

„Ďalšia nočná mora."

„Čo sa ti snívalo?"

„Nepoviem ti." Hodiny ukazovali pol piatej a slnko začalo vystrkovať pazúry. S námahou som vyšla z postele a šla som dolu. Urobila som si čaj. Pozerala som do blba.

Adam prišiel dolu o pol deviatej, práve volali z realitky. Jeden z ľudí, čo si bol pozrieť dom, ho chce kúpiť a chcú sa nasťahovať šupito-presto!

Ležala som s Roccom na gauči. Pozerali sme rannú šou na BBC. Adam vletel do izby a oznámil mi novinku.

„Tak rýchlo? Myslela som, že ho budeme predávať večnosť," zostala som prekvapená. „Ešte sa nemôžeme sťahovať...čo bude s Rosencrantzom?"

„Prepustia ho z odvykačky... z kliniky... o deväť dní.

Minimálne týždeň potrvá, kým sa na všetkom dohodneme a podpíšeme predajnú zmluvu," povedal Adam.

„Toto je aj jeho domov. Nemôže vyjsť von a hneď byť bezdomovcom. Vieš, ako sú bezdomovci závislí od všetkého možného."

„Nebude bezdomovcom. Môže bývať u otca... u Daniela."

„To je návod na katastrofu..."

„Alebo s nami."

„Myslela som si, že ho už v živote nechceš vidieť."

„Trochu som zmäkol."

„A čo s jeho robotou? Nemôže byť hercom a žiť na míle od Londýna. Čo ak bude stále potrebovať navštevovať doktora?"

„Coco. Na predaji tohto domu záležia životy ďalších troch ľudí."

„Tvoj, môj a?"

„Aj jeho," Adam prstom ukázal na moje brucho a pozrel mi do očí.

„Adam, ty odo mňa chceš, aby som sa rozhodla hneď teraz?"

„Coco, preboha! Nemôžeme si túto príležitosť nechať len tak ujsť. Kupec súhlasí s navrhnutou cenou, má peniaze..."

„Čo preboha? Pochop to, že som tu žila celý život, Rosencrantz tu žil celý život a mám pár týždňov do pôrodu. Nemôžem sa rozhodnúť v tejto sekunde."

Nahnevaný Adam sa išiel nachystať do roboty. Keď odchádzal, tak ešte stihol povedať: „Len pre tvoju informáciu. Na všetkom sme sa dohodli spolu a teraz chceš vycúvať. Má to vplyv na nás všetkých, nie len na teba."

Neskôr som sa stretla s Marikou a Chrisom v kaviarni v Regent´s Park. Keď je horúco, tak ako bolo posledné týždne, ledva chodím. Je zo mňa guľa. Ak by som sa nebála, že sa niečo stane bábätku, tak by som vážne poprosila známych, aby ma kotúľali z miesta na miesto. Sadli sme si pod strom do tieňa a pri ľadovej limonáde som im vyrozprávala o našej hádke s Adamom.

„Všetko, čo povedal dáva zmysel. A pri odchode mal taktiež

správnu pripomienku, že sme sa rozhodli spoločne. Ale na nič iné som nevedela myslieť, ako na to, že odkedy používa frázu „Len pre tvoju informáciu"?

„Hmm, chlapi a to ich vyjadrovanie," Marika otvorila cukor a nasypala si ho do koly. „Milan mi minule povedal ,kapíš'."

„Zlato, dala si si do koly cukor. Viešm čo dokáže urobiť cukor bábätku?" povedal zhrozený Chris.

„Chris, to sú tehotenské chute," zavrčala Marika. „A v sebe mám dve decká."

„Prečo by bol cukor pre bábätko nebezpečný?" bola som zvedavá.

„Robí ho sladším," povedala Marika. „Coco, vráťme sa k tebe. Na rozdiel od teba som si prečítala všelijaké možné tehotenské knihy a dočítala som sa, že v posledných týždňoch tehotenstva žena zvyčajne od seba odstrkuje svojho muža, aby sa mohla starať iba o bábätko."

„Nemám rád slovo tehotenstvo," povedal Chris.

„Ale toto celé je aj o Rosencrantzovi," pozrela som na Mariku.

„Ktorý je taktiež tvojim dieťaťom," prikývla Marika. „A potrebuje ťa."

„Chris, aké to bolo, keď si vyšiel z protialkoholického liečenia?"

„Ťažké. Keď ma pustili, zostal som u teba. Nepamätáš? Nikoho si nemala doma. Tvoja mama s otcom išli na plavbu Atlantikom."

„Vidíš? Potreboval si domov a prišiel si do môjho domu...chcem povedať do nášho domu. Do kelu. A to sme svoji len jedenásť mesiacov. Čo ak ma opustí..." Keď som si uvedomila, že by sa to mohlo stať, zosmutnela som.

„Zlato, Adam ťa neopustí," Marika ma pohladila po ruke.

„Súhlasím, Adam ťa nenechá v štichu," pridal Chris.

„Čo mám urobiť?"

„Coco, nechcem ti ešte priťažovať," povedal Chris, „ale

potrebujem vedieť, či máte záujem o moju farmu. Mám ďalších vážnych záujemcov a potrebujem vedieť, čo im mám povedať."

Rozišli sme sa na Baker Street. Skočila som kúpiť mlieko do Tesca a pobrala som sa domov. Na prechode som čakala na zelenú. Potom som sa pregúľala na druhú stranu cesty. Prišla som k rohu mojej ulice a zastala som. Chodník predo mnou bol ohradený páskou. Zastala pri mne biela dodávka. Vyšli z nej mladí chalani v tielkach a z auta začali vyberať červené plastové bariéry. So spadnutou sánkou som ich sledovala. Bariéry rozmiestňovali na to isté miesto na chodníku ako v mojom sne. Pozrela som sa na schody pred mojím domom. Nikto tam nebol.

„Prepáčte," spýtala som jedného chalana. „Čo robíte?"

„Opravujeme chodník," na zem položil poslednú bariéru.

„S cementom?" opýtala som sa.

„Áno."

Zovrel sa mi hrudník. Hrozne som sa vyplašila.

„Pred mesiacom sme tu vylepili oznam, o prácach na chodníku," prstom ukazoval na lampu. Oznam bol veľmi malý a písmo ešte menšie, nečitateľné. Musí to byť náhoda, pomyslela som si.

Pokračovala som v chôdzi, keď som začala mať čudný pocit, že za mnou niekto ide.

Otočila som sa.

Cez prechod prechádzala ženská, ktorá vyzerala ako Regina Bettenbergová a išla smerom ku mne. Na sebe mala modré rifle a tmavú blúzku s krátkymi rukávmi. Mala rozpustené čierne vlasy. Keď si ma všimla, začala ku mne bežať. Spanikárila som, odhodila som nákupné tašky a začala som sa rýchlo gúľať smerom k domu. Musela som vyzerať ako hračka pre mačky, pohyblivá guľa na baterky s chvostom.

Počula som, ako kričí moje meno. Otočila som sa. Dobiehala ma. Pridala som a gúľala sa ďalej. Predstavila som si, ako táto napodobnenia Bettenbergovej skláňa hlavu a letí ku mne ako vlkodlak. S nožom v ruke. Vyplašene som zapišťala. Vybehla som tromi schodmi ku vchodovým dverám. Doslova som sa na ne vrhla. Panikárila som. Šmátrala som v kabelke, nevedela som nájsť kľúče... Keď som ich našla, padli mi na zem. Ešte viac som spanikárila. Moja prenasledovateľka sa nezadržateľne blížila, bola už len niekoľko domov odo mňa. O pár sekúnd bude pri mojej bránke. Z kabelky som vytasila skladaciu palicu na zdvíhanie vecí od Etely a snažila som sa zodvihnúť kľúče... Háčik na palici som prestrčila cez koliesko, na ktorom som mala zavesené kľúče a zodvihla som ich. Hneď som schmatla kľúč od dverí a na tretí pokus som ho strčila do zámku. Otočila som kľúčom, otvorila som dvere a vošla som sa dnu. Rýchlo som zabuchla dvere. Zamkla som a zastrčila som aj bezpečnostnú retiazku na dverách.

Keď ku mne znenazdajky dobehol vytešený Rocco a zaštekal, tak mi skoro cvrklo. Stratila som rovnováhu a takmer som padla. S bruchom som zo stolíka zhodila kopu papierov. V zrkadle som zbadala svoju spotenú a bláznivú tvár.

„Bola to denná „nočná" mora," povedala som si sama pre seba. Chvíľu som stála a predychávala. Vtom zazvonil zvonček! Pozrela som na Rocca. Zazvonil ešte raz. Odomkla som, ale bezpečnostnú retiazku som nechala na dverách. Pomaly som otvárala.

Na schodíku stála moja prenasledovateľka. Pozerala na mňa. Cez plece mala prehodenú ľanovú kabelku. Vyzerala na nejakých šesťdesiat. Vlasy mala prefarbené na čierno. Boli rozpustené okolo veľmi bledej tváre.

„Ahoj drahá," pozdravila ma. „To som ja. Regina Battenbergová..."

Premerala som si ju od nôh až po hlavu. Oči mala malinké, ako dva arašidy a pery úzke ako dva pelendreky.

„Drahá, nespoznávaš ma?" opýtala sa.

„Nie."

„Skvelé. Snažím sa byť inkognito. Prosím ťa, mohla by som ísť dnu?"

Otvorila som dvere dokorán. Regina vošla dnu. Pri dverách sa vyzula.

„Dáš si drink? Myslím, že mám v chladničke dobré biele víno."

„Nie. Ďakujem. Ale nealko by mi padlo dobre." Vyzerala trošku nervózna. Prešli sme do kuchyne. Posadila sa na barovú stoličku pri kuchynskom pulte. Z chladničky som vybrala krčah so zarobenou limonádou. Regina zoskočila zo stoličky a pohladkala Rocca. Jej dlhé nechty sa strácali v Roccovej bielej srsti. V hlave mi bzučalo milión myšlienok. Celé to bolo bizarné.

„Regina. Nechcem byť nezdvorilá..." z kredenca som vybrala dva poháre a položila ich vedľa krčahu, „ale, prosím ťa, povedz mi, prečo si tu?"

„Prišla som sa ospravedlniť. Ale najskôr ti chcem dať toto," otvorila kabelku a vybrala z nej malú bielu obálku. Posunula ju po stole smerom ku mne. Na obálke bolo napísané „Mamine, cmuk". Rýchlo som ju otvorila. Vo vnútri bol list od Rosencrantza.

*Drahá mama a Adam,*
*tento list sa píše veľmi ťažko. Najprv chcem povedať, že mi je všetko veľmi ľúto. Prepáčte mi, prosím. Ľúbim vás. Posledné týždne boli najťažšie v mojom život. Nič ťažšie som ešte nerobil....ale prečistili mi aspoň hlavu. Hanbím sa za všetko, čo som urobil. Hrozne sa hanbím!*

*Izba tu je veľmi jednoduchá a delíme a o ňu dvaja. Ja mám na izbe päťdesiatročného doktora, ktorý tu je už tretí krát. Desí ma to. Varoval ma, že si musím dávať pozor, a že ešte nie som na spodine svojho bytia. Uvedomil som si, že sa to môže stať. Musím si to stále pripomínať, aby som neurobil ďalší prešľap.*

*Ak sa k tebe dostane tento list, znamená to, že ťa Regina Battenbergová našla. Bol som v šoku, keď som na ňu natrafil práve tu a pri pingpongovom stole. Prvé dni ma vzala pod svoje krídla. Hrávali sme spolu veľa pingpongov a bude mi chýbať, keď tu nebude. Je len na nej, či ti povie svoj príbeh, ale chcem ti povedať, že nie je zlým človekom. Keď ma prepustia, dostanem sa k svojmu deviatemu ozdravujúcemu kroku a budem sa musieť porozprávať so všetkými, ktorým som ublížil.*

*Chcel som ti napísať teraz, len som si uvedomil, že keď vyjdem, asi nebude správny čas.*

*Pravdepodobne už budeš mať bábätko (dúfam, že nie, lebo chcem byť pri tom) a asi aj dom bude predaný.*

*Prosím ťa, rob čo musíš!*

*Nečakaj na mňa, aby si nepremrhala skvelú príležitosť.*

*Mami ľúbim ťa a aj Adama. Ste pre mňa všetkým. Musíte sa presťahovať na tú vašu vysnívanú farmu, aby ste mali nový krásny začiatok s novou rodinkou.*

*Z hĺbky duše ľutujem, ako som vám obom ublížil. Dúfam, že keď ma prepustia, budete pri mne stáť.*

*S láskou ROSENCRANTZ, Cmuk*

Pozrela som na Reginu. Pozerala na mňa. Naklonila som sa k nej, chcela som ju objať, ale moje brucho ju skoro zrazilo z barovej stoličky. Zasmiala sa a zišla dole, aby ma mohla objať z druhej strany. Rameno jej blúzky voňalo levanduľou.

„Drahá, si v poriadku?" opýtala sa.

„Nie. Nie je všetko med lízať..." uškrnula som sa. „Som ti veľmi vďačná, že si toto pre mňa urobila."

„Coco, Rosencrantz je úžasný mladý muž. Niekde som ho predtým už videla..."

„To je môj syn."

„To viem," usmiala sa. „Nebol v nejakej divadelnej hre alebo vo filme?"

„Bol v muzikáli Poľovačka na Lady Dianu. Na festivale v Edinburghu... Pamätáš? Ten istý rok, čo si tam mala svoju šou."

„Samozrejme. Na hrozne veľa vecí z tých čias si pamätám iba hmlisto. Viac si nepamätám ako pamätám..." odpila si z limonády a zamyslene pozerala cez okno von.

„Takže ty si bola s Rocenrantzom na odvykačke v Pathways, lebo..."

„Kvôli alkoholu. Volám sa Regina Battenbergová a som alkoholička."

„Vždy som si myslela, že si len trochu excentrická."

„Drahá, máš pravdu, som excentrická, ale klincom v rakve mi bolo to, že prehĺtam, mala by som byť pľuvačkou."

„Prosím?"

„Hovorím o víne. Keď som začínala, zvyčajne som mala malý drink... k večeri. Ale moje knihy o výrobe vína všetko zmenili. Bolo toho na mňa veľa. Krsty kníh, bola som vo veľkom množstve televíznych programov, pozývali ma na rôzne akcie... hlavne vo vinohradoch. Vieš Coco, vyrastala som v chudobnej rodine. To, žeby som pri ochutnávkach vypľúvala chutné víno, mi prišlo absurdné, tak som ho vždy prehltala. A poviem ti, prehĺtla som ho hrozne veľa..."

„Ale už si na tom lepšie?"

„Áno. Každý deň prežívam s čistou mysľou. Všetko vnímam inak."

„Píšeš novú knihu?"

Zasmiala sa.

„Nie som si istá, či by si ešte niekto kúpil knihu od alkoholičky, ktorá sa vyjadrila, že holokaust je výmysel."

„Ale ty si predsa nepoprela existenciu holokaustu."

„Coco, ja si ani nepamätám, čo som povedala. Ale nie som tu preto. Prišla som sa ti ospravedlniť. Dopracovala som sa k svojmu deviatemu kroku. Veľmi mi je všetkého ľúto. Prepáč."

„Ďakujem."

„Vedela som, keď si jedla Pippinove psie keksy..."

„To je minulosť."

„A tú rannú šou som ti ukradla..."

„Vážne?"

„A pamätáš si, keď si si prišla pozrieť moju divadelnú hru na festivale v Edinburghu?"

„Pamätám. Veľmi dobre si pamätám," usmiala som sa.

„A zavolala som ťa na javisko v časti, keď som zvykla zavolať jedného z divákov, aby mi nohami rozdrvil hrozno vo vedre..."

„Bol to vandel."

„Hej, vandel. No a ja som do neho narafičila náplasť na kurie oká."

„Ja viem."

„Vyžívala som sa v tom, ako si sa hanbila, keď som z vandla vybrala náplasť a ukázala ju celému divadlu."

„Veľmi som sa hanbila."

„Prepáč... Coco, máš krásne nohy. Všimla som si, aké krásne sandále si nosila po Edinburghu."

„Ďakujem."

„Pozri na moje nohy!" Regina si stiahla ponožky. Jej nohy neboli veľmi pekné a boli aj dosť opuchnuté. Pri palcoch mala na každej nohe výrastky. „Ja mám nechutné nohy."

V tej chvíli som si uvedomila, že Regina už nie je moju nepriateľkou.

„Aké máš teraz plány?" opýtala som sa.

„Nie som si istá. Zarobila som veľa peňazí, tak premýšľam, že možno je čas si ich začať užívať. Môj syn so ženou žijú v Austrálii. Očakávajú bábätko. Možno ich pôjdem navštíviť, nechám si vyrásť vlasy do strieborna a užijem si nedocenenú anonymitu."

Opäť ma objala. Pred odchodom som sa jej spýtala, či nevie, čo je s Angie.

„Naposledy som počula, že išla na Horiaceho muža," povedala Regina.

„Horiaceho muža? Ten festival v púšti?"

„Áno."

„Ten hippy festival, bez mobilov, bez žehličiek na vlasy... bez irónie?"

„Presne ten, drahá." Regina ma pobozkala na líce a vyšla po schodoch z domu. Pri ceste zamávala na taxikára. Ešte sa musela ísť ospravedlniť Martinovi Amisovi a Sue Pollardovej. Nie som si istá, prečo. Povedali sme si, že budeme udržiavať kontakt. Neviem, či to tak aj bude.

Adam prišiel domov neskoro. Ťahal dve služby za sebou. Ukázala som mu list a povedala o všetkom, čo sa v ten deň stalo.

„Mali by sme sa na to dať! Mali by sme predať dom a presťahovať sa na farmu," povedala som.

„Neoľutuješ to, zlato. Postarám sa o to, aby sme mali skvelý nový život," povedal Adam a náruživo sa na mňa hodil.

Štvrtok 4. júla

Za posledných dvadsaťštyri hodín sa toho udialo hrozne veľa.

Po počiatočnom vytešovaní Adam prešiel do režimu paniky. Večer sme zavolali do realitky. Prijali sme ponuku na predaj od nášho záujemcu. Hneď na to som volala Chrisovi. Oznámila som mu, že kupujeme Strangways farmu.

Adam zavolal do baru a dal výpoveď. Ja som objednala sťahovákov, aby nám pobalili celý dom. Aká škoda, len donedávna sme vybaľovali... Pomyslela som si.

„Vôbec nie som ešte pripravený riadiť vlastný mini pivovar. To pivo, čo som vyrobil, bolo nechutné... čo budeme robiť?"

„Na začiatok zariadime dom, aby bol obývateľný. Nebudem mať decko v dome, kde nie sú ani poriadne okná a v záchode plávajú výkaly..."

Piatok 5. júla

Dnes sme boli na farme. Po ceste sme vyzdvihli Chrisa. Keď sme otvorili dvere do domu, zrazu sa vo mne vzkriesil veľmi silný "zahniezďovací" materský inštinkt. Domom som pochodovala ako generál a Chris s Adamom ma nasledovali ako moji vojačikovia.

„Toto všetko musí ísť preč," ukázala som na staré zhrdzavené elektrické spotrebiče v kuchyni.

„V byte mám starú platňu na varenie a reklamnú chladničku na pivo z Majstrovstiev Európy vo futbale v roku 2008. To by nám zatiaľ mohlo stačiť," povedal Adam.

„Nie! Chcem na komplet novú kuchyňu, presne takú, akú máme doma."

„Coco. Každým dňom môžeš porodiť, nemyslíš, že to je trochu veľa?"

„Adam, toto si chcel, tak isto ako aj ja. Ale naše bábo musí mať taký kvalitný život, akoby vyrastalo v Londýne. Tak ako mala kráľovná matka, keď ju vypoklonkovali z Buckinghamského Paláca."

„Nevypoklonkovali ju, jej dcéra sa stala kráľovnou," povedal Adam.

„A jej presné slová boli, že chce pokračovať v takom životnom štýle, na aký je zvyknutá," povedal Chris.

„Počul si Adam? Životný štýl, na aký je zvyknutá. Takže nová kuchyňa! Okej?!"

„Budeme mať na to dostatok času?" opýtal sa.

„No tak môžeš začať, môj zlatý," pozrela som sa na neho. Adam nervózne prikývol a urobil si v zošite poznámku. Potom sme šli hore.

„Táto kúpeľňa pôjde preč. Chcem sprchový kút a vaňu. Ak nebude bidet, nič sa nestane. Náš doma som použila iba raz a aj to na Vianoce na rozmrazovanie morky. Na stene chcem radiátor na uteráky, nové dvojkomorové okná. Nechcem trojkomorové!" Potom sme prešli do spálne.

„Prenajať veľký kontajner a toto všetko vyhodiť..." kopla som do dvoch malých rozheganých postelí. „Čo je pod kobercami?" Chris s Adamom prebehli do rohu izby a zdvihli roh tenkého poloplesnivého koberca. Boli pod ním parkety.

„Krása. Prenajať niekoho na zbrúsenie a na nalakovanie parkiet." Vrátili sme sa na prízemie.

„Chcem nové vchodové dvere a aj vymeniť zadné. Hrubé s poriadnymi zámkami a bez skla. Na prízemí chcem nový záchod," povedala som, keď sme prechádzali chodbou. „Taktiež potrebujeme rýchly internet, pevnú linku a do dverí zabudovaný otvor na poštu. Takú, s tými akože kefovými chlpmi."

„Kefovými chlpmi?" opýtal sa zmätený Adam. Vtom sa vonku prehnal vetrík, ktorý prišiel dnu cez poštovú schránku vo dverách, ktorá nemala kefové chlpy.

„Vidíš? Potrebujeme chlpy... Daj skontrolovať kúrenie. Ak s ním niečo nebude v poriadku, okamžite vymeniť. To isté platí pre zateplenie strechy."

„Milujem, keď má žena všetko pod kontrolou," Chris na mňa pozrel so zaľúbeným výrazom Judy Garlandovej.

„Zahniezďujem sa," usmiala som sa.

„Nazval by som to extrémne zahniezďovanie," Adam sa pozeral na zapísaný zošit.

„To by mohla byť skvelá reality šou," povedal Chris, "Extrémne zahniezďovanie!"

„Trochu si dnes bola teatrálna," usmial sa Adam v aute na diaľnici po ceste domov. „To si sa predvádzala pred Chrisom?"

„Nie. Ja som tom myslela vážne. Nič som nehrala. Celé to bol tvoj nápad a máš moju stopercentnú podporu."

„Coco, ale musíš byť trošku realistická. Všetko, čo si mi nakázala napísať, sa nedá urobiť za mesiac."

„Som realistická. Viem, čo dokážeš. Musíš to dokázať."

„Myslíš, že máme dosť času?"

„Neviem. Ale ak to niekto dokáže, tak si to ty." Po zvyšok cesty bol Adam ticho.

Sobota 6. júla

Dnes ráno volal náš právnik pán Parkinson. Oznámil nám, že podľa zmluvy sa budeme sťahovať o dvadsaťosem dní. Práve som vyberala na internete nové okná, keď Adam zdvihol telefón.

„To je veľmi pomaly!" povedala som Adamovi. „Povedz, že mám rodiť, a že pre nikoho si nebudem prekrižovať nohy a držať to v sebe tak dlho!"

„To mu nemôžem povedať!" zasyčal Adam. Slúchadlo mal prikryté rukou. Zodvihla som sa a z ruky som mu vzala telefón.

„Dobrý deň, pán Parkinson, som tehotná."

„Ááá, dobrý... pani tehotná," odzdravil ma právnik.

„Nie, nie, moje meno nie je tehotná, volám sa Coco Pinchardová, majiteľka domu a som veľmi tehotná. Potrebujeme, aby ste celú sťahovaciu záležitosť vybavil oveľa rýchlejšie."

„Pani Pinchardová, uisťujem vás, že to robím tak rýchlo, ako je možné, ale musíte chápať, že proces predaja je zdĺhavý."

„Pán Parkinson, práve prechádzam svojím vlastným procesom... Moje prsia už začali produkovať mlieko..."

Nastalo ticho.

„Vážne?" opýtal sa. Očividne mu to bolo trápne.

„Áno a každú chvíľu mi môže prasknúť voda a môžem to tu

vytopiť... K pôrodu mi chýba už len jedno malé kýchnutie z kari korenia."

„Coco, prestaň!" zasyčal Adam. Snažil sa mi z ruky vytrhnúť telefón. Odstrčila som ho.

„A ešte jedna vec pán Parkinson. Len si predstavte, aké bude zložité vysťahovať ma z tohto domu, keď porodím... Automaticky sa tu budem zahniezďovať... Naozaj chcete riešiť veci s teritoriálnou, zahniezdenou ženskou?"

Pán Parkinson si prečistil hrdlo.

„No, takto pani Pinchardová... budem sa vám snažiť vyhovieť. Uvidím, čo sa bude dať vybaviť."

„Ďakujem."

„Kriste Pane, Coco," povedal Adam, keď som zložila telefón.

„Kriste Pane, čo?" celé tehotenstvo som musela počúvať, ako sa doktori a zdravotné sestry o mne rozprávajú, akoby som bola nejaké zviera z farmy. Tak aspoň teraz to využijem v môj prospech.

Nedeľa 7. júla

S veľkou dravosťou som do nového domu vybrala kuchyňu a kúpeľňu, objednala som nové okná, dvere a našla som firmu, čo nám to všetko do troch týždňov urobí.

Volal pán Parkinson. Dosť sa potešil, keď mu zdvihol Adam. Povedal mu, že dokázal malý zázrak. Zajtra máme podpísať kúpno-predajnú zmluvu.

Všetko sa dá, keď sa chce.

## Pondelok 8. júla

Večer som si v posteli predstavovala, ako asi vyzerajú naši kupci a kto tu bude bývať. Bolo by úžasné, keby to boli umelci alebo nejakí kreatívni týpkovia. Víťaz Turnerovej ceny za umenie, novinár, herec alebo dokonca spisovateľ. Možno nie spisovateľ. Aspoň nie taký, čo je úspešnejší ako ja. Stále snívam o tom, že jedného dňa na tento dom vylepia modrú ceduľku s nápisom: **Od roku 1967 do ... tu žila Coco Pinchardová, spisovateľka.** Tá modrá ceduľka zatiaľ počká, ešte mám toho pred sebou dosť. Pri tej predstave mi došlo, ako veľmi dlho som v tomto dome žila. Keď príde deň sťahovania, bude to neskutočne čudné.

Práve som si upratovala šuplík s pančuškami a Roccove hračky, keď zazvonil zvonček. Pri dverách stál pán Parkinson s novými majiteľmi a ich právnikom. Noví majitelia neboli vôbec umelecké typy. On bol asi päťdesiatročný, tlstý, prepotený bankár a ona taká sivá myška s vlasmi ostrihanými podľa hrnca. Predstavili sa ako Warburtonsovci. Prišlo mi to, ako keď sa predstavuje cirkusové duo a nie dvaja ľudia s dvomi telami.

„Boha živého, ženská, už chápem, prečo sa tak ponáhľate!" pani Waburtonová sa šla oči vyočiť z môjho brucha. Veľmi sa bála psov. Keď k nej prišiel Rocco, zajačala, ako keby jej po nohe prešlo nákladné auto.

„Rocco je pokojný a milujúci pes," upokojovala som ju. Veľmi to nepomohlo. Tvár jej od strachu modrela. Rocca som radšej vypustila do záhrady. Adam všetkých uviedol do kuchyne, kde sme sa usadili pri stole a podpísali zmluvy. A to bolo všetko. Myslela som, že to bude viac vzrušujúce a pamätné.

„Dobre," pán Parkinson mi pozeral na brucho, akoby malo každú chvíľu explodovať. „Všetky strany budú poctivo pracovať na tom, aby sme celý proces ukončili do desiatich dní. Áno?"

Všetci prikývli.

„Prekliata dobrá muzika pre moje uši," povedal pán Warburton. „Chúďatko Celia, má už hotela po krk."

„Tak skoro?" zostala som prekvapená. „Rodím až ôsmeho augusta..."

Parkinson na mňa podráždene pozrel. „Pani Pinchardová, všetci sme sa snažili o túto expresnú rýchlosť vybavovania, len kvôli vám. Kvôli vášmu očakávanému potomkovi."

„Nie som nejaké zviera z farmy!" vyštekla som. „Porodím, keď porodím. Viete, aké je to ťažké? Ľudia si myslia, že je to hrozne jednoduché..."

„Nie je to jednoduché, drahá. Obidve moje decká sa narodili s komplikáciami. Bolo to akoby som rodila kaktusy. Mám po nich sedemnásť stehov. Sedemnásť!" povedala pani Warburtonová.

„Preboha, načo mi to vravíte? Veľmi ste mi nepomohli. Vystrašili ste ma."

Všetci zostali ticho.

„Pozrite, nezaťažujte sa s nami. Nech si to príroda zariadi sama," povedal Warburton. „Celia, kúpim ti tu plavbu po oceáne, po ktorej si vždy tak túžila."

„Ale chcem veľký apartmán," vyzerala vytešená. „A chcem sedieť pri kapitánovom stole."

„Ak budeš veľmi dobrým dievčatkom, tak mu priplatím, aby si ťa kapitán pomojkal v svojom lone... bez nohavíc!" Warburton žmurkol na Adama.

„Fajn," súhlasila Cecilia. „Rada som vás spoznala. Budem čakať v aute," cez plece si prehodila kabelku a odišla do auta.

„Tak kedy to sfinalizujeme?" ohlásil sa vynervovaný Parkinson.

„Coco, sústreď sa na svoj predurčený dátum, a ak by to prišlo skôr, tak všetko zariadim," Adam si ma pritiahol na hruď, aspoň tú časť môjho tela, čo sa dala. „Môže byť?"

Prikývla som a položila som hlavu ne jeho hruď.

„V poriadku," povedal pán Parkinson, keď obchádzali z domu. Museli si myslieť, že sme trafení. Právnici boli práve pred dverami, keď z vedľajšieho domu vyšla pani Cohenová s prachovkou.

„Dobrý deň," pozdravil sa pán Warburton a prehliadol si ju od nôh až po hlavu. „Budem váš nový sused."

„Dobrý deň. Som pani Cohenová," do vrecka si schovala prachovku a podala mu ruku.

„Musíte k nám prísť na večeru. Moja manželka Celia varí úžasné syrové fondu."

„To je milé, ďakujem," zarehotala sa Cohenová.

Adam mi stisol ruku a naznačil, že by sme mali ísť dnu. Pozdravili sme sa, aj keď pán Warburton mal oči iba pre susedu a odišli sme dnu.

Utorok 9. júla

Oprášili sme všetky kreditky, aby sa nám lepšie dýchalo, kým nám neprídu peniaze za dom.

Vo štvrtok prepustia Rosencrantza!!

Streda 10. júla

Mala som kontrolu v tridsiatom šiestom týždni tehotenstva so sestričkou Justine. Bolo strašne teplo. V ordinácii museli mať pootvárané všetky okná.

Zo začiatku mi bolo dosť trápne. Naposledy som videla Justine u mňa doma, na Rosencrantzovej intervencii/baby shower.

„Rozhodli ste sa, v ktorej nemocnici chcete rodiť?" opýtala sa ma. Odmerala mi tlak a s malou bielou paličkou otestovala môj moč.

„Mám na výber?"

„Áno, v našom štátnom zdravotníctve si môžete vybrať a rezervovať ktorúkoľvek nemocnicu. Môžete si skontrolovať všetky štatistiky, aké ja v nich strava, percento úmrtnosti atď, atď... Či ponúkajú parkovanie zadarmo... Dokonca môžete potom zanechať recenziu."

„Znie to ako Amazon."

„Niektoré nemocnice vám dokonca ponúkajú aj priority boarding," zavtipkovala Justine. „Ale deň pôrodu vám nedokážu zaručiť. Niektoré ženy rodia aj niekoľko dní!"

„Chcela by som rodiť v University College Hospital. Môžem si cez internet rezervovať cisársky rez?"

„Neodporúčam vám to, pokiaľ to nebude nevyhnutné. Možno je to pohodlnejšie a rýchlejšie, ale veľmi dlho sa potom zotavujete. A ako dobre viem, sťahujete sa na farmu, takže vám to už vonkoncom neodporúčam."

„Nechystám sa kydať hnoj," zazrela som na ňu. Justine mi vysvetlila, že pri prirodzenom pôrode je bábätko obalené v nejakej zázračnej baktérii, ktorá je veľmi dôležitá pre jeho imunitu... ešte sa ma spýtala, či chcem pred pôrodom laxatíva, aby som sa počas pôrodu nepošpinila. Neviem sa už dočkať, keď bude po všetkom. Hlavne, aby som nemusela prechádzať podobnými zahanbujúcimi konverzáciami.

Doma ma privítal bzučiaci Skype. Volala Meryl. Bola späť vo svojom dome vo svojej obývačke! Husi na porceláne jej leteli ponad hlavu a Tony potriasal Wilfreda na kolene.

„Pozrime na teba, Coco, za chvíľu nám praskneš," povedala Meryl do webkamery.

„Ahoj Meryl, práve som mala tridsaťšesťtýždňovú tehotenskú kontrolu."

„U tej pôrodnej sestričky, čo jej otec kúzli?"

„Áno."

„Aká škoda, že ti nevie pomôcť nejakým kúzlom, aby si už mala bábo vonku. Tak, ako to robí s kvetinami. Keď ich len tak vyčaruje z rukáva," povedal Tony. „Meryl mala hrozný pôrod. Neskutočne veľa hodín bolesti..."

„Áno, bolo to hrozné," pritakala Meryl. „Coco, rodila som stodvadsaťšesť hodín! Len hodinu menej, čo bol ten film 127 hodín. Vieš, ten film podľa skutočnosti. Chlapík sa zasekol medzi dve veľké skaly a aby sa vyslobodil, musel si odrezať vlastnú ruku. Ja som bola v takých mukách, že keby som mala na výber, asi by som si tiež odsekla ruku. Ver tomu, Coco."

„Meryl..." povedala som.

„Coco, vraj som mala veľmi tvrdohlavú pošvu. Nechcela sa poriadne roztvoriť. Prešla som si šiestimi pôrodnými asistentkami, všetky mi robili výter membrány. Dokonca aj tá s umelými nalepovacími nechtami. Mala veľké šťastie. Ak by som nebola v takých bolestiach, zavolala by som si jej nadriadeného."

„Meryl, prosím ťa..." snažila som sa ju zastaviť.

„Vieš čo mi nakoniec pomohlo? Tony sa ponúkol, že mi urobí výter. Strčil do mňa svoje prsty a za desať minút som bola úplne otvorená... Asi ich má dobre vycvičené z práce s drevenými truhlami. Jeho ruky sú oveľa pevnejšie, čo pomohlo rozptýliť bunky v mojej vag..."

„Meryl, nechcem to počúvať! Nepotrebujem vedieť všetky detaily," stopla som ju. Vyzerala trochu urazená. Prečo si ľudia myslia, že chcem počúvať takéto veci? Keď sa to nedeje práve vám, tak sa to dá počúvať. Ale ja si práve tým prechádzam a bojím sa.

„Dobre. Rozumiem. Coco, prepáč," ospravedlnila sa Meryl. „Všimla si si niečo?" dodala vzrušene.

„Áno... Samozrejme. Vrátila si sa k Tonymu."

„Prosím? Áno, aj to, ale o tom som nehovorila. Pozri, máme nové závesy!"

Meryl natočila webkameru a hrdo mi ukázala nové fialové závesy, ktoré sama ušila.

„Sú veľmi pekné, ale kedy ste sa vy dvaja dali dokopy?"

„Spomienka na štvrtok!" uškrnul sa Tony. Do webkamery strčil svoju červenú tvár. „Vyhral som späť jej srdce so spomienkou na štvrtok, s fotkou z Niekto to rád horúce! Asi som bol chutný ako Josefínka."

„On ani nevedel, že niečo také ako Spomienka na štvrtok existuje," povedala Meryl.. „Len náhodou tú fotku vycapil na net vo štvrtok..."

„Tak, tak, nevedel som o tom a vyvesil som ju vo štvrtok," zopakoval Tony. „Dohodli sme sa, že si dáme ešte jednu šancu."

„Áno a tá Mai Ling nebola až taká, ako sa zdalo na prvý pohľad. Číňania dokážu byť drsní," povedala Meryl. „Dokonca kopla do susedovej mačky!"

„A okrem toho, keby sme sa rozhodli pre rozvod, museli by sme predať dom, podeliť si peniaze a museli by sme sa prispôsobiť chudobnejšiemu životnému štýlu," povedal Tony.

„A to nechceme ani jeden," Meryl pohladila Tonymu koleno.

„Gratulujem! Prepáčte, ale musím ísť. Mám toho teraz veľa a zajtra sa domov vráti Rosencrantz."

„Preto ti volám," povedala Meryl. Chceš, aby sme prišli? Môžem urobiť koláč a pokojne prídeme. Náš pohrebák je vyluxovaný, sme pripravení..."

„Nie. Nechceme veľké oslavy. Ďakujem."

„Dobre, drahá. Daj nám vedieť, keď porodíš. A Tony je ti k dispozícii, ak by si ho potrebovala!"

Tony zamrvil prstami a žmurkol na mňa. Rýchlo som zrušila Skype. Z Tonyho prstov mi zostalo zle.

Štvrtok 11. júla

Včera večer mi volali z Pathways Centra a oznámili mi, že Rosencrantza prepustia o siedmej ráno. Ráno som si privstala. Z domu som odstránila všetky tabletky od bolesti, keďže môžu byť návykové. Ostránila som aj všetko, v čom bol alkohol, vrátane ústnej vody a antibakteriálneho gélu na ruky.

„Naozaj si nemyslím, že by Rosencrantz vypil antibakteriálny gél," povedal Adam, keď si všimol, čo hádžem do vreca na smeti, s ktorým som behala po celom dome.

„Ty, môj zlatý, nie si alkoholik. S tonikom by to mohlo chutiť celkom dobre. Možno by som mala vyhodiť aj všetko nealko, aby ho to nelákalo na miešané nápoje," prešla som do kuchyne.

Keď som všetko odstránila, naskočili sme do auta a vybrali sa smer západný Londýn. Protialkoholická klinika bola usadená medzi domami v nenápadnej bočnej ulici. Krátko po siedmej vyšiel Rosencrantz von. Na sebe mal to isté oblečenie, ako keď ho prijímali. Jeho monokle boli minulosťou, vlasy mu podrástli a zdravo pribral. Už nevyzeral ako duch. Rosencrantz sa na mňa vrhol a dlho sme sa objímali.

„Adam, prepáč mi za všetko," ospravedlnil sa Rosencrantz. Po tvári mu stekali slzy. Adam na neho pozrel a potom ho vrelo objal.

„To je v po...riad...ku," Adam sa zajakával plačom. Chvíľu sme stáli v strede ulice a tešili sa jeden z druhého. Bola to nádherná chvíľa, pri ktorej som na chvíľu zabudla na všetky strasti. Slnko na oblohe už bolo vysoko, ale pri zemi bolo príjemne chladno.

„Zlato, dali ti leták? O tom čo a ako ďalej?" opýtala som sa.

„Žiaden leták. V podstate platí, že žiaden alkohol a žiadne drogy..."

„Mami, vieš čo by som si dal, čo nemám zakázané?"

„Čo?" opýtala som sa trochu vyplašená.

„Raňajky v Mc Donalde."

„Myslím, že sa to bude dať zariadiť," usmial sa Adam. Chvíľu sme šoférovali po Londýne, až kým sme nenatrafili na Mc Donald na ulici Earl's Court Road. Objednali sme si troje raňajok s tromi veľkými café latte.

„Bože môj, toto je fantázia," Rosencrantz sa rozplýval nad raňajkami. „Jedlo v odvykačke bolo hrozné."

„Zlato, ďakujeme za tvoj list." Rosencrantz sa usmial. Vyzeral unavený a ustarostený, ale do očí sa mu vrátila iskra. Vyrozprávali sme mu všetko o predaji domu, o sťahovaní a o práci, čo prebieha na farme.

„Rosencrantz, neviem ako si na tom s časom budúci týždeň, ale ak by si mohol, mohol by si sa postarať o mamu a zaviezť ju do nemocnice, ak by začala rodiť? Musím dohliadať na robotu na farme. Bude toho strašne veľa."

„Adam, ty mi dôveruješ s takou dôležitou vecou?" opýtal sa milo prekvapený Rosencrantz.

„Samozrejme, komu inému by som mal dôverovať, ak nie tebe? Ale počítaj s tým, že ťa mama riadne zamestná. Už si nedokáže zaviazať ani šnúrky na teniskách alebo niečo zodvihnúť zo zeme," usmial sa Adam.

„Na to mám darček od Etely. Palicu od mŕtvej starej ženskej!" Rosencrantzovi som povedala o tom, ako som sa dostala k palici po utopenej Kim Jong Ling, čínskej kleptomaniačke, ktorá ukradla Etele z kabelky dvanásť libier."

„Som strašne rád... nie z tej panej, čo sa utopila, ale že babka vie, že som jej neukradol peniaze z kabelky."

Pondelok 15. júla

Rosencrantz sa zhostil svojej úlohy môjho pomocníka a šoféra s veľkou vážnosťou. Na stenu v kuchyni zavesil veľkú mapu Londýna a červenou fixkou na ňu zakreslil všetky možné trasy do nemocnici. Po trasách popichal špendlíky s farebnými hlavičkami.

„Prečo si kúpil takú veľkú mapu?" opýtala som sa. „Je to celý Londýn až po Morden."

"Mami, nemudruj, toto je vážna vec. Trasy nie sú vôbec zložité..."

"Načo sú tieto špendlíky?"

"Sú to miesta, na ktorých sa dajú kúpiť energetické drinky a mokré vreckovky, keby sme skončili v zápche. Zohnal som ešte toto." Z nohavíc vybral priehľadné vrecko plné drobných. "Pri nemocnici sú iba platené parkovacie miesta," vysvetľoval. Všetky tie peniaze by sa využili v čase, kedy by som mohla rodiť.

## Štvrtok 18. júla

Donáška nových okien na farmu sa oneskorila, tak Adam mohol prísť prespať na jednu noc domov. Ráno o ôsmej sme si vyskúšali odvoz do pôrodnice. Spred domu do nemocnice sú to iba dve míle, ale trvalo nám hodinu, kým sme dorazili. Boli strašné zápchy.

"GPS ukazuje, že by to malo trvať dvanásť minút," rozčarovaný Rosencrantz sa pozeral na stopky na svojich hodinkách.

"Je ranná zápcha, všetci sú na ceste do roboty. Po desiatej bude oveľa pokojnejšie."

"Ale bábo to nevie. Čo budeme robiť, ak začneš rodiť do desiatej?"

"Neboj, bábätká sa nikdy nerodia tak rýchlo ako v telke alebo vo filme."

Rosencrantz s Adamom sa na seba pozreli. Adama som prehovorila, aby nám dovolil prísť pozrieť sa na farmu. Chcela som vidieť ako sa to tam mení a zlepšuje.

"Coco je tam veľký bordel, veľa vecí čaká na inštaláciu..."

Dupla som si a povedala som, že Rosencrantz ma odtiaľ

odvezie autom. Aspoň budeme mať doma auto, keby som začala rodiť, a keď Adam nebude doma.

Po obede sme sa vybrali smer Kent. Adam z cesty vedúcej k domu odstránil staré oranžové značenie a zamenil ho za nové s nápisom "STRANGEWAYS – PRACOVNÝ VSTUP". Posledných pár dní dosť pršalo. Všade bolo blato. Náš malý Ford KA sa do neho zaboril. Zadné kolesá prešmykovali až tak, že „zamaľovali" zadné okno. Museli sme zavolať Chrisovi, aby nás prišiel odtiahnuť. Zo svojho Landroveru vystúpil ako pravý lord. Na sebe mal vysoké zelené gumáky (značkové), tmavozelený krátky nepremokavý kabát a károvanú čiapku so šiltom.

„Coco, nemala si chodiť. Čo ak tu začneš rodiť?" povedal Chris.

„Tak potom pôjdeme domov," povedala som mu cez otvorené okno. Moja odpoveď Chrisa veľmi neuspokojila. „Od sekundy, keď mi praskne plodová voda až do pôrodu to môže trvať niekoľko hodín," dodala som.

„Coco, v jednom z tohto ýždňových časopisov je článok o žene, čo porodila neskutočne rýchlo. Porodila za štyri minúty. Sadla si na záchod a len tak to z nej vyletelo. Ani nevedela, že rodí."

„Teraz je už jedno, ako dlho budem rodiť. Som tu a chcem vidieť dom."

Chris prevrátil očami, prešiel k predku auta a zaviazal naň lano. Lano zaviazal aj na zadnú časť svojho auta, naskočil do Landrovera a potiahol nás až k domu.

„Nechcel som, aby si ho videla v takomto stave," povedal Adam, keď sme stáli v prednej záhradke plnej zaparkovaných dodávok. Ako prvé som si všimla nové vchodové dvere a dvojkomorové okná.

„Tie sú perfektné," otvorila som dvere. Boli z bledého duba so zlatou poštovou „dierou". Vošli sme dnu. Domom sa niesla lahodná vôňa dreva. V kuchyni bola nainštalovaná rustikálna farmárska kuchyňa, ktorú som objednala z internetu. Doska na linke bola zo žuly. Keramický drez pod oknom s výhľadom na polia s jeleňmi a srnami vyzeral dokonale.

„Preboha," ústa som si prikryla rukou.

„Praskla ti voda? Do riti. Nerodíš ako tá žena z časopisu?" opýtal sa preľaknutý Chris.

„Nie! Všetko je tu také krásne. Konečne sa cítim, že to nie je len túžba, ale už aj realita. Chcem tu už bývať... s týmto nádherným výhľadom," pozrela som na Adama a potom na Chrisa.

„Možno som ti mal ukázať najprv horné poschodie," povedal Adam.

„Radšej nie. Kúpeľňa je prázdna, nič tam nie je," Chris bol stále presvedčený, že mi hrozí štvorminútový pôrod a že tu mi nepomôže žiaden záchod. Ešte raz som sa pokochala výhľadom. Potom som sa rozlúčila s Adamom a s Chrisom. Rosencrantz ma odviezol domov. Aj keď zrazu cítim, že domovom mi je farma Strangeways.

Nedeľa 22. júla

Posledné dni je úžasné počasie. Celé dni trávime v záhrade v tieni pod hruškou a popíjame ľadový čaj. Daniel ma prekvapil telefonátom. Chcel by prísť s Jennifer, aby sa mohol prísť rozlúčiť s domom.

Očakávala som, že sa bude správať ako idiot, že bude oplakávať dom a to, že nikdy zaň nič nedostal (nikdy mu nepatril). Ale musím priznať, že ma dosť prekvapil. Hneď na začiatku oznámil, že Jennifer je tehotná."

„Tehotná? Gratulujem!"

„Vyzerá to tak, že si naštartovala trend tehotných starých žien!" Jennifer sa usmiala. „Prepáč, nie starých, vyzretých."

„To je v poriadku, neospravedlňuj sa. Som len trochu prekvapená."

„Chcela som povedať, že si dokázala, že nikdy nie je neskoro začať nový život a plniť si svoje sny. Vždy som chcela dieťatko," povedala Jennifer.

„Otec, bol si prekvapený?" opýtal sa Rosencrantz.

„Nuž, zo začiatku áno. Ale som šťastný," chytil Jenniferinu ruku a pobozkal ju.

„Rosencrantz, mohol by si ma previesť vašim domom? Nikdy som tu nebola. Mala som pocit, že nás chce Jennifer nechať s Danielom osamote, aby sme sa mohli porozprávať.

„Jasné," súhlasil Rosencrantz a vzal ju dnu na prehliadku domu. Daniel si vybral z nohavíc krabičku cigariet.

„Nevadí ti to Coco?"

„Nie, len si zapáľ."

Zapálil si cigaretu a dolial mi ľadový čaj z krčahu na stole. Usmial sa.

„Čo?"

„Pamätáš sa, keď som do tohto domu prišiel po prvýkrát?"

„Áno. Boli Vianoce a aby si ma mohol vidieť, predstieral si, že si podomový spevák vianočných kolied..."

„Inak by mi tvoja mama neotvorila," Daniel si potiahol z cigarety.

„Urobil by si to isté pre Jennifer?"

„Čo?"

„Trepal by si sa v zime celým Londýnom a urobil by si čokoľvek, aby si ju mohol vidieť?"

„Áno, hej," uškrnul sa Daniel. Potom zvážnel. „Coco, premýšľala si niekedy nad tým, ako by to celé dopadlo, keby som..."

„Keby si ma nestretol?"

„Nie, keby by som, keby si ma...neprichytila v posteli so Snehulienkou," opýtal sa veľmi vážne.

„Zvykla som nad tým premýšľať. Ale teraz už nie."

Daniel sa obzrel a skontroloval, či je Jennifer s Rosencrantzom ešte vo vnútri. Chytil mi ruku, pritiahol ju k sebe.

„Ja o tom premýšľam stále a hrozne to ľutujem. Teraz ešte viac ako kedysi."

„Prosím ťa...nemal by si. Budeš mať dieťatko. Jennifer je zlatá."

„Coco, ja som šťastný. Naozaj. Ale neviem si pomôcť nepremýšľať, čo by bolo keby... kebyže sme stále spolu."

„Myslíš, že by sme boli šťastní?" opýtala som sa.

„Ja by som asi bol... Coco, nenávidíš ma?"

„Nie."

„Ja sa stále nenávidím za to, čo som ti urobil."

„Nemal by si. Je to minulosť. Už sa to stalo a nič s tým nenarobíš. A vďaka tomu prídu na svet nové dva životy. Len si predstav, čo všetko môžu v živote dokázať. Moje bábo možno nájde liek na nejakú nevyliečiteľnú chorobu. Tvoje bábo by mohlo konečne ukončiť chudobu na celom svete!"

„Snažíš sa mi povedať, že vďaka tomu, že som ošukal Snehulienku, by mohla skončiť chudoba v Afrike?"

„Nie. V mojom živote sa všetko zmenilo preto, že som bola k zmene donútená... Musela som zabudnúť na zlé... Len vďaka tomu som mohla byť znovu šťastná."

Daniel múdro prikývol. „Coco, mohli by sme byť priateľmi?"

„Ale veď my sme."

„Nie poriadne. Chcel by som, aby sme boli skutoční priatelia. Je mi skutočne ľúto, že som ťa zranil. Bol som hlupák, ktorý si za dvadsať rokov neuvedomil, s akým pokladom žil... Takže priatelia?"

„Áno, priatelia," pohladila som ho po ruke a usmiala som sa. Myslela som to vážne. Obaja sme sa usmievali, keď sa vrátil Rosencrantz s Jennifer.

„Povedal ti Daniel novinku?" opýtala sa Jennifer.

„Máte ďalšiu novinku?"

„Práve dostal dotáciu na skomponovanie novej opery."
„Je to zásluha Jennifer. Jej známy pracuje v Opere North," povedal Daniel rozpačito.
„Bolo to tvoje demo, čo ich presvedčilo, aby ti ponúkli prácu. Urobila som mu na počítači demo," povedala Jennifer.
„Myslím, že máme veľa dôvodov na prípitok," povedal Rosencrantz. „Na bábätká a na operu."
Všetci sme si štrngli limonádou a ešte niekoľko hodím sme sa rozprávali. Potom Jennifer s Danielom odišli na večeru do mesta. Cítila som neskutočnú pohodu. Prvý raz za dlhé roky som sa cítila vyrovnaná s tým, ako to s Danielom dopadlo. Dúfala som, že sa mu konečne podarí postaviť na vlastné nohy a opäť bude šťastným.

Pondelok 23. júla

Konečne som sa vyspala bez nejakej nočnej mory a ráno som sa zobudila vytešená z budúcnosti, sťahovania a stretnutia s naším novým synčekom. Vtom mi zavolal Daniel a zrútil sa mi celý svet.

„Coco," cez slzy vyslovil moje meno. „Coco, mama je mŕtva."

Práve som sa usadila v záhrade a chystala som sa čítať knihu.

„Čo? Prosím?" nechápala som.

„Mama, ráno išla na nákupy, neviem čo šla kupovať. Myslím, že šla do librového obchodu v Catforde... Prechádzala cez cestu a zrazilo ju auto. Je mŕtva. Coco, ona zomrela," Daniel nekontrolovateľne plakal.

„Si si tým istý?"

„Samozrejme, že som si istý. Som v nemocnici v Lewishame. Musel som identifikovať jej telo. Bolo to hrozné. Hrozne do nej vrazili... Mohla by si prosím ťa prísť? Alebo Rosencrantz?"

„Prídeme obidvaja. Prídeme tak rýchlo, ako to len pôjde."

Utekala som za Rosencrantzom a povedala som mu, čo sa stalo. Nechcelo sa nám tomu veriť. O desať minút sme vyrazili z domu. Trvalo hodinu, kým sme sa dostali do Lewishamu. Premýšľala som nad tým, ako veľmi som chcela, aby Etela videla moje nové bábo a farmu a...

Daniel na nás čakal v nemocničnej čakárni. V lone mal priehľadnú igelitovú tašku s Etelinými vecami. Bola tam jej lesklá kabelka, zlatá retiazka a jej zuby. Rosencrantz vzal Danielovi igelitku a prezeral si ju.

„Ten šofér ani nezastavil. Zrazil ju a ušiel," povedal zničený Daniel. „Majú toho hajzla zachyteného na pouličnej kamere."

Nevedeli sme, čo na to povedať. Zobrali sme Daniela do nemocničnej kaviarne a objednali čaj. Bol nechutný. Dlho sme sedeli v tichu.

„Nestihol som jej povedať, že Jennifer je tehotná. Že budeme mať bábätko. Už sa to nikdy nedozvie," plakal Daniel.

Rosencrantz objal otca.

„Čo bude teraz?" opýtala som sa.

„Budú to celé vyšetrovať, musia si tu nechať jej telo... Neviem, kedy ju budeme môcť pochovať. Je to komplikované."

„Teraz nad tým nepremýšľajme," upokojovala som ho. „Kde je Jennifer?"

„Nahráva hudbu do nového filmu v štúdiách na Abbey Road."

„Kedy končí?"

„Niekedy neskoro poobede."

„Odvezieme ťa domov?" ponúkla som. Daniel prikývol.

Pobrali sme sa k autu. Rosencrantz nás viezol cez celý Londýn. Bolo hrozne teplo. Cesty boli prepchaté. Nevedela som sa dočkať konca jazdy. Konečne sme sa dopracovali na Baker Street.

„Zlato, vyhoď ma na rohu Regent's Parku," poprosila som Rosencrantza. „Ten kúsok prejdem."

„Coco, dávaj si pozor a aj na bábätko," rozlúčil sa Daniel.

Náruživo ma objal. Povedala som mu, nech sa kedykoľvek ozve. Rosencrantz povedal, že sa hneď, ako vyloží otca v Hampsteade, vráti domov. Kývala som im, až kým sa nevytratili za zákrutou a pomaly som sa pobrala domov. Kým som sa dotrepala k bráne parku, bola som veľmi unavená. Musela som si oddýchnuť, tak som si sadla na lavičku.

Premýšľala som nad všetkým, čo treba urobiť, keď niekto zomrie. Musím zavolať Meryl a Tonymu, musím to povedať Adamovi. Z domova dôchodcov sa musia vyzdvihnúť Eteline veci... V mojom živote sa objavila obrovská prasklina. Bola som z toho zdrvená.

Keď som prišla domov, dobehol ku mne vytešený Rocco. Zabuchla som predné dvere a zohla som sa k nemu dolu, aby som ho pohladkala.

„Jak dlho si mala moju preklátu misu na šalát?" počula som povedomý hlas. Pozrela som hore. Na chodbe stála Etela. V ruke držala starú červenú šalátovú misu.

„Etela?" úžasom som sa posadila na zadok pri dverách.

„Hospodin náš dobrulinký... nemusíš byt taká melodramatická. Len sa priznaj, že si mi ju čórla a hotovo."

Pozerala som na ňu s otvorenými ústami.

„Čóó... Dobre, dobre, toto je môj poslenný klúč," prešla k stolíku pri stene a capla naň kľúč. „Ale teraz sem mala sakra dobrý dôvod. Ideš sa stahovat a dožví jaké moje veci tu máš..."

Začala som plakať.

„Boha tam. Coco zlatino, vím že tebú lomcúju hormóny, ale teraz nemám čas na slzy... Mám toho dneská až po krk. Tá kleptomaňácka krava dnes vyvádzala a ukradla mi kabelu, penaženku a kopu mójho oblečená. Ked mi dojde do rany, je mŕtva..."

Etela si všimla, že som neprestala plakať.

„Etela, ty žiješ!" revala som ako malá a objala som ju okolo nôh.

„Jasné, že sem živá...ale lezba za to né som!" Etela ma jemne

odstrčila. Hneď som jej všetko vyrozprávala... ako ju Daniel identifikoval v márnici... Pozerala na mňa s padnutou sánkou. „No to je šarmantné, né...?! On nedokáže rozpoznat ani vlastnú mater a pomýli si ju s tou nechutnou kleptomaňáčkou. Paráda!"
„Etela, Daniel je úplne zdevastovaný."
„Né dosť na to, aby spoznal vlastnú mater! On si myslel, že som bola tá prekláta Kim Jong Ling? Štyridsatpet rokov som mu bola materou a on si ma pomýli se starou čínskou zlodejkou!"
Stále som sa triasla zo šoku, keď sa mi spomedzi nôh začala liať voda. Zodvihla som si sukňu a onemela som.
„No tak já sem stará mŕtva bosorka a tebe praskla voda!" povedala Etela.
„Nie, nie, nie, nie, nie...nie som pripravená!" kričala som cez slzy.
„Na to je už trocha neskoro zlato. To si mala povedat Adamovi pred devátima mesácma."
„Nie, nie, nie... všetko máme stále tu, na farme neni kúpelňa!"
„Šecko bude v porádku," Etela si uvedomila, čo sa deje.
„Začali ti kontrakcie?"
„Áno. Do riti. Práve som jednu cítila! Stane sa mi to isté, čo tej ženskej v časopise. Štvorminútový pôrod."
Etela bola veľká fanúšička ženských časopisov, takže hneď vedela, o čom hovorím.
„Pán Hospodin, pomóž nám," Etela sa modlila ku stropu.
„Dobre, de máš tašku?"
„Je tam pri dverách."
Etela zobrala moju nachystanú nemocničnú tašku.
„Rocco, budz dobrý chlapec, za chvílu sme naspák," pohladkala Rocca na hlavu. Potom mi pomohla von z domu. Kým zamkla, oprela o stenu.
„Idem k ceste...zehnat taxik. Ty počkaj tu," Etela sa rýchlym tempom dostala k hlavnej ceste kúsok od domu. Ja som čakala

pri chodníku. Musela som sa prehnúť cez plot, aby sa mi trochu uľavilo. Etela sa vrátila o pár minút.

„Nido nesce zebrat tehotnú ženskú," kričala Etela, keď od nej odfrčal čierny taxík.

„Nemala si im povedať, že som tehotná!" kričala som.

„Je dost očividné, že si tehotná!" prstom ukazovala na moje brucho a mokrú sukňu. „A keby im to nedošlo, čo by sem im povedala, že si tlstá ženská kerá sa došťala?"

Pred domom zaparkovalo hnedé Volvo. Bol v ňom pán Cohen a pani Cohenová.

„Hééééj, pán Conan, juhúúú!" kričala Etela. Rozbehla sa k ich autu a nastrčila sa k oknu. „Práve jej praskla voda, potrebujem odvoz do nemocnice!"

Cohenovci sa vrátili z ďalšieho výletu v Francúzsku. Auto mali plné vína a fazuľkových konzerv s kačkou.

„Je to naliehavé?" opýtala sa Cohenová.

„Samozrejmá, že to je nalíhavé, má kontrakcie!" Predtým ako mohli niečo povedať, Etela otvorila dvere a nasáčkovala ma na zadnú sedačku.

Cesta do nemocnice bola nepríjemná, ako každá chvíľa v prítomnosti Cohenových. No tentokrát to bolo ešte o čosi trápnejšie, keďže so mňa tiekla plodová voda. Etela šikovne našla prázdnu potravinovú igelitku a strčila ju podo mňa.

Keď sme prešli cez Portland Road, zavolala som Adamovi, Rosencrantzovi, Marike, Chrisovi. Nikto nezdvíhal. Nechala som im zadychčaný odkaz, že idem rodiť.

„Nemali by ste zavolať svojej pôrodnej sestre, čo vás na pôrod pripravovala?" opýtala sa Cohenová, keď som ju vyľakala tým, že som si myslela, že bábätku už ide von hlava.

„Do riti! Máte pravdu!"

Justine zodvihla hneď po jednom crnknutí. Prišla mi aspoň tak nervózna a vzrušená ako som bola ja.

„Pani Pinchardová, mám ešte jednu pacientku a hneď prídem," povedala Justine.

„Cohen zastavil priamo pred nemocnicou. Nejako sme sa vyteperili z auta. V strese som sa zabudla poďakovať za odvoz. Etela mi niesla tašku. Ja som ledva niesla samú seba. Keď sme prešli dverami nemocnice, vrhla som sa na prvý invalidný vozík, ktorý som videla.

A potom som sa zrazu cítila fajn. Trochu som sa hanbila. Ochotný vrátnik ma odtlačil až k pôrodnici. Tam si ma prevzala sestrička a nasmerovala ma do ordinácie, kde ma prezrela iná znudená zdravotná sestra. Povedala mi, že som otvorená na šesť centimetrov.

„Čo je to v palcovej miere?" opýtala sa Etela.

„Záleží na tom?" pozrela som na ňu.

„Nerozumím centimetrom. Je to pre man jak esperanto. Len nedávno sem si zvykla, jak si kúpit maso v gramoch. Prekláta Európska únia!"

Znudená sestra na nás pozerala ešte znudenejšie. Snažila sa zistiť, aký je medzi nami vzťah.

„Je to moja svokra."

Prikývla mi s veľkou ľútosťou. Vtom do izby vbehla Justine. Vybavila mi lepšiu izbu. Hneď ma do nej presťahovali. Podala mi nemocničný návlek a nasmerovala ma do kúpeľne.

Do izby som sa vrátila oblečená v nechutnom nemocničnom návleku, ktorý sa zaväzoval na chrbte. Väčšina chrbta mi trčala vonku. Etela mi vybaľovala tašku.

„Moja, načo ty je rozprašovač na rastliny? Neišla si do botanickej záhrady. A šecky rastliny sú tu bárztak umelé."

„To je pre mňa, na osvieženie..."

„V mojích časech ta nido neosvížoval, mohla si byt rada, ked ty do huby strčili drévko na kusaní od bolesti!"

Vtom prišla ďalšia kontrakcia. Justine mala v ruke hodinky a merala čas kontrakcie.

„Kde je Adam?" zavrešťala som.

„Idem sa mu pokúsit zavolat," povedala Etela.

Ďalšiu hodinu som prežívala momenty, kedy som sa cítila

fajn a momenty neskutočnej bolesti. S Etelou sme sa počas lepších chvíľ hrali slovné hry a dávali sme si hádanky. Práve bol čas na Etelinu hádanku, „s mojím malým očkom dovidím na néčo čo sa začína na D a néčo čo začína s R! Čo je to?"

V dverách sa objavil Daniel s Rosencrantzom. Obaja boli v nesmiernom šoku. Chvíľu pozerali na Etelu a potom na mňa. Daniel zostal veľmi bledý a nakoniec odpadol. Padol na zem.

Nemala som im kedy povedať, že Etela žije.

Daniela uložili na vedľajšiu posteľ. Bol mimo celé dve kontrakcie. Na nič iné som nedokázala myslieť ako na to, že bábo je na ceste a Adama nikde.

Keď sa Daniel prebral, Etela mu všetko spočítala aj s úrokmi.

„Nesce sa mi verit, že si v márnici nespoznal, že som to neni ja, tvoja mater. Tvoja vlastná preklátá krv." Po desiatich minútach hádok,ich oboch vypoklonkovala Justine z izby. Potom odmerala, na koľko centimetrov som otvorená.

„Stále iba šesť. Budeme musieť ešte čakať."

„Mami, nie si smädná?" opýtal sa Rosencrantz. Prikývla som a on mi išiel kúpiť niečo na pitie.

Po niekoľkých minútach sa v izbe objavila Meryl s Tonym.

„Ahoj, Coco. Ako sa máš?" opýtala sa vysmiata Meryl.

„Rodím."

„Coco, máš na sebe papierové nohavičky?"

„Nie," ešte viac som si pritisla nohy k sebe.

„Tak si dávaj pozor, vieš na čo... Je tu Tony."

„Čo tým chceš povedať, že je tu Tony? Toto je pôrodnica. Ak nechceš, aby videl vagínu, tak ho pošli preč!"

„Dali ste jej už rajský plyn?" opýtala sa Meryl.

„Nie."

„Aha, vy ste tá dievčina z baby shower/intervencie. Páčili sa mi kúzla vášho otca. Je to šarmantný pán!" chválila ho Meryl.

Justine bola očividne potešená. Meryl zo stolíka vzala môj pôrodný plán.

„Coco, ledva si sem niečo napísala," prelistovala si ho. „Ja som si svoj dala zalaminovať," Meryl sa otočila ku Justine. Vtom sa vrátil Rosencrantz. Priniesol mi Lucozade. Meryl sa pri pohľade na fľašku zháčila a začala nám rozprávať príbeh o tom, ako ju v nemocnici ohmatávali zdravotnícki študenti a inštalatér. Justinine obočie jej skoro prerazilo čelo.

„Coco, nezmenila si názor na pôrod vo vode? Pre istotu som ti priniesla aj vrch z mojich plaviek... Nie je to blbé, že sa nedá kúpiť iba sám vrchný diel?" povedala Meryl.

„Nie, ďakujem."

„Tak dobre. Ak sa ešte nič nedeje, skočíme s Tonym na kapučínko. Poď Tony, ideme."

Keď odišli, Justine podišla k posteli.

„Preboha! To je tá bláznivá rodička s legendárnym pôrodným plánom!"

„Nie, mýlite sa," zaklamala som.

„Coco, je to ona. Práve popísala polovicu plánu. Prečo ste mi nepovedali? Viete, že na internete si ho pozrelo vyše päťdesiatpäť tisíc ľudí? Ona je hviezda!"

Prišla na mňa ďalšia masívna kontrakcia. Začala som kričať. Rosencrantz vbehol naspäť do izby a za ním aj Etela a Daniel.

„Kde je Adam?" kričala som cez zaťaté zuby. „Potrebujem Adama!"

„Mami, on trčí v zápche na diaľnici a bude tu hneď, ako sa bude dať..."

O hodinu som bola stále len na siedmich centimetroch. Izba bola plná pôrodných sestier. Bolo ich tam šesť. Všetky sa tvárili, že prišli kvôli mne, ale poškuľovali po Meryl, ktorá ma osviežovala.

„Musím povedať, že univerzitná nemocnica je veľmi dobrá," povedala Meryl. „Keď som rodila ja, väčšinu času ma nechali samú. Nikto mi na nič neodpovedal. Nikto mi nepovedal, že bazén na rodenie je plytký. Môj muž dal majland za záchrannú vestu a ani ju nepotreboval!"

Sestričky sa na seba pozreli a vybuchli do smiechu.

O hodinu neskôr mi Rosencrantz povedal, že Adam vyšiel z diaľnice a už by mu to nemalo dlho trvať.

Prešla ďalšia hodina, počas ktorej som prežívala jednu kontrakciu za druhou... Do izby vošiel doktor, pozrel mi medzi nohy a niečo zamrmlal Justine.

„Coco, ste otvorená na desať centimetrov! Je čas tlačiť!" oznámila mi Justine a rýchlo ma previezla na pôrodnú sálu.

„Preboha, kde je Adaaaaaaaaaaaam!" zarevala som na sále a potom nado mnou prebralo kontrolu moje telo. Začala som tlačiť.

„Tu som, už som tu," povedal Adam zadychčane. Bola som celá bez seba, že bol pri mne. Mal na sebe staré dotrhané rifle, napasované čierne tričko a na rukách mal fľaky od špiny. Vyzeral úžasne.

„Coco, som pri tebe," pobozkal ma na moje bordové čelo. Zatlačila som so všetkou silou.

„Dobre Coco, teraz si na chvíľu oddýchnite," usmerňovala ma Justine. Adam schmatol rozprašovač na rastliny a zhostil sa úlohy osviežovača. Snažila som sa vydychovať.

„O čo som prišiel?"

„Etela zomrela, a vstala z mŕtvych... Meryl sa stala nemocničnou celebritou... a ja sa strašne bojíííííííííííííííííííím!"

Ďalšia kontrakcia udrela ako blesk z neba.

„Tlač Coco, tlač!" povedala Justine. Zatlačila som tak silno, že som Adamovi stlačením skoro rozdrvila ruku.

„Dobre, ide to, ešte raz zatlačte," Justine pozrela na mňa s veľkou nádejou. Zafučala som a zatlačila som s celou silou. Adam sa chcel pozrieť, čo sa deje.

„Nie!" zarevala som. „Nie. Zostaň mi pri hlave," Adam sa usmial a stisol mi ruku.

„Bože, ja to cítim....už ide!" kričala som.

„Okej, Coco, myslím, že toto už bude ono!" povedala Justine.

„Musíš zatlačiť aj zo silami, ktoré nemáš. Hlavne neprestaň tlačiť. Dokážeš to!" povzbudzovala ma Justine.

Zdalo sa mi, že čas sa rapídne spomalil. Posledných osem a pol mesiaca ufrčalo ako rýchla jazda na rýchlodráhe... hore, dolu, zákruta a zase hore... prešlo to hrozne rýchlo. Teraz som bola na vrchole dráhy a chystala som sa na skok z výšky. Čakala som na matku prírodu, ako ma schmatne a veľkou silou strhne dolu. Môj život sa o pár chvíľ navždy zmení. Zhlboka som sa nadýchla, zaklonila som sa a zo svojej duše som vypustila všetok vzduch, ako som len mohla. Kričala som na celú bránicu... Bolesť bola neopísateľná. Cítila som, ako som sa neznesiteľne roztiahla a potom prišla veľká úľava. Nadýchla som sa. Zrazu som počula krik bábätka.

„Je to dievčatko!" povedala vysmiata Justine.

„Dievčatko?" opýtali sme sa naraz s Adamom.

„Prepáčte, chcela som povedať chlapček... prepáčte! Som veľmi ohromená."

Justine zodvihla snedé bábätko nad moje nohy. Bolo obalené v slize. Zozadu vyzeralo ako malý kakaový koláč. Priniesla ho ku mne a položila mi ho na ruky. Cítiť váhu malého skutočného človiečika na mojej hrudi bolo neopísateľné. Pozrela som mu do jeho hnedých očičiek, na jeho vreštiacu malú tváričku a v tom momente ma udrela neopísateľná sila lásky.

„Chcem, aby sa volal Adam, ako jeho ocko." Adam sa neúspešne snažil zadržiavať slzy. Vyzeral neskutočne hrdo a úžasne.

„Dobreee, platí," povedal Adam. „Ahoj, Adam."

Malý Adam prestal plakať a zahľadel sa na svojho ocka.

Keď bol malý umytý, všetci sa prišli na neho pozrieť. Marika s Chrisom vošli, práve keď malého Adama vzali na váženie.

„Kde je Adam?" opýtala som sa Justine.

„Sedí vella teba, ty slepana," povedala Etela.

„Nie, myslím malého Adama."

Všetkým sa náš výber mena veľmi páčil. Justine priviedla malého Adama z vážena. Po ceste zaspal. Každý sa z neho vytešoval... z jeho malých prštekov a vykúkajúcich čiernych vláskov.

„Wau," nadchýnal sa Chris, „jeho oči sú ako dva diamanty."

„Je prekrásny," pošepkala mi Marika.

„Teraz si na rade ty, moja," povedala jej Etela. „A ty musíš ze seba vytlačiť takých dvoch!"

Justine mi nachystala kúpeľ. Jemne mi na hrudník položila malého Adamka. Vrtel svojimi malinkými nožičkami. Ručičkou mi zvieral palec a pozeral sa na mňa so svojimi veľkými krásnymi očičkami. Bola som v siedmom nebi.

O niekoľko hodín nás poslali domov z pôrodnice. Fičalo to tam ako na bežiacom páse. Marika bola prekvapená. Vravela, že na Slovensku by ma po pôrode domov tak skoro nepustili. Ale najbizarnejšie bolo, že som do nemocnice dorazila vo veľkých bolestiach a strachu a v ten istý deň večer som odchádzala naplnená láskou a v náručí s malým človiečikom. Bola som unavená a ubolená, ale invalidný vozík som nechcela. Chcela som odísť po vlastných. Všetci sme sa zhromaždili pri výťahu. Adam ma objímal okolo pása, ako hrdý tatko a manžel. Na nič iné sme sa nezmohli, len sme všetci sledovali malinkého spiaceho Adamka. Nastúpili sme do výťahu a išli sme dole. Výťah zastal na nižšom poschodí. Nastúpil starší párik.

„To je krásne bábätko," usmiala sa pani. Pozrela som na Adamka a verila som, že pani nebola len zdvorilá, ale myslela to vážne... On je naozaj krásny.

„Má dva a pol kila," povedala som hrdo.

„Kámoška minule kúpila kura, keré vážilo dva a pól kila. Mala z neho štyri obedy," povedala Etela s vážnym výrazom.

„Mama," zazrel na ňu Daniel a pridala sa aj Meryl.

Starší pár sa usmial.

„To je veľmi zdravá váha," povedal Tony.

„Predstav si kolko banánov je dva a pól kilečka," Etela pozrela na Tonyho. Marika sa usmiala a stisla mi ruku.

Keď si pomyslím na Adamkovu váhu a veľkosť jeho hlavy (nie je abnormálne veľká), nechce sa mi ani veriť, že som obišla iba s jedným stehom.

Ešte predtým, ako sme odišli, som sa rozlúčila s Justine. Bola smutná, že sa musíme rozlúčiť.

„Boli ste mojou prvou, pani Pinchardová. Adamko je prvým dieťatkom, ktoré som priviedla na svet."

„Za všetko vám ďakujem. Máte talent. Zvládli ste to výborne," ďakovala som jej. Nemala som to srdce povedať jej, že pri pôrode bolo ďalších päť doktorov a sestričiek.

„To asi preto, že som otcovi pomáhala s kúzlami. Z klobúka som ťahala zajace, škrečky... Otec ich chová kvôli kúzleniu. Vždy som pomáhala pri pôrodoch malých cicavcov a teraz aj..."

„Ale hlavne ste vyučená pôrodná asistentka..." chcela som jej dodať sebavedomie.

„Máte pravdu, ale študovanie, to je len samá teória. Bolo úžasné si to nakoniec vyskúšať naživo. Na živej matke a bábätku. Predstavovala som si, že ste škrečok a vyšlo to!"

Nevedela som, čo na to povedať, tak som ju iba objala. Justine aj s ostatnými pôrodnými sestrami ešte poprosili Meryl o autogram. Ona si chudera myslela, že je to preto, lebo je švagriná napoly známej spisovateľky.

Výťah zastal na prízemí. Vonku nás privítal príjemný teplý večer. Vyšli sme na Warren Street. Cesty boli takmer prázdne, akoby si Londýn potreboval vydýchnuť po dramatickom dni. Rozlúčili sme sa s Danielom, Jennifer, Meryl, Tonym a Etelou. Oni sa vybrali osláviť príchod Adamka na večeru do reštaurácie Aberdeen Angus Steakhouse. Oslavovali aj to, že Etela žije.

„Ja budem oslavovať iba Adamka," Jennifer mi pošepkala do ucha, keď ma na rozlúčku objala. „Daj nám vedieť, ako sa vám darí."

Chris zavolal sebe a Marike taxík.

„Nechcem ísť do nášho starého domu," oznámila som z ničoho nič. Pri ceste zastavil taxík.

„Čo?" opýtal sa Adam. Pozrela som dole na spiaceho Adamka.

„Je plný... plný minulosti... Adam, čo povieš keby sme išli na farmu?"

„Je to tam ako na stavenisku," povedal Adam.

„Chris?" pozrela som na neho, „viem, že je to veľká láskavosť, ale..."

„Samozrejme. Pokojne môžeš zostať u mňa v Cheshire Hall," povedal vytešený.

„Zlato, si si istá?" opýtala sa Marika. „Tu v meste by som ti bola nablízku, keby si potrebovala pomoc."

„Mami, nechcela si sa zahniezďovať?" opýtal sa prekvapený Rosencrantz.

Prikývla som. „Áno, chcem, ale chcem sa začať zahniezďovať v novom dome."

„Okej. Idem domov, pobalím najpotrebnejšie veci, vyzdvihnem Rocca a prídem za tebou," usmial sa.

„Rosencrantz, idem s tebou. Pomôžem ti," povedala Marika.

„Dohodnuté, máme ísť týmto taxíkom do Cheshire Hall?" opýtal sa Chris.

„Nevadí ti to, Adam? Súhlasíš?" Adam zostal vyškerený od ucha k uchu.

„Zlato, urobím pre teba všetko, čo len chceš. Práve si zo mňa urobila najšťastnejšieho chlapa pod slnkom."

# NOVEMBER

Pondelok 5. novembra

Prvé dni s Adamkom sú pre mňa dosť zahmlené. Chris s Marikou a Rosencrantzom sa o nás starali v Cheshire Hall, kým chudák Adam makal na dokončení nového domu. O dva týždne sme sa sťahovali na farmu Strangeways. Názov farmy sa nám vôbec nepáčil. Oficiálne sme ju premenovali na Steeplejack farmu. Myslím, že Chrisova mama Lady Edwina počula Adamka kričať vo svojom novom domove, ktorý je od nás len dve míle, lebo na privítanie poslala fľašku ginu Tanqueray aj s odkazom.

*Moji drahí, toto vám prvé týždne veľmi pomôže a nezabudnite doň namočiť dudel malého. Potrite mu ním ďasná.*

*S pozdravom Lady Cheshirová...*

Musím sa priznať, že som si z džinu trochu logla a pár krát som aj premýšľala nad tými ďasnami. Mal na mále. Naše nové bývaničko je neskutočné. Adam ho prerobil zo starého ošumelého domu na krásny útulný domov. Náš starý nábytok sa sem perfektne hodí a pasuje. Nová kúpeľňa ja parádna. Nemáme žiadnych susedov, takže sa môžeme kúpať a sprchovať s otvoreným oknom a výhľadom na polia a lesy, a nikto nás neočumuje. Počas prerábky našiel Adam v obývačke zamurovaný krb. Jeden našiel aj v kuchyni. Milujem krby, vôňu dreva, zvuk praskajúceho ohňa.

Mojou najobľúbenejšou izbou je však kuchyňa. V rohu máme veľký modrý šporák, pod oknami kuchynskú linku s práčkou. Na stene oproti sú poličky s knihami. Pod nimi je Roccova postieľka. V strede kuchyne je veľký drevený stôl s dvomi lavicami.

Momentálne je kuchyňa takou mix zónou Adamkových vecí, Roccových vecí a gumákov. Na stenách sú vyvešané Adamove plány na malý rodinný pivovar. Okná sa tiahnu po dĺžke kuchynskej linky. Výhľad je prekrásny... polia s repkou olejnou, lesy, srny, jelene... Nádherný vidiek.

Dnes večer sme na počesť sviatku noci Guya Faweksmena robili malú oslavu. Prvý prišiel Chris. Práve som v kuchyni čítala inštrukcie na používanie šporáka (nie som tupá, ale taký som ešte nemala. Je až veľmi moderný), keď som si všimla Chrisa, ako sa rúti poľom na štvorkolke. O pár minút už klopal na dvere. Otvorila som. Pred dverami stála vedľa neho Angie! Vytešená som zavýskala ako malé decko pod vianočným stromčekom. Objali sme sa. Po jej pobyte v púšti vyzerala ako znovuzrodená. Mala jemný mejkap a nechala si narásť dlhšie vlasy. Vyzerala odpočinutá... spokojná.

„Pozrime sa na teba, farmárova žena," Angie sa vzrušovala nad našou kuchyňou a novým šporákom.

„Tak, našla si sa v púšti?" opýtala som sa jej.

„Tak trochu... Naučila som sa tam žiť s tým, že som krpatá," pohľad hodila na svoje balerínky. „Život je príliš krátky na výrastky z ihličiek."

"Angie, vyzeráš ako iný človek. Myslím to v dobrom," povedal Chris.

"Oko môže klamať," usmiala sa. "Našla som v sebe stratenú iskru a vrátila som sa k tomu, čo viem najlepšie. Coco, vyjednala som ti s tvojim vydavateľom The House Of Randoms zmluvu na tri nové knihy."

"Skutočne?"

"Áno. Mega úspech Agentky Fergie ich veľmi prekvapil, tak si ťa chceli zabezpečiť aj na ďalšie obdobie. Takže, keď prestaneš kojiť, môžeš začať písať."

Adam vošiel dnu. Za domom staval vatru.

"Ahoj, Angie," objal ju. "Chýbala si mojej Coco."

"A mne chýbal dotyk pravého chlapa," vystískala Adama.

"Coco, ty si šťastná žena."

"Hovor mi!" povedal Chris. "Za posledný týždeň som stretol jediného schopného chlapa a ten sa živí vyprázdňovaní žúmp..."

"Opáčiš ma aj ty, Lord Cheshire?" zasmial sa Adam. Chytil Chrisa, pritiahol si ho k sebe a išiel ho pobozkať. Chris od prekvapenia vrešťal. V tom do kuchyne vošla Meryl s Etelou a za nimi šiel Tony.

"Jej, jeeeej, tu je aká kontinentálna atmosféra," Meryl pozerala na Adama, ako sa chystá pobozkať Chrisa, a na mňa, ako im s Angie tlieskame a rehoceme sa.

"To by ti malo stačiť na pár studených dlhokánskych nocí," Etela si ťukala na čelo, akože im šibe. Všetci sme sa zvítali. Predstavila som im Angie, ktorú predtým všetci nestretli.

"Kde máme malého spachtoša?" opýtal sa Tony.

"Tony nepoužívaj slovo spachtoš, je to dosť sedliacke," opravila ho Meryl.

"Rosencrantz ho práve kúpe," povedala som. "O chvíľku prídu dolu."

"Ako sa má?" opýtala sa Etela. "Drží sa? Nezačal zas chlastať?"

"Adamko už pije?" rehotal sa Tony

„Tony, nebuď tĺk," zasyčala Meryl. „Myslí Rosencrantza."

„Má sa fajn. Ďakujem za opýtanie."

„Moc sem rada, že je v poriadku," usmiala sa Etela.

„Coco, doniesla som ti pár vecí pre Adamka. Sú po našom malom Wilfredkovi," Meryl vyložila na kuchynský stôl krásne detské oblečenie.

„Ďakujem. Sú krásne. Už stihol vyrásť zo svojich dupačiek."

„Kde je Wilfred?" opýtal sa Adam.

„Tonyho sestra Diana naňho dáva pozor, aj keď proti mojej vôli..." povedala Meryl.

„Aký máš s Dianou problém?" zamračil sa Tony.

„Aký mám problém s Dianou?" Meryl zazrela na Tonyho. „Len tak na začiatok mi vadí, že jej muž má čajovú súpravu tretej ríše!"

„Ale veď z nej ani len nepijú! Je zamknutá v pivnici. Vieš akú má hodnotu," vysvetľoval jej.

Angie nechápavo pozerala na Tonyho a na Meryl.

„Mala by si o tých dvoch napísať knihu," Angie mi pošepkala. „Garantujem, že by to bol bestseller."

Rosencrantz prišiel s ospalým, do zelených dupačiek oblečeným Adamkom. Bol krásny a voňavý. Za nimi cupital Rocco. Všetci sa išli z Adamka zblázniť. Krpatý chudáčik bol trochu zmätený so všetkých tých tvárí a hlasov.

„Vyzerá ako nový člen kapely One Direction," usmieval sa Rosencrantz.

„Má ešte Adamko tú malú kačku, čo sem mu darúvala?" opýtala sa Etela.

„Áno, babi. Káčer Dickie je jeho najobľúbenejšou hračkou."

„Zlato, aj ty vyzeráš šmrncne. Páča sa mi tvoje dlhé vlasyská," prehrabala sa mu vo vlasoch.

Potom prišiel Daniel s Jennifer, ktorá je už v piatom mesiaci. Všetkým som povedala moju novinu o zmluve na tri knihy a Adam pootváral pivá zo svojej najnovšej produkcie. Mimochodom je fantastické! Dúfa, že by sme ho mohli začať predávať niekedy na budúci rok. Chce ho nazvať The Steeplejack.

„Len pre vaše info, ja pijem nealkoholické," usmial sa Rosencrantz.

Nakoniec dorazila aj Marika s Milanom. Chalani s Angie a Etelou zapaľovali vatru. Meryl grilovala klobásky a v trúbe sa piekli zemiaky v šupe. Jennifer natrela pečivo maslom.

„Predtým, ako sa s každým zvítam, musím utekať čúrať," povedala Marika dosť hlasno, aby ju každý počul. Je v siedmom a pol mesiaci a je velikánska.

„Zlato, záchod je hneď za kuchynskými dverami," navigovala som ju. Milan si zložil Tesco tašku plnú slaných chuťoviek a Marikin tehotenský vankúš.

„Prepáčte, že meškáme. Museli sme zastaviť na šiestich odpočívadlách, aby sa mohla Marika vymočiť," ospravedlňoval sa Milan. „Niekoľkokrát nás kontrolovala polícia, pripadali sme im podozriví."

Vonku sme počuli spláchnutie záchoda. Marika vyšla do záhrady.

„Povedal si im o polícii?" opýtala sa nahnevaná Marika. „Tie svine. Povedala som im, aby si vyskúšali tehotenstvo s dvojičkami. Celé dni mi tancujú po mechúri!"

„Prikázali jej vystúpiť z auta. Neverili jej, že je tehotná," povedal Milan.

„Iba slepec by nevidel, že som tehotná!"

„Vyzeráš tehotná a veľmi ti to svedčí," polichotil jej Milan a objal ju.

„Neobjímaj ma, bude sa mi chcieť zase čúrať," pobozkala Milana a sadla si na lavičku.

Potom ako sme sa najedli, väčšina šla von zapáliť ohňostroje. Marika, Chris a Etela zostali vnútri s Adamkom a so mnou. Sedeli sme za kuchynským stolom. Cez okno sme videli všetkých osvetlených pestrofarebnými farbami ohňostroja. Veľký ohňostroj im práve vybuchol nad hlavami a rozsvietil ich tváre pozerajúce sa nahor.

„Coco, chcela by som byť tebou," Marika sa pozrela na mňa.

„Chcem mať tieto bábätká vonku! Hneď teraz!!"

Všetci pri stole sme sa zapozerali na spiaceho Adamka.

„O šesť týždňov si budeš želať, aby si ich mohla aspoň na hodinu strčiť tam, odkiaľ vyšli a oddýchnuť si," usmiala som sa na ňu.

„Bože mój, čo by som dala za to byt zasa miminom?!" povedala Etela.

„Prečo by si chcela byť miminom?" opýtala som sa jej.

„Na druhý pokus by sem žila úplne inak. Šecko by sem robila inak. Precestovala by sem svet a bola by sem rádna šlapka... Užila by sem si mladost..."

Všetci sme sa začali rehotať.

„Nerehocte sa, myslím to vážne. V dnešnej dobe sa majú najlepšé šlapky a zlatokopky...je to vlastne jednaká vec. Za mlada sem byla velká cica. Šeci chlapi sa za mnou otáčali... Skutečne," tvrdila Etela.

„Ako sa má Rosencrantz?" opýtal sa Chris.

„Po odvykačke si odkrútil svojich deväť krokov a znovu sa kamaráti s Waynom a Oscarom. Je tu veľmi spokojný a šťastný. Chce Adamovi pomôcť s pivovarom a v dedine je veľmi fešný chalan, s ktorým si padli do oka," povedala som.

„Ten chalan čo vyprázdňuje žumpy?" opýtal sa Chris.

„Áno," prikývla som.

„Chcel by som byť ešte raz mladý," povedal zasnívaný Chris.

„Drahý, si prašulatý, ty si môžeš kúpiť aj desátych samcov!" povedala Etela. Adamko sa zobudil s plačom.

„Preboha, ako do pekla budem žonglovať s dvomi?" Marika si položila rečnícku otázku.

„Mala by si ich len držať a nie žonglovať s nimi," usmial sa Chris.

„Zlato, my všetci ti pomôžeme. Môžeš sa na nás spoľahnúť," upokojila som ju.

Vonku prepukla veľká ohňostrojová paráda, ktorá rozžiarila celú kuchyňu. Milan, Daniel, Rosencrantz a Adam podišli k oknu. Začali robiť grimasy. Usmiala som sa na nich. Pri okne som im pridržala Adamka. Jeho prekrásne oči „zaparkovali" na jeho tatkovi, ktorý bol zaliaty prekrásnymi farbami ohňostroja. Pri pohľade na neho prestal plakať. Podišla som ešte bližšie k Adamovi. „Milujem ťa," povedal mi. Usmiala som sa na naňho a pri srdci ma zahriala myšlienka na našu spoločnú budúcnosť.

# POĎAKOVANIE

Ahojte,

predovšetkým veľké ďakujem za to, že ste si vybrali čítať Nový život Coco Pinchardovej. Ak sa vám páčila, bol by som veľmi vďačný, ak by ste o nej povedali aj svojim priateľom a rodine. Osobné odporúčanie je jedným z najsilnejších prostriedkov a pomáha mi oslovovať nových čitateľov. Vaše slová môžu veľa zmeniť! Môžete tiež napísať recenziu na knihu. Nemusí byť dlhá, stačí pár slov, ale aj toto pomáha novým čitateľom objavovať moje knihy.

Dovtedy...

Rob Bryndza

# O AUTOROVI

Robert Bryndza je autorom mnohých bestsellerov, ktorých sa len v anglickom jazyku predalo viac ako sedem miliónov výtlačkov. Preslávil sa predovšetkým svojimi trilermi. Jeho debut na poli detektívnych trilerov, Dievča v ľade (The Girl in the Ice), vyšiel v Británii vo februári 2016 a počas prvých piatich mesiacov sa z neho predalo milión výtlačkov. Kniha sa stala číslom jeden na britskom, americkom aj austrálskom Amazone, do dnešného dňa sa jej predalo viac ako 1,5 milióna výtlačkov v angličtine a dočkala sa prekladov do ďalších 30 jazykov.

Po titule Dievča v ľade, v ktorom Robert predstavil vyšetrovateľku Eriku Fosterovú, pokračoval v tejto sérii knihami Nočný lov (The Night Stalker), Temné hlbiny (Dark Water), Do posledného dychu (Last Breath), Chladnokrvne (Cold Blood) a Smrtiace tajnosti (Deadly Secrets), ktoré sa tiež stali svetovými bestsellermi.

Potom sa Robert zameral na novú sériu trilerov s hlavnou hrdinkou Kate Marshallovou, bývalou policajtkou, ktorá sa stala súkromnou vyšetrovateľkou. Hneď prvá kniha zo série s názvom Kanibal z Nine Elms (Nine Elms) sa stala najpredávanejšou knihou na americkom Amazone, umiestnila sa v prvej pätici bestsellerov na britskom Amazone a postupne vyšla v ďalších 15 krajinách. Aj ďalšie prípady Kate Marshallovej a jej asistenta Tristana Harpera s názvom Hmla nad Shadow Sands (Shadow Sands) a Keď sadá súmrak (Darkness Falls), ktoré vyšli v rokoch 2020 a 2021, sa stali svetovými bestsellermi.

Po troch prípadoch Kate a Tristana sa Robert na jeseň roku 2022 rozhodol vrátiť späť k obľúbenej Erike Fosterovej a jej tímu a pripravil im stretnutie s prefíkaným vrahom v knihe Osudné svedectvo (Fatal Witness). Teraz znova predstavuje detektívnu agentúru Kate Marshallovej a jej štvrtý prípad. Viac o autorovi aj o jeho knihách sa môžete dozvedieť na jeho webovej stránke www.robertbryndza.com.

facebook.com/bryndzarobert
instagram.com/robertbryndza

ROBERT BRYNDZA

Nový život Coco Pinchardovej

Z anglického originálu Coco Pinchard, the Consequences of Love and Sex
preložil Ján Bryndza.

Redakčná úprava: Zuzana Kolačanová

Obálku navrhla Henry Steadman.

Vydalo: Raven Street Publishing v roku 2025

Copyright © Raven Street Limited 2012
Translation copyright © Ján Bryndza 2013

Print ISBN: 978-1-914547-91-1
Ebook ISBN: 978-1-914547-90-4

Upozornenie pre čitateľov a používateľov tejto knihy:
Všetky práva vyhradené. Žiadna časť tejto tlačenej či elektronickej knihy nesmie byť reprodukovaná a šírená v papierovej, elektronickej či inej podobe bez predchádzajúceho písomného súhlasu vydavateľa.
Neoprávnené použitie tejto knihy bude trestne stíhané.

www.ingramcontent.com/pod-product-compliance
Ingram Content Group UK Ltd.
Pitfield, Milton Keynes, MK11 3LW, UK
UKHW050320300525
459001UK00010B/16/J